W0410281

D. J. MacHale

PENDRAGON

Der Händler des Todes

Journal einer Reise durch Zeit und Raum

Aus dem Amerikanischen von Birgit Oberg

UEBERREUTER

Für Evander

ISBN 3-8000-5079-X
Alle Urheberrechte, insbesondere das Recht der Vervielfältigung, Verbreitung und öffentlichen Wiedergabe in jeder Form, einschließlich einer Verwertung in elektronischen Medien, der reprografischen Vervielfältigung, einer digitalen Verbreitung und der Aufnahme in Datenbanken, ausdrücklich vorbehalten.
Umschlagillustration von Dieter Wiesmüller
Copyright © 2004 by Verlag Carl Ueberreuter, Wien
Druck: Ueberreuter Print
1 3 5 7 6 4 2

Ueberreuter im Internet: www.ueberreuter.at

Erstes Journal

DENDURON

Ich hoffe, du liest dies, Mark.

Ach verdammt, ich hoffe, *irgendjemand* liest es, denn es ist das Einzige, was mich davon abhält, total durchzudrehen. Eines Tages, wenn die ganze Sache vorbei ist, kann ich damit hoffentlich beweisen, dass ich nicht verrückt bin. Gestern sind zwei Dinge passiert, die mein Leben für alle Zeiten verändert haben.

Erstens: Ich habe Courtney Chetwynde geküsst. Ja, *die* Courtney Chetwynde, die immer an der Unterlippe knabbert, wenn sie nachdenkt, mit ihren dunkelgrauen Augen geradewegs in dein Herz schaut, in ihrer Volleyballkluft unglaublich aussieht und immer leicht nach Rosen duftet. Ja, ich hab sie geküsst. Es hat lange gedauert und ist doch endlich passiert.

Zweitens: Ich wurde durch ein Wurmloch katapultiert, das man »Flume« nennt, und quer durch das Universum zu einem mittelalterlichen Planeten namens Denduron geschleift, der sich gerade mitten in einem furchtbar blutigen Bürgerkrieg befindet.

Aber zurück zu Courtney.

Es war keines der üblichen »Nett, dich zu sehen«-Küsschen auf die Wange. O nein. Ein echter Kuss, mit geschlossenen Augen und anfangs auch geschlossenen Lippen, der sich nach und nach zu einem Megazungenkuss entwickelte und mindestens dreißig Sekunden meines Lebens dauerte. Übrigens waren wir uns richtig nahe. *Sehr* nahe. Ich hielt sie so fest, dass ich ihren Herzschlag an meiner Brust spürte. Vielleicht war es auch *mein* Herz. Oder unser beider Herzen, die aneinander schlugen. Ich habe keine Ahnung. Aber ich weiß, dass es unheimlich cool war. Hoffentlich kriege ich die Chance, es noch mal zu machen, doch im Augenblick sieht es nicht danach aus.

Ich schätze, es ist ein bisschen dämlich, sich auf die traumhafte Courtney Chetwynde zu konzentrieren, wenn mein wirkliches Problem darin besteht, dass ich Angst habe, zu sterben. Wahrscheinlich geht sie mir deshalb ständig im Kopf herum. Die Erinnerung an diesen Kuss ist das Einzige, was im Moment für mich real ist. Ich habe Angst, dass ich alles verliere, wenn ich diese Erinnerung nicht mehr habe, und wenn das passiert, dann … nun, ich habe keinen Schimmer, was dann geschieht, weil ich sowieso nicht kapiere, was überhaupt mit mir passiert ist. Vielleicht ergibt es einen Sinn, wenn ich alles aufschreibe.

Ich versuche die Situation auf die Reihe zu kriegen, die dazu führte, dass ich dieses Tagebuch schreibe. Bis gestern lebte ich ziemlich unbekümmert vor mich hin. Auf jeden Fall so unbekümmert, wie ein normaler vierzehnjähriger Typ leben kann. Ich konnte meine kleine Schwester Shannon ganz gut leiden – jedenfalls meistens; ich hatte tolle Kumpel, von denen du die Nummer eins auf der Liste bist, Mark; ich lebte in einem großen Haus und hatte mein eigenes Zimmer, in dem ich Musik hören oder sonst was machen konnte, ohne dass mich jemand störte; mein Hund Marley ist der coolste Golden Retriever der Welt und ich hatte eben mit Courtney Chetwynde geknutscht. (Hab ich das schon erwähnt?) Was kann man mehr wollen?

Allerdings hatte ich auch einen Onkel Press.

Erinnerst du dich an ihn? Er war der Typ, der bei meinen Geburtstagspartys immer mit einer besonderen Überraschung aufkreuzte. Er brachte nicht bloß ein Pony mit, er kam gleich mit einem ganzen LKW voller Ponys für ein Mini-Rodeo. Er ist der Bursche, der unser Haus in eine Lasershow verwandelte. War doch super, oder nicht? Er ist der derjenige, der bei meiner Party im letzten Jahr mit den Pizzas um sich warf. Erinnerst du dich an den Typen? Hin und wieder tauchte er aus heiterem Himmel auf und unternahm irgendetwas Ungewöhnliches mit mir, wie zum Beispiel den Flug in der Privatmaschine. Ja, er war Pilot. Ein anderes Mal gab er mir seinen supermodernen Computer, den man noch nicht im Laden kaufen konnte. Du kennst doch meinen Taschenrechner, in den man die Zahlen nicht eintippt, sondern einspricht? Den habe ich von Onkel Press. Ich sage dir, er war der coolste Onkel, den man sich hätte wünschen können.

Allerdings umgab ihn immer etwas Geheimnisvolles. Er war der Bruder meiner Mutter, aber sie redete nicht viel über ihn. Es schien beinahe, als wäre es ihr unangenehm, über ihn zu sprechen. Wann immer ich sie nach ihm fragte, zuckte sie mit den Schultern und sagte etwas wie: »Ach, du kennst ihn doch, er ist sein eigener Herr. Wie war es in der Schule?« Immer wich sie der Frage aus.

Ich habe keine Ahnung, wie er seinen Lebensunterhalt verdiente, aber er hatte immer massenweise Geld. Ich dachte, er hätte irgendeinen Top-Job bei der Regierung, zum Beispiel in der Forschung der NASA oder etwas in der Art, und es wäre alles streng geheim. Deshalb stellte ich nicht viele Fragen. Er war nicht verheiratet, tauchte aber manchmal mit seltsamen Gestalten bei uns zu Hause auf. Einmal brachte er diese Frau mit, die kein einziges Wort sagte. Er stellte sie als »Bekannte« vor, doch ich glaube, sie war seine Freundin. Wahrscheinlich war sie Afrikanerin oder so, denn sie hatte total dunkle Haut. Und sie war schön. Aber seltsam, weil sie mich bloß anstarrte und lächelte. Ich hatte keine Angst vor ihr, denn sie hatte wirklich sanfte Augen. Vielleicht redete sie nicht, weil sie kein Englisch sprach, aber irgendwie unheimlich war es doch.

Ich muss sagen, mein Onkel Press war der coolste Typ, den ich kannte. Bis gestern jedenfalls.

Gestern Abend war das Halbfinalspiel der Basketball-Landesliga. Du weißt, wie wichtig ich für das Team bin. Ich bin der erfolgsreichste Spitzenverteidiger in der Geschichte der Stony Brook Junior High School. Das ist keine Angabe, sondern Tatsache, und es wäre genauso fatal für mich, dieses Spiel zu verpassen, als würde Kobe Bryant ein Entscheidungsspiel der Lakers verpassen. Okay, vielleicht bin ich nicht *so* wichtig, aber es wäre nicht witzig gewesen, wenn ich das Spiel geschmissen hätte. Mom und Dad waren schon mit Shannon zum Sportplatz gefahren. Ich hatte tonnenweise Hausaufgaben auf und wusste, dass ich hinterher zu kaputt sein würde um sie zu erledigen. Mir blieb gerade noch genügend Zeit, ein paar Bananen runterzuschlingen, Marley zu füttern, auf mein Rad zu springen und loszufahren. So hatte ich es jedenfalls geplant. Unwillkürlich stelle ich mir vor, dass nichts von alledem geschehen wäre, wenn ich meine Hausaufgaben ein bisschen schneller gemacht hätte oder Marley nicht noch mal den Tennisball hätte fangen lassen oder erst in der Schule aufs Klo gegangen wäre. Aber es kam anders.

Ich griff mir meine Sporttasche, ging zur Haustür, riss sie auf und stand plötzlich vor … Courtney Chetwynde.

Ich erstarrte. Sie erstarrte. Es war, als hätte jemand

den Pause-Knopf gedrückt. Allerdings legten die Gedanken, die mir durch den Kopf schossen, keine Pause ein. Ich war seit der Grundschule in sie verknallt. Sie war immer so … perfekt. Aber nicht auf diese »Zu gut für euch gewöhnliche Jungs«-Art. Sie war schön und intelligent und toll im Sport und lachte und erzählte Witze. Ich glaube, das war es. Die Tatsache, dass sie Witze erzählte. Das hört sich vielleicht blöd an, aber wenn man Witze macht, ist man auch bereit dumm dazustehen. Und wenn es einer Traumfrau nichts ausmacht, dass die Leute auch mal über sie lachen – nun, was will man mehr?

Natürlich war ich nicht der Einzige, der Courtney toll fand. Ich war bloß einer von vielen Bewunderern. Aber hier stand sie vor *meiner* Haustür. Auf der Stelle spuckten sämtliche Synapsen meines Hirns Feuer, um die perfekte spontane Anrede zu finden. Die ersten Worte, die du in Krisenzeiten aussprichst, können die Meinung, die sich ein anderer von dir bildet, für alle Zeiten bestimmen. Entweder zeigst du, dass du alles total im Griff hast und jede Situation mit Beherrschung und Witz meisterst, oder du stehst als Vollidiot da, dessen Verstand beim ersten Anzeichen von Stress einfriert. Diese Gedanken schossen mir innerhalb weniger Nanosekunden, in denen wir auf »Pause« standen, durch den Kopf. Jetzt war ich dran. Sie kam an meine Tür; ich musste reagieren. Ich nahm die Sporttasche auf die Schulter, lehnte mich lässig an den Türrahmen, deutete ein Lächeln an und sagte:

»Yo.«

Yo??? Das ist nicht einmal ein richtiges Wort! Kein Mensch sagt »Yo«, außer er versucht Sylvester Stallone zu imitieren, und das wollte ich auf *gar* keinen Fall. Ich bereitete mich darauf vor, dass ihr Lächeln verschwinden und durch maßlose Enttäuschung ersetzt würde.

Sie würde sich umdrehen und wortlos weggehen. Stattdessen biss sie sich auf die Unterlippe (ein Zeichen, dass sie nachdachte) und sagte:

»Hi.«

Das war gut. »Hi« steht nicht viel höher auf der Skala als »Yo«. Ich war wieder im Spiel. Es war an der Zeit, zu agieren.

»Was gibt's?«, fragte ich.

Okay, vielleicht war ich noch nicht ganz so weit. Es war einfacher, ihr den Ball zuzuwerfen. In diesem Augenblick fiel mir etwas Komisches auf. Courtney wirkte nervös. Nicht verrückt vor Angst oder so, aber auf jeden Fall beunruhigt. Mein Selbstbewusstsein stieg enorm an. Sie war ebenso angespannt wie ich. Das war gut.

»Ich weiß, dass du zum Spiel musst, und ich will natürlich nicht, dass du zu spät kommst«, erklärte sie mit verlegenem Lächeln.

Welches Spiel? Oh, das Halbfinale. Irgendwie war es mir völlig entfallen.

»Ich hab massenhaft Zeit«, log ich lässig. »Komm rein.«

Langsam erholte ich mich wieder. Als sie an mir vorbei ins Haus ging, fiel mir der schwache Duft nach Rosen auf. Es bedurfte einer gigantischen Kraftanstrengung, nicht laut und tief Luft zu holen um den wunderbaren Geruch einzuatmen. Das wäre blöd gewesen und jetzt war nicht der geeignete Augenblick für blödes Benehmen, denn Courtney hatte mein Haus betreten! Sie befand sich auf meinem Terrain. Ich schloss die Tür hinter ihr und wir waren allein.

Ich hatte nicht die leiseste Ahnung, was ich tun sollte. Courtney drehte sich um und ich sah in ihre unglaublichen grauen Augen. Mir wurden die Knie weich. Ich betete darum, dass sie es nicht merkte.

»Ich war nicht sicher, ob ich herkommen sollte«, sagte sie zögernd.

»Ich bin froh, dass du's getan hast.« Ich schoss mit perfektem Timing zurück. Der Ball blieb in ihrer Ecke, aber sie fühlte sich langsam sicherer. Ich stand in Flammen.

»Ich weiß nicht genau, warum ich gerade jetzt gekommen bin. Vielleicht um dir Glück für das Spiel zu wünschen. Aber ich glaube, es ist mehr als das.«

»Wirklich?« Perfektes Rückspiel.

»Ich bin nicht sicher, wie ich es sagen soll, Bobby, aber seit unserer Kindheit habe ich dieses … Gefühl, was dich betrifft.«

Gefühl? Gefühl ist gut – es sei denn, sie fühlt, ich wäre ein Massenmörder oder so etwas. »Oh?« Ich gab den Ball zurück. Unverbindlich, gelassen, perfekt.

»Mann, ich komme mir total bescheuert vor.« Sie senkte den Blick. Ich verlor sie. Da ich nicht wollte, dass sie Angst bekam und abhaute, warf ich ihr einen Knochen hin.

»Courtney, es gibt eine Menge Wörter, die mir einfallen, wenn ich an dich denke, aber ›bescheuert‹ gehört auf keinen Fall dazu.«

Sie sah mich wieder an und lächelte. Wir waren wieder im Spiel.

»Ich habe keine Ahnung, wie ich es sagen soll, also sage ich es einfach. Du hast etwas Besonderes, Bobby. Ich weiß, du bist clever, eine Sportskanone, überall beliebt und noch mehr, aber das ist nicht alles. Du hast diese – wie soll ich's nennen? – diese Ausstrahlung. Die Leute mögen dich. Sie vertrauen dir. Und es ist nicht so, als würdest du angeben oder so. Wahrscheinlich liegt es zum Teil auch daran. Du tust nicht, als wärst du besser als die anderen. Du bist einfach ein wahnsinnig toller Typ …« Sie zögerte kurz, ehe sie weiterredete. Dann platzte die Bombe: »... in den ich seit der vierten Klasse verknallt bin.«

Nicht einmal meine wildesten Fantasien hätten mich darauf vorbereiten können. Ich war sprachlos. Hoffentlich war mir vor Staunen nicht die Kinnlade nach unten gefallen.

»Ich weiß auch nicht genau, warum ich es dir ausgerechnet jetzt sage«, fuhr sie fort. »Aber ich habe das seltsame Gefühl, dass ich sonst vielleicht nie mehr die Chance dazu bekomme. Ich wollte dir unbedingt sagen, was ich fühle und ... das tun.«

Dann passierte es. Der Kuss. Sie trat vor, zögerte eine Sekunde um zu sehen, ob ich sie aufhalten würde, (klar, als ob *diese* Gefahr bestanden hätte) und wir küssten uns. Ich will dich nicht mit Einzelheiten langweilen, aber ich sage dir, ich war glücklich. Es waren die erstaunlichsten dreißig Sekunden meines Lebens.

In der einunddreißigsten Sekunde knallte es gewaltig.

Ich hielt die Augen geschlossen, doch ich sah eine glorreiche Zukunft mit Courtney und ihren Küssen vor mir. Ich weiß nicht, ob man gleichzeitig küssen und lächeln kann, aber wenn es geht, habe ich es getan. Dann öffnete ich die Augen und es war vorbei.

»Hi, Bobby.«

Onkel Press stand vor mir! Woher war *der* so plötzlich aufgetaucht? Ich riss mich so hastig von Courtney los, dass sie die Augen noch geschlossen hatte. Ehrlich gesagt sah sie eine Sekunde lang etwas witzig aus, als würde sie die Luft küssen, aber sie erholte sich schnell und du kannst mir glauben, ich fand das alles gar nicht so lustig.

»Onkel Press! Hi!« Vielleicht hätte ich »Yo!« sagen sollen, denn ich kam mir unsagbar blöd vor. Keine Ahnung warum. Wir hatten nichts Falsches getan. Wir hatten uns nur geküsst. Zugegeben, es war der Megakuss aller Zeiten, aber trotzdem nur ein Kuss. Sobald Courtney begriff, was los war, stieg ihre Verlegenheit von null auf hundert. Sie wäre am liebsten meilenweit weg gewesen und ich auch. Rückwärts ging sie zur Tür.

»Ich ... gehe ... besser«, stotterte sie.

»Nein, geh nicht.« Ich hatte keine Lust, sie zu verlieren, aber Onkel Press war anderer Meinung.

»Ja. Du solltest jetzt gehen.« Kurz, grob und einfach. Allerdings ließ die Art und Weise, wie er es sagte, eine rote Warnlampe in meinem Kopf aufblinken. Er hörte sich gar nicht wie mein Onkel Press an. Normalerweise ist er ein Typ, der sich amüsieren würde, wenn er seinen Neffen beim Knutschen überrascht. Tatsächlich war es so, als er mich mit Nancy Kilgore beim Schmusen auf der Terrasse ertappte. Er lachte nur. Mir war das Ganze schrecklich peinlich, aber ihm machte es einen Mordsspaß. Hin und wieder erwähnte er es, nur um mich zu ärgern. Aber nicht in Gegenwart anderer, deshalb war es in Ordnung. Doch heute reagierte er ganz anders. Diesmal lachte er nicht.

»Viel Glück nachher, ich feuere euch an«, sagte Courtney, tat einen Schritt ... und lief gegen die Tür. Autsch. Onkel Press beugte sich vor und öffnete sie. Courtney nickte ihm verlegen zu und sah mich mit dem Hauch eines viel sagenden Lächelns an. Dann war sie fort. Onkel Press schloss die Tür und wandte sich mir zu.

»Tut mir Leid, Bobby, aber ich brauche deine Hilfe.«

Wieder klang er nicht wie sonst. Er war ein ziemlich lockerer Typ. Ich schätze, er war schon Mitte fünfzig, benahm sich aber nicht wie ein alter Mann. Dauernd alberte er herum und schien nichts ernst zu nehmen. Doch heute Abend war er todernst. Ehrlich gesagt kam es mir vor, als sähe er ein wenig ... ängstlich aus.

»Ich habe ein Spiel. Halbfinale. Ich bin schon spät dran.«

»Vor ein paar Sekunden hat dir das aber keine Sorgen gemacht«, schoss er zurück.

Punkt für ihn. Aber ich war wirklich spät dran und es war ein wichtiges Spiel.

»Mom und Dad sind mit Shannon vorgefahren. Wenn ich nicht aufkreuze …«

»Sie werden es verstehen. Ich würde dich nicht darum bitten, wenn ich es nicht für wichtiger als ein Basketballspiel hielte … oder für wichtiger als den Kuss dieses hübschen Mädchens, das gerade gegangen ist.«

Ich war bereit Letzteres zu diskutieren, aber er wirkte unheimlich angespannt. Es war eigenartig. Dann, als würde er meine Gedanken lesen, meinte er: »Bobby, du kennst mich dein Leben lang. Hast du mich schon je so erlebt wie jetzt?«

Ich musste nicht antworten. Irgendetwas stimmte nicht.

»Dann weißt du, wie ernst es mir ist«, sagte er mit absoluter Bestimmtheit.

Ich wusste nicht, was ich tun sollte. In diesem Augenblick wartete ein Team auf mich, damit wir gemeinsam ins Endspiel kamen. Ganz zu schweigen von meiner Familie, meinen Kumpeln und einer Beinahefreundin, die alle erwarteten, dass ich aufs Spielfeld traben würde. Doch vor mir stand ein Mann, der zu meinem eigenen Fleisch und Blut gehörte und meine Hilfe brauchte. Onkel Press hatte immer sehr viel für mich getan und nie um eine Gegenleistung gebeten. Bis heute. Wie sollte ich ihn abweisen?

»Versprichst du mir, dass du meinem Trainer, Mom, Dad und Courtney Chetwynde alles erklärst?«

Onkel Press lächelte ein wenig wie früher und sagte: »Sie werden es verstehen.«

Ich versuchte mir einen weiteren Grund auszudenken, warum ich nicht mitkommen konnte, fand aber keinen. Also sagte ich seufzend: »Na gut, gehen wir.«

Sofort öffnete Onkel Press die Haustür. Ich zuckte die Achseln und wollte los.

»Die Tasche brauchst du nicht«, sagte er und deutete auf meine Sportsachen. Keine Ahnung wieso, aber das hörte sich eigenartig und fast bedrohlich an.

»Was ist denn eigentlich los, Onkel Press?«

Hätte er die Frage wahrheitsgemäß beantwortet, wäre ich nach oben in mein Zimmer gerannt und hätte mich unter dem Bett versteckt. Aber er sagte bloß: »Das wirst du schon sehen.«

Er war mein Onkel. Ich vertraute dem Typen. Also ließ ich meine Tasche fallen und ging zur Tür. Er folgte mir nicht sofort. Ich schaute mich um und bemerkte, wie er sich aufmerksam umsah. Vielleicht bildete ich es mir nur ein, aber er wirkte traurig, als wäre er zum letzten Mal hier. Nach ein paar Sekunden sagte er: »Du liebst dieses Haus, nicht wahr? Und deine Familie?«

»Nun … ja. Natürlich.« Was für eine blöde Frage.

Noch einmal sah er sich traurig um und wandte sich mir zu. Alle Trauer war verschwunden. Jetzt trug er die entschlossene Miene eines Mannes zur Schau, der etwas Wichtiges zu erledigen hat.

»Gehen wir«, sagte er.

Onkel Press ging an mir vorbei, den Gartenweg hinunter und zur Straße. Er war immer gleich gekleidet, in Jeans, Stiefel und ein dunkelbraunes Arbeitshemd. Darüber trug er einen langen braunen Ledermantel, der ihm bis zu den Knien reichte. Der Mantel flatterte beim Gehen im Wind. Ich hatte ihn schon unzählige Male so gesehen, aber aus irgendeinem Grund verlieh es ihm heute die Aura eines Mannes, für den die Zeit stillsteht. In einem anderen Jahrhundert wäre er ein

Cowboy gewesen, der mit wiegenden Schritten eine staubige Straße entlanggeht, oder ein Armeekurier, der wichtige militärische Dokumente befördert. Onkel Press ist in der Tat ein einzigartiger Typ.

Vor unserem Haus parkte das witzigste Motorrad, das man sich vorstellen kann. Es sah aus wie eine dieser bunten Matchbox-Rennmaschinen, mit denen ich vor nicht allzu langer Zeit noch gespielt hatte. Allerdings war dieses Motorrad sehr groß und sehr echt. Onkel Press legte immer viel Wert auf Stil. Er nahm den zweiten Helm vom Sitz und warf ihn mir zu. Ich setzte ihn auf und er nahm sich seinen Helm. Dann warf er den Motor an, der zu meiner Überraschung nicht besonders laut klang. Ich hatte ein ohrenbetäubendes Dröhnen erwartet, doch die Maschine war beinahe leise. Sie hörte sich an wie eine Rakete kurz vor dem Start. Ich kletterte hinter ihn und er sah mich über die Schulter hinweg an.

»Bist du bereit?«, fragte er.

»Nein«, antwortete ich ehrlich.

»Gut. Alles andere hätte mich auch überrascht«, erwiderte er schlagfertig. Dann legte er den Gang ein, gab Gas und wir flogen die ruhige Vorortstraße entlang, in der ich vierzehn Jahre lang zu Hause war.

Ich hoffe, ich sehe sie irgendwann wieder.

ZWEITE ERDE

»... Ich hoffe, ich sehe sie irgendwann wieder.«

Mark Dimond blickte von dem Stapel Pergamentblätter auf, den er in der Hand hielt und holte tief Luft. Sein Herz raste. Die Worte auf dem Papier schienen von seinem besten Freund Bobby Pendragon zu stammen, aber die Geschichte, die sie erzählten, war vollkommen unglaublich. Noch einmal starrte er auf die Blätter. Die Schrift wirkte geradezu verzweifelt. Bobbys Schrift in verwischter schwarzer Tinte auf altmodischem gelbem Pergament. Es sah echt aus und fühlte sich echt an, aber der größte Teil der Geschichte, die auf diesen Seiten stand, hörte sich so wahr an wie ein Fiebertraum.

Mark saß sicher hinter der verschlossenen Tür der zweiten Kabine des Jungenwaschraums im dritten Stock der Stony Brook Junior High School. Der Waschraum wurde selten benutzt, da er sich am äußersten Ende des Gebäudes befand, neben dem Kunsttrakt, weit abgelegen vom allgemeinen Trubel. Er kam oft hierher um in Ruhe nachzudenken. Hin und wieder benutzte er die Toilette sogar für den vorgesehenen Zweck, aber meistens zog er sich hierher zurück um allein zu sein. Vor seinen Füßen lag ein Häufchen Karottenreste. Beim Lesen hatte er vor lauter Nervosität eine Möhre nach der anderen verschlungen. Mark hatte irgendwo gelesen, dass Möhren das Sehvermögen stärkten. Aber nach monatelangem regelmäßigem Verzehr musste er immer noch eine Brille tragen und konnte als Lohn für seine Mühe nur eine Reihe gelblicher Zähne vorweisen.

Mark war kein richtiger Außenseiter, doch er gehörte auch nicht zu den coolen Typen. Sein einziger Kontakt zur

Welt der »Anerkannten« war Bobby. Sie waren zusammen aufgewachsen und die engsten Freunde, die man sich vorstellen konnte. Während Bobby langsam erwachsen und immer beliebter wurde, blieb Mark weiterhin mit einem Fuß fest in der Welt der Kinder stehen. Er las noch immer Comics; auf seinem Schreibtisch standen Actionfiguren; er kannte sich nicht mit angesagter Musik aus und seine Klamotten waren, nun, praktisch. Aber Bobby war das völlig egal. Mark brachte ihn zum Lachen. Und zum Nachdenken. Die beiden verbrachten Stunden damit, so unterschiedliche Themen wie Verfassungsänderungen oder das Aussehen von Pamela Anderson vor und nach der Schönheitsoperation zu diskutieren.

Viele von Bobbys coolen Freunden lachten über Mark, doch nie in Gegenwart von Bobby. Dazu waren sie zu klug. Bereite Mark Probleme und du hast ein Problem mit Bobby. Aber nun gab es ein Problem für Bobby. Mark hielt den Beweis dafür in der Hand. Er wollte nicht glauben, was auf diesen Blättern stand. Unter normalen Umständen hätte er es für einen von Bobbys albernen Scherzen gehalten. Allerdings war einiges passiert, das Mark an einem Scherz zweifeln ließ. Er lehnte sich an die kühle Fliesenwand und seine Gedanken schweiften zurück zu den Ereignissen des gestrigen Abends.

Mark schlief immer mit einem Nachtlicht. Er fürchtete sich vor der Dunkelheit. Das war sein Geheimnis. Nicht einmal Bobby wusste davon. Manchmal fand Mark das Nachtlicht schlimmer als überhaupt kein Licht, denn natürlich warf es Schatten. Dann sah die dunkle Jacke, die an der Tür hing, so aus wie ein Wesen aus einem Horrorfilm. Das war ihm mehr als einmal passiert. Es nützte nichts, dass Mark ohne seine Brille kaum etwas außerhalb des Bettes deutlich erkennen konnte. Trotzdem war das gelegentliche Hochschrecken aus dem Schlaf immer noch besser als im Dunkeln zu liegen.

Gestern Abend war es wieder passiert. Mark lag im Bett und döste vor sich hin. Als er seine Augen einen kurzen Moment öffnete, glaubte er jemanden am Fußende des Bettes stehen zu sehen. Sein Verstand sagte ihm, es sei nur ein Schatten, von einem vorüberfahrenden Auto verursacht, aber sein Bauch riet ihm schnellstens aufzuwachen. Ein Adrenalinstoß durchfuhr ihn und sein Gehirn schaltete endlich auf volle Kraft. Er konzentrierte seine kurzsichtigen Augen auf den Eindringling um sich zu vergewissern, dass es nur sein Rucksack war. Ohne Erfolg. Er konnte nichts erkennen. Also tastete er auf dem Tisch neben dem Bett herum, warf einen mit Stiften gefüllten Becher um, wischte den Gameboy zu Boden und fand schließlich die Brille. Hastig setzte er sie auf, sah zum Fußende hinunter ... und erstarrte.

In sanftes Mondlicht gebadet, das durch ein Fenster fiel, stand eine Frau. Sie war groß und dunkelhäutig. Bekleidet war sie mit einem bunten Wickelgewand, das eine Schulter frei ließ und einen unglaublich muskulösen Arm enthüllte. In Marks Augen sah sie wie eine schöne afrikanische Königin aus. Er stemmte die Fersen gegen die Matratze und schob sich in der vergeblichen Hoffnung gegen die Wand, dass sie unter seinem Gewicht nachgeben und ihm die Flucht nach draußen ermöglichen würde.

Die Frau hob einen Finger an die Lippen und sagte leise: »Pst.« Mark war wie gelähmt vor Angst. Dann sah er der Frau in die Augen und etwas Eigenartiges geschah. Er wurde ganz ruhig. Als er jetzt darüber nachdachte, war er nicht sicher, ob sie ihn nicht hypnotisiert oder verzaubert hatte, denn seltsamerweise verschwand seine Angst. Die Frau hatte sanfte, freundliche Augen, die Mark bedeuteten, dass es keinen Grund zur Furcht gab.

»Shaaa zaa shuu saaa«, sagte sie leise. Ihre sanfte Stimme hörte sich an wie ein warmer Windhauch, der durch die Bäume strich. Es klang angenehm und beruhigend, ergab aber keinen Sinn. Dann wanderte die Fremde um das Bett herum und setzte sich neben Mark. Er wich nicht zurück, denn aus irgendeinem Grund erschien ihm plötzlich alles ... richtig. Um ihren Hals hing ein Lederbeutel an einer Kordel. Sie griff hinein und zog einen Ring heraus. Für Mark sah er wie einer der Siegelringe aus, die von Collegestudenten getragen wurden. Er war aus Silber, mit einem schieferfarbenen Stein in der Mitte. Rings um den Stein war eine Inschrift eingraviert, aber die Sprache war Mark total fremd.

»Er ist von Bobby«, sagte sie leise.

Bobby? Bobby Pendragon? Mark hatte keine Ahnung, was hier passierte, aber das Letzte, was er erwartete, war eine wildfremde Frau, die mitten in der Nacht in seinem Schlafzimmer auftauchte und seinen besten Freund kannte.

»Wer sind Sie? Woher kennen Sie Bobby?«

Sanft nahm sie seine Hand und steckte ihm den Ring auf den rechten Ringfinger. Er passte perfekt. Mark starrte zuerst auf den seltsamen Ring und dann auf die Fremde.

»Warum? Was soll das?«, fragte er.

Behutsam legte sie ihm den Finger auf die Lippen, damit er schwieg. Augenblicklich wurden seine Lider schwer wie Blei. Noch vor einer Sekunde war er so wach gewesen, wie man nur sein konnte, aber jetzt fühlte er sich todmüde und erschöpft. Die Welt entglitt ihm. Einen Augenblick später schlief er tief und fest.

Am nächsten Morgen erwachte Mark wie immer um fünfzehn Minuten nach sechs, als der Wecker summte. Sein erster Gedanke war: Ich hasse Wecker. Der zweite Gedanke galt dem eigenartigen Traum der letzten Nacht. Er lachte leise vor sich hin und beschloss, nicht mehr so viel rohes Gemüse vor dem Schlafengehen zu essen. Dann streckte er die Hand aus um den Wecker auszustellen ... und sah es.

Dort, an seinem Finger, steckte der Ring, den ihm die Frau gegeben hatte. Schnell setzte sich Mark auf und starrte den Ring mit dem grauen Stein und der komischen Inschrift an. Er war echt. Er spürte ihn. Er spürte sein Gewicht. Es war kein Traum. Was ging hier vor?

Hastig zog er sich an und verließ das Haus, ohne mit seinen Eltern über das Geschehene zu reden. Es gab nur eine Person, die ihm eine Erklärung geben konnte: Bobby Pendragon. Was jedoch Bobby betraf, so war bereits etwas vorgefallen, das ihm Bauchschmerzen bereitete. Gestern Abend hatte das Halbfinalspiel der Landesliga stattgefunden ... und Bobby war nicht erschienen. Seine Eltern waren da, seine Schwester auch, aber kein Bobby. Als er sich nach der Halbzeit bei ihnen nach Bobby erkundigen wollte, waren sie bereits gegangen. Sehr seltsam.

Und Stony Brook verlor das Spiel. Haushoch. Sämtliche Zuschauer gerieten in Aufregung und wollten wissen, was mit dem Star des Teams passiert war. Niemand wusste es. Als Mark nach Hause kam, rief er bei Bobby an, aber es wurde nicht abgehoben. Er ging davon aus, Bobby am nächsten Tag in der Schule zu sehen und die Gründe für sein Fernbleiben zu erfahren. Dann bekam er nächtlichen Besuch. Jetzt wollte Mark mehr von Bobby wissen als nur den Grund für sein Fehlen beim Spiel.

Als Mark das Gebäude betrat, war das Halbfinalspiel Gesprächsthema Nummer eins.

»He, Dimond! Wo ist dein Freund, der Superstar?«

»Er hat's verbockt!«

»Die Ausrede muss verdammt gut sein, Dimond!«

»Was ist los?«

Alle brüllten ihn wegen Bobby an. Das konnte nur eines bedeuten: Bobby war noch nicht da. Natürlich wusste Mark keine Antwort auf diese Fragen, zuckte mit den Achseln und ging weiter. Er schlenderte zu Bobbys

Spind, aber sein Freund war nicht da. Stattdessen erwarteten ihn dort noch mehr wütende Schüler und fielen über ihn her.

»Er war feige, wie?«

»Hatte wohl Schiss!«

Mark wich ihnen aus und eilte zu Bobbys Klassenzimmer. Auch dort war Bobby nicht. Wo steckte er bloß? Irgendetwas stimmte ganz und gar nicht.

Und dann geschah es. Zuerst war es nur ein Zwicken, wurde aber schnell heftiger. Es war der Ring. Er bewegte sich. Es fühlte sich an, als würde er Marks Finger drücken und wieder loslassen, drücken und loslassen.

»Dimond! He, Dimond! Wo ist er?« Noch mehr Typen kamen auf ihn zu. Kein guter Zeitpunkt. Mark wusste nicht, was er tun sollte. Also hielt er den Ring mit der linken Hand fest und rannte. Er stürmte mitten durch die Schülergruppe und stieß mit mehr Jungen zusammen, als er ausweichen konnte. Ein paar ältere Typen schubsten ihn zurück und fast wäre er zu Boden gegangen, hielt sich aber mit Mühe auf den Beinen. Die Klingel schrillte und alle steuerten auf ihre Klassenzimmer zu, doch Mark blieb nicht eher stehen, bis er seinen ganz persönlichen Schlupfwinkel erreicht hatte … den Waschraum der Jungen im dritten Stock.

Er lief hinein, blieb in der Mitte des Raumes stehen und streckte seine Hand aus, als gehörte sie nicht zu ihm. Immer noch bewegte sich der Ring. Er drückte und ließ wieder los, als hätte er einen eigenen Herzschlag. Plötzlich funkelte der graue Stein. Sekunden vorher war er nur eine feste graue Masse gewesen, jetzt erwachte er zum Leben wie ein glitzernder Diamant. Lichtstrahlen gingen von ihm aus und erfüllten den ganzen Raum.

Mark hielt es nicht mehr aus. Er riss sich den unheimlichen Ring vom Finger und schleuderte ihn fort. Die Lichtstrahlen schossen immer noch aus dem Stein und tanzten über die Decke und die Wände, als befänden sich wunderschöne leuchtende Sterne im Waschraum.

Entgeistert beobachtete Mark, wie der Ring immer größer wurde. Größer und größer, bis er etwa den Umfang einer Frisbeescheibe angenommen hatte. Im Mittelpunkt des nun riesigen Silberreifens befand sich dort, wo der Fußboden hätte sein müssen, ein schwarzes Loch. Der Ring hatte ein dunkles Portal nach ... Irgendwo geöffnet. Aus der Tiefe dieses Portals vernahm Mark leise Musik. Es klang nicht wie eine Melodie, sondern war ein Durcheinander aus klaren Tönen, die lauter und lauter wurden.

Mark wich vor dem unheimlichen Ring zurück, hin- und hergerissen, ob er sich umdrehen und weglaufen oder bleiben und anschauen sollte, was ihm hier geboten wurde. Er war gleichzeitig fasziniert und verängstigt. Die Musik aus dem Portal wurde so laut, dass Mark sich die Ohren zuhalten musste. Was auch immer geschah, er wollte auf keinen Fall daran teilhaben. Also drehte er sich um und rannte zur Tür. Gerade als er sie aufreißen wollte ...

Alles war vorbei. Die Musik endete so abrupt, als hätte jemand den Stecker einer Musicbox herausgezogen. Auch die spannende Lightshow war zu Ende. Das Einzige, was nicht nachließ, war das wilde Klopfen seines Herzens. Alles andere war jetzt vorbei und Mark versuchte sich zu beruhigen. Er ließ die Tür los und sah sich um. Der Ring lag noch immer auf dem Boden, wo er ihn hingeworfen hatte. Er hatte wieder seine normale Größe angenommen und auch der Stein wies die feste graue Oberfläche auf, die er vor den Ereignissen im Waschraum gehabt hatte.

Doch etwas hatte sich verändert. Neben dem Ring lag eine Papierrolle auf dem Fußboden. Gelbes Pergament war fest zusammengerollt und mit einem Lederband umwickelt worden. Was auch immer der Ring bewirkte, jetzt lag diese Schriftrolle auf dem Fliesenboden des Waschraums.

Vorsichtig ging Mark näher, bückte sich und hob sie mit schweißnasser Hand auf. Tatsächlich, es handelte sich um zusammengerolltes Papier. Nichts, wovor er Angst haben musste. Aber höchst eigenartig. Mark zerrte an dem Lederband und entrollte die Papiere mit äußerster Vorsicht. Es waren vier Seiten, eng beschrieben. Mark starrte auf die erste Zeile der ersten Seite und die Worte trafen ihn wie ein elektrischer Schlag. Er konnte nicht mehr atmen. Er konnte nicht mehr denken. Dieses eigenartige Pergament war ein Brief … an ihn.

Er begann mit dem Satz: *»Ich hoffe, du liest dies, Mark.«*

Erstes Journal
(Fortsetzung)

DENDURON

Vom Rücksitz eines dahinrasenden Motorrads aus konnte ich Onkel Press schlecht Fragen stellen. Der Motor dröhnte, der Wind rauschte an uns vorbei und wir trugen diese supermodernen Helme … eine Unterhaltung war völlig unmöglich. Also überließ ich es meiner Fantasie, zu erraten, wo wir hinfuhren und warum.

Eines war offensichtlich: Wir verließen unsere kleine Stadt. Ich lebte in einem ruhigen, friedlichen – ja langweiligen Vorort von New York. Ein paarmal war ich mit meinen Eltern in New York gewesen, wenn es etwas Besonderes zu sehen gab, wie die Radio City Ferienshow oder die Erntedankparade von Macy's. Und irgendwann schnappten wir uns den Vorstadtzug – du erinnerst dich, Mark? – um uns den James Bond-Film anzusehen. Ansonsten war mir die Stadt ziemlich unbekannt.

Andererseits musste man kein New Yorker Taxifahrer sein um zu erkennen, dass Onkel Press in ein Stadtviertel fuhr, das jeder normale Mensch als ziemlich … mies bezeichnet hätte. Das war nicht New York, wie ich es kannte, außer vielleicht aus einer Fernsehsendung über ein schreckliches Verbrechen, das gerade passiert war. Sobald wir den Cross Bronx Expressway verließen, befanden wir uns sofort im übelsten Slum. Überall erblickte ich ausgebrannte Gebäude. Keine Menschenseele war weit und breit zu sehen. Alles wirkte verlassen und wie ausgestorben, aber trotzdem beschlich mich das unheimliche Gefühl, dass uns unzählige Augenpaare aus den leeren Fensterhöhlen beobachteten, als wir vorbeifuhren. Und natürlich war es stockdunkel.

Hatte ich Angst? Na, wenn ich bedenke, dass mir schlecht war und ich mich so fest an Onkel Press klammerte, dass ich befürchtete ihm die Rippen zu brechen, dann würde ich tatsächlich sagen, ich hatte Angst.

Onkel Press steuerte auf einen der altmodischen Kioske zu, die an den Treppen zur U-Bahn stehen. Wir fuhren auf den Gehweg und er stellte den Motor ab. Als wir anhielten, wurde es totenstill um uns herum. Klar, ich hatte die letzte halbe Stunde auf einem Motorrad verbracht und verglichen damit, war *alles* andere leise. Aber hier war es *total* still, wie in einer Geisterstadt. Oder einem Grab.

»Da sind wir«, verkündete er und sprang vom Sitz. Ich kletterte ebenfalls runter und nahm erleichtert den Helm ab. Endlich konnte ich wieder hören. Onkel Press legte seinen Helm auf den Sitz und ging zur Treppe hinüber.

»He, warte mal! Lassen wir die Helme und das Motorrad einfach hier?«, fragte ich entgeistert. Das war unglaublich. Er zog nicht einmal den Zündschlüssel aus dem Schloss. Ich bin kein Experte für Verbrechensstatistiken, aber wenn wir die Sachen hier ließen, würden sie in null Komma nichts Beine kriegen.

»Wir brauchen sie nicht mehr«, sagte er ungeduldig und ging die ersten Stufen hinunter.

»Warum nehmen wir die U-Bahn?«, wollte ich wissen. »Warum nicht das Motorrad?«

»Weil wir es dort, wo wir hingehen, nicht mitnehmen können«, sagte er mit völlig gelassener Stimme. Dann drehte er sich um und ging weiter.

Ich rührte mich nicht. Ich wollte Antworten und ich würde keinen Schritt tun, ehe ich sie nicht bekam. Onkel Press spürte, dass ich ihm nicht folgte, blieb stehen und wandte sich um.

»Was ist?«, fragte er und hörte sich etwas genervt an.

»Ich habe gerade das wichtigste Spiel meines Lebens geschmissen, meine Mannschaft wird mich morgen kreuzigen und du möchtest, dass ich dir in die U-Bahn in einem der übelsten Viertel New Yorks folge? Ich finde, du schuldest mir eine Erklärung!« Ich hatte die Nase voll und beschloss sofort zu verschwinden, wenn er keine Antworten lieferte. Natürlich war ich nicht sicher, wohin ich gehen sollte, falls er mich einfach stehen ließ. Allerdings rechnete ich nicht ernsthaft damit. Schließlich war er mein Onkel.

Er ließ sich erweichen. Sekundenlang sah ich das Gesicht des Menschen, den ich mein Leben lang gekannt hatte. »Du hast Recht, Bobby, ich verlange ziemlich viel von dir. Aber wenn wir hier stehen bleiben und ich lange Erklärungen abgebe, ist es vielleicht zu spät.«

»Zu spät wofür?«

»Es gibt ein paar Leute, die in Schwierigkeiten stecken. Sie verlassen sich darauf, dass ich ihnen helfe, und ich verlasse mich darauf, dass du mir hilfst.«

Ich fühlte mich geschmeichelt und hatte gleichzeitig Schiss. »Echt? Was für Schwierigkeiten?«

»Es würde ewig dauern, es dir zu erklären. Ich zeige es dir lieber.«

Ich hatte keine Ahnung, was ich tun sollte. Selbst wenn ich gegangen wäre, hätte ich nicht gewusst wohin. Und hier stand dieser Typ – mein Onkel –, sah mir in die Augen und sagte, er brauche mich. Ich hatte wenig Auswahl. Endlich entschloss ich mich, ihm den immer drängender werdenden Gedanken in meinem Kopf mitzuteilen.

»Ich hab Angst.« Da, ich hatte es gesagt.

Onkel Press lächelte und antwortete: »Ich weiß. Doch bitte glaube mir, Bobby, solange es in meiner Macht steht, lasse ich nicht zu, dass dir etwas geschieht.« Er sagte es mit so ehrlicher Überzeugung, dass es mir sofort besser ging … etwa eine Sekunde lang.

»Was passiert, wenn es nicht mehr in deiner Macht steht?«, fragte ich.

Onkel Press lächelte wieder und meinte: »Das wird vorläufig nicht geschehen. Bist du dabei?«

Man sagt, kurz bevor man ins Verderben geht, würde sich das ganze Leben noch mal vor dem inneren Auge abspulen. Komischerweise passierte das bei mir nicht. Ich dachte nicht an das Spiel. Ich dachte auch nicht an meine Familie. Ich dachte nicht einmal an Courtney Chetwynde. Ich dachte bloß an mich und Onkel Press. Hier und jetzt. Das empfand ich als gutes Omen. Also nahm ich meinen ganzen Mut zusammen und sagte: »Gut, alles klar! Gehen wir.«

Onkel Press lachte, wie ich es seit Ewigkeiten nicht mehr von ihm gehört hatte. Dann machte er kehrt und lief die Treppen hinunter. Ich sah ihm nach, wie er in dem dunklen Loch verschwand, gab mir einen Ruck und folgte ihm um ihm zu zeigen, dass ich ihm vertraute. Als ich die letzte Stufe hinter mich brachte, stand er vor einer mit Graffiti bedeckten Bretterwand, die den Eingang versperrte. Die U-Bahnstation war stillgelegt, und so wie die alte Holzwand aussah, war sie schon lange nicht mehr benutzt worden.

»Jetzt haben wir ein Problem«, sagte ich lässig. »Hier geht's nicht weiter, wie?«

Onkel Press wandte sich mir zu und erklärte mit der geduldigen Miene eines Lehrers, der goldene Lebensweisheiten mitzuteilen hat: »Es gibt keine Probleme, nur Herausforderungen.«

»Na, wenn die Herausforderung darin besteht, eine U-Bahn in einer stillgelegten Station zu kriegen ...« Ich gab mich nicht so schnell geschlagen! »... dann würde ich das als Problem bezeichnen.«

Aber Onkel Press sah das anders. Lässig streckte er die Hand aus, packte eines der Bretter und zerrte daran. Es sah nicht so aus, als würde er viel Kraft einsetzen, aber sofort lösten sich gleich vier Bretter in einem Stück und gaben den Blick auf einen finsteren Weg in den U-Bahnhof frei.

»Wer redet denn davon, U-Bahn zu fahren?«, meinte er mit ironischem Grinsen.

Mühelos warf er das Stück der Bretterwand auf die Treppe und ging weiter. Ich hatte gar nicht gewusst, dass er so stark war. Außerdem fragte ich mich immer noch, warum wir mitten in der Nacht im übelsten Viertel New Yorks in einen stillgelegten Bahnhof eindrangen.

Onkel Press steckte den Kopf durch die Öffnung. »Kommst du?«

Um ein Haar hätte ich doch noch kehrtgemacht, wäre die Treppe hinaufgerannt und hätte mir einen Crashkurs im Motorradfahren gegönnt. Aber ich tat es nicht. Wahrscheinlich war das Ding sowieso längst geklaut worden. Ich hatte keine andere Wahl und folgte ihm.

Der Bahnhof war ewig nicht benutzt worden. Die einzige Helligkeit stammte von den Straßenlampen, deren Licht durch die Lüftungsgitter im Gehweg fiel. Der schwache Schimmer zeichnete das Gittermuster auf die Wände, doch große Teile des Bahnhofs lagen im Dunkeln. Es dauerte eine Weile, bis sich meine Augen an die Finsternis gewöhnt hatten, aber dann sah ich ein Stück längst vergangener Geschichte vor mir. Irgendwann war das hier wahrscheinlich eine ziemlich belebte Station gewesen. Ich erkannte kunstvolle Mosaike auf den gefliesten Wänden, die früher einmal sicher wunderschön ausgesehen hatten, jetzt aber von einer Unmenge schmutziger Risse durchzogen waren, die wie ein überdimensionales Spinnennetz wirkten. Überall lag Abfall, Bänke waren umgefallen und das Glas am Fahrkartenschalter war zersplittert. Mit einem Wort: Es war traurig.

Während ich noch auf der obersten Stufe der Treppe stand, die zum Bahnsteig hinunterführte, zeigte die tote Station Anzeichen von Leben. Es begann als schwaches Rumpeln, das allmählich immer lauter wurde. Zwar war der Bahnhof stillgelegt, aber die Züge fuhren noch. Zuerst sah ich den Scheinwerfer, der die Gleise und die Mauern erhellte. Dann fuhr der Zug ein ... schnell. Es gab keinen Grund mehr, hier zu halten, und so schoss er wie der Blitz hindurch, seinem Ziel entgegen. Sekundenlang sah ich die Station vor mir, wie sie in ihrer Glanzzeit wohl ausgesehen hatte. Doch das Bild verschwand ebenso schnell, wie es gekommen war. Wieder lag Totenstille über dem Bahnsteig, nur ein paar umherflatternde Papiere, die der Luftzug hochgewirbelt hatte, bewegten sich noch.

Ich blickte zu Onkel Press hinüber. Wusste er dieses verlorene Stück der Geschichte New Yorks genauso zu würdigen wie ich?

Nicht die Bohne. Seine Augen wirkten hellwach und aufmerksam. Er schaute sich nach allen Seiten um, als würde er ... nach etwas suchen. Ich hatte keine Ahnung wonach. Aber ich spürte instinktiv, dass er Alarmstufe Rot eingeschaltet hatte. Er war ziemlich angespannt.

»Was ist?«, brachte ich heraus.

Er lief schon die Treppe hinunter. Ich blieb dicht hinter ihm. »Hör zu, Bobby«, sagte er, als hätte er wenig

Zeit. »Falls etwas passiert, musst du wissen, was du zu tun hast.«

»Passiert? Wie meinst du das?« Es klang überhaupt nicht gut.

»Es ist alles in Ordnung, wenn du weißt, was zu tun ist. Wir sind nicht wegen der Züge hier, sondern weil sich hier das Tor befindet.«

»Tor? Welches Tor?«

»Am Ende des Bahnsteigs sind Stufen, die zu den Gleisen hinunterführen. Nach ungefähr dreißig Metern kommt eine Tür in der Mauer. Darauf siehst du eine Zeichnung. Sieht aus wie ein Stern.«

Das ging mir alles etwas zu schnell. Onkel Press eilte mit Riesenschritten auf das Ende des Bahnsteigs zu. Ich musste dicken Säulen und umgestürzten Papierkörben ausweichen um nicht zurückzubleiben.

»Hast du verstanden?«, fragte er scharf.

»Klar«, antwortete ich. »Stufen, Tür, Stern. Warum sind wir …?«

»Die Tür ist der Eingang. Falls ich aus irgendeinem Grund nicht bei dir sein sollte, öffnest du die Tür, gehst hindurch und sagst ›Denduron‹.«

»Denda… was?«

»Den-du-ron. Sag es!«

»Denduron. Verstanden. Was ist das, eine Art Passwort?«

»Damit kommen wir an unser Ziel.«

Hätte es eine *noch* rätselhaftere Antwort geben können? Warum sagten wir nicht einfach »Abrakadabra« oder etwas ähnlich Dämliches? So langsam hielt ich die ganze Sache für einen schlechten Scherz.

»Warum erzählst du mir das?«, erkundigte ich mich nervös. »Wir gehen zusammen, oder?«

»So ist es geplant, aber wenn irgendetwas …«

»Stehen bleiben! Und zwar sofort!«

Hey! Wir waren nicht allein. Wir blieben stehen und drehten uns um. Wir sahen … einen Polizisten. Verhaftet. Für unbefugtes Eindringen, schätzte ich.

»Ihr Burschen erzählt mir sicher, was ihr hier zu suchen habt.« Der Polizist sah selbstsicher aus – nein, überheblich. Er wirkte gepflegt und trug eine perfekt sitzende Khakiuniform, ein riesiges altes Polizeiabzeichen und eine ziemlich große Waffe. Wenigstens steckte sie noch im Halfter. Obwohl ich dachte, wir seien festgenommen, war ich irgendwie erleichtert ihn zu sehen. Ehrlich gesagt jagte mir Onkel Press allmählich Angst ein. Dieses Abenteuer wurde von Sekunde zu Sekunde eigenartiger. Vielleicht würde er jetzt, wo der Polizist vor uns stand, mit einer Erklärung rausrücken. Ich blickte Onkel Press an, da ich mit einer Antwort rechnete. Mir gefiel nicht, was ich sah. Onkel Press starrte den Polizisten durchdringend an. Ich sah förmlich, wie seine Gedanken rasten und er eine Entscheidung traf. Aber welche? Flucht? Hoffentlich nicht. Die Waffe sah ziemlich gefährlich aus. Eine Weile sagte niemand was, aber dann gesellte sich *noch* jemand zu unserer Party.

»Könnt ihr mich nicht in Ruhe lassen?«

Wir wandten uns einer dunklen Ecke zu, in der ein Abfallhaufen lag. Wenigstens sah es so aus, bis er sich bewegte. Ein Obdachloser. Falsch, er hatte ein Dach über dem Kopf. Wir standen gerade in seiner Behausung. Der Kerl war sehr groß und ich hatte keine Ahnung, wie alt er sein mochte, weil man nur eine wilde Mähne und Lumpen sah. Er roch auch nicht besonders gut. Langsam richtete er sich auf und schlurfte auf uns zu. Als er zu reden begann, klang seine Stimme schleppend und irgendwie verrückt.

»Ruhe! Mehr will ich gar nicht! Etwas Ruhe!«, jammerte er.

Onkel Press hob beschwichtigend die Hände und

sah abwechselnd den Obdachlosen und den Polizisten an. Er schien einen Plan zu haben.

»Ich denke, ihr zwei begleitet mich jetzt«, sagte der Polizist zu uns. Der Neuankömmling schien ihn kein bisschen zu stören.

Ich sah Onkel Press an. Er rührte sich nicht. Der Obdachlose kam näher.

»Burg! Hier ist *meine* Burg! Ich will, dass ihr alle …«

»Bitte? Was sollen wir Ihrer Meinung nach tun?«, erkundigte sich Onkel Press. Ich traute meinen Ohren nicht, er versuchte sich mit dem Verrückten zu unterhalten. Plötzlich vernahmen wir leises Dröhnen. Der nächste Zug war auf dem Weg zu uns.

»Ihr sollt alle verschwinden! Lasst mich allein!«

Aus irgendeinem Grund lächelte Onkel Press. Ich war total durcheinander. Worüber er auch immer nachgedacht hatte, er war zu einem Entschluss gekommen. Jetzt wandte er sich wieder dem Bullen zu.

»Sie kennen sich in diesem Territorium nicht aus, stimmt's?«, fragte er den Uniformierten.

Hä? Was sollte das nun wieder heißen? Hinter uns tauchte der Scheinwerfer im Tunnel auf. In wenigen Sekunden würde der Zug da sein.

Der Obdachlose fuchtelte aufgebracht mit den Armen. »Sie da! Ich rede mit Ihnen! Verlassen Sie meine Burg!«, brüllte er den Polypen an.

Ich befürchtete, der Polizist würde die Waffe ziehen, um sich gegen den Verrückten zu verteidigen. Aber er tat gar nichts. Er stand bloß da und starrte Onkel Press an. Sie sahen wie zwei Duellanten aus, die darauf warteten, dass einer von ihnen blinzelte. Plötzlich lächelte der Polizist und fragte: »Woran haben Sie's zuerst gemerkt?«

»Die Uniform. Polizisten in diesem Territorium tragen Blau und nicht Khaki«, antwortete Onkel Press.

Der Typ war gar kein Bulle? Wer war er? Das Signal der U-Bahn hallte durch die Station und das Kreischen der Metallräder auf den Gleisen wurde immer lauter.

»Ich fühle mich sehr geehrt«, fuhr Onkel Press fort. »Immerhin sind Sie persönlich erschienen.«

Onkel Press kannte den Typen! Der Obdachlose ging immer näher auf den Bullen zu – oder was auch immer er sein mochte.

»Das ist es! Das ist es! Wenn Sie jetzt nicht verschwinden, werde ich …«

Plötzlich sah der Polizist den Verrückten an. Es war ein so eisiger Blick, dass ich die Luft anhielt. Der Obdachlose blieb wie angewurzelt stehen. Der Polyp starrte ihn so durchdringend an, wie ich es noch nie erlebt hatte. Der arme Kerl zitterte plötzlich, als hätte er Schüttelfrost.

Noch einmal erklang das Signal der Bahn. Sie fuhr gerade ein.

Der Obdachlose sah aus, als würde er am liebsten davonlaufen, aber der Laserblick des Bullen nagelte ihn fest. Urplötzlich passierte etwas, das ich nie im Leben vergessen werde, obwohl ich es mir sehnlichst wünsche. Der Verrückte riss den Mund auf und stieß einen gequälten, entsetzlichen Schrei aus. Dann rannte er los. Aber nicht weg, sondern auf die Gleise zu! Der Zug fuhr ein und der Kerl lief genau darauf zu.

»Nein! Halt!«, brüllte ich. Doch es spielte keine Rolle. Der Mann lief weiter … und sprang genau vor den Zug!

Im letzten Augenblick wandte ich mich ab, aber trotzdem hörte ich alles. Ein schrecklich dumpfer Aufprall; und die Schreie verstummten augenblicklich. Der Zug hielt natürlich nicht an. Jede Wette, dass keiner an Bord gemerkt hatte, was passiert war. Doch ich wusste es und hätte mich am liebsten übergeben. Ich schaute Onkel Press an, der ziemlich bedrückt aussah. Aber schnell riss er sich zusammen und musterte den Polizisten, der zufrieden lächelte.

»Das war unter Ihrer Würde, Saint Dane«, sagte mein Onkel mit zusammengebissenen Zähnen.

Saint Dane. Damals hörte ich den Namen zum ersten Mal. Ich hatte das dumme Gefühl, es würde nicht das letzte Mal sein.

Der Polizist namens Saint Dane zuckte unschuldig mit den Achseln und sagte: »Ich wollte dem Jungen nur einen kleinen Vorgeschmack dessen liefern, was ihn erwartet.«

Das klang überhaupt nicht gut.

In diesem Augenblick verwandelte sich Saint Dane. Ich traute meinen Augen nicht, aber es war echt. Sein Gesicht, seine Kleidung – alles veränderte sich. Ich beobachtete wie in Trance, wie er sich in einen ganz anderen verwandelte. Die Haare wurden länger und glatt, bis sie ihm über die Schultern hingen. Der Körper streckte sich, bis er fast zwei Meter maß. Die Haut wurde kreidebleich. An Stelle der Khakiuniform trug er jetzt einen schwarzen Anzug, der mich vage an fernöstliche Kleidung erinnerte. Aber das alles war nichts verglichen mit seinen Augen. Sie nahmen eine eisblaue Farbe an und funkelten so bösartig und intensiv, dass ich sofort begriff, wie er einen Menschen durch reine Willenskraft dazu gebracht hatte, vor einen fahrenden Zug zu springen.

Nur eines veränderte sich nicht: die Waffe. Zu meiner Überraschung besaß auch Onkel Press eine. Mit einer Gelassenheit, die darauf schließen ließ, dass er das häufiger tat, zog er eine Automatik aus der Tasche seines langen Mantels.

Auch Saint Dane griff nach seiner Waffe. Ich war wie zu Eis erstarrt. Kennst du den Ausdruck: »Wie ein Kaninchen vor der Schlange«? So fühlte ich mich. Ich konnte mich nicht bewegen. Doch plötzlich saß ich auf dem Hintern. Onkel Press hatte mich hinter eine hölzerne Bank geschubst. Jetzt hatten wir Deckung vor Saint Dane, aber wie lange würde es gut gehen?

Onkel Press sah mich an und sagte mit einer Stimme, die viel ruhiger klang, als man unter diesen Umständen erwartet hätte: »Lauf.«

»Aber was ist mit …?«

»Lauf!« Dann verließ er die Deckung und schoss. Ich wartete lange genug, um Saint Dane hinter eine Säule springen zu sehen. Onkel Press war ein verdammt guter Schütze, denn die Fliesen auf der Säule zersprangen und flogen durch die Luft, als seine Kugeln sie trafen. Ich begriff, was er vorhatte. Er beschäftigte Saint Dane, um mir Zeit zur Flucht zu verschaffen. Aber wohin sollte ich fliehen?

»Bobby, die Tür!«

Natürlich! Die Tür mit dem Stern und dem Abrakadabra. Alles klar. Ich kroch vorsichtig los, als mir Onkel Press nachrief: »Pass auf die Quigs auf!«

Hä? Was sollten Quigs sein? Peng! Genau über meinem Kopf zersplitterte eine Fliese. Saint Dane schoss zurück und ich war seine Zielscheibe! Es bedurfte keiner weiteren Aufforderung. Ich rannte los. Hinter mir hallten Schüsse durch den Bahnhof. Der Krach war ohrenbetäubend. Ich stürmte an einer Säule vorbei und *peng!* Wieder zersprang eine Fliese. Splitter trafen mich im Nacken. So nah dran war ich! Endlich erreichte ich das Ende des Bahnsteigs und sah die Treppe, die zu den Gleisen hinunterführte, wie es Onkel Press beschrieben hatte. Eine Sekunde lang blieb ich stehen und fand, ich wäre bescheuert, wenn ich tatsächlich auf die Gleise spränge. Leider war die Alternative nicht besonders verführerisch. Wahrscheinlich war es einfacher, sich mit einer U-Bahn herumzuschlagen als mit diesem Typen, der Saint Dane hieß. Ich holte tief Luft und rannte die Stufen hinunter.

Sobald ich unten war, schien die Schießerei weit weg zu sein. Zwar hörte ich immer noch Schüsse, aber jetzt dachte ich mehr an das, was vor mir lag, als an das, was hinter mir lag. Einen kurzen Moment überlegte ich, ob ich zurückgehen und Onkel Press helfen solle, doch der Gedanke, mitten in eine wilde Schießerei zu rennen, war nicht gerade verlockend. Ich hoffte, er würde sich als Herr der Lage erweisen. Außerdem war es ihm wichtig gewesen, dass ich seine Anweisungen befolgte.

Es war dunkel. Ich musste mich langsam entlang der schmierigen Mauer vortasten, um nicht versehentlich auf die Gleise zu treten. Ich hatte genug über das berüchtigte »Dritte Gleis« gehört, das die Züge mit Strom versorgte. Wenn du drauftrittst, wirst du zu Schmorbraten. Also hielt ich mich so dicht wie möglich an der Mauer. Onkel Press hatte gesagt, die Tür befinde sich etwa dreißig Meter weiter im Tunnel. Ich versuchte mir einen Fußballplatz vorzustellen, um mir die Entfernung ausrechnen zu können, leider ohne Erfolg. Also musste ich mich einfach weiter vortasten, bis meine Hand die geheimnisvolle Tür fand. Meine größte Angst war, sie zu verpassen, und dann …

Grrrrr.

Hinter mir ertönte ein Knurren. Was war das? Ein Zug? Strom, der durch das »Dritte Gleis« floss? Offenbar war es weder das eine noch das andere, denn ich hörte es erneut, aber aus einer anderen Richtung.

Grrrrr.

Es schien ein Knurren zu sein. Ich hatte noch nie gehört, dass Ratten knurrten – also konnten es keine Ratten sein. Gut. Aufmerksam starrte ich ins Dunkel und entdeckte etwas, was mein Herz fast zum Stillstand brachte. Auf der anderen Seite der Gleise blickten mich kurz über dem Boden zwei gelb leuchtende Augen an. Irgendein Tier. Vielleicht dieses »Quig«, von dem Onkel Press gesprochen hatte? Oder ein verwilderter Hund? Was auch immer es war, es war recht groß und hatte Freunde, denn es tauchten immer mehr Augen auf. Da drüben versammelte sich eine ganze Meute und sie schien mir nicht freundlich gesonnen zu sein. Ich beschloss, mich sehr langsam und bedächtig zu bewegen, zur Tür zu schleichen und …

GRRRRR!

Zu spät! Die ganze Hundemeute oder Quigbande oder was auch sonst ging auf mich los! Plötzlich kam mir das »Dritte Gleis« gar nicht mehr gefährlich vor. Ich drehte mich um und rannte los, mindestens ein Dutzend Viecher auf den Fersen. Ich hörte, wie sie die Zähne fletschen und wie ihre Krallen auf die Metallgleise schlugen, als sie hinter mir herstürmten, um mich zu … nun, ich stellte mir lieber nicht vor, was sie mit mir vorhatten. Ich hoffte einen Moment, dass sie vielleicht das Stromkabel berühren und sich in Luft auflösen würden, aber leider geschah nichts dergleichen. Meine einzige Rettung blieb die geheimnisvolle Tür. Es war so finster, dass ich dauernd über Steine, Abfall, Metallstreben und alles Mögliche stolperte, doch ich rannte weiter. Ich hatte keine andere Wahl.

Dann sah ich sie. Im schwachen Licht einer staubigen alten Glühbirne an der Decke entdeckte ich eine schmale Tür in der Betonwand, deren Holz einen Stern trug. Geschafft! Doch wo war der Türgriff?

Entsetzt schaute ich über die Schulter und erblickte die Meute dicht hinter mir. Mir blieben nur noch ein paar Sekunden. Ich warf mich gegen die Tür und … sie öffnete sich! Sie öffnete sich nach innen, nicht nach außen! Ich fiel förmlich hindurch und warf mich zurück um sie zu schließen. Bam! Bam! Bam! Die Tiere sprangen gegen das Holz. Ich stemmte mich dagegen um sie auszusperren, aber sie waren verdammt stark. Ich hörte die Krallen, die fieberhaft über das Holz kratzten. Lange würde ich sie nicht aufhalten können.

Jetzt unterbreche ich meinen Bericht ganz kurz, Mark, denn das, was dann passierte, war wichtiger als die Viecher, die hinter mir her waren. Offensichtlich haben mich die wilden Hunde oder Quigs oder was auch immer nicht gekriegt, sonst würde ich dies hier jetzt nicht schreiben. Was dann geschah, war vielleicht das Wichtigste in diesem ganzen Albtraum. So Furcht erregend und seltsam alles, was bisher passiert war, auch gewesen sein mochte — es war nichts im Vergleich zu dem, was mich hinter dieser Tür erwartete.

Während ich versuchte meine Verfolger in Schach zu halten, sah ich mich um. Ein langer, dunkler Tunnel lag vor mir. Er war nicht besonders hoch, höchstens zwei Meter. Die Wände bestanden aus zerklüftetem grauem Felsgestein. Er sah nicht so aus, als hätte man ihn mit Maschinen gebohrt. Er wirkte irgendwie grob, als hätten ihn Menschen mit einfachen Werkzeugen aus dem Felsen gehauen. Ich konnte kein Ende erkennen, denn dazu war es zu dunkel. Er hätte endlos lang sein können.

Was sollte ich tun? Wenn ich den Tunnel hinunterlief, würden mich die Biester packen, sobald ich die Tür freigab. Keine gute Idee. Ich saß in der Klemme. Doch dann fiel mir ein, was Onkel Press gesagt hatte. Dieses Wort. Ich sollte durch die Tür gehen und das Wort sagen. Er hatte erklärt, es würde uns ans Ziel unserer Reise bringen. Wie hieß es nur? Plankton? Neuron? Sauron? Mir leuchtete nicht ein, was das Aussprechen eines Hokuspokus-Wortes damit zu tun haben sollte, mich aus dieser Scheißsituation zu katapultieren, doch eine andere Lösung gab es nicht.

Plötzlich fiel es mir ein. Denduron. Das sagte mir nichts, aber wenn es mir weiterhalf, würde ich es sofort zu meinem neuen Lieblingswort erklären. Ich presste den Rücken gegen die Tür, stemmte die Füße in den Boden, sah in den dunklen Tunnel und rief laut:

»Denduron!«

Auf der Stelle verstummte der Lärm der Bestien. Es hörte sich nicht so an, als liefen sie weg, sie waren einfach nicht mehr da. Ich nahm meinen ganzen Mut zusammen, entfernte mich drei Schritte von der Tür und … nichts geschah. Doch der Tunnel war eine ganz andere Sache.

Es begann mit einem Summen. Anfangs leise, aber dann immer lauter. Ich starrte in den Gang und beobachtete völlig entgeistert, wie sich die Wände plötzlich hin und her bewegten. Es war, als würde ich in eine elastische, lebendige Röhre schauen. Dann veränderten sich die Mauern. Sie waren nicht mehr steingrau, sondern durchsichtig, als bestünden sie plötzlich aus Kristall. Es war strahlend hell geworden, als leuchtete ein grelles Licht aus den Wänden.

Ein unglaublicher Anblick. So unglaublich, dass ich gar nicht mehr klar denken konnte. Dann hörte ich Musik. Es war keine bekannte Melodie oder so, bloß eine Reihe angenehmer Töne, die wild durcheinander erklangen. Ich war wie hypnotisiert. Ich stand am Anfang des Tunnels und ein seltsames Prickeln lief durch meinen Körper, nicht unangenehm, nur eigenartig. Das Prickeln wurde immer stärker, bis ich ein unmissverständliches Ziehen spürte. Zuerst begriff ich es nicht, aber dann wurde mir klar, dass ich in den Tunnel gezogen wurde. Als hielte mich die unsichtbare Hand eines Riesen gepackt und zöge an mir! Ich versuchte mich zu wehren, doch sofort wurde der Druck stärker. Ich wandte mich hin und her und suchte nach einer Möglichkeit, mich festzuhalten. Schließlich fiel ich hin und krallte meine Fingernägel in den Boden, aber das nützte nichts. Ich wurde in den schrecklichen Tunnel gesaugt und konnte mich nicht dagegen wehren.

Das war der entscheidende Punkt. Ab da veränderte sich mein Leben. Was dann passierte, stellte alles auf den Kopf, woran ich bisher geglaubt hatte, was ich bisher gekannt und für real gehalten hatte.

Ich wurde durch einen Tunnel gezogen, Mark. Und ich reiste ins Wunderland.

ZWEITE ERDE

Mark musste den Waschraum verlassen. Die Enge der Kabine drohte ihn zu ersticken. Als er vom Toilettensitz sprang, verfing sich ein Riemen des Rucksacks am Griff der Spülung. Das Wasser rauschte und er wurde nach hinten gerissen. Er befreite sich, stopfte die Pergamentblätter in die Tasche und fummelte am Türgriff herum um aus der Kabine zu kommen. Er war so durcheinander, dass er Schwierigkeiten hatte, den einfachen Mechanismus zu bedienen. Endlich drehte sich der Griff und er riss die Tür auf.

Im Waschraum stand ein Junge namens Andy Mitchell. Er lehnte lässig an der Wand und rauchte eine Zigarette. »Wahnsinn, Dimond, du warst ewig da drinnen. Hast du alles erledigt?« Mitchell grinste dämlich, als hätte er einen tollen Witz gerissen.

Mark erstarrte sekundenlang und fühlte sich, als hätte man ihn bei einem Vergehen ertappt.

»Es ist a-a-a-a-alles in Ordnung.« Wenn Mark nervös wurde, stotterte er etwas. Es war nicht weiter schlimm und passierte nur, wenn er unter Stress stand.

Mitchell schnippte den Zigarettenstummel quer durch den Waschraum und er landete genau in einem der Urinale. Ins Schwarze getroffen! Normalerweise hätte Mark die Geste bewundert, aber im Augenblick hatte er an Wichtigeres zu denken.

»Cool, Mann«, murmelte Mitchell. »Was du auf dem Klo treibst, ist deine Sache. Was hast du in der Tasche?«

Mark drückte den Rucksack an die Brust, als enthielte er Geheimdokumente. Was irgendwie auch zutraf. Sein Verstand arbeitete auf Hochtouren. Was sollte er Mitchell antworten, um weiteren Fragen aus dem Weg zu gehen? Die Antwort lag auf der Hand.

»P-P-P-Playboys.«

Mitchell grinste genüsslich. »Du geiler Bock. Zeig her.« Er griff nach dem Rucksack, aber Mark riss ihn weg und rannte zur Tür.

»T-t-t-tut mit Leid. B-b-b-b-bin spät dran.« Ehe Mitchell noch mehr sagen konnte, stürmte Mark aus dem Waschraum. Er hatte keine Ahnung, wohin er flüchten sollte, aber er rannte einfach weiter. Was er gelesen hatte, ging ihm wieder und wieder durch den Kopf. Konnte die Geschichte stimmen? So was gab es höchstens im Film oder in Fantasy-Romanen. Das dachten sich die Leute aus um andere zu unterhalten. Das war nicht die Wirklichkeit.

Wenn er letzte Nacht nicht die seltsame Besucherin gehabt hätte und der Ring an seinem Finger nicht gewesen wäre, hätte er das Ganze als Jux abgetan. Doch leider war beides sehr real. Es gab keine logische Erklärung für die Ereignisse und so musste er alle Maßstäbe der Normalität vergessen. Er musste unbedingt mit Bobby reden. Aber wenn die Geschichte stimmte, hatte Bobby im Augenblick keine Zeit und konnte auch keine Fragen beantworten.

Es war inzwischen halb zehn. Mark und Bobby hätten eigentlich in der Geometriestunde sitzen sollen. Mark war natürlich nicht da, weil er wie ein Irrer durch die leeren Korridore der Schule rannte. Im Augenblick erschien ihm Geometrie ziemlich unwichtig. Trotzdem steuerte er auf das Klassenzimmer zu und betete, dass Bobby an seinem Platz saß.

Vorsichtig ging er zur Tür. Er holte tief Luft, öffnete sie einen Spaltbreit und spähte hinein ... Bobbys Platz war leer. Mist. Mark hatte keine Ahnung, was er jetzt tun sollte. Er musste mit jemand reden, aber mit wem? Er brauchte eine Bestätigung, dass er nicht völlig verrückt geworden war. In diesem Moment fiel es ihm ein. Es gab eine Person, die einen Teil der Geschichte bestätigen konnte: Courtney Chetwynde.

Normalerweise wurde der Sportunterricht streng getrennt abgehalten. Eine hohe zusammenklappbare Wand schirmte die Bereiche für Jungen und Mädchen voneinander ab. Allerdings gab es eine Ausnahme.

Diese Ausnahme hieß Courtney Chetwynde. Beim Mannschaftssport spielte sie nicht mit den Mädchen. Sie war groß und kräftig und den meisten Mädchen haushoch überlegen. Also hatte man ihr gestattet mit den Jungen zu spielen, obwohl das gegen sämtliche Regeln des staatlichen Schulsystems verstieß. Niemand hatte sich aber je darüber beschwert. Die Mädchen waren froh nicht dauernd gegen sie antreten zu müssen. Und nachdem Courtney sich gegen die Jungen durchgesetzt hatte – was ungefähr dreißig Sekunden gedauert hatte –, war sie dort herzlich willkommen. Wenn Courtney spielte, war volles Tempo angesagt.

Und ihr Spiel hieß Volleyball.

Wham! Courtney sprang hoch über das Netz und der Ball traf ihren armen Gegner am Kopf. Der war völlig benommen und Courtney landete elegant wieder auf den Beinen, ehe der Ball den Boden berührte.

»Unser Punkt«, sagte sie lächelnd. Courtney kannte keine Gnade. Sie war an der Reihe und jemand warf ihr den Ball zu.

»Los, C. C.!« »Gib's ihnen!« »Wir schaffen das!« Courtney spielte mit wahrem Killerinstinkt und alle rechneten damit, dass dem Gegner jetzt der Todesstoß versetzt wurde. Doch als Courtney zurück auf ihren Platz lief, wurde sie abgelenkt. Mark Dimond. Der kleine Kerl winkte ihr wie verrückt von der Tür her zu. Sobald er sah, dass sie ihn bemerkt hatte, gab er ihr durch wilde Gesten zu verstehen, zu ihm zu kommen.

Courtney hob einen Finger, als wollte sie sagen: »Einen Moment, bitte.« Daraufhin winkte Mark nur noch aufgeregter. Er ließ sich nicht abweisen.

Courtney runzelte die Stirn und warf einem Mitspieler den Ball zu. »Übernimm das für mich.« Sie ging zu Mark hinüber.

»Was?«, brüllte der Junge entgeistert. »Es geht um den Sieg!«

»Ich weiß, also verbock es nicht.«

Die Jungen sahen ihr verwundert nach und wandten sich dann wieder dem Spiel zu. Obwohl es keiner zugegeben hätte, atmeten die Spieler der gegnerischen Mannschaft erleichtert auf.

Courtney ging zur Tür, öffnete sie und sah Mark, der im leeren Flur wartete.

»Ich hoffe, du hast einen guten Grund«, sagte sie ungeduldig.

Mark trat nervös von einem Bein aufs andere. Courtney musterte ihn kurz und fragte: »Musst du mal?«

»N-n-n-n-nein. Es geht um Bobby.«

Ihre grauen Augen wurden schmal. »Wo ist er? Warum hat er gestern Abend nicht gespielt?«

Mark zögerte, als wäre er nicht sicher, ob er die Frage stellen sollte. Doch er tat es. »H-h-h-h-habt ihr euch gestern Abend bei ihm zu Hause geküsst?«

Courtney starrte ihn an, weil sie nicht wusste, ob sie richtig gehört hatte. Dann explodierte sie. »Deshalb hast du mich aus dem Unterricht gerufen? Bobby hat das wichtigste Spiel seines Lebens verpasst und ... warte mal ... hat er dir von uns erzählt? Ich bringe ihn um!«

»C-C-C-C-Courtney! Warte, so war es nicht!« Mark versuchte ihren Wutausbruch aufzuhalten, aber Courtney war schwer in Fahrt.

»Ist mir scheißegal. Was fällt ihm ein, über so private ...«

»Hör auf!«, brüllte Mark.

Sie gehorchte, weil sie Mark niemals so viel Mut zugetraut hätte. Das sah ihm überhaupt nicht ähnlich. Sie sahen einander an, unsicher, wie es weitergehen sollte.

Mark hatte endlich ihre ungeteilte Aufmerksamkeit und versuchte es noch einmal. Als er sprach, formulierte er die Sätze sorgfältig und bedächtig, um nicht zu stottern und auch keinen Fehler zu machen. Also schob er die Brille ein Stück höher und sagte: »Ich glaube, mit Bobby ist etwas Komisches passiert. Was gestern Abend zwischen euch beiden vorgefallen ist, gehört dazu. Ich … es tut mir Leid, wenn dich das nervt, aber ich muss es wissen. Habt ihr euch gestern Abend bei ihm zu Hause geküsst?«

Courtney versuchte Mark zu durchschauen. Er war eigentlich schüchtern und dass er eine so persönliche Frage stellte, passte überhaupt nicht zu ihm. Hier ging es eindeutig um mehr als um die Prahlerei unter Jungen, ein Mädchen geküsst zu haben. Sie sah es ihm an. Mark hatte Angst.

»Klar«, meinte sie. »Haben wir. Wo steckt er?«

»Ich … ich weiß nicht«, antwortete er bedrückt. »Ich hoffe, er ist zu Hause. Kommst du mit und wir reden mit ihm?«

Sie sahen sich lange Zeit in die Augen. Courtney versuchte Marks Gedanken zu lesen und Mark betete, dass sie ihn begleiten würde, damit er das belastende Wissen mit jemandem teilen konnte. Vielleicht half sie ihm sogar, alles besser zu verstehen.

Courtney ging an ihm vorbei und sagte nur: »Gehen wir.«

Jetzt hatte sie eine Mission. Sie wollte mit Bobby reden. Wenn sie dazu zu ihm nach Hause gehen musste, dann würde sie es tun. Mark war erleichtert eine Verbündete zu haben, aber er wusste nicht, wie er ihr erzählen sollte, was er gelesen hatte, und ob sie ihm überhaupt glauben würde. Fürs Erste war er zufrieden, dass sie überhaupt mitkam.

Die Pendragons wohnten in einer ruhigen Sackgasse unweit der Schule. Es war gerade Mittag und Courtney und Bobby würden wieder zurück in der Schule sein, ehe man sie vermisste. Während sie den Gehweg entlanggingen, musste Mark sich anstrengen, um mit Courtneys schnellem zielstrebigem Schritt mitzuhalten. Er wollte ihr von der Besucherin erzählen, die er in der vergangenen Nacht gesehen hatte, von dem Ring und dem Pergament mit Bobbys Geschichte, aber er hatte Angst, sie würde ihn für verrückt halten. Darum musste er sich jedes Wort sorgfältig überlegen.

»Kennst du Bobbys Onkel Press?«, fragte er beiläufig.

»Klar.«

»Hast du ihn gestern Abend gesehen?«

»Leider! Er hat uns beim Küssen erwischt.«

Marks Herz sank. Es war natürlich egal, ob sich Bobby und Courtney geküsst hatten und dabei von Onkel Press erwischt wurden. Das Problem lag darin, dass Courtneys Antwort bestätigte, was auf dem Pergament stand. Mark fürchtete, dass alles stimmte, wenn schon der erste Teil der Wahrheit entsprach. Bei dem Gedanken wurde ihm schlecht.

Sie hatten Bobbys Haus fast erreicht. Mark hoffte, Bobby wäre zu Hause und alles würde sich in Wohlgefallen auflösen. Er stellte sich vor, wie er zu Bobby ging, ihm das Pergament zeigte und Bobby einen Lachanfall bekam. Er würde erklären, dass alles nur ein Jux wäre und er nie gedacht hätte, dass sie darauf reinfallen würden. Es war ein Gag, wie Orson Welles' Stück »Krieg der Welten«, bei dessen Radioübertragung alle Hörer geglaubt hatten, die Erde würde wirklich vom Mars angegriffen. Darauf hoffte Mark, aber was er im nächsten Augenblick sah, vernichtete diese Hoffnung sofort.

Linden Place Nummer zwei. So lautete die Adresse. Mark war schon tausendmal dort gewesen. Seit dem Kindergarten hatten sie abwechselnd bei dem einen oder dem anderen daheim gespielt. Bobbys Haus war für Mark wie ein zweites Zuhause. Mrs Pendragon bezeichnete ihn als ihren zweiten Sohn. Deshalb war er auf diesen Anblick völlig unvorbereitet. Courtney und Mark gingen den Gehsteig entlang bis zu dem Holzzaun, der den Vorgarten der Pendragons umgab ... und blieben wie angewurzelt stehen. Entsetzt starrten sie auf Linden Place Nummer zwei.

»Oh, mein Gott!«, war alles, was Courtney herausbrachte.

Mark blieb stumm.

Linden Place Nummer Zwei war ... verschwunden. Mit weit aufgerissenen Augen starrten sie auf den leeren Platz. Es gab keinen Hinweis darauf, dass hier *jemals* ein Haus gestanden hatte. Kein einziges Stück Holz, Stein oder auch nur ein Grashalm war zu sehen. Nichts als kahler Erdboden. Mark blickte zu dem riesigen Ahornbaum hinüber, in den Mr Pendragon vor vielen Jahren eine Schaukel aus einem alten Autoreifen für die Jungen gehängt hatte. Der Baum stand noch, aber die Schaukel war nicht mehr da. Sogar der Ast, der durch die Stricke tiefe Narben davongetragen hatte, war unversehrt. Keine abgewetzte Rinde. Nichts.

Courtney fasste sich als Erste. »Es ist die falsche Adresse.«

Mark entgegnete leise: »Nein, das ist es nicht.«

Courtney wollte es nicht wahrhaben. Sie rannte über das leere Grundstück. »Aber ich war gestern Abend hier! Ein Weg führte bis zur Haustür! Und die war an dieser Stelle! Bobby und ich standen ...« Ihre Stimme versagte. Sie sah Mark voller Angst an. »Mark, was ist passiert?«

Jetzt war es so weit. Obwohl Mark immer noch nicht wusste, was los war, bestätigte das leere Grundstück seine schlimmsten Befürchtungen. Alles, was in dem Bericht stand, war wahr. Er hatte mehr Fragen als Antworten, aber wenigstens kannte er ein paar Details, auch wenn sie sich seltsam anhörten. Er wollte sie mit Courtney teilen. Die Last des Wissens alleine zu tragen war nicht auszuhalten. Er griff nach dem Rucksack und zog die gelben Blätter heraus.

»Ich möchte, dass du das liest«, sagte er. »Es stammt von Bobby.« Courtney starrte auf die Blätter und dann wieder auf Mark. Zögernd nahm sie sie entgegen und setzte sich. Genau auf die Stelle, wo gestern noch ein Haus gestanden hatte. Nicht weit vom dem Punkt entfernt, an dem sie und Bobby sich zum ersten Mal geküsst hatten.

Misstrauisch musterte sie die Seiten und begann zu lesen.

Erstes Journal
(Fortsetzung)

DENDURON

Ich dachte, mein Leben wäre beendet. Mir blieb nichts mehr übrig als auf den Schmerz zu warten. Würde er überraschend kommen und mich voll erwischen? Oder würde er in den Füßen beginnen und sich langsam über die Beine und den Körper bis in den Kopf vorarbeiten, bis ein greller, zuckender Blitz die ewige Dunkelheit mit sich brachte?

Ich wünschte mir die schnellere Lösung. Aber es ging nicht schnell. Auch nicht langsam. Ich spürte keinen Schmerz. Ich starb auch nicht. Stattdessen fiel ich durch diesen schrecklichen Tunnel. Ich kam mir fast so vor wie auf einer dieser riesigen Wasserrutschbahnen. Allerdings saust man dort viel schneller nach unten. Jetzt, wo es vorbei ist, kann ich mir fast vorstellen, dass es eigentlich irgendwie Spaß machen könnte. Aber als es geschah, war ich in Panik.

Kaum hatte ich begriffen, dass ich nicht von einer großen Müllverbrennungsanlage aufgesogen wurde, öffnete ich die Augen und sah mich um. Es fühlte sich an, als würde ich ziemlich schnell fallen.

Wie ich schon sagte, waren die Wände des Tunnels wie aus dem Felsen gehauen – richtig zerklüftet. Doch sie waren auch durchsichtig wie aus Kristall. Eigenartigerweise stieß ich nirgendwo an. Ich rutschte mit den Füßen voran wie auf einer Rutschbahn, aber es war ein Gefühl, als würde ich schweben. Der Tunnel wand sich in unzähligen Kurven, doch ich wurde nicht gegen die Wände geworfen. Beinahe war es, als läge ich auf einem weichen fliegenden Teppich, der genau wusste, wohin die Reise ging.

Ich hörte Töne. Sie waren leise und klangen, als stammten sie von einer Stimmgabel. Viele verschiedene Noten. Angenehme Töne. Sie erinnerten mich an die Melodie, die ich hörte, als der Tunnel zum Leben erwachte, aber sie erklangen in größeren Abständen. Ich schien ziemlich schnell nach unten zu rutschen, denn ich segelte an den Tönen vorbei. Der Klang näherte sich schnell von vorne, flitzte an mir vorbei und verschwand hinter mir. Es war kein unangenehmes Gefühl, nur sehr eigenartig.

Ich schaute nach hinten, aber ich sah nichts als den Kristalltunnel, so weit ich blicken konnte. Dann sah ich zwischen meinen Füßen hindurch, aber es war das Gleiche. Nichts als Tunnel. Unendlich.

Nach einer Weile gewöhnte ich mich fast daran. Schließlich konnte ich überhaupt nichts dagegen tun; warum also sinnlos Kraft vergeuden? Jetzt kommt das Unglaubliche. (Als wäre das, was bisher passiert war, nicht unglaublich!) Ich konnte durch die Kristallwände hindurchsehen, doch dahinter war es dunkel. Das leuchtete mir ein, denn immerhin befand ich mich unter der Erde. Als ich aber genauer hinsah, kam es mir so vor, als würde die Dunkelheit von Tausenden von … Sternen unterbrochen.

Ich weiß, es klingt verrückt, nicht wahr? Ich war von einer U-Bahnstation aus immer tiefer in die Erde gerutscht, wo sollten da plötzlich Sterne herkommen? Aber genauso sah es aus.

Ich weiß nicht, wie lange ich schwebte. Drei Minuten? Drei Monate? Mein Zeitgefühl hatte sich schon lange verabschiedet. Ich gab mich ganz dem Gleiten hin und es war mir egal, wie lange es dauerte.

Irgendwann hörte ich etwas anderes. Es war keiner der leisen Töne, die mich bisher auf dieser bizarren Reise begleitet hatten. Es hörte sich, nun, irgendwie »fest« an. So als erreichte ich das Ende des Tunnels. Ich sah wieder zwischen meinen Füßen hindurch und da war es. Das Ende. Der helle gewundene Gang endete in der Dunkelheit und ich sauste schnell darauf zu. Rings um mich herum veränderten sich die Wände. Aus dem durchsichtigen Kristall wurde wieder graues Felsgestein, wie ich es vom Beginn meiner Reise her kannte.

Die Panik ergriff mich erneut. Würde ich gleich auf den Mittelpunkt der Erde krachen? Hieß es nicht, dort befände sich ein Kern aus glühendem Magma? Flog ich einem Feuertod entgegen? Was auch immer es war, es stand unmittelbar bevor. Ich tat das Einzige, was mir einfiel, um mich auf das Ende vorzubereiten.

Ich schloss die Augen. Doch das Ende bestand nicht aus einem Flammenmeer. Wieder spürte ich das Prickeln, das ich vom Anfang der Herreise kannte. Dann überfiel mich eine Welle aus Tönen. Es war dieselbe Melodie wie vorher. Ein Gewicht schien sich auf meine Brust zu legen. Plötzlich merkte ich, dass ich auf den Beinen stand. Die Musik verklang. Es war, als hätte mich der fliegende Teppich sanft abgesetzt.

Komischerweise fühlte es sich seltsam an, mein Gewicht wieder selbst tragen zu müssen. Es ging mir wie einem Astronauten, der sich nach dem Aufenthalt im Weltall erst wieder an die Schwerkraft gewöhnen muss. Ich öffnete die Augen und schaute über die Schulter. Hinter mir lag der Tunnel. Er sah genauso aus wie im U-Bahnhof, als ich ihn betreten hatte. Grau, dunkel und endlos.

Ich war unbeschadet angekommen. Nur wo war ich? Wieder in einer U-Bahnstation? In China vielleicht? Ich sah mich genauer um und stellte fest, dass ich in einer Art Höhle gelandet war. Jetzt, wo mein Verstand wieder arbeitete, spürte ich erst, wie kalt es war. Der Wind heulte laut. Wo auch immer ich war, ich befand mich nicht mehr unter der Erde.

Mit unsicheren Schritten verließ ich den Gang und trat in die Höhle hinaus. Der Eingang zum Tunnel war von innen durch einen ähnlichen Stern gekennzeichnet, wie er auf der Tür am Bahnsteig zu sehen gewesen war. Hier hatte man ihn auf Augenhöhe in den Fels geritzt. Seltsam.

Durch eine Öffnung auf der anderen Seite der Höhle strömte Licht. Es war so hell, dass der Rest der Höhle stockdunkel wirkte. Plötzlich hatte ich das Gefühl, schon viel zu lange im Dunkeln zu sein. Ich wollte ins Freie. Also stolperte ich quer durch den Raum und sah, dass sich dort tatsächlich ein Ausgang befand. Das Licht verriet mir, draußen war hellster Tag. Wie lange hatte ich in dem Tunnel gesteckt? Die ganze Nacht? Oder war in China jetzt Tag? Meine Augen hatten sich noch nicht an die Helligkeit gewöhnt und ich musste sie mit den Händen abschirmen und blinzeln. Dann trat ich ins Freie. Draußen war es noch kälter. Über dem T-Shirt trug ich bloß meinen Stony Brook-Pulli und der Wind pfiff mir um die Ohren. Es war eiskalt! Ich ging noch ein paar Schritte und stand … im Schnee! Der Boden war schneebedeckt. Deshalb war das Licht so grell! Die Sonne wurde vom Schnee reflektiert und blendete mich. Ich wusste, es würde nicht lange dauern, bis sich meine Augen daran gewöhnten, und so wartete ich ab, anstatt mich in der etwas wärmeren Höhle zu verkriechen. Ich wollte unbedingt wissen, wo ich mich befand.

Nach ein paar Sekunden öffnete ich vorsichtig die Augen. Endlich hatten sich meine Pupillen verengt und ich sah – doch was ich sah, hätte mich fast aus den Schuhen gehauen.

Ich stand auf der Spitze eines Berges! Es war kein kleiner Skihügel wie der in Vermont. Eher wie der Everest! Vielleicht nicht ganz so hoch, aber ich fühlte mich, als stünde ich auf dem Dach der Welt. In alle Richtungen erstreckten sich riesige Schneefelder. In weiter Ferne, tief unter mir, wich der Schnee einem grünen Tal und zwischen der Bergspitze und diesem Tal lag ein langer, steiler Abstieg.

»Wo zum Teufel bin ich?« Gute Frage, aber wer sollte mir antworten? Also beschloss ich im Schutz der Höhle erst einmal darüber nachzudenken. Doch gerade als ich mich umdrehte, sah ich etwas Eigenartiges. Ein paar Schritte vom Höhleneingang entfernt standen einige gelbliche, spitze Steine mit glatter Oberfläche, die etwa sechzig Zentimeter hoch waren. Sie ragten wie Stalagmiten aus dem Schnee. Oder wie Stalaktiten. Ich kann mir einfach nicht merken, was was ist. Sie standen aufrecht und endeten in einer Spitze. Ich wusste nicht warum, aber sie hatten etwas von Grabsteinen. Ich verscheuchte den unangenehmen Gedanken und stapfte durch den Schnee zurück zur Höhle.

Dann entdeckte ich das Seltsamste überhaupt. Gerade ging die Sonne über den Felsen auf, die das Dach der Höhle bildeten. Dabei hatte ich doch eben erst meine Augen vor der Sonne geschützt, die genau aus der entgegengesetzten Richtung schien! Das war unmöglich. Ich sah mich um und entdeckte nicht eine, sondern drei Sonnen! Drei! Ich schwöre bei Gott, Mark, es gab drei Sonnen an drei verschiedenen Punkten am Himmel. Ich blinzelte, weil ich dachte, ich hätte Sehstörungen, aber es nützte nichts. Sie verschwanden nicht. Mein Verstand setzte aus. Ich wusste nicht mehr, was ich denken sollte, nur eines war sicher ... ich war nicht in China.

Jetzt stand ich oben auf diesem Berg, ganz allein mit nassen Turnschuhen, und sah zu drei Sonnen empor. Ich schäme mich nicht es zuzugeben, aber ich sehnte mich nach meiner Mutter. Ich wollte vor dem Fernseher sitzen und mich mit Shannon um die Fernbedienung streiten. Ich wollte mit Dad den Wagen waschen. Ich wollte mit dir auf die Zielscheibe im Garten schießen. Plötzlich schienen mir die Dinge, die ich bisher als selbstverständlich angesehen hatte, in endloser Ferne zu liegen. Ich wollte nach Hause, aber ich konnte nur dastehen und heulen. Ja, es stimmt. Ich heulte.

Plötzlich hörte ich es wieder. Aus dem Inneren der Höhle. Das Durcheinander von Tönen, als mich der Tunnel aufgesaugt und wieder ausgespuckt hatte. Es kam jemand. Onkel Press! Er musste es sein! Ich rannte in die Höhle, überglücklich nicht mehr allein zu sein. Aber dann fiel mir etwas ein. Was, wenn es nicht Onkel Press war? Was, wenn es Saint Dane war? Bei unserer letzten Begegnung hatte er auf mich geschossen. Ich sage dir, wenn man auf dich schießt, ist das nicht so wie im Film. Es ist echt und schrecklich. Ich konnte noch den Stich im Nacken fühlen, wo mich die zersplitternde Fliese getroffen hatte.

Ich wusste nicht, was ich tun sollte, und so blieb ich mitten in der Höhle stehen und wartete. Wer auch immer da kam, er würde gleich hier sein. Onkel Press oder Saint Dane? Oder vielleicht die wilden Hunde, die mich zerfleischen wollten. Einfach traumhaft.

»Bobby?«

Es war Onkel Press! Er kam aus dem Tunnel auf mich zu und der lange Mantel flatterte um seine Beine. Am liebsten hätte ich ihn umarmt. Was ich dann auch tat. Wie ein kleines Kind lief ich auf ihn zu. Im Film wäre ich in Zeitlupe gerannt. Ich drückte ihn an mich und war überglücklich, dass mein Lieblingsonkel nicht von Saint Dane erschossen worden war. Er war in Sicherheit.

Das Gefühl hielt ungefähr, nun, drei Sekunden lang an. Jetzt, da meine Angst vor dem Tod verflogen war, überfiel mich die Realität. Für mein Hiersein war eine einzige Person verantwortlich: Onkel Press. Ich liebte ihn. Ich vertraute ihm. Und er hatte mich aus dem Haus gezerrt und mindestens acht Mal in Lebensgefahr gebracht.

Ich stieß ihn so heftig weg, dass er eigentlich hätte umfallen müssen, denn genau das wollte ich. Er sollte spüren, wie wütend ich war. Aber Onkel Press war stark. Als hätte ich versucht eine Mauer umstürzen, geriet ich aus dem Gleichgewicht und fiel auf den Hintern.

»Was zum Teufel ist hier los?«, schrie ich, während ich versuchte, auf die Beine zu kommen und dabei nicht wie ein Idiot auszusehen.

»Bobby, ich weiß, du bist durcheinander, weil …«

»Durcheinander? Durcheinander kommt meinem Zustand nicht einmal nahe!« Ich stürmte zum Tunneleingang und kreischte: »Denduron! *Denduron!*« Ich hätte *alles* gesagt um von dort wegzukommen. Leider geschah überhaupt nichts.

»Das hier ist Denduron. Wir sind schon da«, sagte er, als wäre das logisch.

»Okay, von mir aus.« Ich starrte in den Tunnel und brüllte: »Erde! New York! Die U-Bahn! Ich will nach Hause!« Ich lief ein Stück weit in den Tunnel hinein und hoffte, er würde mich aufsaugen und heimbringen. Wieder geschah nichts. Ich kehrte um und baute mich genau vor Onkel Press auf.

»Mir ist scheißegal, was hier los ist«, sagte ich mit so

viel Autorität wie möglich. »Mir ist auch egal, wo wir hier sind. Ich will nach Hause und ich werde nach Hause gehen! Bring … mich … heim!«

Onkel Press sah mich an. Er merkte, wie wütend und verängstigt ich war, und suchte nach den richtigen Worten. Leider gab es keine richtigen Worte für das, was er mir dann mitteilte.

»Bobby, du kannst nicht nach Hause. Du gehörst hierher.«

Entsetzt wich ich zurück. Ich wusste nicht, was ich denken sollte. Ich wollte heulen. Ich wollte ihn schlagen. Ich wollte vernünftig mit ihm reden. Ich wollte aufwachen und feststellen, alles war nur ein böser Traum gewesen.

Onkel Press schwieg und wartete darauf, dass ich mich beruhigte. »Warum?«, fragte ich schließlich.

»Ich sagte es bereits. Die Leute hier in Denduron brauchen unsere Hilfe«, erklärte er langsam und deutlich, als spräche er mit einem Kleinkind, und das machte mich noch wütender.

»Aber ich kenne diese Leute nicht!«, schrie ich. »Sie sind mir egal! Ich bin wichtig. Ich will nach Hause! Wieso begreifst du das denn nicht?«

»Ich begreife es sehr gut. Leider geht es nicht«, sagte er bestimmt.

»Warum nicht? Warum sind diese Leute so wichtig? Und wo sind wir überhaupt? Wo liegt dieses … Denduron?«

»Das ist schwierig zu erklären.«

»Versuch es«, sagte ich. Langsam hing mir die Geheimniskrämerei zum Hals heraus.

Onkel Press setzte sich auf einen Felsbrocken. Ich nahm das als Zeichen, dass er mir helfen wollte die ganze Sache zu verstehen.

»Wir sind weit von der Erde entfernt, aber nicht auf

einem anderen Planeten, wie du vermutest. Es ist ein Territorium. Die Erde ist auch ein Territorium.«

»Territorium, Planet! Wo ist der Unterschied? Das sind bloß Worte.«

»Nein, keineswegs. Hätten wir ein Raumschiff und würden dorthin fliegen, wo die Erde liegt, wäre sie nicht mehr da. Jedenfalls nicht so, wie wir sie kennen. Wenn man durch Flumes reist …«

»Flumes?«, wiederholte ich.

»So bist du hierher gekommen. Wenn man durch Flumes in die Territorien reist, wandert man nicht einfach von Ort zu Ort, sondern durch Zeit und Raum. Es ist schwer zu begreifen, aber du schaffst das schon.«

Ich war nicht sicher, ob ich es schaffen wollte. Vielleicht war es besser, unwissend zu bleiben. Ich sah Onkel Press an und mir wurde zum ersten Mal klar, dass er nicht der war, den ich kannte. Er war mir immer ein wenig geheimnisvoll vorgekommen, aber jetzt schien er mir völlig fremd.

»Wer bist du?«, fragte ich. »Du bist kein normaler Mensch.«

Onkel Press lächelte und sah zu Boden. Mich beschlich das Gefühl, dass die Antwort ungewöhnlich ausfallen würde.

»Ich bin dein Onkel, Bobby. Gleichzeitig bin ich ein Reisender. Genau wie du.«

Wieder so ein Wort. Reisender. Ich wollte kein »Reisender« sein. Ich war Bobby Pendragon, bester Verteidiger der Baseballmannschaft von Stony Brook. Doch mein altes Leben lag in weiter Ferne.

»Wenn wir uns also nicht auf der Erde befinden, warum sieht es dann wie auf der Erde aus? Ich meine: Ich atme, es gibt Schnee, Schwerkraft und alles Mögliche.«

Er antwortete: »Alle Territorien sind der Erde ähnlich bis auf kleine Unterschiede.«

»Du redest von den drei Sonnen?«

»Gutes Beispiel.«

»Und was ist mit den komischen gelben Steinen, die aus dem Schnee ragen?«

Plötzlich zuckte Onkel Press zusammen. »Wo? Draußen? Wie viele sind es?«

»Äh, weiß ich nicht. Zehn. Zwölf.«

Onkel Press sprang auf und zog den Mantel aus.

»Wir müssen gehen!« Er warf den Mantel auf den Boden und lief in eine Ecke der Höhle, wo ein Haufen trockener Zweige lag. Er zerrte daran herum.

»Was ist los?«, fragte ich verwirrt und ziemlich besorgt.

Er drehte sich um und hielt den Finger an die Lippen um mich zum Schweigen zu bringen. Die ganze Zeit über zerrte er Zweige aus dem Haufen und sprach leise, als wollte er verhindern belauscht zu werden.

»Quigs«, flüsterte er.

O nein. Quigs. Ein bekanntes Wort. Ich hasste es.

»Das sind aber keine Quigs. Quigs sind wie Hunde, nicht wahr?«

»Hängt vom Territorium ab«, flüsterte er. »Auf Zweite Erde sind sie wie Hunde. Hier nicht.«

»Was sind Quigs denn eigentlich?«, erkundigte ich mich, war aber nicht sicher, ob ich es wirklich wissen wollte.

»Es sind wilde Tiere, die in jedem Territorium anders aussehen«, erklärte er. »Saint Dane setzt sie ein um Reisende von den Flumes fern zu halten.«

Wieder dieser Name. Saint Dane. Ich hatte geahnt, dass er wieder auftauchen würde. Doch wie war es möglich, dass der Typ wilde Tiere dazu brachte, sich »einsetzen« zu lassen? Ehe ich fragen konnte, fegte Onkel Press die letzten Zweige beiseite, unter denen ein wirrer Haufen aus Leder und Fellen lag. Tierfelle. Dann zog er sich das Hemd aus.

»In diesem Territorium dürfen wir keine Zweite Erde-Kleidung tragen. Zieh die hier an«, erklärte er und hob ein scheußlich aussehendes Fell auf.

»Das soll wohl ein Witz sein?«, fragte ich fassungslos.

»Keine Diskussionen, Bobby. Sie halten warm.«

»Aber …«

»Kein Aber. Beeilung!«, flüsterte er betont leise. Er hatte wirklich Angst vor den Quigs. Ich nahm an, aus gutem Grund, und folgte seinem Beispiel.

»Auch die Unterwäsche?«, erkundigte ich mich und fürchtete mich vor der Antwort.

»Auf Denduron trägt man keine Boxershorts«, sagte er. Genau das wollte ich eigentlich nicht hören. Es würde schrecklich unbequem werden. Doch ich befolgte seine Anweisungen und hüllte mich in Leder und Felle. Es gab sogar Lederstiefel, die zum Glück schön weich waren, denn auf Denduron trug man auch keine Thermosocken. Während wir ein Stück »Kleidung« nach dem anderen von dem Haufen nahmen, kam noch etwas zum Vorschein. Ich hob das letzte Fell auf und erblickte einen Zwei-Mann-Schlitten. Er sah ein wenig so aus wie die Dinger, die man in Alaska von Schlittenhunden ziehen lässt, war aber kein bisschen modern. Die Kufen bestanden aus Holzbrettern, die Seiten aus Ästen und die Sitze aus geflochtenen Weidenruten oder etwas Ähnlichem. Das Steuer, das sich vor den Sitzen befand, war aus einem riesigen Geweih gefertigt. Fred Feuerstein wäre stolz darauf gewesen. Allerdings entdeckte ich ein Detail an diesem Schlitten, das mich ziemlich beunruhigte.

An beiden Seiten hingen lange, gefährlich aussehende Speere. Die Schäfte bestanden aus glatten Ästen und die furchtbar scharfen Spitzen aus flach gehämmertem Metall. Am Ende waren Federn angebracht um die Speere zu stabilisieren. Wie prähistorische Wurfspeere sahen sie aus, die zum Töten bereit waren.

»Was ist mit deiner Knarre?«, fragte ich hoffnungsvoll. »Können wir die nicht für die Quigs benutzen?«

»In diesem Territorium gibt es keine Pistolen«, antwortete er, hielt inne und sah mir fest in die Augen. »Wir dürfen nur Dinge verwenden, die die Territorien zu bieten haben. Das ist wichtig. Bitte denk immer daran, klar?«

»Ja, sicher.«

Er drückte mir etwas in die Hand. Es war ein kleiner, geschnitzter Gegenstand, der an einem Lederband hing. Es sah aus wie …

»Eine Pfeife«, erklärte er, als hätte er meine Gedanken erraten. »Behalte sie immer in Reichweite.«

Gerne hätte ich gefragt warum, aber im Augenblick spielte es keine Rolle. Ich hoffte nur, dass Onkel Press mit dem Speer genauso gut umgehen konnte wie mit der Pistole, denn eine Trillerpfeife würde uns kaum helfen, wenn die Sache wirklich gefährlich wurde. Ich zog mir das Lederband über den Kopf.

»Bist du bereit?«, fragte er.

»Nein«, lautete meine Antwort. Eigentlich war ich es doch. Ich kam mir wie ein Neandertaler vor, aber die eigenartigen Klamotten passten mir gut. Wo sie etwas groß ausfielen, zeigte mir Onkel Press, wie ich sie mit Lederriemen zusammenbinden konnte. Zum Schluss fühlten sie sich ganz bequem an. Das Einzige, was mich wirklich störte, war die Sache mit der fehlenden Unterhose. Hundertprozentig würde ich mich wund scheuern und bestimmt gab es auf Denduron weder Puder noch Wundsalbe.

Onkel Press zog den Schlitten in Richtung Höhlenausgang. Schnell eilte ich ihm zur Hilfe.

»Sobald wir draußen im Schnee sind, hüpfst du rein

und setzt dich nach hinten«, wies er mich an. »Ich sitze vorne und lenke. Wenn wir Glück haben, sind wir weg, ehe die Quigs aufwachen.«

»Was ist, wenn wir kein Glück haben?«, lautete meine nächste Frage.

»Wir sind auf keinen Fall schneller als sie. Die einzige Hoffnung ist, eines von ihnen zu kriegen.«

»Kriegen? Erklär mir das.«

Er schüttelte den Kopf, da wir den Ausgang erreicht hatten, und sah mich an.

»Tut mir wirklich Leid, Bobby. Sehr Leid. Aber eines Tages wirst du begreifen, warum alles so gekommen ist.«

Er sprach mit solcher Überzeugung, dass ich ihm tatsächlich glaubte. Ehrlich gesagt hatte ich Angst, ihm zu glauben. Denn wenn er die Wahrheit sagte, blieb mir nichts anderes übrig als mich dem Unbekannten, das wahrscheinlich vor uns lag, zu stellen. Und nach dem zu schließen, was hinter uns lag, würde es bestimmt kein Sonntagsausflug werden.

»Ich hoffe, du kannst mit diesem Ding umgehen«, sagte ich.

»Halt dich gut fest«, antwortete er.

Klar Mann, hast du etwa gedacht, ich würde mit den Händen herumfuchteln, wie ich es beim Achterbahnfahren tue? Hältst du mich für bescheuert?

Wir zogen den Schlitten in den Schnee. Meine Augen brauchten ein paar Sekunden um sich an das Licht zu gewöhnen, aber das Erste, was ich sah, waren die unheimlichen gelben Felsen, die aus dem Schnee ragten. Trotz Onkel Press' Angst verstand ich nicht, was so gefährlich an ihnen sein sollte. Er bedeutete mir schweigend einzusteigen. Dann stellte er sich hinter den Schlitten und schob ihn an. Für ein Gefährt, das entschieden prähistorisch aussah, bewegte es sich ziemlich leicht. Vor uns lag der Platz, an dem die gelben Steine aufragten. Ich zählte zwölf Stück, die in einiger Entfernung voneinander standen. Wir glitten fast lautlos näher heran. Ich drehte mich zu Onkel Press um. Er zwinkerte mir zu und legte den Finger auf die Lippen, damit ich still blieb. Nach ein paar Metern befanden wir uns zwischen den Felsnadeln. Onkel Press gab sich große Mühe, nirgendwo anzustoßen. Jetzt gewannen wir an Geschwindigkeit. Der Abhang wurde immer steiler. Ich sah nach vorn und machte mir keine Sorgen mehr wegen der Quigs. Wir waren dabei, einen irrsinnig steilen, mit Felsbrocken übersäten Hang hinunterzurasen und hockten auf einem morschen Stück Holz, das von Lederriemen zusammengehalten wurde. Wie sollten uns – verglichen damit – ein paar Tiere Angst einjagen, die knapp einen halben Meter groß waren?

Ich sollte es nur zu bald herauszufinden.

Fast hatten wir die gelben Steine hinter uns gelassen, als plötzlich der Schnee vor uns zu beben begann. Nur noch ein Stein stand in unserer Nähe, aber dieser eine reichte aus. Genau vor dem Schlitten teilte sich der Boden und der spitze Felsen schob sich höher und höher. Doch nun war es gar kein Stein mehr, sondern ein Gebilde aus Knochen, die zum Rückgrat des grauenvollsten Monsters gehörten, das ich je gesehen hatte. Das Quig erhob sich aus dem Schnee, bis der ganze Körper frei war. Es sah wie ein gewaltiger Grizzlybär der Urzeit aus. Das Fell war schmutzig grau, der Kopf riesig, mit Stoßzähnen wie bei einem Wildschwein. Zwei Paar Stoßzähnen. Auch die Pfoten wirkten überdimensional, mit Krallen so groß wie Klaviertasten. Scharfe Klaviertasten. Und die Augen sahen genauso aus wie die der Hunde im U-Bahntunnel. Gelb, wütend und auf uns gerichtet.

Onkel Press schob und schob um mehr Geschwindigkeit zu bekommen und manövrierte den Schlitten geschickt um das Quig herum.

»Nimm den Speer!«, brüllte er.

Ich konnte den Blick nicht von dem Monster abwenden. Es stellte sich auf die Hinterbeine und stieß einen furchtbaren Schrei aus, der selbst Tote in ihren Gräbern geweckt hätte. Oder wenigstens die anderen Quigs. Und genau das passierte auch. Hinter uns bebte der Schnee rings um die übrigen Felsnadeln. Ein Quig nach dem anderen erwachte.

»Beweg dich, Bobby!«

Ich kam endlich wieder zu mir und beugte mich vor um einen der Speere zu packen. Wir wurden immer schneller und hüpften förmlich über den Schnee. Es war schwierig, im Gleichgewicht zu bleiben. Ich bückte mich tiefer und versuchte den Speer loszubinden.

»Beeil dich, bitte«, kam es von hinten. Es klang ruhig, aber bestimmt. Ich wandte mich um und entdeckte, dass sich ungefähr zwölf Quigs den Schnee aus dem Fell schüttelten.

Ich hätte mich nicht umdrehen sollen. Denn gerade als ich den Lederriemen gelöst hatte, stieß der Schlitten gegen einen Stein. Der Stoß reichte aus, um mir den Speer aus der Hand zu reißen. Ehe ich wusste, wie mir geschah, lag er im Schnee! Ich versuchte nach ihm zu greifen, aber es war zu spät. Außer Reichweite. Weg.

»Der andere! Schnell!«, rief Onkel Press.

Ich warf mich quer über den Schlitten um an den zweiten Speer zu kommen. Mit einer Hand hielt ich ihn fest umklammert und löste den Lederriemen mit der anderen. Diesmal würde ich ihn nicht fallen lassen. Endlich hatte ich es geschafft und hielt die Waffe in der Hand.

»Hab ihn!«, rief ich, lehnte mich zurück und reichte

ihn Onkel Press. Sobald er den Speer übernahm, kniete ich mich aufrecht hin und blickte nach hinten. Zu meinem Entsetzen sah ich, dass die Quigs angriffen. Wir wurden von einer Stampede knurrender, aggressiver Bären verfolgt, die uns als Beute ausgesucht hatten. Ich konnte mir nicht vorstellen, wie ein einziger armseliger Speer diese tödlichen Biester aufhalten sollte.

»Lenken!«, brüllte Onkel Press. »Halt ihn gerade!«

Ich kroch nach vorne und griff nach den Geweihstangen. Der Schlitten reagierte sofort. Wer auch immer dieses Gefährt zusammengebaut hatte, hatte genau gewusst, was er tat. Leider behielt Onkel Press Recht. Wir waren noch nicht schnell genug um die Quigs abzuschütteln. Sie kamen immer näher.

Das erste Monstrum war den anderen weit voraus und hatte den Schlitten fast erreicht. Immer wieder sah ich über die Schulter zurück, um auf dem Laufenden zu bleiben. Onkel Press war umwerfend. Er stand hoch aufgerichtet hinter mir, den Speer in der Hand. Allmählich gewöhnte ich mich daran, dass er einen Stunt nach dem anderen lieferte. Mich überraschte nichts mehr. So wie Käpt'n Ahab Moby Dick jagte, so wartete Onkel Press auf das Quig.

»Komm schon. Noch näher. Komm her«, murmelte er lockend.

Das Quig gehorchte. Es hatte uns fast erreicht. Blutrünstig sprang es vor und riss das Maul auf, um nach Onkel Press zu schnappen.

»Die Pfeife!«, rief er mir zu. »Du musst pfeifen! Jetzt!«

Die Pfeife? Was sollte sie schon bewirken? Doch ich widersprach nicht. Mit einer Hand steuerte ich, mit der anderen tastete ich nach der geschnitzten Pfeife. Die Bestie hatte Onkel Press fast erreicht. Endlich fand ich die Pfeife, zog mir das Lederband über den Kopf, setzte sie an die Lippen und blies hinein.

Man hörte überhaupt nichts. Das Ding war sicher so gearbeitet wie die lautlosen Hundepfeifen, deren Pfiff eine so hohe Frequenz hat, dass nur Hunde ihn hören. Oder besser nur Hunde und Quigs, und den Quigs gefiel der Pfiff kein bisschen. Das Untier riss sein schreckliches Maul auf und stieß einen Schrei aus, dass sich mir die Nackenhaare aufstellten. Es war ein Schmerzensschrei, als hätte sich der Pfiff wie ein Messer in den schweren Schädel gebohrt.

In diesem Augenblick stieß Onkel Press zu. Er warf die Waffe wie ein Speerwerfer bei den Olympischen Spielen. Sie flog geradewegs in den weit geöffneten Rachen des Monstrums! Das Quig stieß einen erstickten Schrei aus, als der Speer tief in seiner Kehle stecken blieb. Es taumelte und fiel auf die Seite. Schnee stob auf und eine grauenvolle Blutfontäne spritzte aus dem Schlund.

Es war widerlich. Allerdings nicht so widerlich wie das, was dann geschah. Die übrigen Quigs erreichten die Stelle, an der ihr Gefährte lag. Doch anstatt uns weiter zu verfolgen fielen sie über das verletzte Tier her. Es war wie im Film, wenn ein Rudel Haie Blut schmeckt. Ich höre noch immer die Geräusche, die entstanden, als sie ihren Artgenossen in Stücke rissen und zerfleischten. Das Geräusch von Fleisch, das von Knochen abgerissen wird, werde ich nie vergessen. Das Quig lebte übrigens noch. Die qualvollen Schreie gellten uns in den Ohren. Zum Glück verstummten sie bald.

Ich sah noch einmal zurück und wünschte sofort, ich hätte es gelassen. Denn gerade in diesem Moment hob eines der Quigs den Kopf und ich erblickte die blutverschmierte Schnauze und Überreste des Opfers. Jetzt wusste ich, was Onkel Press meinte, als er sagte, wir müssten eines der Quigs »kriegen«.

»Pass auf!«, brüllte er.

Hastig drehte ich mich um und sah, dass wir in wenigen Sekunden einen Felsen von der Größe eines Kleinwagens rammen würden. Ich riss das Geweih herum. Der Schlitten vollführte eine Drehung und schlug mit dem hinteren Teil gegen den Felsen. Wir fuhren weiter, aber der Aufprall hatte Onkel Press auf den Boden des Schlittens geschleudert. Um ein Haar hätte auch ich die Balance verloren, doch ich hielt mich mit aller Kraft an dem Geweih fest. Es musste schon mehr passieren als cin kleiner Stoß, damit ich das Ding losließ. Leider hatte ich die Pfeife verloren, als ich nach dem Steuer griff. Wenn uns die Quigs weiter verfolgten, saßen wir in der Klemme. Wir hatten weder Speere noch Pfeife. Warum hatte ich das Lederband nicht um den Hals gelassen?

Inzwischen fuhren wir ziemlich schnell den Abhang hinunter, der irrsinnig steil war. Vor mir erblickte ich einen Waldrand. Bis jetzt hatte ich nur vereinzelten Felsbrocken ausweichen müssen, aber nun rasten wir genau auf eine Reihe Bäume zu.

»Ich übernehme!«, rief Onkel Press. Er hatte sich neben mich gezwängt und ich war überglücklich ihn ans Steuer zu lassen.

»Ich nehme an, wir haben keine Bremsen?«, brüllte ich.

»Leider nicht!«, lautete die Antwort. Keine gute Antwort. Wir hatten schließlich keine planierte Skistrecke vor uns. O nein! Wir fuhren fast senkrecht auf die Bäume zu. Das Einzige, was uns nun würde stoppen können, war etwas sehr, sehr Festes. Und das würde sicherlich nicht glimpflich ablaufen.

»Rechts! Lehn dich nach rechts!«, brüllte Onkel Press. Ich tat es und er lenkte uns um einen Baum herum. »Mach es mir nach! Pass auf, wohin wir ausweichen! Links!«, schrie er.

Es war, als säße ich wieder auf dem Motorrad. Wir mussten uns in die Kurven legen um sie besser nehmen zu können. Allerdings hatte ein Motorrad Bremsen. Es war einfach schrecklich. Wir rasten auf einem morschen Schlitten im Slalom durch einen dichten Wald voller steinharter Fichtenstämme.

Im Abstand von wenigen Zentimetern sausten wir an den Bäumen vorbei. Links, rechts, wieder rechts. Wir fuhren zu schnell, als dass mir Onkel Press weitere Anweisungen hätte geben können. Zweige peitschten uns ins Gesicht. Je weiter wir fuhren, umso dichter wurde der Wald.

»Vor uns liegt eine Lichtung!«, brüllte Onkel Press. »Wenn wir sie erreichen, lenke ich scharf nach rechts. Hoffentlich kippen wir nicht um!«

Ja, hoffentlich! Und hoffentlich prallen wir nicht sofort gegen einen Baum. Leider fiel mir auch nichts Besseres ein.

»Wenn ich in die Kurve gehe, beugst du dich stark nach rechts!«, schrie er. »Wir sind gleich da!«

Schon erblickte ich die Stelle. Zwischen den Bäumen leuchtete eine weiße Fläche. Trotzdem standen noch genügend Bäume zwischen uns und der Lichtung und wir fuhren in einem Höllentempo. Links, links, rechts. Noch ein paar Kurven und wir waren da.

»Wir schaffen es!«, rief ich.

Wir schafften es nicht. Die linke Kufe traf auf eine schneebedeckte Baumwurzel und hob sich vom Boden. Jetzt rasten wir außer Kontrolle auf der rechten Kufe stehend weiter. Nur wenige Stämme trennten uns noch von der sicheren Lichtung, als wir gegen einen Baum krachten. Der Aufprall war gewaltig und der Schlitten drehte sich um die eigene Achse. Ich klammerte mich mit aller Kraft fest und blieb sitzen. Onkel Press hatte weniger Glück. Er wurde hinausgeschleudert.

Ich fuhr weiter. Der Schlitten fiel wieder auf beide Kufen zurück, aber ich lag hinten, weit vom Steuer entfernt. Fast hatte ich die Lichtung erreicht und wollte schon aufatmen. Doch plötzlich raste der Schlitten auf einen Erdhügel und ich sauste durch die Luft. Mein Gefährt flog in eine Richtung, ich in die andere. In der einen Sekunde schwebte ich, in der nächsten schlug ich auf dem Boden auf. Leider lag an dieser Stelle keine dicke Schneedecke und ich landete unerwartet hart. Ich schlug mit dem Kopf auf und mir blieb die Luft weg. Die Welt verwandelte sich in ein wildes, weißes Schneegestöber. Ich konnte nicht mehr denken. Ich konnte nicht atmen. Wenigstens bewegte ich mich nicht mehr, und das war gut.

Ich habe keine Ahnung, wie lange ich dort lag, aber ich schwebte zwischen Ohnmacht und Wirklichkeit. Irgendwann hörte ich etwas Seltsames. Zuerst kam es aus weiter Ferne, näherte sich aber schnell. Ich befürchtete, dass die Quigs ihre Mahlzeit beendet hatten und uns jetzt als Nachspeise verschlingen wollten, doch eigentlich klangen die Geräusche anders. Sie hörten sich an wie … Hufe. Galoppierende Pferde. Mehrere.

Plötzlich hörte ich die Stimme meines Onkels. »Bobby! Bobby, wenn du mich hörst, rühr dich nicht! Bleib, wo du bist! Die Milago finden dich. Sie helfen dir.«

Was meinte er? Was waren die Milago? Ich wollte sehen, was vor sich ging, und rollte mich auf die Seite, was ziemlich wehtat. Bestimmt hatte ich mir bei dem Aufprall ein paar Rippen gebrochen. Also stand ich nicht auf. Ich weiß auch nicht, ob ich es überhaupt geschafft hätte. Mein Kopf dröhnte und mir war schwindlig, aber ich krallte mich in den Schnee und kroch in die Richtung, aus der die Stimme meines Onkels kam. Ich sah einen kleinen Erdhügel – wahrscheinlich war er für den Unfall verantwortlich – und kroch auf dem

Bauch liegend darauf zu. Als ich ihn erreicht hatte, spähte ich vorsichtig hinüber.

Zu meiner großen Erleichterung entdeckte ich Onkel Press, der nicht weit von mir entfernt am Rande der Lichtung stand. Er war unverletzt. Ehrlich gesagt sah er bedeutend besser aus, als ich mich fühlte.

Von rechts näherten sich die Pferde, die ich gehört hatte. Es waren vier, mit Reitern auf dem Rücken, die für mich wie Ritter aus dem Mittelalter aussahen. Sie trugen schwarze Rüstungen aus Leder. Außerdem schwarze Lederhelme mit Visieren. Sogar die Pferde waren durch lederne Rüstungen geschützt. Alle sahen gleich aus, als handelte es sich um eine Art Uniform. Dazu waren sie mit Schwertern bewaffnet. Ich kam mir vor wie in einem Film über die Ritter der Tafelrunde.

Onkel Press winkte ihnen freundlich zu, als sie ihn umkreisten. »Hallo!«, rief er. »Wie geht es euch an diesem schönen Tag?«

Wir befanden uns nicht in Amerika. Wir befanden uns nicht einmal mehr auf der Erde. Wieso glaubte Onkel Press, sie würden Englisch verstehen?

»Buto! Buto aga forden!«, rief einer der Ritter unwirsch. Ich hatte Recht. Sie sprachen kein Englisch.

»Nein!«, antwortete Onkel Press. »Ich jage Kaninchen. Für meine Familie.«

»Soba board few!«, brüllte ein anderer Ritter. Es war verrückt. Sie redeten in irgendeiner bizarren Sprache und Onkel Press sprach Englisch, sie schienen sich aber trotzdem zu verstehen. Ich dagegen begriff gar nichts.

Der erste Reiter zeigte auf Onkel Press und rief: »Buto! Buto aga forden da car!« Es hörte sich nicht gut an. Was auch immer »Buto« bedeutete, es war bestimmt kein Kompliment. Onkel Press hob unschuldig die Arme und zuckte die Achseln, als hätte er keine Ahnung, wovon sie redeten.

»Nein!«, sagte er grinsend. »Warum sollte ich Kagan ausspionieren? Ich bin ein Bergmann, der sich nur Gedanken um die Ernährung seiner Familie macht.«

Spion? Bergmann? Kagan? Ich bekam noch heftigere Kopfschmerzen.

Plötzlich wurde es ungemütlich. Der erste Ritter zog eine übel aussehende Bullenpeitsche aus einer Halterung am Sattel und schlug damit nach Onkel Press! Klatsch! Die Schnur wickelte sich um seinen Arm. Onkel Press stieß einen Schmerzensschrei aus und der Ritter zog an der Peitsche, bis er auf die Knie fiel.

Ich wollte aufstehen und ihm zur Hilfe eilen, aber ein stechender Schmerz durchfuhr mich und mir blieb die Luft weg. Wieder wurde mir schwindlig. Gleich würde ich ohnmächtig werden. Krampfhaft starrte ich zu Onkel Press hinüber. Zwei Reiter nahmen Seile vom Sattel und fingen ihn wie einen Stier mit dem Lasso ein. Dann trieben sie die Pferde an und trabten über die Lichtung davon. Onkel Press zogen sie auf dem Rücken liegend hinter sich her.

Das war das Letzte, was ich sah. Die lachenden schwarzen Ritter, die meinen Onkel durch den Schnee schleiften. Als sie im Wald verschwanden, wurde ich ohnmächtig. In meinem Kopf drehte sich alles wie ein Mühlrad. Mir wurde schwarz vor Augen. Komischerweise war mein letzter Gedanke, dass ich noch vor kurzem zu Hause in der Küche gestanden und mit Marley gespielt hatte. Ich hoffte, jemand würde daran denken, abends mit ihm spazieren zu gehen.

Dann wurde es weiß um mich herum und ich verlor das Bewusstsein.

(Ende des ersten Journals)

ZWEITE ERDE

Mark Dimond schritt nervös auf und ab, während Courtney Chetwynde, die auf dem leeren Fleckchen Erde saß, auf dem früher Linden Place Nummer zwei gestanden hatte, in den Pergamenten las. Er wünschte sich, sie würde schneller lesen. Er wünschte sich, sie würde aufsehen und sagen, alles wäre in Ordnung. Er wünschte sich, sie würde einen Hinweis finden, dass alles, was in diesen Seiten stand, nicht wahr wäre. Aber am meisten wünschte er sich, er könnte sich umdrehen und Bobbys Haus stände an dem Platz, an dem es immer gestanden hatte.

Es dauerte einige Zeit, bis Courtney alles gelesen hatte. Schließlich sah sie Mark mit einem seltsamen Gesichtsausdruck an.

»Woher hast du das?«, fragte sie ruhig.

Mark vergrub die Hände in den Hosentaschen und zog den Ring mit dem grauen Stein heraus. Nach allem, was im Waschraum der Jungen passiert war, würde er das verdammte Ding bestimmt nicht wieder an den Finger stecken.

»Es kam mit diesem Ring hier«, erklärte er und hielt ihr den Ring entgegen. »Er fühlte sich lebendig an. Ich sah Lichtblitze und er wurde immer größer, bis sich dieses Loch auftat. Dann war ein ziemlicher Lärm und plötzlich … die Seiten … waren einfach da.«

Courtney musterte den Ring und dann wieder die Pergamente. Mark sah, wie sie angestrengt nachdachte und das zu begreifen versuchte, was er ihr erzählt hatte. Endlich stand sie auf und warf die Blätter über die Schulter, als wäre es eine alte Zeitung.

»Klar, und das soll ich dir glauben!«, spottete sie.

»He!« Mark lief hinter den Papieren her. Ein leichter Wind trieb sie über das leere Grundstück und er hatte Mühe, sie zu erwischen, ehe sie in alle Himmelsrichtungen davonflogen.

»Wofür haltet ihr Typen mich eigentlich?«, schrie Courtney. »Für eine Vollidiotin?«

»N-n-n-nein! Ganz b-b-b-bestimmt …« Mark stotterte schon wieder.

»Sag Bobby Pendragon, dass ich mich nicht verarschen lasse.«

»A-a-a-aber …«

»Was kommt als Nächstes? Soll ich mir ganz schreckliche Sorgen machen und allen erzählen, dass Bobby das Spiel gestern Abend verpasst hat, weil er in eine andere Dimension geflumt wurde und dort gegen kannibalistische Monster kämpfen muss, bis er seinen Onkel aus den Klauen der schwarzen Ritter befreit hat? Und dass es deshalb sein kann, er verpasst auch das nächste Spiel?«

»Äh … ja.«

»Klar, ist ja völlig logisch!«, brüllte Courtney. »Dann springt Bobby aus seinem Versteck und schreit: ›Überraschung!‹, und ich muss in einen anderen Bundesstaat ziehen, weil mich keiner je vergessen lässt, dass ich so bescheuert war, auf den dümmsten Scherz in der Geschichte dummer Scherze reinzufallen! Wohl kaum.«

Damit griff sie nach ihrem Rucksack und drehte sich um.

»Courtney, bleib stehen!«, rief Mark.

Sie wirbelte herum und warf ihm einen verächtlichen Blick zu. Wenn man so einen Blick von Courtney Chetwynde auffängt, ist es ziemlich schwierig, nicht ganz schnell im Erdboden zu versinken. Mark brauchte seine ganze Kraft, um ihm standzuhalten. Als er sprach, klang es aufrichtig und er stotterte kein bisschen.

»Ich kann es auch kaum glauben. Doch es ist kein Scherz. Ich weiß nicht, ob alles, was da steht, wahr ist, aber ich habe Dinge erlebt, die ich nicht erklären kann. Und die reichen aus um mich zu überzeugen, dass Bobby etwas ziemlich Verrücktes zugestoßen ist.«

Courtney rührte sich nicht. Glaubte sie ihm endlich? Oder wartete sie nur, bis er geendet hatte, um ihm dann wieder zu sagen, dass sie ihn für einen Vollidioten hielt?

Mark wagte es und fuhr fort: »Ich weiß, es klingt haarsträubend. Aber wenn es bloß ein bescheuerter Scherz ist, wo ist dann Bobbys Haus?«

Courtney betrachtete das leere Grundstück. Mark fragte sich, was sie dachte. Erinnerte sie sich daran, wie sie gestern Abend genau hierher gekommen war und in ein Haus ging, das es nicht mehr gab, und Bobby Pendragon küsste?

»Ich habe Angst, Courtney«, setzte Mark hinzu. »Ich will begreifen, was passiert ist, aber ich glaube, alleine schaffe ich es nicht.«

Courtney starrte ihn sekundenlang an, als wollte sie seine Gedanken lesen. Dann ging sie an ihm vorbei und stellte sich in die Mitte des freien Platzes. Dort vollführte sie eine langsame Drehung um 360 Grad, wie um sich alles anzusehen. Es gab aber nichts zu sehen. Nicht die kleinste Spur wies darauf hin, dass hier vor weniger als zwölf Stunden eine vierköpfige Familie samt Hund gelebt hatte. Courtney war ein Mensch, der immer alles im Griff hatte. Egal ob es sich um ein Volleyballspiel oder eine Diskussion mit ihren Eltern handelte – Courtney wusste mit schwierigen Situationen umzugehen und sie zu ihrem Vorteil zu nutzen. Diesmal war das anders. Sie hatte die Sache nicht im Griff, weil sie die Spielregeln nicht kannte … noch nicht.

»In Ordnung«, sagte sie nachdenklich. »Wir dürfen nicht verrückt spielen und versuchen alles auf einmal herauszufinden. Es ist einfach … zu viel.« Halb redete sie mit Mark, halb schien sie laut zu denken. »Ich weiß nichts über Quigs, Reisende oder Plumes …«

»Flumes«, verbesserte er.

»Ist doch egal!«, fauchte Courtney. »Das ist alles Spinnerei. Aber dieses Haus … dieses Haus ist weg, und das ist die Realität. Wenn wir herausfinden, was mit dem Haus passiert ist, bekommen wir vielleicht einen Hinweis auf Bobbys Aufenthaltsort.«

Mark lächelte zum ersten Mal seit einer Ewigkeit. Er hatte eine Verbündete, und zwar eine, die energisch und tatkräftig war.

»Wo fangen wir an?«, fragte er.

Courtney ging mit langen Schritten den Gehsteig entlang. Jetzt hatte sie ein Ziel. »Wir müssen seine Eltern finden. Auf keinen Fall sind die auch verschwunden.«

»Klasse!«, rief Mark. Es ging los.

Plötzlich blieb Courtney stehen, drehte sich um und stellte sich so dicht vor Mark, dass ihre Nasen sich beinahe berührten.

»Ich schwöre bei Gott, Dimond«, sagte sie und tippte ihm mit dem Finger auf die Brust, »wenn du mich tatsächlich verarschst, haue ich dich ungespitzt in den Boden, sodass du demnächst nach oben fassen musst, wenn du dir die Schuhe zubinden willst.«

»Ich hab verstanden.« Mark schluckte.

Courtney ging weiter. Mark folgte ihr und stopfte die Pergamente in den Rucksack. Ehe er den Gehweg betrat, sah er noch einmal über die Schulter auf das leere Grundstück, auf dem Bobbys Elternhaus gestanden hatte. Er verstand Courtneys Ungläubigkeit. Die Geschichte auf den Pergamentseiten war schwer zu glauben, obwohl sich einzelne Punkte schon als wahr erwiesen hatten. Jedenfalls der Teil, der Courtney betraf. Das war aber der einfache Teil. Übrigens gab es auch da ein Geheimnis.

Nirgendwo erwähnte Bobby das Verschwinden des Hauses. Wenn alles so passiert war, wie er es schilderte, hätte das Haus noch da sein müssen. Irgendetwas war geschehen, nachdem Bobby und sein Onkel auf dem Motorrad weggefahren waren. Also wusste Bobby gar nicht, dass es kein Haus mehr gab. Seltsamerweise weckte das Hoffnung in Mark. Courtney hatte Recht. Wenn sie herausbekamen, was mit dem Haus passiert war, wussten sie vielleicht auch, wo Bobby steckte.

Ein anderer Gedanke spukte in Marks Hinterkopf herum, den er aber ungern mit Courtney teilen wollte. Im Augenblick jedenfalls nicht. Er hing mit dem Ring zusammen und der Tatsache, dass Bobby ihm diese Seiten geschickt hatte. Die Frage, die sich Mark fortwährend stellte, lautete: »Warum?« Wenn alles stimmte, was Bobby schrieb, und er wirklich ein unglaubliches Abenteuer erlebte, warum nahm er sich dann die Zeit und schrieb alles auf, was ihm geschah? Natürlich waren sie die besten Freunde und Bobby hatte geschrieben, er hoffe, der Bericht werde eines Tages beweisen, dass er die Wahrheit sage. Das allein reichte aber nicht aus. Mark glaubte, es gab noch einen wichtigeren Grund dafür, warum er alles erfuhr, was Bobby erlebte.

Im Moment war er zufrieden, sich auf die Suche nach dem Sinn und Zweck der ganzen Angelegenheit zu begeben. Es war logisch, bei Bobbys Eltern anzufangen und sie zu fragen, was mit dem Haus passiert war. Also wandte Mark dem Grundstück den Rücken zu und lief los um Courtney einzuholen. Beide waren sicher, bald Antworten auf ihre Fragen zu bekommen, Bobby zu finden und am nächsten Tag wie gewohnt zur Schule zu gehen, nachdem das Rätsel gelöst war.

Mehr hätten sie sich kaum irren können.

Zuerst gingen sie zu Marks Haus, denn sie nahmen an, es würde einfacher sein, Bobbys Eltern per Telefon aufzustöbern als auf den Rädern oder mit dem Bus die Stadt zu durchstreifen. Mark lebte in einer Sackgasse, die ungefähr anderthalb Kilometer von Bobbys Haus entfernt lag. Besser gesagt von dem Platz, an dem Bobbys Haus einmal gestanden hatte. Natürlich hatte Mark, als er an diesem Morgen zur Schule ging, noch nicht geahnt, dass die tolle Courtney Chetwynde nachmittags in seinem Zimmer auftauchen würde. Die Chancen, so etwas zu erleben, standen etwa so hoch wie die, dass sein bester Freund quer durchs Universum katapultiert wurde.

»Warte hier«, befahl Mark, rannte in sein Zimmer und knallte Courtney die Tür vor der Nase zu. Sie verdrehte die Augen, respektierte aber seine Privatsphäre.

Mark warf einen Blick in sein Zimmer und wäre am liebsten ohnmächtig geworden. Er war unsicher, was am peinlichsten war: Die schmutzigen Unterhosen und Socken, die überall herumlagen, die Poster der Cartoon-Superhelden, die immer noch an den Wänden hingen, oder der faulige Gestank, der über der ganzen Unordnung lag. Mark übertraf sich selbst. Er riss das Fenster auf, sammelte die peinlichen Boxershorts vom Boden auf und stopfte sie hinter das Kopfkissen des ungemachten Bettes.

Dann öffnete sich die Tür und Courtney stürmte ins Zimmer.

»Hör mal, ich habe zwei ältere Brüder. Es ist unmöglich, mich zu schocken ...« Sie sah sich um und hielt abrupt inne. Mark stand wie erstarrt und hielt einen Haufen grauer Socken in der Hand, die in einem früheren Leben weiß gewesen waren. Courtney sog prüfend die Luft ein und unterdrückte ein Würgen. »Ich habe mich geirrt. Ich bin total geschockt«, brachte sie heraus. »Ist hier jemand gestorben?«

»T-t-tut mir Leid«, stammelte Mark. »Ich muss mal ... lüften.«

»Du musst die Bude ausräuchern. Öffne sofort das andere Fenster, ehe ich das Bewusstsein verliere.« Sie würgte angewidert.

Mark schleuderte die Socken aus dem einen Fenster und riss das andere auf. Courtney musterte zwei Poster, die nebeneinander an der Wand hingen. Auf dem ersten war ein quietschbunter Cartoon-Actionheld abgebildet, auf dem zweiten eine Traumfrau, die in einem Stringtanga mit Leopardenmuster an einem tropischen Strand lag.

Courtney bemerkte: »Sieht so aus, als kämpft bei dir der Kindergarten mit der Pubertät.«

Mark baute sich vor den Postern auf. »Können wir uns b-b-bitte um die wichtigen Probleme kümmern?«, fragte er unwirsch.

Courtney begriff. Jetzt war nicht der richtige Zeitpunkt, um Mark zu ärgern. Sie setzte sich an seinen Schreibtisch, während er hastig das Modell eines F-117 Flugzeuges wegräumte, an dem er zurzeit bastelte.

»Telefonbuch«, sagte sie. Jetzt war ernsthafte Arbeit angesagt.

Mark ging zum Schrank um danach zu suchen. Courtney fand einen Notizblock und öffnete auf der Suche nach einem Stift eine Schreibtischschublade. Ein großer Fehler.

»Nun, ein Rätsel habe ich gelöst«, verkündete sie.

»Welches?«, fragte er hoffnungsvoll.

Courtney griff in die Schublade und zog einen eklig aussehenden, schmierigen gelben Klumpen hervor.

»Ich weiß jetzt, warum dein Zimmer wie ein alter Schuh stinkt«, sagte sie und hielt den verschimmelten Käse mit spitzen Fingern in die Höhe, als wäre er verseucht. War er sicher auch. Schnell nahm Mark ihn entgegen.

»Hey, danach habe ich schon lange gesucht«, murmelte er.

Wieder verdrehte sie die Augen und griff nach dem Telefonbuch. Der Plan war, Bobbys Eltern am Arbeitsplatz anzurufen. Mr Pendragon war Journalist bei der örtlichen Tageszeitung und seine Frau Bibliothekarsassistentin in der Stadtbücherei. Courtney fand beide Telefonnummern und rief an. Leider erhielt sie jedes Mal die gleiche beunruhigende Auskunft. Keiner der Pendragons war zur Arbeit erschienen oder hatte sich krank gemeldet. Das war nicht gut. Anschließend telefonierte sie mit der Glenville Schule, wo Bobbys Schwester Shannon in die dritte Klasse ging. Wieder erhielt sie die gleiche Antwort. Shannon war nicht zum Unterricht erschienen. Nach diesem Anruf legte Courtney den Hörer nachdenklich wieder auf und sah Mark an.

»Sie sind *alle* verschwunden«, sagte sie ernst.

Hastig griff Mark nach dem Hörer und wählte eine Nummer.

»Wen rufst du an?«, erkundigte sich Courtney.

»Ich habe Bobbys Nummer gewählt.« Mark vernahm eine Tonbandstimme, die sagte: »Kein Anschluss unter dieser Nummer.« Wütend knallte er den Hörer auf die Gabel.

»Das ist unmöglich!«, rief er. »Ich habe ihn gestern noch angerufen. Eine ganze Familie kann doch nicht einfach verschwinden!«

Courtney hatte einen Geistesblitz und blätterte im Telefonbuch. Sie fand den Buchstaben »P« und suchte nach »Pendragon«. Sie las, las noch einmal, dann ein drittes Mal und sagte schließlich: »Sie stehen nicht drin. Der Name ist nicht mehr da.«

Mark riss ihr das Buch aus der Hand und überzeugte sich von ihren Worten. Courtney hatte Recht; es gab keinen Eintrag für »Pendragon«.

»Haben sie eine Geheimnummer?«, fragte sie.

»Nein«, antwortete er bestürzt. Mark war völlig verunsichert. »Weißt du was? Vor ungefähr einem Jahr haben

Bobby und ich in genau diesem Telefonbuch nach seiner Nummer gesucht. Wir alberten herum und neben den Namen Pendragon schrieb ich ›... ist doof‹. Ich weiß, ganz schön kindisch, aber ich hab's getan. Und jetzt ... ist es weg. Nicht ausradiert, nicht ausgeschnitten, einfach ... weg, als hätte es nie dort gestanden!«

Allmählich wurde das Ganze unheimlich. Eine ganze Familie verschwand. Ihnen blieb nur eines übrig: Sie mussten zur Polizei gehen. So etwas erledigte man nicht per Telefon und so gingen die beiden zum Polizeirevier von Stony Brook.

Stony Brook war eine Kleinstadt in Connecticut, in der nicht gerade viele Verbrechen geschahen. Hin und wieder las man von einem Einbruch oder einer Schlägerei, aber die meiste Zeit verbrachten die Beamten damit, Strafzettel für Verkehrsdelikte auszustellen und die Einwohner darauf hinzuweisen, Hundekot zu beseitigen.

Als Courtney und Mark die Wache betraten, waren sie nicht sicher, was sie sagen sollten. Sie beschlossen, sich an die offenkundigen Tatsachen zu halten. Bobby und seine Familie waren nirgendwo zu finden und das Haus stand nicht mehr am gewohnten Ort. Wenn sie von dem Ring, den Pergamenten und der wilden Geschichte erzählten, die anscheinend von Bobby stammte, wäre das etwas viel gewesen. Sie wandten sich an einen Polizisten namens Sergeant D'Angelo, der hinter einer Art Theke stand. Courtney übernahm die Rolle der Sprecherin, denn Mark war viel zu nervös. Sie erklärte, dass Bobby gestern Abend nicht zum Spiel und heute nicht in der Schule erschienen war. Dann berichtete sie, wie sie mit Mark zum Haus der Pendragons gegangen war, dass es verschwunden war und sie auch keines der übrigen Familienmitglieder ausfindig gemacht hatten. Sergeant D'Angelo hörte zu und machte sich Notizen auf einem Formular. Courtney hatte das sichere Gefühl, dass er ihr kein Wort glaubte, aber er musste sie anhören, denn das war schließlich sein Job. Als er das Formular ausgefüllt hatte, drehte er sich um und ging zu seinem Computer hinüber. Er tippte auf der Tastatur herum, schaute auf den Bildschirm und warf Mark und Courtney vereinzelte Blicke zu. Sah er wütend aus? Endlich erhob er sich und kam zum Empfangstisch zurück.

»Hört mal«, sagte er mit gerunzelter Stirn. »Ich weiß nicht, was das Ganze soll, aber ihr verschwendet meine Zeit und das Geld der Steuerzahler.«

Mark und Courtney sahen ihn entgeistert an.

»Wie meinen Sie das?«, fragte Courtney. »Haben Sie nicht verstanden? Eine ganze Familie wird vermisst. Sollte sich die Polizei nicht um solche Fälle kümmern?«

Sie machte keinen Eindruck auf Sergeant D'Angelo. »Pendragon – richtig?«, fragte er. »Linden Place Nummer zwei?«

»D-d-das stimmt«, antwortete Mark.

»Ich habe mir gerade das Melderegister vorgenommen«, erklärte der Sergeant mit fester Stimme. »In Stony Brook gibt es keine Familie mit diesem Namen. Es gibt auch keine Nummer zwei im Linden Place. Es gab dort auch nie ein Haus. Entweder wollt ihr mich an der Nase herumführen oder ihr redet über eine Geisterfamilie. Die Polizei von Stony Brook hat aber kein Interesse, sich mit Geistern abzugeben!«

Mit diesen Worten zerriss er das Formular und warf es in den Papierkorb.

Courtney kochte vor Wut. Am liebsten wäre sie über den Tisch geklettert, hätte den überheblichen Polizisten gepackt und ihn zur Schule geschleift, wo jeder Bobby kannte. Wahrscheinlich hätte sie es sogar getan, aber dann geschah etwas.

Der Ring in Marks Tasche bewegte sich.

Mark rutschte das Herz in die Hose.

Courtney beugte sich vor, sah den Sergeant an und sagte wütend: »Mir ist egal, was Ihr Computer sagt. Ich kenne die Pendragons! Bobby ist mein …«

Mark nahm ihre Hand und zerrte sie mit solcher Gewalt zurück, dass sie mitten im Satz stockte.

»Wir müssen gehen«, sagte er nur. Der Ring in seiner Tasche bewegte sich immer heftiger.

»Kommt nicht in Frage! Ich gehe nicht eher …«

»Courtney! Wir gehen!« Er warf ihr einen so durchdringenden Blick zu, dass sie endlich nachgab. Zwar wusste sie nicht, was los war, aber sie sah, wie ernst es Mark war.

Mark ging rückwärts zur Tür und zog Courtney mit sich. Sie wollte jedoch noch ein letztes Wort mit D'Angelo wechseln.

»Ich komme wieder!«, rief sie. »Ich hoffe für Sie, dass der Familie nichts passiert ist, sonst tragen Sie die Verantwortung dafür!«

Mark zerrte sie nach draußen und der Sergeant blieb allein zurück. Er schnaubte verächtlich, schüttelte den Kopf und widmete sich wieder der Tageszeitung.

Draußen schleifte Mark Courtney in eine schmale Seitenstraße. Obwohl sie größer und kräftiger war als er, ließ er sich nicht aufhalten.

»Was ist denn mit dir los?«, schrie sie zornig.

Mark griff in die Tasche und zog den Ring heraus.

»Schau mal«, sagte er und hielt ihn ihr unter die Nase.

Der graue Stein hatte sich bereits in einen Kristall verwandelt und versprühte Lichtblitze. Courtney starrte ihn wie gebannt an, als Mark den Ring auf den Gehweg legte und ein paar Schritte zurückwich. Der Ring bebte, drehte sich und wurde immer größer.

»Oh … mein Gott!«, keuchte Courtney entgeistert.

Innerhalb des größer werdenden Kreises befand sich ein Loch, wo eigentlich das Pflaster hätte sein sollen. Aus diesem Loch ertönte die Melodie, die Mark bereits im

Waschraum gehört hatte. Die Lichtblitze prallten gegen die Mauern der Häuser, und obwohl es heller Tag war, mussten Mark und Courtney die Hände vor die Augen halten um nicht geblendet zu werden. Die Musik wurde lauter, der Stein leuchtete noch einmal grell auf und dann war es vorbei. Das Licht erlosch, die Musik verstummte.

»War es das?«, fragte Courtney.

Mark ging vorsichtig auf den Ring zu. Er lag noch an derselben Stelle, hatte wieder die ursprüngliche Größe angenommen und auch der Stein war wieder grau. Aber es lag noch etwas dort. Neben dem Ring entdeckte Mark eine Rolle Pergamente, die mit einem Lederband zusammengebunden waren. Er bückte sich, hob sie behutsam auf und sah Courtney an.

»Die Post ist da«, sagte er mit erstickter Stimme.

Zweites Journal

DENDURON

Morgen stirbt Onkel Press.

Seitdem ich dir zum letzten Mal schrieb, ist sehr viel geschehen, Mark. Es sind seltsame, beängstigende, verwirrende Dinge passiert und manchmal ... hat es sogar Spaß gemacht ... irgendwie. Aber nun kann ich leider nichts dagegen tun, dass Onkel Press morgen sterben wird.

Im Moment sitze ich in einer kleinen Höhle, die ungefähr siebzig Meter unter der Erde liegt. Ich schreibe bei Kerzenlicht, denn hier gibt es keine Elektrizität. Wohin ich auch schaue, überall sehe ich nur Felsen. Tonnenweise schwarzes Felsgestein, das aussieht, als würde es jeden Augenblick über mir zusammenstürzen. Ich denke lieber nicht darüber nach, sonst werde ich verrückt vor Angst. Die Höhle wird nicht einstürzen. Hier bin ich in Sicherheit – jedenfalls für eine Weile. Onkel Press dagegen schwebt in großer Gefahr.

Meinen letzten Brief beendete ich damit, dass er von Kagans Rittern verschleppt wurde und ich das Bewusstsein verlor. Warst du schon einmal ohnmächtig oder bewusstlos? Es ist eigenartig und ganz anders als einschlafen. Beim Einschlafen weiß man nie genau, wann es geschieht. Du liegst so rum, wartest und plötzlich ist es schon Morgen. Wenn du ohnmächtig wirst, merkst du, wie du weggleitest. Kein schönes Gefühl. Das Aufwachen danach ist auch nicht besser. Zuerst kommt ein Moment, wo du nicht sicher bist, was passiert ist, aber dann stürmt die Erinnerung auf dich ein und die Wirklichkeit hat dich wieder. Eine ziemlich harte Erfahrung.

Das Erste, was ich sah, war ein Gesicht. Das Gesicht eines Mädchens. Sekundenlang dachte ich, es wäre Courtney. Doch sobald mein Verstand wieder arbeitete, bemerkte ich, dass sie Courtney kein bisschen ähnelte. Sie war unglaublich schön. (Courtney ist natürlich auch wunderschön, aber dieses Mädchen war, nun, ganz anders.) Ich schätzte sie auf mein Alter oder vielleicht etwas älter. Sie hatte eine dunkle Haut und braune Augen, die beinahe schwarz waren. Die dunklen Haare hingen ihr zu einem Zopf geflochten über den Rücken. Sie trug die gleichen eigenartigen Lederklamotten, wie Onkel Press sie mir gegeben hatte, aber bei ihr sahen sie verdammt gut aus, weil sie eine unglaubliche Figur hatte. Bestimmt war sie eine Sportlerin oder so. Ernsthaft, das Mädchen war wie eine Olympiasprinterin gebaut. Kein Gramm Fett, nur Muskeln – sehr beeindruckend. Außerdem war sie ziemlich groß. Ein paar Zentimeter größer als ich. Wäre ich ihr zu Hause begegnet, hätte ich auf afrikanische Vorfahren getippt. Aber hier war nicht zu Hause.

Ich lag flach auf dem Rücken und sie sah mit völlig ausdrucksloser Miene auf mich herab. Schwer zu sagen, ob sie froh war, dass ich lebte, oder ob sie gedachte, die Arbeit der Quigs zu beenden und mich ein für alle Mal zu erledigen. Eine ganze Weile starrten wir uns regungslos an. Endlich schluckte ich, damit meine Stimme ohne Krächzen funktionierte.

»Wo bin ich?« Kein Punkt für Originalität, doch ich wollte es wirklich wissen.

Das Mädchen antwortete nicht. Sie stand auf und ging zu einem Tisch hinüber, auf dem ein paar Holzschüsseln standen. Sie nahm eine und reichte sie mir, aber ich griff nicht danach. Wer weiß, was sie mir geben wollte. Es hätte Gift sein können. Oder Blut. Oder ein ekelhaft schmeckendes Zeug, das hierzulande als Delikatesse galt, von dem ich mich aber übergeben hätte.

»Es ist Wasser«, sagte sie ruhig.

Oh.

Ich nahm es. Ich hatte Durst. Dann ging das Mädchen zur Tür und verschränkte die Arme. Ich trank einen Schluck und sah mich um. Ich lag im Inneren einer Hütte oder etwas Ähnlichem. Sie war nicht groß, höchstens so wie unser Wohnzimmer zu Hause. Es gab nur einen Raum mit sechs Wänden. Ist das ein Hexagon? Die Wände waren aus Steinen gebaut, mit Fugen aus getrocknetem Schlamm. Ein paar Löcher stellten die Fenster dar und eine größere Öffnung die Tür. Die Decke lief in der Mitte spitz zu und bestand aus geflochtenen Zweigen. Der gestampfte Lehmfußboden war so hart wie Beton. Ich lag auf einer Art sehr niedrigen Pritsche, die aus dicken Ästen zusammengebunden war. Die Liegefläche sah wie eine Strohmatte aus. Es war recht bequem, aber ich hatte keine Lust, eine ganze Nacht darauf zu verbringen. Im Raum standen noch ein paar Pritschen und ich vermutete, dass man mich in eine Art Krankenhaus gebracht hatte. Das war einleuchtend. Nach allem, was ich durchgemacht hatte, gehörte ich in ärztliche Behandlung.

Es kam mir vor, als sei ich von einer Zeitmaschine ein paar tausend Jahre in die Vergangenheit transportiert worden, in eine Zeit, in der die Menschen ihre Welt aus dem bauten, was die Natur zu bieten hatte … und sich keine Gedanken über Hygiene machten. O ja, habe ich schon erwähnt, dass der Raum wie eine Umkleidekabine für Ziegenböcke roch? Ich fragte mich, ob der Mörtel, der die Steine zusammenhielt, wirklich Schlamm war oder etwas viel Ekligeres.

Ich musterte das erstaunliche Mädchen. Sie stand einfach da und starrte mich an. Konnte ich ihr vertrauen? Oder war sie eine Feindin? Eine Wächterin, die aufpasste, bis mich einer der Ritter wegschleifte, wie sie es mit Onkel Press gemacht hatten? Eine Million Gedanken rasten durch meinen Kopf, aber einer davon setzte sich durch.

Ich musste auf die Toilette.

Das letzte Mal war ich auf dem Klo gewesen, ehe Courtney bei mir zu Hause auftauchte. Wie lange war das her? Eine Million Jahre? Nach meiner Blase zu urteilen war es mindestens so lange her. Um mir nicht in die tolle Lederhose zu machen, richtete ich mich auf.

»He«, sagte ich, »ich muss …«

Sobald ich mich bewegte, ging das Mädchen in Angriffsstellung. Sie bückte sich blitzschnell und hielt einen Stock in beiden Händen, den sie anscheinend auf dem Rücken getragen hatte. Er war ungefähr anderthalb Meter lang und ziemlich blank gerieben. Sie hielt ihn ruhig in beiden Händen und ich bemerkte, dass die Enden dunkel glänzten. Vielleicht hatte sie damit oft genug Dinge getroffen, über die ich keinesfalls nachdenken wollte. Bedrohlicher als der Knüppel war ihr Blick. Er war starr auf das Opfer gerichtet, in diesem Fall auf mich.

Ich erstarrte. Natürlich würde ich nicht aufstehen, denn sie hätte mir den Schädel schneller eingeschlagen, als ich die Füße auf den Boden setzen konnte. Also verharrten wir beide und warteten darauf, dass der andere sich rührte. Eines war sicher: Ich würde mich keinen Millimeter vom Fleck bewegen. Falls sie auch nur einen Schritt auf mich zuging, würde ich kopfüber durch das nächste Fenster springen.

Von draußen erklang eine Stimme: »Buzz obsess woos saga!« Wenigstens hörte es sich so an und ich habe keine Ahnung, wie es sich schreibt. Dann trat jemand ein. Die Frau trug ähnliche Lederklamotten wie wir; offenbar war das hier große Mode. Eigentlich sah sie wie eine ältere Ausgabe des Mädchens aus, das mich gerade erschlagen wollte. Doch sie hatte etwas an sich, was mich auf eine Retterin hoffen ließ, so kräftig sie auch wirkte. Ich glaube, es waren ihre Augen. Sie blickten sehr freundlich. Überhaupt nicht wütend. Als sie mich anschaute, wusste ich, es war alles in Ordnung. Sie kam mir bekannt vor, aber ich konnte mir nicht vorstellen, wo wir uns hätten begegnet sein können. Die Frau sah das Mädchen streng an, das daraufhin zögernd den Knüppel aus der Hand legte.

Puh, eine Katastrophe war abgewendet.

Jetzt wandte sich die Frau wieder mir zu und sagte: »Verzeih meiner Tochter, sie nimmt sich oft zu ernst.«

Neue Info. Ein Mutter-Tochter-Team. Das hätte mich nicht überraschen sollen, denn die beiden sahen sich ziemlich ähnlich. Ich fragte mich, wie wohl der Vater aussah. Bestimmt wie ein Rugbyspieler. Immer noch traute ich mich nicht, aufzustehen. Die Frau wirkte ruhig, aber nach allem, was ich erlebt hatte, wollte ich kein Risiko eingehen. Sie kam auf mich zu, kniete neben der Pritsche nieder und lächelte mich freundlich an.

»Ich heiße Osa«, sagte sie ruhig. »Der Name meiner Tochter ist Loor.«

»Ich … ich bin Bobby und stamme nicht von hier«, war alles, was mir einfiel.

Lächelnd antwortete Osa: »Wir auch nicht. Und wir wissen sehr genau, wer du bist, Pendragon. Wir haben dich erwartet.«

Wahnsinn! Sie wusste, wer ich war! Eine Million Gedanken jagte mir durch den Kopf und wieder drängte sich einer in den Vordergrund. Wenn sie wussten, wer ich war, warum wollte mir die kleine Amazone dann den Schädel einschlagen? Ich hielt es für besser, nicht zu fragen, denn ich wollte Loor nicht reizen. Vielleicht würde sie sonst wieder nach ihrem Stock greifen und mich zu Brei hauen.

»Woher kennst du mich?«, fragte ich.

»Durch Press natürlich«, antwortete sie. »Er hat uns schon alles Mögliche über dich erzählt.«

Jetzt begriff ich! Ich erinnerte mich, wieso sie mir bekannt vorkam. Onkel Press hatte sie einmal mitgebracht. Wir kannten uns! Damals war mir ihre Schönheit aufgefallen und ich hatte es seltsam gefunden, dass sie nicht redete. Das Geheimnis war gelüftet, sie war Onkel Press' Freundin. Doch diese Erkenntnis wurde schnell von einem anderen Gedanken verdrängt. Onkel Press steckte in Schwierigkeiten. Wenigstens ging ich davon aus. Diese Rittertypen, die ihn per Lasso davonzerrten, hatten nicht wie seine besten Freunde ausgesehen. Ein Adrenalinstoß durchzuckte mich und ich setzte mich hin.

»Er sitzt in der Klemme!«, rief ich. Ganz schlecht. Nicht das Rufen, sondern das schnelle Hinsetzen. Dank des Schlittenunfalls war mein Körper ein einziger großer Bluterguss. Eine Welle von Schmerzen durchfuhr mich, als würde mich Loor mit ihrem Knüppel windelweich prügeln. Keine Ahnung, warum ich erst jetzt merkte, wie schlecht es mir ging. Es fühlte sich an, als wären alle Rippen gebrochen. Die Schmerzen waren so stark, dass mir die Luft wegblieb. Meine Knie wurden weich und ich musste mich wieder hinlegen, sonst hätte ich sofort dass Bewusstsein verloren. Schnell hielt mich Osa an den Schultern fest und legte mich sanft auf die Pritsche zurück.

»Ist schon gut«, sagte sie beruhigend. »Es wird nicht mehr lange wehtun.«

Woher wollte sie das wissen? Vielleicht dachte sie, ich würde sterben. Außer dem Tod konnte nichts diese Schmerzen lindern. Doch was als Nächstes geschah, war mehr als nur unglaublich. Ich lag da und atmete kurz und flach, weil tiefe Atemzüge die Schmerzen noch verstärkten. Osa legte mir ihre Hand auf die Brust. Sie sah mir in die Augen und – Mark, ich schwöre, es war so – ich schmolz förmlich dahin. Meine Anspannung ließ sofort nach.

»Entspann dich«, murmelte sie. »Atme ganz ruhig.«

Ich gehorchte. Kurz darauf schlug mein Herz wieder gleichmäßig und ich konnte tief Luft holen. Das Erstaunlichste aber war: Die Schmerzen verschwanden. Ich schwöre es. Sekunden vorher ging es mir so dreckig, dass ich nicht einmal mehr weinen konnte. Jetzt war alles in Ordnung. Ganz und gar.

Osa nahm die Hand fort und sah zu Loor hinüber. Das Mädchen wandte sich ab. Sie war kein bisschen beeindruckt. Ich dagegen schon. Es war wie ein Wunder.

»Wie hast du das gemacht?«, fragte ich, setzte mich auf und tastete über meine Rippen.

»Was habe ich gemacht?«, erwiderte sie unschuldig.

»Willst du mich auf den Arm nehmen?«, rief ich. »Meine Rippen! Ich dachte, ich müsste sterben. Du berührst mich und peng! Sofort geht es mir gut.«

Osa stand auf. »Vielleicht warst du nicht so schwer verletzt, wie du dachtest.«

»Klar doch!«, gab ich zurück. »Ich weiß, was Schmerzen sind, besonders dann, wenn es sich um meine Schmerzen handelt.«

Jetzt beschloss Loor an der Party teilzunehmen.

»Wir verschwenden Zeit«, erklärte sie gelangweilt. »Press wird von Kagan gefangen gehalten.«

Loors Benehmen gefiel mir nicht besonders, aber sie hatte Recht.

»Wer ist dieser Kagan?«, wollte ich wissen.

»Du musst noch viel lernen«, sagte Osa. »Press hatte vor dich zu unterrichten, aber bis er zurückkehrt, werde ich das übernehmen. Komm mit.«

Sie ging zu der Tür, die eine einfache Maueröffnung war, stellte sich neben ihre Tochter, drehte sich zu mir um. Ich fasste das als eine Aufforderung auf, ihr zu folgen, und stand langsam auf. Ich rechnete mit einer neuen Welle von Schmerzen, aber nichts geschah. Unglaublich. Dann schaute ich zu Loor hinüber. Nein, sie griff nicht wieder nach dem Stab. Nein, tat sie nicht. So weit, so gut.

»Sollten wir nicht nach Onkel Press suchen?«, fragte ich.

»Das werden wir«, antwortete Osa. »Doch zuerst musst du etwas über Denduron erfahren.«

Denduron. Genau, so hieß dieser Ort. Bis jetzt gefiel es mir hier überhaupt nicht und ich konnte mir nicht vorstellen, dass weitere Infos daran etwas ändern würden. Aber ich hatte keine Wahl und so folgte ich den Frauen zur Tür. Nach zwei Schritten blieb ich stehen, weil mir etwas Wichtiges einfiel – etwas sehr Wichtiges.

»Äh, wo kann ich hier … äh, ich muss nämlich mal.«

»Da drinnen kannst du dich erleichtern«, sagte Loor kühl und zeigte auf die entgegengesetzte Ecke des Zimmers, die durch einen kleinen hölzernen Raumteiler vom Rest der Hütte getrennt war.

»Oh, danke«, antwortete ich und rannte darauf zu. Als ich hinter den Raumteiler schaute, entdeckte ich zwei Dinge. Erstens: Die Menschen hier hatten kein fließendes Wasser. Die Toilette bestand nur aus einem Loch im Boden, von einem Steinkreis umgeben. Nicht besonders komfortabel. Zweitens: Das Geheimnis des widerlichen Gestanks im Raum war gelöst. Ich vermutete, dass die Leute nicht wussten, warum ein primitives Klo nach draußen gehört. Es roch, als hätte ein sehr kranker Elefant das Ding benutzt. Nun, es war nicht mein Haus und ich musste dringend. Also hielt ich den Atem an und brauchte etwa fünf Minuten, bis ich herausfand, wie man die Lederklamotten aufschnürte. Anscheinend hatten die Leute hier auch noch nie etwas von Reißverschlüssen gehört. Erst jetzt bemerkte ich, dass ich die Felle nicht mehr trug. Wahrscheinlich hatte man sie mir ausgezogen, als ich ohnmächtig war. Das freute mich, denn wenn ich noch mehr angehabt hätte, hätte ich mir definitiv in die Hose gemacht.

Als ich fertig war, hastete ich durch die Hütte nach draußen. Ich rechnete mit einer Überraschung, weil ich keine Ahnung hatte, was mich erwartete. Aber als ich aus der Hütte trat, blieb ich wie angewurzelt stehen und hielt den Atem an. Es war, als befände ich mich in einer anderen Welt. Tatsächlich befand ich mich in einer anderen Welt. Sie hieß Denduron und war anders als alles, was ich je gesehen hatte. Das Haus, vor dem ich stand, lag mitten in einem Dorf aus Steinhütten. Sie sahen mehr oder weniger gleich aus, mit Steinmauern und Dächern aus Stroh und geflochtenen Ästen und ohne jegliche Verzierungen, die sie voneinander unterscheidbar gemacht hätten. Bei einigen stieg Rauch aus dem Schornstein, weil drinnen gekocht und geheizt wurde. Zwischen den Behausungen schlängelten sich schmale Pfade aus gestampftem Lehm. Warum auch nicht? Hier musste man sich keine Gedanken über Autos machen. Die Hütten duckten sich um einen großen mit Gras bewachsenen Platz – fast wie ein Marktplatz. In der Mitte des Platzes lag eine runde Plattform, die einen Durchmesser von etwa drei Metern hatte. Sie war aus Steinen gefügt wie die Hütten und darauf hatte man eine hölzerne Platte aus zusammengebundenen Bohlen gelegt. Das Ganze erinnerte mich an die Musikpavillons, die manche Städte in ihren Parks haben. Im Augenblick war die Bühne leer.

Im Dorf waren viele Leute mit den Arbeiten beschäftigt, die man in solchen Dörfern eben erledigen muss. Sie liefen eilig durch die Gegend, einige trugen schwere Körbe, andere trieben Ziegen vor sich her. Alle trugen die üblichen Ledersachen und so wirkte ich wahrscheinlich gar nicht so fehl am Platz, wie ich mich fühlte. Die Einzigen, die völlig aus dem Rahmen fielen, waren Osa und Loor. Wie ich dir schon beschrieben habe, waren sie groß, dunkelhäutig und athletisch gebaut. Sonst gab es keine farbigen Menschen in diesem Dorf. Ganz im Gegenteil. Die Leute von Denduron waren die blassesten Menschen, die ich je gesehen habe. Sie sahen aus, als seien sie noch nie in der Sonne gewesen. Das war eigenartig, denn obwohl es jetzt bewölkt war, hatte ich oben auf dem Berg doch sogar drei Sonnen entdeckt. Wurden sie möglicherweise nicht braun? Oder war es hier meistens bewölkt, wie zum Beispiel in Seattle? Aus welchem Grund auch immer – es war ziemlich offensichtlich, dass auch Osa und Loor nicht aus Denduron stammten.

Das Dorf war in den Wald hineingebaut worden. Wenn man in einer Richtung an den Hütten vorbeischaute, blickte man auf weite Ackerflächen. Dort arbeiteten massenhaft Leute bei der Ernte. Entgegengesetzt lag der Berg, auf dem Onkel Press und ich die idiotische Schlittenfahrt unternommen hatten um den Quigs zu entkommen. Ansonsten sah man nur Wald, wohin man auch blickte. Nicht dass ich ein Experte für Anthropologie wäre, aber das Dorf sah wirklich aus wie im Mittelalter. Das Einzige, was fehlte, war eine gewaltige Burg, die hoch über dem Ort thronte.

Osa und Loor ließen mich ein paar Minuten gewähren, damit ich mich in Ruhe umsehen konnte. Gerade wollte ich mich zu ihnen gesellen, als mich jemand von hinten packte und herumriss.

»Ogga ta vaan burr sa!«

Ein kleiner Mann mit langen strähnigen Haaren, einer Augenklappe und einem Lächeln, das mehr Lücken als Zähne enthüllte, stand hinter mir. An jedem Finger trug er einen anderen Ring, die alle aus Bindfäden geflochten waren. Zehn Finger, zehn Ringe. Er sah etwas schmuddelig aus, stand aber offenbar auf Schmuck. Ich hatte keinen Schimmer, was er von mir wollte, bis er mir etwas Weiches unter die Nase hielt. Erschrocken sprang ich zurück, bis ich merkte, dass es nur ein Hemd oder ein Pulli aus Wolle war.

»Ogga ta vaan«, sagte er noch einmal grinsend und hielt mir das Hemd entgegen. Ich nahm an, dass er harmlos war und mir das Teil geben wollte. Klar, warum nicht? Vielleicht war das ein örtlicher Willkommensgruss. Es war ziemlich kalt und das Lederhemd wärmte nicht besonders. Ich erwiderte sein Lächeln und streckte die Hand aus. Gerade als ich zugreifen wollte, zog er das Hemd zurück und rieb die Finger gegeneinander. Ja, er gab mir das internationale Zeichen – besser gesagt das intergalaktische Zeichen für »Wenn du's willst, dann zahlst du auch«. Dieser ulkige kleine Kerl wollte handeln.

»Figgis, lass ihn in Ruhe!«, sagte Osa und trat zwischen uns.

»Mab abba kann forbay«, erklärte der Typ unschuldig. Jedenfalls hielt ich das für eine unschuldige Antwort, denn seine Sprache war mir völlig unverständlich.

Osa sah Figgis an und fuhr fort: »Er ist gerade erst angekommen. Geh und verkaufe deine Waren anderswo.«

Der Typ war ein Händler. Er sank enttäuscht in sich zusammen und wandte sich zum Gehen, drehte sich dann aber noch einmal um und grinste mich verschlagen und zahnlos an. Er versuchte es noch einmal und zog einen glänzenden roten Apfel unter dem schmutzigen Hemd hervor. Der Apfel sah wirklich gut aus.

»Verschwinde!«, befahl Osa.

Figgis knurrte verärgert und eilte davon.

»Figgis würde dir seinen Atem verkaufen, wenn das möglich wäre«, erklärte sie. »Man sagt, er trägt die Augenklappe, weil er sein Auge an einen Blinden verkaufte.«

Wie schön. Eine absolut widerliche Vorstellung.

»Osa«, fragte ich, »stammst du von der Erde?«

Osa lachte und sah zu Loor hinüber, um den Witz mit ihr zu teilen, den ich nicht verstand. Loor verzog allerdings keine Miene. Welche Überraschung.

»Wie kommst du darauf?«

»Weil du meine Sprache sprichst.«

»Da irrst du dich, Pendragon«, antwortete sie. »Ich spreche kein Wort deiner Sprache. Komm jetzt.« Sie ließ mich einfach stehen und ging mit Loor weiter.

Hä? Vielleicht war ich verrückt, aber schließlich verstand ich, was sie sagte. Und abgesehen von etwas Schulspanisch beherrschte ich keine andere Sprache. Langsam frustrierte mich das alles. Immer wenn ich glaubte endlich zu begreifen, passierte etwas Neues und ich verlor wieder den Boden unter den Füßen. Wahrscheinlich sollte ich mich an das Gefühl gewöhnen.

Osa und Loor waren schon ein Stück voraus und ich rannte los um sie einzuholen. Ich passte gut auf, dass

Osa zwischen mir und Loor ging, und musste mich ganz schön anstrengen, um mit ihren langen Schritten mitzuhalten. Die Mutter gefiel mir, aber der Tochter misstraute ich. Ich ertappte sie dauernd dabei, wie sie mir »Du verdienst es nicht, diese gute Luft einzuatmen«-Blicke zuwarf. Sie verströmte eisige Kälte. Ich nahm mir vor ihr aus dem Weg zu gehen.

»Das verstehe ich nicht«, sagte ich zu Osa. »Wieso sagst du, du sprichst meine Sprache nicht, obwohl wir uns die ganze Zeit unterhalten?«

»Ich spreche die Sprache von Zadaa«, lautete die Antwort, »dem Territorium, in dem ich geboren wurde.«

»Aber ich kann dich verstehen.«

»Natürlich. Das liegt daran, dass du ein Reisender bist.«

Ich wurde von Sekunde zu Sekunde verwirrter.

»Willst du damit sagen, dass Reisende jede Sprache verstehen?« Logische Frage, nicht wahr?

»Nein«, kam die unlogische Antwort. »Reisende hören alle Sprachen wie ihre eigene. Und wenn sie reden, verstehen alle anderen es, unabhängig davon, woher sie kommen.«

Toll. Wenn das stimmte, würde ich versuchen, demnächst bessere Noten als meine lausige Vier in Spanisch zu bekommen. Trotzdem stimmte irgendetwas nicht.

»Gut, aber wieso hörte sich alles, was der Figgis-Typ sagte, für mich wie bla, bla, bla an?«

Plötzlich sprang mir Loor mit einem Satz vor die Füße. Ich zog die Bremse an, um sie nicht über den Haufen zu rennen. Das hätte wehgetan.

»Weil du vielleicht gar kein Reisender bist!«, fauchte sie herausfordernd.

Aha! Jetzt wurde mir einiges klar. Loor glaubte nicht, dass ich der war, für den ich mich ausgab. Deshalb benahm sie sich so aggressiv und eigenartig. Natürlich war ich inzwischen auch nicht mehr sicher, wer ich hier sein sollte, und wusste nichts zu sagen, das sie davon überzeugen würde, dass ich ich war. Oder der, der ich sein sollte. Oder … na, du weißt schon, was ich meine.

Wieder rettete mich Osa und sagte: »Du hast Figgis nicht verstanden, weil du noch nicht gelernt hast richtig zu hören. Du verstehst uns, weil wir Reisende sind, Figgis aber nicht. Du musst hören lernen ohne zuzuhören.«

Wie bitte? Hören ohne zuzuhören?

»Wie kann er ein Reisender sein? Er ist doch bloß ein Junge!«, sagte Loor wütend. »Er hat Angst und ist ein Schwächling! Er wird mehr Schaden als Nutzen anrichten.«

Wow. Na, war das gut für mein Ego? Autsch. Leider hatte sie Recht. Ich fühlte mich wirklich ziemlich schwach und verängstigt. Wahrscheinlich war ich kein Reisender. Ehrlich gesagt ich könnte verschmerzen keiner zu sein, auch wenn es meine Spanischnote wesentlich verbessert hätte. Inzwischen ging ich davon aus, dass alles nur ein gewaltiger Irrtum war und man mich schnellstens nach Hause schicken würde.

Osa sah mich aus ihren dunklen, wissenden Augen an und sagte zu ihrer Tochter: »Nein, Pendragon ist ein Reisender. Aber er muss noch viel lernen.« Dann schaute sie Loor an und fuhr fort: »Außerdem scheinst du zu vergessen, dass du auch noch ein Kind bist.«

Loor stürmte davon. Offenbar gefiel es ihr nicht, wenn man sie zurechtwies. Osa wandte sich wieder an mich und sagte: »Du wirst bald merken, dass sie nicht immer so wütend ist.«

»Kein Problem«, meinte ich. »Hauptsache, sie lässt es nicht an mir aus.«

Osa lächelte und ging weiter. Ich folgte ihr und sie erzählte mir von Denduron.

»Die Leute, die in diesem Dorf wohnen, gehören zum Stamm der Milago. Wie du siehst, führen sie ein einfaches Leben. Sie versorgen sich selbst mit Nahrung und leben in Frieden mit den übrigen Stämmen Dendurons.«

Milago. Onkel Press hatte das Wort benutzt, ehe die schwarzen Ritter auftauchten. Er sagte, sie würden mir helfen, und so nahm ich an, dass sie in diesem Streifen die Guten waren.

»Was ist mit den Rittern, die Onkel Press angriffen?«, erkundigte ich mich. »Sind das auch Milago?«

»Nein«, antwortete Osa. »Das erkläre ich dir gleich.«

Wir verließen das Dorf und wanderten etwa einen halben Kilometer einen Waldweg entlang. Irgendwann erreichten wir den Waldrand und wieder erwartete mich ein erstaunlicher Anblick. Erinnerst du dich daran, wie ich schrieb, dass nur noch eine gewaltige Burg fehlte, die über diesem mittelalterlichen Dorf thronte? Nun, da hatte ich meine gewaltige Burg, aber sie thronte nicht. Ich beschreibe dir, was ich sah:

Als wir aus dem Wald traten, standen wir auf einer großen mit Gras bewachsenen Fläche. Wir wanderten über das Gras bis zu einer Klippe auf der anderen Seite. Tief unterhalb dieser Klippe war Wasser. Ja, wir standen hoch über einem Ozean, so blau und riesig wie der Atlantik. Das Meer lag rechts von mir und ich betrachtete die Küste. Sie war zerklüftet und uneben, mit hohen grauen Felsen, die über das Wasser hinausragten. Die Klippe, auf der wir standen, bildete eine Seite eines Fjordes. Unter mir schlugen die hohen Wellen gegen die Felsen. Tief unter mir. Wir standen so hoch über dem Wasser, dass ich ganz verschwitzte Handflächen bekam. Mit Höhen habe ich so meine

Probleme. Schnell schaute ich zur anderen Seite des Fjordes hinüber. Dort wuchs dunkelgrünes Seegras, das sich sanft im Wind bewegte. Dort verweilte mein Blick nicht lange, denn was ich *darunter* sah, raubte mir den Atem.

Direkt in die Felsen hineingebaut stand eine wahre Monsterfestung. Sie sah aus, als hätte man sie tatsächlich aus den Klippen herausgeschält. Ich entdeckte mehrere Stockwerke mit Balkonen, auf denen Ritter Wache hielten, die wie Onkel Press' Entführer aussahen. Sie marschierten hin und her und trugen gefährlich aussehende Speere über den Schultern. Ob sie nach Raubfischen Ausschau hielten?

Ich zählte fünf Stockwerke – eine verdammt große Festung. Anscheinend erriet Osa meine Gedanken, denn sie sagte: »Du siehst nur die Außenmauer des Palastes. Er reicht tief in die Felsen hinein und ist wie ein Dorf für sich.«

Soweit ich bis jetzt gesehen hatte, gab es hier keine Maschinen. Also hatten die Leute die Burg mit ihren Händen aus den Klippen gehauen. Es musste Jahrhunderte gedauert haben, ein so großes Gebäude mit einfachen Werkzeugen fertig zu stellen.

»Hier gab es schon immer zwei Stämme«, fuhr Osa fort. »Die Milago bearbeiten die Felder, die Bedoowan sind Soldaten und Herrscher. Irgendwann einmal befanden sich viele Stämme Dendurons im Krieg miteinander. Die Bedoowan beschützten die Milago vor Feinden und als Gegenleistung versorgten die Milago sie mit Nahrungsmitteln. Beide Stämme waren voneinander abhängig, hielten aber eine gewisse Distanz ein. So blieb es viele hundert Jahre lang und sie lebten recht harmonisch. Doch die Bedoowan waren mächtig und Macht kann zu Arroganz führen. Es war den Milago verboten, jemanden aus dem Bedoowanstamm zu heiraten oder sich auch nur anzufreunden. Wie es häufig in solchen Situationen geschieht, betrachteten die Bedoowan die Milago irgendwann als ihre … Sklaven.«

»Trotzdem beschützen sie die Milago noch, oder?«, fragte ich.

»Seit langer Zeit gab es keine Überfälle mehr. Darum bedürfen die Milago des Schutzes nicht«, erklärte Osa.

»Also erledigen die Milago die ganze Arbeit und die anderen machen … was?«

»Eine gute Frage. Die Bedoowan werden von einer königlichen Familie regiert und das erstgeborene Kind erbt den Thron. Vor nicht allzu langer Zeit wollte der Bedoowankönig die Schranken zwischen beiden Stämmen einreißen und ihnen gestatten eins zu werden. Leider starb er und sein ältestes Kind trat die Nachfolge an. Es gibt Menschen, die behaupten, man hätte ihn ermordet, damit die Bedoowan ihre Vormachtstellung behalten.«

»Und ich gehe davon aus, dass der neue König Sklavenhaltung gut findet und für die Trennung beider Stämme ist«, sagte ich.

»Stimmt. Die Milago fürchten sich sogar den Namen auszusprechen … Kagan.«

Wieder dieser Name. Allmählich begriff ich die Lage, aber sie gefiel mir überhaupt nicht.

»Die Ritter, die Onkel Press angriffen, dachten, er würde hinter Kagan herspionieren«, teilte ich Osa mit. »Onkel Press tat so, als wäre er ein Bergmann. Gibt es hier Bergwerke?«

»Ja«, antwortete sie seufzend. »Das ist das Schlimmste an der Geschichte.«

Super, es wird noch schlimmer! Genau das hatte ich hören wollen. Doch ehe Osa weitersprechen konnte, hörte ich aus der Ferne eine Trommel. Ein gleichmäßiges dröhnendes Geräusch aus Richtung des Dorfes.

Loor kam außer Atem auf uns zugerannt und rief: »Zeit für den Transfer. Beeilung!« Sie machte kehrt und lief wieder zurück.

Osa sah mich besorgt an und sagte: »Bleib dicht neben mir. Niemand darf dich sehen.« Dann eilte sie ihrer Tochter nach.

Wie ich schon sagte: Die beiden waren Athletinnen. Doch egal wie schnell sie liefen, ich hielt Schritt mit ihnen. Während wir den Pfad zum Dorf entlangrannten, blieb ich auf Osas rechter Seite. Gut, dass es bloß ein halber Kilometer war, sonst wäre ich garantiert ohnmächtig geworden.

Als wir uns dem Dorf näherten, sah ich, wie sich die Bewohner auf dem Platz mit der Steinplattform versammelten. Anscheinend gab es doch eine Vorstellung. Die Menschen kamen von den Feldern und aus den Hütten und ließen alles liegen und stehen, was sie gerade taten.

Ich wollte mich schon der Menge anschließen, als Osa meine Hand nahm und mich fortzerrte. Wir kletterten mit Loor auf das Dach einer Hütte und legten uns flach hin. Von hier aus hatten wir einen guten Überblick.

»Sie dürfen uns nicht sehen«, warnte Osa. »Wir gehören nicht dazu.«

Na gut. Eigentlich klar. Auf jeden Fall hatten wir da oben Logenplätze. Ich legte mich bequem hin und wartete gespannt, was da unten geboten werden würde. Vielleicht ein paar Milagomusiker oder so etwas wie eine Schulaufführung.

Die Dorfbewohner hatten einen großen Kreis um die Plattform gebildet. Dort stand nun ein Gerät, das wie eine Wippe aussah. Auf der einen Seite hing ein Sitz, auf der anderen ein großer Korb. Daneben stand einer von Kagans Rittern und schlug eine Trommel. Ich hoffte, das Trommeln war das Signal, sich zu versammeln, denn wenn das alles sein sollte, war ich nicht beeindruckt. Das dumpfe Dröhnen hallte durchs ganze Dorf. Der Rhythmus war ziemlich schlecht. Neben der Plattform hatten sich sechs weitere Ritter aufgebaut. Sie standen stramm und alle hielten einen gefährlich aussehenden Speer in der Hand. Die Milago hielten viel Abstand zu ihnen. Das hätte ich auch getan, denn sie sahen kein bisschen freundlich aus.

Endlich fiel mir auf, dass niemand so wirkte, als würde uns gleich etwas Unterhaltsames geboten. Es lag keine Aufregung in der Luft wie bei fröhlichen Festen. Niemand sprach, lachte oder scherzte. Bis auf die schreckliche Trommel herrschte Totenstille. Alle Dorfbewohner sahen verängstigt aus.

Osa tippte mir auf die Schulter und deutete zum anderen Ende des Dorfes hinüber. Ich sah vier Milago, die langsam auf die Versammlung zugingen. Es waren Männer, von Kopf bis Fuß völlig verdreckt. Nicht dass die Leute hier besonders reinlich wirkten, aber die vier Burschen waren sehr schmutzig. Der schwarze Schmutz hob sich deutlich von der fast weißen, teigigen Haut ab. Die Milago schleppten etwas. Einen schweren Korb, der mit verschieden großen Steinen gefüllt war. Einige waren so dick wie Bowling-Kugeln, andere klein wie Murmeln. Das Ungewöhnliche daran war, dass sie alle blau schimmerten. Ich meine wirklich helles Blau, wie glitzernde Saphire. Nie zuvor hatte ich etwas so Erstaunliches gesehen.

»Die Steine nennt man Glaze«, flüsterte Osa. »Hier gibt es überall Bergwerke. Die Milago suchen Tag und Nacht nach Glaze.«

»Das Zeug ist sicher sehr wertvoll«, stellte ich fest.

»Sehr«, lautete die Antwort. »Glaze ist der wichtigste Grund, warum Kagan die Milago beherrschen will.

Durch Glaze wurden die Bedoowan reich. Sie handeln mit Kaufleuten aus ganz Denduron. So lange die Milago Glaze schlagen, bleibt Kagan beinahe allmächtig.«

Also waren Kagan und die Bedoowan nicht nur faul, sondern auch gierig und zwangen die Milago die Drecksarbeit zu erledigen. Nette Leute. Ich wollte noch mehr Fragen stellen, aber plötzlich verstummte die Trommel und eine unheimliche Stille lag über dem Dorf. Die vier Bergleute trugen den Korb auf die Plattform und setzten ihn vorsichtig ab. Das Ganze wirkte so förmlich wie eine Zeremonie. Loor hatte es als »Transfer« bezeichnet.

Dann hörte ich den Hufschlag eines Pferdes. Irgendwer galoppierte den Pfad entlang, den wir auf dem Weg zum Ozean eingeschlagen hatten, und er musste es mächtig eilig haben. Seltsamerweise drehte sich niemand um. Niemand außer mir.

Als das Pferd den Wald verließ, sah ich den Reiter. Er war recht groß und hatte lange dunkle Haare. Seine Lederrüstung ähnelte der der anderen Ritter, hatte aber bestimmt noch keinen Kampf erlebt. Sie war sauber und ohne Kerben. Die Rüstungen der anderen sahen dagegen ziemlich mitgenommen aus. Als er auf die Dorfbewohner zustürmte, wichen sie beiseite. Das war gut, denn er verlangsamte sein Tempo nicht. Ich glaube, er hätte die Leute einfach über den Haufen geritten, wenn sie sich nicht bewegt hätten. Er gefiel mir kein bisschen.

»Ist das Kagan?«, flüsterte ich.

Osa und Loor wechselten einen geheimnisvollen Blick, als würde etwas vor sich gehen, das sie mir nicht verraten wollten. Ich bemerkte den Blick und er gefiel mir auch nicht.

»Er heißt Mallos«, wisperte Osa. »Er ist Kagans Oberster Berater.«

Mallos, Kagan, Osa, Loor, Figgis … war ich der Einzige hier, der einen Vor- und Nachnamen besaß? Mallos ritt bis dicht vor die Plattform und hielt dann das Pferd an. Ich nahm an, dass die Show jetzt beginnen würde. Der Kerl saß im Sattel und musterte die Umstehenden, als gehörten sie ihm. Keiner der Milago erwiderte den Blick. Alle hielten die Köpfe gesenkt und schauten zu Boden. Man konnte nicht übersehen, dass sie Angst vor ihm hatten. Schließlich wandte sich Mallos im Sattel um und sah zu dem Dach herauf, auf dem wir uns versteckten.

»Liegen bleiben!«, befahl Osa im Flüsterton.

Wir pressten uns flach gegen das Dach. Trotzdem sah ich Mallos noch. Sein Pferd scharrte unruhig mit dem Vorderhuf, aber er saß stocksteif und starrte zu uns herüber. Es schien, als wüsste er von unserer Existenz. Doch das war unmöglich, er konnte uns auf gar keinen Fall sehen.

In diesem Augenblick geschah es. Als ich ihn ansah, traf es mich wie ein Schlag in die Magengrube. Ich glaube, es lag an den Augen. Obwohl er sich in einiger Entfernung befand, erkannte ich die eiskalten blauen Augen. Wie hätte ich sie vergessen können?

Osa und Loor spürten meine Überraschung und blickten mich fragend an.

»Saint Dane«, sagte ich leise.

»Du kennst ihn?« Loor sah mich entgeistert an.

»Ja. Auf der Erde hat er versucht mich umzubringen, ehe ich hierher geflumt wurde«, erklärte ich. Ich konnte kaum glauben, was ich gerade gesagt hatte. Vor vierundzwanzig Stunden hätte ich es für Spinnerei gehalten, aber inzwischen war es Realität. Osa und Loor sahen sich beunruhigt an.

Dann flüsterte Loor mir zu: »Er ist dir von Zweite Erde gefolgt?« Sie sagte es, als wäre es völlig unwahrscheinlich. Ich zuckte die Achseln und nickte lässig. Zum ersten Mal sah sie mich nicht verächtlich an. Bis jetzt hatte sie sich benommen, als sei ich unwichtiger als der Dreck unter ihren Stiefeln. Jetzt verriet ihr Blick Neugier. Vielleicht bewies die Tatsache, dass ich eine Begegnung mit Saint Dane überlebt hatte, dass ich doch nicht so ein Schwächling war. Natürlich verriet ich nicht, dass ich bloß um mein Leben gerannt war. Ich war schließlich kein Idiot.

Als ich auf Mallos, Saint Dane oder wie auch immer er hieß, hinunterblickte, überschwemmte mich eine Welle von Heimweh. Aber es sah nicht so aus, als würde ich bald wieder nach Hause können. Ich war unwiderruflich in Denduron und beobachtete einen Kerl, der versucht hatte mich umzubringen. Sah er mich? Würde er das Pferd antreiben und auf die Hütte zurasen? Auf dem Dach saßen wir in der Falle. Ich hielt den Atem an.

Nach einer Zeit, die mir wie eine Ewigkeit vorkam, wandte Saint Dane endlich den Kopf. Ich holte wieder Luft. Mit einer Handbewegung sagte er: »Anfangen!«

Ich konnte ihn verstehen. Hieß das, er sprach wirklich meine Sprache, oder war er ein Reisender und ich verstand ihn deshalb? Die Frage musste zurückgestellt werden, denn jetzt ging es los. Einer der Bergmänner, die den Korb mit Glaze geschleppt hatten, trat vor. Er war ziemlich groß und etwas an der Art, wie er sich bewegte, verriet mir, dass er der Anführer war. Jede seiner Bewegungen wirkte steif und gezwungen, als empfände er die vor ihm liegende Aufgabe als körperlichen Schmerz.

»Das ist Rellin«, flüsterte Osa. »Er ist der Vorarbeiter der Bergleute.«

Ich hatte ihn richtig eingeschätzt. Natürlich besaß auch er nur einen Namen.

Rellin betrat die Plattform und wandte sich der

Menge zu. Dann streckte er die Hand aus und winkte jemandem. Die Leute wichen auseinander und ein Mann drängte sich nach vorn und sprang auf die Plattform. Er war groß und dünn – das erwähne ich, weil es bedeutsam für die folgenden Ereignisse sein wird. Der Dünne ging zur Wippe hinüber und setzte sich in den Sitz am einen Ende.

Da der Korb noch kein Gewicht enthielt, senkte sich die Wippe auf den Boden. Jetzt winkte Rellin den Bergleuten, die mit ihm gekommen waren. Die drei Typen wuchteten den vollen Korb auf die Plattform und stellten ihn vor den leeren Behälter, der hoch in der Luft hing. Was hatten sie vor? Wollten sie den Dünnen mit Glaze aufwiegen?

»Der Transfer findet jeden Tag statt«, erklärte Osa. »Mallos wählt einen Milago aus und bestimmt damit, wie viel Glaze sie am nächsten Tag für Kagan schlagen müssen.«

Ich hatte Recht. Sie wollten den Dürren mit Glaze aufwiegen. Die große Wippe war also eine Waage. Die Bergleute griffen in den gefüllten Korb und wollten gerade die ersten Stücke Glaze herausholen, als Saint Dane rief:

»Nein!«

Die Männer erstarrten. Alle Zuschauer hielten den Atem an und warteten auf Saint Danes nächsten Befehl. Sein Blick schweifte über die Menge. Dann streckte er die Hand aus.

»Der«, sagte er ausdruckslos.

Aufgebrachtes Gemurmel ertönte rings im Kreis. Zwei Ritter stießen ein paar Dorfbewohner beiseite und zerrten den Mann, auf den Saint Dane gezeigt hatte, nach vorn. Er war viel schwerer als der erste. Die Regeln hatten sich gerade geändert, und das gefiel Rellin überhaupt nicht.

»Mallos ca!«, schrie er. Er war stinksauer und brüllte Saint Dane wütend an. Ich schreibe die Worte nicht nieder, wie ich sie hörte, denn du weißt ja, seine Sprache ergab keinen Sinn für mich, aber Osa übersetzte für mich.

»Mallos hat einen anderen Mann für den Transfer gewählt und Rellin sagt, dass es unfair ist.« Das hatte ich mir schon gedacht. »Er bittet Mallos den Mann zu wählen, den er gestern aussuchte.«

Mir war klar warum. Dieser Mann war viel schwerer als der andere. Wenn sie nur genug Glaze geschlagen hatten um den ersten aufzuwiegen, reichte es auf gar keinen Fall für den zweiten. Rellin bat Saint Dane um Fairness. Saint Dane verzog keine Miene. Er schaute Rellin an, als wäre er nichts als Dreck. Dann trat einer der Ritter auf Rellin zu und schlug ihm mit der flachen Seite der Speerspitze ins Gesicht. Rellin fuhr herum und ich sah, dass seine Augen vor Wut funkelten. Quer über die Wange zog sich ein blutender Schnitt. Er stand kurz davor, dem Ritter an die Kehle zu springen. Doch er tat es nicht. Das war klug, denn weitere Ritter standen mit ihren Waffen in unmittelbarer Nähe. Sie hätten ihn sofort umgebracht.

»Sieh mich an, Rellin«, befahl Saint Dane.

Rellin schaute zu seinem Feind, der auf dem Pferd saß, hinauf.

»Als treuer Untertan solltest du mehr für Kagan tun, als man von dir erwartet«, erklärte er mit einer Überheblichkeit, die selbst *mein* Blut zum Kochen brachte. »Willst du mir sagen, dass du nur gerade das Allernötigste tust?«

Rellin antwortete mit wütender, doch beherrschter Stimme. Osa übersetzte es mir.

»Er sagt, dass die Arbeit unter Tage sehr gefährlich und schwierig ist. Jedes Gramm, das sie dem Berg abringen, fordert einen hohen Preis. Er sagt, sie schlagen so viel Glaze, wie sie nur können.«

Saint Dane grinste und meinte: »Wir werden sehen.«

Er gab den Rittern einen Wink. Einer sprang auf die Plattform, riss den Dünnen vom Sitz und stieß ihn weg. Seine Kameraden zerrten den neuen Mann hinauf und drückten ihn auf den freien Platz. Der Mann hatte Angst. Er sah Rellin bittend an, aber der war machtlos.

»Jetzt dürft ihr anfangen«, verkündete Saint Dane.

Die Bergleute blickten Rellin an, der zustimmend nickte. Da sie keine andere Wahl hatten, legten sie los und warfen die Steine aus dem vollen Korb in den leeren.

»Was passiert, wenn das Gewicht nicht übereinstimmt?«, fragte ich Osa.

»Ich hoffe, das wirst du nicht erleben«, kam die Unheil verkündende Antwort.

Die Bergleute arbeiteten schnell. Sie begannen mit den großen Stücken und hielten die Murmeln bis zum Schluss zurück. Die Augen aller Zuschauer waren auf die Waage gerichtet. Ich glaube, vor lauter Anspannung atmete keiner mehr. Ich jedenfalls nicht. Als der Korb ungefähr halb leer war, bewegte sich die Waage. Unendlich langsam hob sich der schwere Mann am anderen Ende in die Höhe. Sobald er die Bewegung wahrnahm, glitt ein Ausdruck der Erleichterung über sein Gesicht. Vielleicht war genug Glaze da um sein Gewicht auszugleichen. Die Bergleute legten Stein auf Stein in den Korb. Langsam hob sich der Milago höher in die Luft.

Ich spürte, wie die Stimmung der Zuschauer umschlug. Sie würden es schaffen. An diesem Tag hatten sie mehr als genug Glaze geschlagen, wie Saint Dane es verlangt hatte. Mit den letzten kleinen Steinen bewegte sich die Waage ins Gleichgewicht. Es bedurfte auch des letzten allerwinzigsten Steins, aber sie schafften es. Wäre es um ein Spiel bei der Weltmeisterschaft gegangen, wäre die Menge in wilden Jubel ausgebrochen. Aber das hier war kein Spiel. Obwohl ich die allgemeine Erleichterung und Freude spürte, sagte niemand ein Wort. Ich sah jedoch, wie sich die Leute heimlich zulächelten. Einige umarmten sich sogar verstohlen. Die Stimmung war gut. Auch Rellin wirkte erleichtert, gab sich aber Mühe, es nicht zu zeigen. Es wäre unklug gewesen, Saint Dane den Sieg ins Gesicht zu schleudern.

Saint Dane reagierte nicht. Ich war nicht sicher, ob er zufrieden war darüber, dass mehr Glaze vorhanden war, oder wütend, weil die Milago seine unfairen Forderungen hatten erfüllen können. Er schwang sich aus dem Sattel, kletterte auf die Plattform und musterte lächelnd die Waage. Urplötzlich wich die Freude der Umstehenden wieder der früheren Anspannung. Was hatte Saint Dane vor? Er betrachtete den schweren Mann auf dem Sitz. Der Typ hielt den Blick angstvoll gesenkt. Saint Dane ging zu dem vollen Korb hinüber.

»Gut gemacht, Rellin«, begann er. »Ihr habt eine Menge …« Plötzlich stockte er und beugte sich über den gefüllten Korb. Die Zuschauer hielten sich an den Händen um einander Kraft zu geben.

Saint Dane starrte in den Korb und sagte: »Rellin! Du enttäuschst mich. Hier ist ein Stein, der nicht aus reinem Glaze besteht!«

O nein. Rellin wollte auf den Korb zurennen, aber zwei Ritter hielten ihn zurück. Er brüllte Saint Dane an, aber das spielte keine Rolle. Saint Dane griff in den Korb, nahm den größten Glazebrocken und hob ihn auf. Sofort bewegte sich die Waage und der Mann landete mit dem Sitz unsanft auf dem Boden. Saint Dane trug den Stein zu Rellin hinüber und hielt ihn dem Vorarbeiter vors Gesicht.

»Du weißt doch, dass Kagan nur allerbestes Glaze akzeptiert«, erklärte er zufrieden.

Zwar bin ich kein Geologe, aber der Stein sah genauso aus wie alle anderen. Wieder änderte Saint Dane die Regeln.

»Du weißt, was jetzt geschieht«, sagte er mit gespielter Trauer.

Anscheinend wusste es der schwere Mann auf der Waage auch. Er kletterte vom Sitz und sprang von der Plattform um zu fliehen. Aber die Ritter hielten ihn fest.

»Was jetzt?«, fragte ich Osa.

Sie antwortete nicht. Mit traurigen Augen sah sie zum Dorfplatz hinüber. Ich würde die Antwort in Kürze erhalten und wandte mich dem letzten Akt des Dramas zu.

Ein Ritter hob eine schwere Kette auf, die an einem Ende der Plattform hing. Er zog daran und schon hob sich ein Teil des Bretterbodens wie bei einer Falltür. Darunter befand sich anscheinend … nichts. Die Plattform erhob sich über einem tiefen Loch.

»Das ist der erste Bergwerksstollen, der hier im Dorf gegraben wurde«, erklärte Osa, ohne ihren traurigen Blick von der Szene zu wenden. »Es ist ein Schacht, der tiefer in die Erde führt, als man mit bloßem Auge sehen kann. Leider liegen auf seinem Grund unzählige Gebeine.«

Meine Gedanken überschlugen sich. Ich traute meinen Augen nicht. Sie wollten den Mann in den Schacht werfen!

»Warum unternehmen die Milago nichts?«, fragte ich. »Es sind hunderte! Warum greifen sie nicht ein?«

Die Ritter schleiften den Mann zu der offenen Falltür hinüber.

»Bagga! Bagga va por da pey!«, jammerte er. Es war furchtbar.

Niemand rührte sich. Keiner versuchte dem armen Kerl zu helfen. Nicht einmal Rellin. Offenbar wussten sie, dass es hoffnungslos war. Neben mir griff Loor nach ihrem Knüppel, aber Osa hielt die Hand ihrer Tochter fest.

»Du weißt, die richtige Zeit ist noch nicht gekommen«, sagte sie leise.

Anfangs hielt Loor den Knüppel umklammert. Ich fühlte, wie angespannt sie war. Ein Satz und sie wäre da unten und würde um sich schlagen können. Aber heute war nicht der richtige Tag. Sie starrte zur Plattform hinüber und ließ endlich die Waffe los.

Die Ritter schleppten den schreienden Mann vor Saint Dane, der ihn ohne jedes Mitleid ansah und sagte: »Wärst du nicht so ein Vielfraß, hättest du vielleicht noch eine Weile gelebt.« Er nickte den Rittern zu und sie schleiften ihn zum Schacht hinüber.

»Ca … ca!«, flehte er. »Maga con dada pey! Maga con dada! Meine arme Frau und meine beiden Kinder! Bitte! Ich muss für sie sorgen! Sie sind ganz allein!«

Das Ganze war so entsetzlich, dass ich es erst später begriff … Ich hatte ihn verstanden. Es ergab keinen Sinn, dass er plötzlich die Sprache gewechselt hatte. Osa hatte mir ja erklärt, dass Reisende alle Sprachen verstanden, und da ich das auf einmal auch konnte, war ich vielleicht doch ein Reisender.

Aber darüber dachte ich erst viel später nach. Im Augenblick war ich Zeuge des entsetzlichsten Geschehens, das man sich nur denken kann. Die beiden Ritter zerrten ihr Opfer immer näher an das Loch heran. Plötzlich drängte sich eine Frau durch die Menge um dem Mann zu helfen. Sie war in Tränen aufgelöst und flehte um Gnade. Bestimmt war sie seine Frau, aber ihr

Mut half ihm auch nicht. Ein anderer Ritter griff nach ihr und schleuderte sie zu Boden. Weinend blieb sie im Gras liegen.

Endlich hatten die brutalen Kerle den Rand des Schachtes erreicht, als der Milago aufhörte zu jammern. Bis jetzt hatte er geweint und um sein Leben gebettelt. Aber nun richtete er sich auf und schwieg. Ich schwöre, dass sein Gesichtsausdruck fast schon als gelassen gelten konnte. Die Ritter hatten keine Ahnung, was los war. Sie waren nicht daran gewöhnt, dass jemand im schlimmsten Augenblick seines Lebens ruhig blieb.

Der Mann stand still, sah Saint Dane an und sagte mit fester, lauter Stimme: »Ich bedauere nur, dass ich es nicht mehr erlebe, wenn Kagan so leiden muss, wie wir alle gelitten haben.«

Saint Dane lachte und erwiderte: »Keiner von euch wird das erleben, denn dieser Tag wird nie kommen.« Dann nickte er den Rittern kaum merklich zu und sie stießen den Unglücklichen rücklings in den Schacht. Seine Frau schrie auf, aber der Mann gab keinen Laut von sich. In der einen Sekunde stand er da, in der nächsten war er … einfach weg. Hoffentlich starb er auf der Stelle und fand sich an einem besseren Ort als in diesem schrecklichen Dorf wieder.

Der Ritter, der die Kette hielt, ließ sie los und mit einem lauten Krachen fiel die Abdeckung zurück auf das Loch. Saint Dane ging auf Rellin zu, der ihm fest in die Augen blickte. Saint Dane deutete auf die weinende Frau.

»Morgen nehmen wir sie für den Transfer«, sagte er vergnügt. »Sie scheint nicht schwer zu sein. Das wird euch einen leichten Tag bescheren. Danke mir für meine Rücksichtnahme.«

Rellin starrte Saint Dane an und ich glaubte sekundenlang, er würde ihm ins Gesicht spucken. Doch stattdessen biss er die Zähne zusammen und sagte: »Danke.«

»Es ist mir ein Vergnügen«, antwortete Saint Dane lächelnd. Dann ging er zu seinem Pferd hinüber, stieg in den Sattel und wollte gerade losreiten, als er noch einmal zu uns herüberblickte.

Tatsächlich kam es mir so vor, als sähe er mich an. Ich spürte es. Er wusste, dass ich auf dem Dach lag. Hatte er die ganze Show nur für mich abgezogen? Saint Dane lachte, stieß dem Pferd die Absätze in die Flanken und ritt an den erstarrten Menschen vorbei zurück zum Palast der Bedoowan.

Mit den Speeren trieben die Ritter ein paar Bergleute zu dem Glazekorb. Die wertvollen Steine mussten zu Kagan gebracht werden und ganz sicher würden die Ritter sie nicht tragen. Das war Sklavenarbeit. Die Männer nahmen den Korb von der Waage und machten sich auf den beschwerlichen Weg zum Palast. Die übrigen Dorfbewohner gingen auseinander. Niemand sprach auch nur ein Wort. Ein paar Leute kümmerten sich um die arme Frau, deren Mann getötet worden war, aber die meisten eilten in ihre Hütten zurück. Sie hatten dieses Grauen schon oft genug erlebt und wahrscheinlich würde sich auch in Zukunft nichts daran ändern.

Ich war in Panik. Ich hatte miterlebt, wie ein Mensch kaltblütig umgebracht wurde. Es war noch schlimmer als der Tod des Obdachlosen, den Saint Dane dazu gebracht hatte, vor den Zug zu springen. Das war grauenvoll gewesen, erschien mir jetzt aber ganz unwirklich. Das hier war die Realität und ich verstand sie nicht. Meine Gefühle waren in Aufruhr. Ich schäme mich nicht, zuzugeben, dass ich weinte. Es waren Tränen der Wut, der Furcht und der Trauer um einen Mann, den ich nicht gekannt hatte. Und um seine Familie. Mir war egal, dass ich vor Loor und allen anderen weinte. Ich hatte jegliche Selbstbeherrschung verloren.

»Warum haben sie ihm nicht geholfen?«, schrie ich Osa an. »Sie hätten die Ritter überwältigen können. Den Mann wegreißen können. Warum haben sie nichts unternommen?«

Osa war so ruhig, wie ich aufgebracht war. Sie meinte: »Wenn sie sich gewehrt hätten, würde Kagan eine ganze Armee schicken um sie zu bestrafen. Sie hatten keine andere Wahl.«

Ich sah Loor an, die zu meiner Überraschung traurig aussah. Zwar regte sie sich nicht so auf wie ich, aber ihre Eiseskälte hatte Risse bekommen. Ich glaubte sogar, Tränen in ihren Augen zu erkennen. Vielleicht schlug doch ein Herz unter der kalten Oberfläche.

Trotzdem passte mir Osas Antwort nicht. »Na und? Sie hätten etwas tun müssen!«, rief ich. »Wenn sie sich nicht wehren, hört es nie auf.«

Osa legte mir die Hand auf die Schulter und ich beruhigte mich sofort. Aber was sie dann sagte, war das Letzte, was ich hören wollte.

»Sie werden sich wehren, Pendragon. Sie werden ihr Schicksal in die Hand nehmen und sich gegen Kagan erheben. Deshalb sind wir hier. Wir werden ihnen helfen. Du wirst ihnen helfen.«

Die Worte trafen mich wie ein Blitz aus heiterem Himmel. Onkel Press hatte mir erzählt, dass irgendwelche Leute Hilfe brauchten, aber ich hatte keine Ahnung gehabt, dass er damit ein ganzes Dorf meinte, das Feinden ausgeliefert war, die nichts Schlimmes dabei fanden, Menschen kaltblütig umzubringen. Das war absurd. Mir taten die Leute Leid, doch ich konnte ihnen nicht helfen. Auch wenn Loor ziemlich zäh war – diese Kerle waren Mörder. Und wir waren nur zu dritt … zu viert, wenn ich Onkel Press mitzählte. Was sollten wir gegen eine Armee ausrichten? Nein, das war Wahnsinn. In diesem Augenblick beschloss ich, dass ich bei der ersten sich bietenden Gelegenheit versuchen würde zum Flume zurückzukehren. Es hatte mich hierher gebracht, also musste es möglich sein, damit die Rückfahrt anzutreten. Genau, das war das einzig Richtige. Ich würde hier verschwinden und dem Wahnsinn den Rücken kehren … mit oder ohne Onkel Press.

ZWEITE ERDE

»He, ihr beiden!«

Mark und Courtney sahen von den Pergamenten auf und entdeckten Sergeant D'Angelo, der vor dem Polizeirevier stand und ihnen zuwinkte. Sie hatten die ganze Zeit auf dem Gehweg gehockt und Bobbys Schreiben gelesen.

»Lauf!«, schrie Mark. Er wollte aufspringen, aber Courtney packte ihn am Hosenboden und zog ihn zurück.

»Warum?«, fragte sie gelassen. »Wir machen doch nichts Verbotenes.«

Mark dachte nach. Sie hatte Recht, sie saßen bloß auf dem Bürgersteig und lasen. Das war völlig legal. Warum schrie der Polizist dann hinter ihnen her? Courtney sah zu D'Angelo hinüber, rührte sich aber nicht.

»Was wollen Sie?«, brüllte sie schließlich.

»Mit euch reden«, ertönte die Antwort.

»Dann kommen Sie zu uns.«

Autsch. Mark zuckte zusammen. Courtney war ziemlich respektlos. Klar, er hatte sie weggeschickt, aber immerhin war er ein Polizist. Mark war sicher, er würde sie festnehmen.

D'Angelo kam ein paar Schritte auf sie zu, die Hände in die Hüften gestützt, und sagte in ruhigem Ton: »Ich möchte mit euch über die Pendragons reden.«

»Warum?«, fragte Courtney voller Misstrauen.

»Weil ich euch glaube.«

Mark und Courtney sahen sich an. Gewonnen! Er hatte Mr und Mrs Pendragon gefunden. Sie sprangen auf um den Polizisten zu begleiten. Mark vergewisserte sich, dass Bobbys zur Hälfte gelesener Bericht sicher in seinem Rucksack verstaut war, ehe sie das Revier betraten.

Drinnen führte der Sergeant sie durch den Empfangsbereich in ein Büro im hinteren Teil des Gebäudes. Mark fand das toll. Bisher hatte er noch nie hinter die Kulissen eines Polizeireviers geblickt. Es war ganz anders als erwartet. Im Fernsehen herrschte dort immer reges Treiben. Dauernd führten Beamte Verdächtige in Handschellen zum Verhör, nahmen Protokolle auf oder eilten zu Sondereinsätzen. Auf jeden Fall war immer etwas los. Aber nicht in Stony Brook. Hier telefonierte ein Polizist mit Dominos Pizzaservice und sein Kollege saß mit gelangweilter Miene am Computer und spielte Skat. Nicht gerade ein Beispiel für aufregende Polizeiarbeit. Ziemlich enttäuschend.

»Ich will ehrlich sein«, sagte D'Angelo, als er sie durch den Flur führte. »Zuerst dachte ich, ihr würdet mir einen gewaltigen Bären aufbinden, bis ich mit Captain Hirsch telefonierte.«

»Was hat er gesagt?«, erkundigte sich Mark.

»Fragt ihn doch selbst«, sagte der Sergeant, öffnete eine Tür und bedeutete ihnen einzutreten. Sie gingen in ein Besprechungszimmer, in dem ein langer Metalltisch mit acht Stühlen stand. Ansonsten gab es keinerlei Einrichtungsgegenstände, bis auf einen riesigen Spiegel, der den größten Teil der Schmalseite einnahm. Ein sympathisch aussehender Mann im Anzug saß am Kopfende des Tisches. Als sie eintraten, erhob er sich und lächelte freundlich, aber sie spürten, dass er beunruhigt war. Gut. Sollte er auch sein. Schließlich war die Situation auch beunruhigend.

»Hallo, ich bin Captain Hirsch«, sagte er. »Vielen Dank, dass ihr zurückgekommen seid.«

Courtney ging sofort zum Spiegel und presste die Nase dagegen, während sie die Augen mit der Hand abschirmte.

»Ist das ein doppelseitiger Spiegel?«, fragte sie. »Wer sitzt auf der anderen Seite? Verhören Sie uns?«

Hirsch schaute D'Angelo an und beide lachten. »Ja, das ist ein doppelseitiger Spiegel«, erklärte der Captain. »Aber es sitzt niemand dahinter und wir verhören euch auch nicht.«

Courtney versuchte immer noch etwas zu erkennen. Sie glaubte ihm nicht.

»Warum setzt ihr euch nicht erst mal hin?«, schlug D'Angelo vor.

Mark und Courtney setzen sich nebeneinander. D'Angelo blieb an der Tür stehen. Hirsch nahm Platz und musterte die Jugendlichen. Sie musterten ihn auch. Nervös zupfte der Captain an seinen Augenbrauen herum. Er sah aus, als wüsste er nicht, wie er beginnen sollte, und so nahm Courtney – weil sie eben Courtney war – die Dinge in die Hand.

»Wieso glauben Sie uns plötzlich, was die Pendragons betrifft?«, fragte sie Hirsch.

»Mr und Mrs Pendragon sind gute Freunde von mir«, erklärte er. »Mein Sohn Jimmy spielt mit Bobby Basketball.«

»Jimmy Hirsch!«, rief Mark. »Den kenne ich. Starker Stürmer.«

Der Captain nickte.

Sehr gut. Jetzt hatten sie einen Erwachsenen auf ihrer Seite. Noch dazu einen Polizisten. Sogar einen Captain. Endlich kam die Sache ins Rollen.

»Wann habt ihr Bobby zum letzten Mal gesehen?«, fragte er.

Mark schwieg, denn es war Courtneys Stichwort.

»Gestern Abend, bei ihm zu Hause. Ungefähr eine Stunde vor dem Spiel.«

»Hat er etwas gesagt, das auf eine Reise schließen ließ?«, lautete die nächste Frage.

Courtney und Mark sahen sich an. Sie wussten genau, wohin Bobby gereist war. Wenn die Geschichte auf den Pergamenten stimmte, wussten sie, dass Bobby und sein Onkel mit dem Motorrad nach New York gefahren waren und sich jetzt an einem Ort des Universums befanden, der Denduron hieß. Sie waren aber nicht ganz sicher, ob die Geschichte wirklich stimmte, und wollten sich auch nicht wie zwei Verrückte anhören. Außerdem lieferte der Bericht keine Erklärung für das Verschwinden vom Haus der Pendragons. Ehe sie das Revier betraten, hatten Mark und Courtney beschlossen sich an die Tatsachen zu halten, die sie beweisen konnten. Es war kinderleicht, das Verschwinden des Hauses zu beweisen. Ohne sich noch einmal abzusprechen entschieden sie jetzt, dem ursprünglichen Plan zu folgen.

»Ich habe mich mit Bobby bei ihm zu Hause unterhalten«, erzählte Courtney. »Dann kam sein Onkel Press und ich ging weg. Das war unsere letzte Begegnung.«

Captain Hirsch betrachtete das Blatt Papier, auf dem er sich Notizen gemacht hatte.

»Stimmt. Onkel Press«, sagte er laut, doch es wirkte wie ein Selbstgespräch. Hirsch schien etwas fragen zu wollen, war aber anscheinend nicht sicher, ob es eine gute Idee war. Er sah D'Angelo an, als erhoffte er sich einen Rat.

»Ich finde, Sie sollten es ihnen sagen, Captain«, meinte der Sergeant.

»Was denn s-s-sagen?«, stotterte Mark.

Offensichtlich hatten diese Bullen weitere Informationen. Captain Hirsch stand auf und schritt nervös auf und ab.

»Nachdem ihr mit Sergeant D'Angelo gesprochen hattet, erstattete er mir Bericht. Ehrlich gesagt glaubte er euch nicht, weil er keinen einzigen Hinweis auf die Pendragons fand.«

»Aber Sie kennen die Familie doch«, warf Courtney ein.

»Ja, ich kenne sie. Ich habe sie schon oft zu Hause besucht«, sagte der Captain.

»Aber das Haus ist verschwunden!«, meldete sich Mark zu Wort.

Hirsch antwortete nicht gleich. Er sah die beiden jungen Leute an und dann den Sergeant. Schließlich fuhr er fort: »Ja. Das Haus ist weg. Wir sind nur ein kleiner Polizeiposten in einer kleinen Stadt, aber wir haben Zugang zu den meisten Behördencomputern. Als ihr fort wart, haben wir eine Computersuche nach den Pendragons gestartet ... und fanden nichts.«

»Wie meinen Sie das?«, wollte Courtney wissen. »Keine polizeilichen Einträge?«

»Nein, ich meine absolut nichts«, erwiderte Hirsch. Seine Stimme klang leicht frustriert. »Keine Geburtsurkunden, keine Führerscheine, keine Bankkonten, keine Grundbucheintragungen, keine Stromrechnungen, keine Schulunterlagen, keine Kreditkarten, kein gar nichts! Die Pendragons sind nicht einfach verschwunden; es ist, als hätten sie nie existiert!«

Hirsch ging immer schneller. Er war verstört, denn was er sagte, ergab keinen Sinn, doch leider war es die Wahrheit.

Irgendwann meinte Mark: »A-a-aber es gibt sie doch! Ich meine, wir kennen sie.«

»Ich weiß!«, blaffte der Captain. »Ich habe bei ihnen zu Hause gegessen. Ich habe Bobby zu den Pfadfindern gefahren ... Noch etwas. Wir haben alte Ausgaben der Zeitung durchsucht, in denen Artikel von Mr Pendragon standen, doch sie waren verschwunden. Aber ich habe sie gelesen und einige davon sogar mit ihm diskutiert.«

Die ganze Angelegenheit wurde immer verworrener. Verschwinden war eine Sache. Doch dass sich eine ganze Familie einfach in Luft auflöste, erschien völlig unmöglich.

»W-w-was ist mit Onkel Press?«, erkundigte sich Mark beunruhigt.

»Wieder nichts«, antwortete Hirsch. »Wir finden keinen einzigen Hinweis darauf, dass diese Menschen jemals existiert haben.«

»Außer in unserer Erinnerung«, fügte Courtney hinzu.

Ein beängstigender Gedanke. Wenn alles, was der Captain sagte, der Wahrheit entsprach, gab es von Bobby und seiner Familie nur noch die Erinnerungen, die sie alle hatten ... und die Pergamente in Marks Rucksack. Captain Hirsch setzte sich wieder an den Tisch und sah die Jugendlichen bittend an. Sein geordneter Polizistenverstand war völlig durcheinander geraten.

»Kinder«, sagte er mit einem Hauch von Verzweiflung in der Stimme. »Ihr müsst mir helfen. Wenn ihr irgendetwas wisst, was uns helfen könnte die Pendragons zu finden, dann sagt es bitte.«

Mark und Courtney wussten eine ganze Menge. Ihr Wissen steckte in Marks Rucksack, der vor ihnen auf dem Tisch lag. Sie brauchten ihn Captain Hirsch nur in die Hand zu drücken. Er würde die Seiten lesen und die Initiative ergreifen. Das taten Erwachsene. Sie griffen ein und sorgten für Klarheit. Diesmal lag die Entscheidung aber nicht bei Courtney. Die Berichte waren an Mark gerichtet. Ob die Polizei von den Pergamenten erfuhr, war Marks Entscheidung.

Courtney sah, dass Mark auf den Rucksack starrte. Sie ahnte, was in ihm vorging. Er überlegte verzweifelt, ob er Bobbys Tagebuch übergeben sollte oder nicht. Dann sah er sie fragend an. Courtney wünschte, sie könnte ihm bei seiner Entscheidung helfen, aber sie hatte auch keine Ahnung, was richtig war und was nicht. Also zuckte sie hilflos mit den Achseln und gab ihm zu verstehen: »Du bist dran.«

»Nun?«, hakte der Captain nach. »Fällt euch irgendetwas ein?«

Mark holte tief Luft, wandte sich an Hirsch und sagte: »Nein, wir sind genauso verwirrt wie Sie.«

Entscheidung gefallen. Courtney folgte Marks Beispiel und fügte hinzu: »Ja, wir sind total durcheinander.«

Hirsch seufzte laut und frustriert. »Okay, wir untersuchen den Fall. Erzählt es euren Eltern, euren Freunden und jedem, der euch zuhört. Wenn sie irgendetwas über die Pendragons erfahren, sollen sie mich anrufen. Verstanden?«

Courtney und Mark nickten. Hirsch gab beiden eine Visitenkarte mit seiner Telefonnummer. Mark schnappte sich den Rucksack und sie verließen das Gebäude.

Als sie auf der Straße standen, gingen sie einige Zeit schweigend nebeneinander her. Das Polizeirevier lag in der Nähe der Stony Brook Avenue, der Hauptgeschäftsstraße der Stadt. Dort befanden sich die meisten Läden und Restaurants. Da es in Stony Brook kein Einkaufszentrum gab, trafen sich alle auf der Hauptstraße. Heute waren weder Mark noch Courtney an den üblichen Attraktionen interessiert. Sie gingen am »CD-Silo« vorbei, ohne einen einzigen Blick ins Schaufenster zu werfen; der Duft der besten Pommes frites der Welt aus dem »Hühnergarten« ließ sie kalt; sie hatten keinen Appetit auf Eiskrem und sie verschwendeten auch keinen Gedanken an die Bibliothek. Vor den Stufen der Bibliothek blieb jeder stehen, bevor er zu einem Bummel über die Avenue startete, denn dort traf man immer jemanden, den man kannte.

Heute nicht. Bedeutungslos für Mark und Courtney. Irgendwie kam ihnen das vertraute Umfeld nicht mehr so vertraut vor wie sonst. Zwar sah es aus wie immer, aber in den letzten Stunden hatten sie begriffen, dass der Lauf der Welt nicht so war, wie sie immer geglaubt hatten. Durch Bobbys Abenteuer und das seltsame Verschwinden der Pendragons war alles in Frage gestellt worden, was ihre Welt ausgemacht hatte. Wenn man derartige

Probleme wälzte, waren die Pommes vom »Hühnergarten« plötzlich nicht mehr verführerisch. Also liefen sie an den üblichen Treffpunkten vorbei und bogen in eine winzige Grünanlage ein, die eingequetscht zwischen zwei Gebäuden lag. Sie setzten sich auf eine Bank und starrten trübsinnig zu Boden.

Irgendwann sah Mark Courtney an und fragte leise: »Hätte ich ihnen von Bobbys Brief erzählen sollen?«

»Ich weiß nicht«, antwortete Courtney. »Ich weiß nicht, was ich denken soll.«

Mark versuchte seine Gefühle in Worte zu fassen. »Ich habe das Gefühl, Bobby schickt mir die Berichte aus einem sehr wichtigen Grund.«

»Und aus welchem? Wir haben nicht einmal erfahren, was er will.«

»Ja, weiß ich. Doch ich glaube, es steckt mehr dahinter. Irgendetwas ganz Großes spielt sich ab und Bobby ist nur ein Teil davon. Eine ganz ernste Sache. Ich meine, so etwas Kosmisches. Rede ich dummes Zeug?«

»Dummes Zeug?« Courtney lachte. »Wie sollte unter diesen Umständen irgendetwas dumm klingen?«

»Genau! Der Gedanke an Reisende, die alle Sprachen verstehen, an Territorien und Flumes, die einen durch Zeit und Raum schießen ... Das alles verändert unser ganzes Wissen und unser Leben.«

Courtney schwieg. Mark hatte Recht. Bis jetzt hatte sie nur an Bobby und die Pendragons gedacht. Doch die Schlüsse, die sich aus Bobbys Bericht ergaben, waren gewaltig. Zu gewaltig um sie zu begreifen.

Mark fuhr fort: »Während wir bei der Polizei saßen, dachte ich darüber nach, was geschehen würde, wenn ich ihnen die Pergamente gäbe. Zwei Möglichkeiten fielen mir ein. Die eine war: Sie würden der ganzen Welt verkünden, was dort stand. Es gäbe einen Riesenaufruhr und wir würden im Mittelpunkt stehen. Es kann gut sein, dass ich noch mehr Briefe bekomme. Ich denke aber, dass Bobby nicht mit so einem Wirbel einverstanden wäre – besonders wenn er meine Hilfe braucht. Ansonsten hätte er mir sofort geschrieben, mit der Geschichte zur Zeitung zu gehen.«

»Wie lautet die zweite Möglichkeit?«, fragte Courtney.

»Das genaue Gegenteil könnte eintreten. Vielleicht wären die Typen so beunruhigt, dass sie die ganze Sache vertuschen und so tun würden, als wäre nichts passiert ... Wie bei Roswells Außerirdischen oder dem Mord an Kennedy. Wir Menschen mögen es nicht, wenn unsere schöne geordnete Welt nicht so ist, wie wir glauben. Ich nehme das niemandem übel, denn mir ist auch nicht wohl dabei.«

»Es gibt noch eine dritte Möglichkeit«, erklärte Courtney. »Vielleicht denken die Leute, wir wären verantwortlich. Jeder möchte Antworten auf Fragen und die einfachste Antwort lautet, dass wir uns alles ausgedacht haben. Es ist leichter, an einen Jux zu glauben, als an Menschen, die durch Wurmlöcher kriechen und in andere Welten versetzt werden.«

Kaum zu glauben, dass noch vor wenigen Stunden ihre größte Sorge das Basketballspiel gewesen war, das Bobby verpasst hatte.

Courtney schaute Mark an und fragte: »Was sollten wir deiner Meinung nach tun?«

Ehe er antworten konnte, beugte sich jemand von hinten über sie, griff nach Marks Rucksack und riss ihn an sich! Courtney und Mark fuhren überrascht herum.

»Was hast du da, Dimond? Noch mehr Playboys?«

Es war Andy Mitchell, der Typ, der Mark im Waschraum ertappt hatte, als er Bobbys erstes Tagebuch las. Er fummelte an den Verschlüssen des Rucksacks herum um ihn zu öffnen.

Mark sprang auf und rief: »M-Mitchell! G-gib ihn mir zurück!«

Er versuchte den Rucksack an sich zu reißen, aber Mitchell wich geschickt aus.

»He Kleiner«, lachte er, »teilst du etwa nicht gerne?«

Er hielt Mark den Rucksack vor die Nase. Als der danach griff, zog er ihn grinsend weg.

»Wie dringend willst du ihn wiederhaben? So dringend, dass du mit den Ratten um die Wette schwimmst?« Er ging rückwärts auf eine vergitterte Kanalöffnung zu. Die Spalten zwischen den Stäben waren groß genug um den Rucksack hindurchzustopfen.

»Nicht!«, brüllte Mark verzweifelt.

Mitchell hielt die Tasche genau über den Kanal. »Was gibst du mir dafür?

»Was willst du?«, fragte Mark nervös.

Mitchell überlegte kurz und entdeckte etwas an Marks Hand. »Ich tausche den Rucksack ... gegen den alten Ring.«

Auf keinen Fall wollte Mark den Ring hergeben. Aber die Pergamente durfte er auch nicht verlieren. Noch hatte er nicht gelesen, was Bobby von ihm wollte.

»Denk ein bisschen schneller, Dimond«, sagte Mitchell grinsend und schwenkte die Tasche hin und her. »Rucksack oder Ring ... Rucksack oder Ring.«

Mark wusste nicht, was er tun sollte. Plötzlich umklammerte eine stählerne Faust Mitchells Handgelenk und er fand sich Auge in Auge mit Courtney wieder. Sie hatte die Szene in aller Ruhe von der Bank aus beobachtet. Zwar hatte sie keine Ahnung, wie sie mit Bobbys Verschwinden oder dem Verschwinden seiner Familie umgehen sollte, aber sie wusste ganz genau, wie man mit Widerlingen wie Andy Mitchell umging. Sie drückte sein Handgelenk und starrte ihn durchdringend an.

»Wirfst du die Tasche in den Gully«, zischte sie mit gebleckten Zähnen, »stopfe ich dich kopfüber hinterher.«

Lange Zeit standen sie da und sahen sich in die Augen. Nach einer scheinbaren Ewigkeit lächelte Mitchell.

»Mensch, ich hab doch bloß Spaß gemacht«, sagte er.

Courtney streckte die freie Hand aus und packte den Rucksack. Als sie ihn hatte, ließ sie Mitchell los. Schnell wich er ein paar Schritte zurück und rieb sich das schmerzende Handgelenk.

»Es war nur ein Jux«, erklärte er um nicht das Gesicht zu verlieren. »Woher hast du den alten Ring eigentlich?«

Mark und Courtney starrten den Jungen so lange schweigend an, bis ihm mulmig wurde und er beschloss zu verschwinden.

»Mann, ihr stellt euch vielleicht an«, murmelte er und trabte davon. Courtney warf Mark den Rucksack zu.

»Danke«, sagte er verlegen. Jetzt, da die Krise vorbei war, fiel ihm auf, dass er sich nicht gut geschlagen hatte.

»Ich hasse diesen Idioten«, erklärte Courtney.

»Wir müssen uns einen ruhigeren Platz suchen und weiterlesen«, sagte Mark ernst. »Ich möchte das ungern in der Öffentlichkeit tun. Lass uns zu mir nach Hause gehen.«

»Nee«, erwiderte Courtney bestimmt. »Sei mir nicht böse, aber bei dir fühle ich mich nicht gerade wohl.«

Peinlich berührt sah er zu Boden.

»He, ist schon okay«, sagte sie grinsend. »Bei Jungs sehen die Zimmer immer so aus. So ist das nun mal. Wir gehen zu mir.«

Bis zu Courtneys Haus war es nicht weit und beide sprachen unterwegs nicht viel. Sie dachten über Bobbys Tagebuch nach. Viele Fragen waren noch offen, doch eine übertraf alle anderen: Worum handelte es sich bei dem gefährlichen Gefallen, um den Bobby Mark bitten wollte? Courtney brannte darauf, es zu erfahren. Mark auch, aber er war nicht sicher, ob er unbedingt etwas Gefährliches tun wollte, selbst wenn es sehr wichtig war. Bis jetzt gipfelte Marks Vorstellung von Gefahr darin, abends an fremden Türen zu klingeln und wegzulaufen. Wenn man bedachte, was Bobby gerade erlebte, würde es bestimmt um etwas mehr gehen.

Sie erreichten Courtneys Zuhause, das sich nicht sehr von Marks unterschied. Beide lebten in ruhigen, ordentlichen Vorstadtstraßen. Doch anstatt in ihr Zimmer führte ihn Courtney in den Keller, wo sich die Werkstatt ihres Vaters befand. Sekundenlang war Mark enttäuscht, dass ihm die Chance verwehrt blieb, einen Blick in das Heiligtum der wundervollen Courtney Chetwynde zu werfen. Doch im Augenblick gab es Wichtigeres als das.

Sie setzten sich auf ein verstaubtes altes Sofa und Mark öffnete den Rucksack. Er breitete die kostbaren Blätter auf einem niedrigen Tisch aus. Dann zögerten beide einen Moment lang. Obwohl sie fast vor Neugier starben, was Bobby als Nächstes erlebte, hatten sie auch ein wenig Angst vor dem Inhalt und den beunruhigenden Neuigkeiten, die auf sie warteten. Schließlich holten sie tief Luft.

Courtney sah Mark an und fragte: »Bist du bereit?«

»Klar.«

Sie wandten sich den Pergamenten zu und lasen dort weiter, wo sie aufgehört hatten.

»Ich würde hier verschwinden und dem Wahnsinn den Rücken kehren ... mit oder ohne Onkel Press.«

Zweites Journal
(Fortsetzung)

DENDURON

Mein Plan war, zurück auf die Spitze des Berges zu klettern, an den Kannibalen-Quigs vorbeizuschleichen, das Tor zum Flume zu finden … und abzuhauen.

Einfach, wie? Klar, ganz einfach. Ich war nicht einmal sicher, dass ich die blöde Höhle finden würde, ganz zu schweigen von dem Marsch durch den Schnee und den Quigs. Trotzdem war ich fest entschlossen. Alles war besser als hier zu bleiben.

Heute würde ich es nicht mehr schaffen. Die Sonnen gingen unter und es wurde dunkel. Ja, richtig gelesen. Sonnen! Mehrzahl. Erinnerst du dich? Ich schrieb dir, dass es drei Sonnen gibt. Sie gingen gleichzeitig unter, aber in verschiedenen Richtungen. Norden, Süden, Osten … oder wie auch immer man die Himmelsrichtungen hier bezeichnet. Ich befürchtete, die Nacht hier verbringen zu müssen und erst am nächsten Tag abhauen zu können. Außerdem hatte ich Hunger. Ich hatte seit dem Stück Himbeerkuchen, das ich kurz vor dem Basketballspiel – das ich verpasst habe – gegessen hatte, nichts mehr in den Magen bekommen.

Loor führte mich zu einer Hütte, die so ähnlich aussah wie die, in der ich aufgewacht war, nur kleiner. In einer Ecke lag ein Haufen Tierfelle.

Loor deutete darauf und befahl mir: »Hinsetzen.«

Ich gehorchte. Die Felle rochen etwas, waren aber bequem. Geschickt entfachte Loor in einem kleinen Kamin aus Steinen ein Feuer, das Licht spendete und uns wärmte. Kurz darauf tauchte Osa mit einem Sack auf, der mit Lebensmitteln gefüllt war. Hurra! Wir setzten uns ans Feuer und aßen knuspriges Brot, seltsame Früchte, die wie Apfelsinen aussahen, aber wie Äpfel gegessen wurden, und ein paar Nüsse, die nach Lakritz schmeckten. Vielleicht lag es daran, dass ich völlig ausgehungert war, doch diese eigenartige Mahlzeit war einfach köstlich. Während wir aßen, erteilte mir Osa ein paar komische Anweisungen.

»Gibt es jemand auf Zweite Erde, dem du mehr vertraust als allen anderen?«, fragte sie.

Ich brauchte nicht lange für die richtige Antwort. Ich erzählte ihr von dir, Mark. Klar, meine Familie ist cool und natürlich vertraue ich ihr, aber ein Freund ist jemand, der dir Vertrauen schenkt, weil er es möchte ... und nicht weil er es muss.

Osa reichte mir einen Stapel leerer Blätter aus Pergament, die gelb und verknittert waren. Dazu einen ziemlich einfachen »Füller«, der aus einem Zweig geschnitzt war, und eine kleine Schale mit schwarzer Tinte.

»Es ist wichtig, dass du alles aufschreibst, was du hier erlebst«, erklärte sie. »Halte deine Gedanken und deine Gefühle fest und beschreibe alles, was du siehst. Stell dir vor, du würdest ein Tagebuch führen.«

»Warum?«, lautete meine logische Frage.

»Weil du es deinem Freund schicken wirst, damit er es sicher aufbewahrt«, erklärte sie. »Wenn dir etwas zustößt, wird das Tagebuch der einzige Nachweis dessen sein, was du getan hast.«

Verdammt, das klang überhaupt nicht gut. Es hörte sich an, als sollte ich mein Testament machen. Zuerst wollte ich mich weigern, weil ich das Gefühl hatte, wenn ich gehorchte, würde ich noch tiefer in die ganze Sache hineinrutschen. Und das wollte ich auf gar keinen Fall. Andererseits klang das, was sie sagte, vernünftig. Wenn mir etwas zustieße, würde kein Mensch wissen, was wirklich passiert war. Der Gedanke gefiel mir auch nicht. Sollte ich nicht zurückkehren, so wollte ich wenigstens, dass jemand wusste, was passiert war.

»Wie schicke ich Mark die Pergamente?«, erkundigte ich mich.

»Zuerst schreibst du«, sagte sie. »Wenn du fertig bist, zeige ich es dir.«

Das hörte sich interessant an. Wenn sie dir meinen Bericht schicken konnte, dann wusste sie auch, wie man das Flume in die andere Richtung benutzte. Vielleicht bot sich hier die Chance, nach Hause zu kommen. Mit diesem Hintergedanken nahm ich den Füller in die Hand und machte mich an die Arbeit. Ich setzte mich neben das Feuer und legte mir ein Holzscheit als Unterlage auf den Schoß. Es dauerte einige Zeit, bis ich mit dem Ding umgehen konnte, denn schließlich war es kein Kugelschreiber. Ich musste das spitze Ende in die Tinte tauchen und die Worte aufs Papier kritzeln. Eine schwierige Sache, aber nach einer Weile schaffte ich es, einen ganzen Satz zu schreiben ohne mehr als einmal einzutauchen.

Loor, die mir gegenübersaß, schrieb auch. Während sie ihre Gedanken zu Papier brachte, fragte ich mich, was sie über mich schrieb. Klar, sie hielt mich für einen Schwächling, aber vielleicht verlieh mir die Tatsache, dass ich einen Zusammenstoß mit Saint Dane überlebt hatte, mehr Glaubwürdigkeit. Andererseits – wen interessierte das? Morgen war ich nicht mehr hier.

So verbrachte ich den Rest der Nacht. Ich schrieb eine Weile, und als mir die Augen zufielen, legte ich mich unter die Tierfelle und schlief. Nach einiger Zeit wachte ich wieder auf und schrieb weiter. Bei Loor war es genauso. Osa war mal bei uns, mal fort. Sie kam herein, legte Feuerholz nach und verschwand wieder. Ich fragte mich, wann sie eigentlich schlief. Ich kam bis zu der Stelle, an der die schwarzen Ritter Onkel Press gefangen nahmen, dann schlief ich endgültig ein. Das Nächste, was ich bemerkte, war Osa, die mich wachrüttelte.

»Es ist Morgen, Pendragon«, sagte sie leise.

Ich hatte fest geschlafen und musste mich zwingen die Augen zu öffnen. Dämmriges Licht erfüllte die Hütte, aber es musste noch früh sein, denn ich sah keine Schatten und die Vögel zwitscherten. Als ich um mich blickte, war das Feuer erloschen und Loor nicht mehr da.

»Gib mir dein Journal«, verlangte Osa.

Ich setzte mich auf und legte die eng beschriebenen Seiten zusammen. Osa nahm sie, rollte sie ein und band sie mit einem dünnen Lederriemen zusammen. Dann ging sie in die Mitte des Raumes, setzte sich mit verschränkten Beinen hin und legte einen Gegenstand auf den Boden. Es war ein alter, schwerer Ring aus Silber mit einem grauen Stein. Von meinem Platz aus erkannte ich auch eine Gravur, die mir aber nichts sagte. Osa schaute zu mir herüber um sich zu vergewissern, dass ich zusah, tippte mit dem Finger auf den Stein und sagte: »Zweite Erde.«

Was als Nächstes geschah, jagte mir so viel Adrenalin durch die Adern, dass auch der letzte Rest Müdigkeit verschwand.

Der graue Stein glühte auf. Ich kann es am besten so beschreiben, dass er sich wie das Flume benahm, als es mich hierher brachte. Grelles Licht schoss aus den Facetten des Steins und erhellte die Hüttenwände, wie es auch beim Flume passiert war. Und – genau wie beim Flume – hörte ich die seltsame Melodie.

Plötzlich bewegte sich der Ring … und wuchs! Er

wuchs und wuchs, bis er ungefähr die Größe einer Frisbee-Scheibe erreicht hatte. Doch im Inneren des Kreises, wo der Boden hätte sein sollen, befand sich ein Loch. Es sah aus, als hätte sich ein Mini-Flume geöffnet nach … ja, wohin? Osa ergriff die zusammengerollten Pergamente und warf sie in das Loch. Sofort verschwanden sie, als hätte der Ring sie verschluckt. Dann nahm er wieder die ursprüngliche Größe an und alles war vorbei. Kein Licht, keine Melodie, kein Loch. Nur der Ring. Osa hob ihn auf und verstaute ihn in einem Lederbeutel, den sie an einer Kordel um den Hals trug.

»Jetzt hat dein Freund Mark das Tagebuch«, verkündete sie und stand auf. Das war alles. Keine Erklärung, gar nichts.

Ich sprang ebenfalls auf und platzte heraus. »Du kannst doch nicht einfach ein Hokuspokus veranstalten und mir dann nicht sagen, was du gemacht hast!«

»Ich habe es dir gesagt«, erklärte sie ruhig. »Ich habe dein Tagebuch an Mark Dimond geschickt.« Sie wollte die Hütte verlassen, doch ich stellte mich ihr in den Weg.

»Aber wie? Ist das ein transportables Flume oder was?« Meine Gedanken überschlugen sich.

»Es gibt vieles, was ein Reisender wissen muss, Pendragon«, sagte sie geduldig. »Sobald du dich besser eingelebt hast, gehört der Ring dir und du kannst Mark Dimond die Tagebücher selbst schicken. Bis dahin musst du dich mit dem Wissen zufrieden geben, dass die Energie des Ringes ähnlich ist wie die der Flumes.«

Ich ließ mich nicht so leicht abspeisen. »Aber wie findet der Ring Mark?«

Osa holte tief Luft wie jemand, der langsam genug von meinen Fragen hatte. Pech. Sie wusste, wie das Ganze funktionierte. Ich nicht.

»Ich gab Mark Dimond auch einen Ring«, erklärte sie.

»Was? Du hast Mark getroffen? Warte, warst du etwa auf der Erde? Wann? Wie? Hast du ihm gesagt, wo ich bin? Hast du meine Eltern gesehen? Hast du …«

Sie legte mir die Hand auf den Mund um mich zum Schweigen zu bringen. Sanft, aber bestimmt.

»Ich reiste nach Zweite Erde und gab Mark Dimond den Ring«, sagte sie. »Das ist alles. Ich sah sonst niemanden. Keine weiteren Fragen.«

Dann nahm sie die Hand fort und wollte die Hütte verlassen.

»Nur noch eine Frage!«, rief ich ihr nach.

Osa wandte sich um und sah mich fragend an.

»Funktioniert der Ring wechselseitig? Ich meine, wenn wir etwas zur Erde schicken können, kann Mark mir auch etwas schicken?«

Osa lächelte. Es war dasselbe Lächeln, das meine Mutter aufsetzte, wenn sie wusste, dass ich ihr etwas verheimlichte. Das Lächeln sagte: »Ich weiß genau, was du denkst. Mich hältst du nicht zum Narren.«

»Der Ring kann kleine Gegenstände transportieren, funktioniert aber nur für Reisende«, antwortete sie. »Mark Dimond kann dir nichts schicken. Wenn du ein Bad nehmen möchtest, so findest du ein paar hundert Meter südlich des Dorfes einen Fluss.«

Sie ging und mein Verstand lief auf Hochtouren. Vielleicht brauchte ich gar nicht bis auf den Berg zu steigen. Vielleicht wurde der Ring so groß, dass ich hineinspringen konnte. Und da ich ein Reisender bin, konnte ich den Ring benutzen! Jawohl! Zum ersten Mal seit langer Zeit fühlte ich mich, als könnte ich die Kontrolle über mein Leben wiedererlangen. Wenn die richtige Zeit kam, erhielt ich den Ring von Osa und hatte damit die Fahrkarte für die Reise zur Erde. So lautete mein neuer Plan und er gefiel mir gut. Alles wäre besser, als den Berg hochzuklettern und an den Quigs vorbeizuschleichen. Von frischer Hoffnung erfüllt verließ ich die Hütte und stellte mich dem neuen Tag.

Die Sonnen krochen gerade erst über den Horizont und ich sah, dass mich ein schöner Tag erwartete. Zuerst wollte ich diesen Fluss finden und mich waschen. Nicht dass ich ein Sauberkeitsfanatiker oder so bin, aber die Felle, die ich trug, waren nicht gerade frisch gereinigt. Ich weiß nicht, was schlimmer roch … mein Körper oder meine Kleidung. Ein kleiner Sprung ins Wasser wäre nicht schlecht und so schlenderte ich durch das Milagodorf, auf der Suche nach dem Badeplatz.

Das Dorf erwachte. Rauch stieg aus den Schornsteinen der Hütten auf. Ein paar mit Feuerholz beladene Frauen eilten an mir vorbei. In der Ferne arbeiteten die ersten Bauern bereits auf den Feldern. Übrigens sah ich auch etwas ziemlich Bedrückendes. Eine Gruppe Männer schlurfte den Pfad entlang, der von den Klippen zum Dorf führte. Bestimmt waren es Bergleute, da sie von Kopf bis Fuß mit Schmutz bedeckt waren, genau wie die Männer, die gestern den Korb mit Glaze geschleppt hatten. Hatten sie etwa die ganze Nacht gearbeitet? Eine zweite Gruppe Arbeiter kam ihnen entgegen. Anscheinend fand gerade Schichtwechsel statt. Die Tagschicht löste die Nachtschicht ab.

Obwohl das schlimm genug war, bedrückte mich etwas anderes weitaus mehr. Niemand sprach auch nur ein Wort. Sie vermieden sogar jeglichen Blickkontakt mit ihren Kameraden. Sie gingen zur Arbeit oder kehrten zurück, erledigten ihre Aufgaben, die wahrscheinlich täglich anfielen, zeigten aber keinerlei menschliche Regungen. Eigentlich hätte es mich nicht überraschen dürfen. Nach allem, was ich tags zuvor erlebt hatte, war mir klar, dass die Leute Gefangene waren.

Kagans Armee hatte ihnen alles genommen, auch ihre Seelen. An diesem Ort gab es keine Fröhlichkeit. Keine Hoffnung. Wahrscheinlich scheuten sie sogar davor zurück, Freundschaften zu schließen, weil sie nie wussten, wer Kagans nächstes Opfer war. Also hielten sie sich zurück und verharrten in ihrer eigenen gequälten Welt.

Ich gebe es nur ungern zu, aber als ich dastand und die Männer beobachtete, fing ich an zu weinen. Normalerweise passiert mir das nicht so schnell. Klar, manchmal habe ich bei einem Film geweint. Doch das hier war etwas anderes. Das hier war echt. Ich stand mitten in diesem Dorf und es kam mir vor, als würde sich eine Zentnerlast an Traurigkeit auf mich legen. Eigentlich ist es so: Wie schlecht auch immer das Leben eines Menschen sein mag, es kann nur besser werden. Alles geht vorbei und das Leben geht weiter. Wie bei mir. So mies, wie es mir im Augenblick auch ging – ich hatte die Chance, irgendwann wieder nach Hause zu kommen. Es gab Hoffnung. Doch für diese Menschen gab es kein Entkommen. Ihre Zukunft sah genauso schrecklich aus wie ihre Vergangenheit. So war ihr Leben und die Hoffnungslosigkeit brachte mich zum Weinen. In diesem kurzen Augenblick spürte ich ihren Schmerz.

Aber weißt du was? Das Gefühl hielt nicht lange an. Wenn überhaupt, dann verstärkte es meinen Wunsch nach Flucht noch. Klar, sie taten mir Leid, doch das war nicht mein Problem. Das alles ging schon seit vielen Jahren so, und egal was ich tat, ich konnte es nicht ändern. Im Moment hatte ich genug eigene Sorgen. Ich wischte mir die Tränen ab, senkte den Kopf und machte mich auf die Suche nach dem Pfad, der zum Fluss führte. Schon nach wenigen Schritten packte mich jemand an der Schulter und riss mich herum.

»Crabblenektar?« Es war Figgis, der komische kleine Mann, der mir gestern den Pullover verkaufen wollte. Er hielt mir eine Feldflasche entgegen, die mit irgendeiner Flüssigkeit gefüllt war. »Sehr köstlich. Sehr selten. Nur vier Quills.«

Ich nahm an, dass es sich bei Quills um Geld handelte.

»Danke, nein«, sagte ich und ging weiter. Doch Figgis stellte sich mir in den Weg. Diesmal hielt er etwas in der Hand, das wie eine unförmige Gürteltasche aussah, anscheinend aus Stroh geflochten.

»Zwanzig Quills!«, verkündete er und band sie sich um die Hüften um sie mir vorzuführen.

Da ich keine Quills hatte, verschwendete er seine Zeit. Ich versuchte ihn wegzuschieben, aber er blieb stehen.

»Zehn Quills, weil du neu bist«, bot er an.

Er merkte, dass ich kein Interesse hatte, war aber ganz wild darauf, zu verkaufen. Hastig riss er sich einen der zehn Ringe vom Finger.

»Zwei Quills!«, kreischte er.

»Tut mir Leid, Mann, ich habe keine Quills«, erklärte ich.

Der Typ schien sich nur für Geld zu interessieren und ich dachte, er würde aufgeben, wenn ich ihm mitteilte, dass ich keines besaß. Es funktionierte nicht. Er packte meinen Arm und zog mich so schnell an sich, dass ich nichts dagegen tun konnte. Dann beugte er sich vor und flüsterte mir etwas ins Ohr, als handele es sich um eine höchst geheime Botschaft.

»Tak ist der Weg. Die einzige Möglichkeit. Rellin weiß es.« Ich spürte seinen heißen Atem am Ohr. Er stank wie eine Ziege. Mir wurde übel. »Denke an Tak. Denke an mich.« Er ließ mich los, sprang davon und verschwand im allgemeinen Treiben der Dorfbewohner.

Wie eigenartig. Was bedeutete Tak? Er hatte mit solcher Leidenschaft gesprochen, dass es etwas ganz Besonderes sein musste. Ich hatte das Gefühl, er wollte mich damit in Versuchung führen. Wahrscheinlich war es verboten und er musste beim Verkauf sehr vorsichtig sein.

Außerdem fühlte es sich seltsam an, alles zu verstehen, was er sagte. Tags zuvor hatten seine Worte keinen Sinn ergeben. Jetzt verstand ich sie, als sprächen wir dieselbe Sprache. Trotzdem gab es Worte wie Quill, Tak und Crabble, die sich nicht übersetzen ließen. Ich nehme an, es sind Dinge, die es nur in Denduron gibt und nicht auf der Erde. Egal – was auch immer er zu verkaufen suchte, ich wollte es nicht haben. Ich setzte meinen Weg zum Fluss fort.

Ein Pfad schlängelte sich aus dem Dorf hinaus in der entgegengesetzten Richtung zum Ozean. Da ich ihn noch nicht kannte, ging ich davon aus, dass er zum Fluss führte. Nach etwa hundert Metern hörte ich das Rauschen des Wassers. Kurz darauf sah ich es. Der Pfad endete am Ufer eines Flusses, der ungefähr sechs Meter breit war. Ich kniete nieder und tauchte die Hand ins Wasser. Es war, als hätte ich sie in einen Eimer voller Eis gesteckt. Bestimmt speiste der geschmolzene Schnee des hohen Berges diesen Fluss. Allerdings fühlte ich mich so klebrig vom Schlaf und den vielen Stunden, die ich in diesen Fellen verbracht hatte, dass ich mich unbedingt waschen wollte – Kälte hin oder her. Ich holte tief Luft und spritzte mir Wasser ins Gesicht. Es fühlte sich an wie tausend Nadelstiche. Dennoch nicht übel. Ich nahm einen großen Schluck und spülte mir den Mund aus. Ich sehnte mich nach meiner Zahnbürste, aber das hier musste reichen.

Plötzlich hörte ich das Knacken eines Astes! Irgendjemand befand sich in unmittelbarer Nähe! Dann hörte ich, wie eine klangvolle Melodie gesummt wurde. In wenigen Metern Entfernung ging ein Mensch auf den Fluss zu. Ich glaube, unter normalen Umständen wäre ich geflohen, aber irgendein Instinkt drängte mich, der Sache auf den Grund zu gehen. Weißt du noch, wie ich die Dorfbewohner beschrieben habe? Sie kannten keine Fröhlichkeit. Bei ihnen ging es nur ums nackte Überleben. Deshalb war es völlig eigenartig, eine vergnügte Melodie zu hören. Ich wollte wissen, wer da summte. Denn wenn auch nur einer der Milago tatsächlich ein fröhliches Lied summte, dann gäbe es eine Chance, dass in diesen Menschen noch Hoffnung lebte.

Ich erinnerte mich daran, wie ich einmal mit meinem Vater durch einen Wald wanderte, der vor kurzem einem Feuer zum Opfer gefallen war. Nichts als die verkohlten schwarzen Überreste eines einst wunderbar grünen Waldes umgaben uns. Es war sehr traurig, bis ich hinter einem verbrannten Baumstumpf ein einzelnes grünes Farnkraut wachsen sah. So furchtbar die Zerstörung auch war, dieser Farn zeugte davon, dass der Wald eines Tages wieder in voller Pracht erstehen würde. Als ich die Melodie vernahm, erinnerte ich mich an den Farn und ich wollte sehen, wer sie summte. Leise schlich ich auf den Unbekannten zu. Doch als ich schließlich den letzten Zweig zwischen mir und ihm beiseite schob, sah ich, dass es kein Milago war.

Es war Loor. Sie kniete mit dem Rücken zu mir auf einem Felsbrocken und wusch ein paar Kleidungsstücke aus. Zuerst war ich enttäuscht, dann aber doch interessiert. Wie ich schon sagte, Loor ist ein schwieriger Fall. Ich weiß nichts über das Territorium, von dem sie und Osa stammen, aber es bedurfte keines Genies, um festzustellen, dass die beiden Kriegerinnen waren.

Osa strahlte Gelassenheit aus. Sie erinnerte mich an die Burschen, die den schwarzen Gürtel haben und sich ihrer Kampfqualitäten so sicher sind, dass sie richtig sanftmütig wirken. Klar, man sollte ihnen besser nicht dumm kommen. Loor dagegen besaß diese Gelassenheit nicht. Sie schien dauernd auf Streit aus zu sein. Vielleicht lag es daran, dass sie noch jung war und die »Weisheit kommt mit dem Alter«-Phase noch nicht mitgemacht hatte. Doch das war mir egal, denn ich hatte ziemlich viel Angst vor ihr. Wie sie hier mit offenem Haar auf diesem Stein kniete und eine Melodie summte, das passte gar nicht zu ihr. Vielleicht verbarg sich hinter diesem Machogehabe noch eine andere Seite ihres Wesens. Sehr tief darunter. Sie hatte keine Ahnung, dass ich sie beobachtete. Die langen Haare, die ihr über die Schultern fielen, waren tiefschwarz und wunderschön.

Bevor du jetzt glaubst, ich würde Mädchen heimlich aus Büschen heraus beobachten, bedenke, ich saß in der Falle. Wenn ich ein Geräusch verursachte, würde sie sich umdrehen und mich sehen. Garantiert griffe sie dann nach ihrem Knüppel und ich hätte sicher nichts zu lachen. Das wäre verständlich. Ich hoffte, dass sie ihre Klamotten bald gewaschen hatte und zum Dorf zurückging ohne mich zu bemerken. Also blieb ich stocksteif stehen und versuchte mich nicht zu regen.

Nach einer Weile, die mir wie eine Ewigkeit vorkam, stand Loor auf und flocht sich die Haare … als ich es wieder hörte. Das Knacken eines Astes. Jemand schlich auf mich zu. Mein Herz klopfte wie wild. Ganz bestimmt hatte auch Loor es gehört, würde sich umdrehen und mich erwischen, wie ich hinter ihr herspionierte. Und wer auch immer auf mich zukam, würde mich ebenfalls ertappen. Trotzdem hatte ich Angst, einfach zu flüchten, weil mich Loor bestimmt einholen würde. Keine der beiden Möglichkeiten war sehr verlockend.

Mir kam aber nicht in den Sinn, dass es noch eine dritte Möglichkeit gab, die alle anderen in den Schatten stellte.

»Ich habe dich gesucht, Pendragon«, ertönte eine tiefe Stimme, worauf sich Loor überrascht umwandte. Ich auch, und was ich sah, ließ meine Knie weich werden. Hinter mir stand einer von Kagans Rittern! Er überragte mich haushoch, in der rechten Hand hielt er einen Speer, in der anderen ein Seil.

In diesem Augenblick war ich sicher, dass Saint Dane oder Mallos oder wie er sich nannte diesen Kerl geschickt hatte um mich gefangen zu nehmen. Aber eines wusste ich: Ich würde es ihm nicht leicht machen. Ehe der Typ auch nur die Hand heben konnte, startete ich durch. Ich machte auf dem Absatz kehrt und rannte zum Fluss.

Loor blieb keine Zeit für eine Reaktion und ich traf eine impulsive Entscheidung. Ich würde sie mitnehmen. Sie richtete sich zu voller Größe auf und ich stürmte wie ein wilder Stier auf sie zu. Als ich gegen sie prallte, flogen wir zusammen in hohem Bogen von dem Felsen ins Wasser.

Kalt? Du ahnst nicht, wie kalt Wasser sein kann, wenn du noch nie in einen Fluss aus geschmolzenem Eis gesprungen bist. Aber es war mir egal. Wenn uns der Fluss vor dem Ritter rettete, sollte von mir aus das Blut in meinen Adern zu Eis erstarren. Später blieb genug Zeit zum Auftauen.

In einem Gewirr aus Armen und Beinen schlugen wir auf dem Wasser auf. Die Strömung war so stark, dass sie uns flussabwärts riss, weg von dem schwarzen Ritter. Er konnte uns nicht einholen. Ich schaute zurück und sah ihn, wie er am Ufer stand und uns entgeistert nachstarrte. Er versuchte nicht einmal uns zu verfolgen.

Jetzt richtete sich meine ganze Aufmerksamkeit darauf, den Fluss zu überleben. Weißt du, wenn man ins Meer springt, bekommt man zuerst einen kleinen Kälteschock, doch der Körper gewöhnt sich schnell daran und alles ist okay. Hier aber nicht. Das Wasser war viel zu kalt. Ich hatte das Gefühl, mein Körper würde zu Eis erstarren. Ich musste dagegen ankämpfen, da wir in Wasser mit weißen Schaumkronen und Strudeln trieben, was auf Felsen schließen ließ. Irgendwann hatte ich einmal gehört, dass man sich, wenn man in solche Stromschnellen gerät, mit den Füßen flussabwärts treiben lassen soll, bis man eine ruhige Stelle erreicht, an der man zum Ufer schwimmen kann. Eine gute Idee, aber Loor machte Schwierigkeiten. Sie klammerte sich so fest an mich, dass ich kaum die Arme bewegen konnte. Ich musste mich von ihr lösen, sonst würden wir beide ertrinken.

»Füße voran!«, brüllte ich. »Auf dem Rücken treiben lassen!« Ich gab mir Mühe, sie wegzuschieben, aber sie ließ nicht los. Dann sagte sie die vier Worte, die ich nie von dieser harten Kriegerin erwartet hätte. Es waren die schlimmsten vier Worte, die man sich in einer solchen Situation vorstellen konnte, doch sie sagte sie trotzdem.

»Ich kann nicht schwimmen.«

Klasse! Kein Wunder, dass sie sich an mich klammerte. Tolle Sache. Der Fluss wirbelte uns um die eigene Achse, und immer wenn wir in einen Strudel gerieten, riss es unsere Köpfe unter Wasser. Jedes Mal tauchten wir hustend wieder auf, aber ich hatte keine Ahnung, wie lange wir das noch durchhalten würden. Ich musste die Lage irgendwie in den Griff bekommen, sonst würden wir ertrinken oder uns die Köpfe an einem Felsen einschlagen. Ich beschloss sie so zu transportieren, wie ich es beim Rettungsschwimmen gelernt hatte. Sie würde auf dem Rücken liegen und ich wollte sie von hinten halten und gleichzeitig versuchen uns an Land zu bringen.

»Füße flussabwärts!«, brüllte ich wieder. »Gesicht nach oben, leg dich auf mich!«

Sie rührte sich nicht. Es ging nicht. Nicht dass sie es nicht gewollt hätte, doch sie war starr vor Angst. Ich kann mir nicht vorstellen, was es heißt, nicht schwimmen zu können, aber es muss furchtbar sein. Wir gerieten in den nächsten Strudel und tauchten unter. Kaum tauchten wir auf, knallten wir gegen einen Felsen. Ich fühlte den Aufprall kaum, da Loor mit dem Rücken gegen den Stein prallte und den größten Teil des Stoßes abfing. Es schien ziemlich zu schmerzen, denn sie lockerte ihre Umklammerung. Sofort packte ich sie und drehte sie auf den Rücken.

»Halte dich an meinen Beinen fest!«, befahl ich. Sie gehorchte. Nun lag ich auch auf dem Rücken und hielt sie mit meinen Beinen fest. Endlich hatte ich die Arme frei, um uns damit über Wasser zu halten und zu lenken. Jetzt mussten wir durchhalten, bis die Stromschnellen schwächer wurden oder verschwanden.

»Benutz deine Beine, um uns von den Felsen wegzustoßen«, sagte ich. Loor hatte immer noch Angst, war aber in der Lage, wieder klar zu denken. Während ich um unser Leben paddelte, stieß sie uns von ein paar gefährlichen Steinen weg. Wir gerieten in den nächsten Strudel und gingen unter. Sie versuchte sich loszureißen, aber ich hielt sie fest. Sekunden später tauchten wir wieder auf.

Plötzlich kam mir ein entsetzlicher Gedanke. Was war, wenn uns diese Stromschnellen zu einem Wasserfall trieben? Unter gar keinen Umständen würden wir das überleben. Ich verdrängte ihn, weil ich im Moment nichts unternehmen konnte.

Wir schlugen noch ein paarmal gegen Felsen, gingen ab und zu unter und irgendwann wurde die Strömung schwächer. Wir hatten die Stromschnellen überlebt und vor uns lag kein Wasserfall. Allerdings waren wir noch nicht in Sicherheit, weil Loor nicht schwimmen konnte. Allmählich besann ich mich auf alles, was man mir beim Jugendrettungsschwimmen beigebracht hatte, und zog sie seitlich in Richtung Ufer. Sie war so müde und erschöpft, dass sie keine Kraft mehr besaß, sich zu wehren, und so fiel mir das Schwimmen nicht allzu schwer. Kurz darauf schleppten wir uns aus dem eisigen Wasser ans Ufer. Wir lagen zu Tode erschöpft auf dem steinigen Boden und rangen nach Luft – aber wir lebten. Zum Glück standen die drei Sonnen jetzt höher am Himmel und spendeten uns etwas Wärme.

Als ich wieder ruhig durchatmen konnte, stützte ich mich auf die Ellenbogen und sah zu Loor hinüber. Sie lag flach auf dem Rücken und atmete stoßweise. Ich gebe zu, dass ich mich jetzt, da wir wieder in Sicherheit waren, ziemlich gut fühlte. Ich hatte nicht nur die tapfere, tolle Kriegerin vor einem von Kagans Rittern, sondern ihr im Fluss mindestens zwei Dutzend Mal auch das Leben gerettet. Ich konnte es kaum erwarten, bis sie zugab, dass ich kein Schwächling war. Natürlich würde ich mir nicht anmerken lassen, dass ich ein Lob erwartete. Sie musste damit anfangen. Also wartete ich. Und wartete. Und wartete noch länger. Doch sie sagte kein Wort. Was sollte das nun wieder? Langsam wurde ich sauer. Ich hatte zwar nicht mit einem »Oh, Pendragon, du bist mein Held!« gerechnet, aber ein einfaches »Danke schön« wäre auch ganz nett gewesen. Immer noch kam kein Wort. Schließlich beschloss ich das Eis zu brechen.

»Geht es dir gut?«, erkundigte ich mich.

»Ja, trotz deiner Dummheit«, lautete die Antwort.

»Was?« Ich schoss in die Höhe. »Ich habe dich vor dem Ertrinken gerettet!«

»Hättest du mich nicht in den Fluss geworfen, hätte ich deine Hilfe nicht gebraucht«, sagte sie und hörte sich an, als wäre sie wütend auf mich.

»Wären wir nicht im Fluss gelandet, hätte uns Kagans Ritter angegriffen«, konterte ich.

Loor setzte sich auf und sah mich an. Zuerst schwieg sie, aber ihr Blick gab mir das Gefühl, der letzte Dreck zu sein.

»Du hast dich in den Büschen versteckt und mich beobachtet«, stellte sie fest. Schluck. Ertappt. »Wärst du rausgekommen und hättest mit mir geredet«, fuhr sie fort, »hätte ich dir erzählt, dass ich auf den Ritter gewartet habe.«

Wie? Ich verstand gar nichts mehr. »Du hast auf einen Ritter Kagans gewartet?«, fragte ich entgeistert. »Warum?«

»Weil er der Reisende von Denduron ist und mir Neuigkeiten über Press bringen wollte. Beinahe hättest du uns beide umgebracht, um uns vor dem wichtigsten Freund zu retten, den wir in diesem Territorium haben. Was soll ich dazu sagen, Pendragon? Vielen Dank etwa?«

Zweites Journal
(Fortsetzung)

DENDURON

Ich hatte einen neuen Tiefpunkt erreicht. Je mehr ich über diese Welt erfuhr, umso weniger verstand ich. Schlimmer noch: Wenn ich etwas unternahm, vermasselte ich alles. Fast wären Loor und ich im Fluss ertrunken und alles war meine Schuld. Ich wollte nach Hause. Ich wollte in mein Bett. Ich wollte fühlen, wie mich Marley mit seiner feuchten Nase anstupste, und seinen Atem spüren, der immer ein wenig nach Fisch roch. Stattdessen lag ich frierend auf dem steinigen Ufer eines Flusses am anderen Ende des Universums.

»Loor! Ist alles in Ordnung?« Zuerst hörte ich die Stimme, dann sah ich den Typen durch das Gebüsch brechen. Es war der Ritter, der mich dazu gebracht hatte, uns ins Wasser zu stürzen. Als er näher kam, bemerkte ich, dass er nicht viel älter war als ich. Er war ziemlich groß und die Lederrüstung ließ ihn noch imposanter wirken. Besonders geschickt bewegte er sich aber nicht. Die übrigen Ritter hatten wie durchtrainierte, gefährliche Soldaten ausgesehen. Dieser Typ trug die Rüstung und sah ihnen ähnlich, aber er benahm sich wie ein Welpe mit schlenkernden Armen und Beinen. Nicht gerade die Kampfmaschine, die ich erwartet hatte. Er stolperte über eine Wurzel, verfing sich in Dornenranken, landete fast kopfüber im Fluss und sah uns aus weit aufgerissenen, ängstlichen großen Augen an.

»Uns geht es gut«, versicherte ihm Loor.

»Es war meine Schuld«, jammerte er. »Tut mir schrecklich Leid.«

Loor tastete ihren Körper nach Knochenbrüchen ab. »Pendragon«, sagte sie, »das ist Alder.«

»Und weiter?«, fragte ich, obwohl ich die Antwort kannte.

»Einfach nur ... Alder«, antwortete der Ritter.

Klar, noch einer mit nur einem Namen. Wann ist eine Gesellschaft kulturell so weit entwickelt, dass die Leute zwei Namen benutzen? Keine Ahnung.

»Ich kann dir gar nicht sagen, wie froh wir sind, dass du endlich da bist, Pendragon«, erklärte er überschwänglich. »Jetzt geht es also los.«

Aha. Was meinte er damit? Ich war es leid, immer einen Schritt hinter allen anderen herzuhinken.

»Was geht los?«, fragte ich.

Alder sah Loor an, als hätte ihn meine Unwissenheit überrascht. Daran sollte er sich besser gewöhnen. Ich sah auch zu Loor hinüber. Offenbar hatte man mir einiges verschwiegen. Loor schaute über den Fluss. Ich wusste, dass sie mit sich rang, ob sie überhaupt antworten sollte. Sie biss die Zähne zusammen. Endlich sah sie mich an, verzog verächtlich den Mund und legte los.

»Du hast erlebt, wie die Bedoowan die Milago behandeln. Es gibt noch vieles, was du nicht gesehen hast. Folterungen, Hungersnot und Seuchen. Die Bedoowan behandeln die Milago schlechter als Hunde. Sie haben weder genug Nahrung noch genug Arzneien. Die Hälfte der Neugeborenen überlebt die ersten Wochen nicht. Die Arbeit in den Glazeminen fordert täglich neue Opfer. Wenn man den Bedoowan nicht Einhalt gebietet, sterben die Milago aus. Die Zeit ist reif, etwas zu unternehmen.«

Mir gefiel nicht, was ich hörte. Klar, es ging den Leuten ziemlich mies und es musste sich etwas ändern. Aber ich hatte keine Ahnung, welche Rolle ich dabei spielen sollte. Eigentlich wollte ich es auch gar nicht wissen.

Alder sagte: »Die Milago sind ein sanftes Volk. Keine Krieger. Es bedurfte jahrelanger Unterdrückung, bis sie bereit waren sich zu wehren. Wäre Press nicht gewesen, würden sie wahrscheinlich immer noch nicht bereit sein.«

»Was hat Onkel Press damit zu tun?«, wollte ich wissen.

»Press war ihre Inspiration«, erklärte Alder mit Ehrfurcht. »Er gab den Milago die Kraft, sich zum Kampf zu rüsten.«

Jetzt ging es ziemlich schnell. Zum ersten Mal hörte ich das Wort »Kampf« und das gefiel mir kein bisschen. »Was ist mit dir?«, fragte ich Alder. »Du bist kein Milago. Du bist ein Bedoowan. Wieso sorgst du dich um sie?«

Loor sah mich durchdringend an. »Er ist ein Reisender, Pendragon«, sagte sie mit Nachdruck. »So wie ich, wie meine Mutter und wie Press. Das ist die Aufgabe der Reisenden. Sie helfen, wo Hilfe gebraucht wird. Bist du für diese Verantwortung bereit?«

»Nun … nein«, antwortete ich ehrlich.

»Das dachte ich mir«, sagte sie voller Verachtung.

Alder sah mich mit einer Mischung aus Verzweiflung und Verwirrung an. »Aber Press spricht seit einiger Zeit von dir«, erklärte er. »Er sagte uns, wenn ihm etwas zustößt, würdest du seinen Platz einnehmen.«

»He, langsam!«, rief ich und wich vor ihm zurück. »Onkel Press hat mir kein Wort davon erzählt. Er sagte bloß, ein paar Leute steckten in Schwierigkeiten und bräuchten unsere Hilfe. Ich hatte keine Ahnung, dass er davon redete, eine verdammte Revolution anzuführen!«

Loor blickte mich mit glühenden Augen an. »Das ist genau das richtige Wort«, sagte sie voller Leidenschaft. »Revolution. Die Milago bereiten einen Aufstand gegen die Bedoowan vor. Press hat sie glauben gemacht, sie könnten Erfolg haben. Ohne ihn haben sie nicht die Kraft zum Kampf und werden alle sterben. Ich weiß wirklich nicht warum, aber er gab den Milago zu verstehen, dass du sie anführen würdest, wenn er es nicht kann. Aus diesem Grund bist du hier, Pendragon. Das ist deine Aufgabe.«

Ich fühlte mich, als läge ich wieder im Fluss und würde hilflos dahintreiben. Mein Herz klopfte so schnell wie vorhin im Wasser. Mark, ich bin kein Revolutionär. Die einzige Gelegenheit, bei der ich fast in einen Kampf geraten wäre, war damals, als du und ich uns darum stritten, wer als Erster beim Baseball schlagen durfte. Das qualifiziert mich aber bestimmt nicht als Revolutionsführer.

»Hört mal«, sagte ich und gab mir Mühe, mit fester Stimme zu sprechen. »Mir tun diese Leute wirklich Leid, aber was soll ich dagegen tun? Ihr behauptet, ich wäre ein Reisender. Kann sein. Doch noch vor zwei Tagen wusste ich nicht einmal, dass Reisende existieren. Wie soll ich jetzt plötzlich eine Revolution anführen?«

»Du musst aber«, beharrte Alder. »Die Milago glauben, du wirst an die Stelle von Press treten.«

»Dann geh und hole Onkel Press her!«, brüllte ich. Alder sah zu Boden. Irgendetwas stimmte nicht.

»Wo ist Press?«, wollte Loor wissen.

Mit gesenktem Blick antwortete er: »Sie halten ihn in der Festung gefangen. Kagan hat ihn zum Tode verurteilt. Er wird morgen beim Equinox hingerichtet.«

Onkel Press sollte sterben! Konnte es noch Schlimmeres geben? Loor wandte sich ab und hob einen Stein auf. Mit einem Wutschrei holte sie aus und schleuderte ihn über den Fluss. Es sah aus, als würde sie ihren ganzen Zorn in diesen mächtigen Wurf legen. Dann stürmte sie wie eine Wahnsinnige auf mich zu. Ich trat ein paar Schritte zurück, weil ich mit einem Schlag rechnete. Doch sie blieb so dicht vor mir stehen, dass sich unsere Nasen fast berührten, und zischte: »Ich begreife nicht, was Press an dir findet. Du bist ein Feigling, du bist schwach und du interessierst dich nur für dich selbst. Doch du bist ein Reisender und wirst anfangen dich wie einer zu benehmen. Es ist an der Zeit, dass du die Wahrheit siehst.« Sie schubste mich rückwärts. Ich ruderte wild mit den Armen um nicht hinzufallen.

Alder sagte leise: »Du weißt, dass ich nicht mitkommen kann.«

»Ich weiß«, antwortete Loor. »Wir treffen uns heute Abend.«

Sie versetzte mir noch einen Stoß und ging los. Da ich nicht wusste, was ich sonst tun sollte, folgte ich ihr. Auf dem Weg zurück ins Dorf redeten wir nicht und so hatte ich Gelegenheit, die Neuigkeiten zu verdauen. Ich nahm an, dass Reisende so eine Art kosmische Helden waren. Das ist bestimmt sehr edel, doch ich habe nicht um diese Ehre gebeten. Alle sagen mir, ich wäre ein Reisender und hätte Verpflichtungen, aber wer zum Teufel hat mich zum Reisenden gemacht? Ich habe keinen Vertrag unterschrieben. Vielleicht ist es wie bei der Armee – man wird einfach eingezogen. Doch wenn ich der Typ wäre, der für die Einberufung der Reisenden zuständig ist, würde ich garantiert niemanden wie mich aussuchen! Er hätte einen Elitesoldaten der Navy oder einen FBI-Agenten oder – noch besser – einen dieser muskelbepackten Ringkämpfer nehmen sollen. Ganz sicher keinen vierzehnjährigen Schüler. Selbst wenn ich den Milago hätte helfen wollen, so hätten sie in der Sekunde, in der ich den Mund aufmachte, gemerkt, dass ich bloß ein Hochstapler war. Nein, es war viel besser, mich an meinen Plan zu halten und so schnell wie möglich zum Flume zu rennen und zu verschwinden.

Nur eines machte mir Kummer. Onkel Press steckte in Schwierigkeiten. Schlimmer noch. Morgen wollten sie ihn hinrichten. Doch was sollte ich tun? Wenn ich versuchte zu ihm zu gelangen, würden mich Kagans Ritter in Stücke hacken und wir wären beide tot. Ich steckte in einer furchtbaren Klemme.

Als Loor und ich ins Dorf zurückkehrten, begrüßte uns Osa mit besorgten Blicken. Wahrscheinlich spürte sie, dass es nicht zum Besten stand. Noch ehe sie eine Frage stellen konnte, verkündete Loor: »Er muss die Minen sehen.«

Osa fragte nicht warum. Sie sah ihre Tochter an und seufzte laut.

»Komm mit, Pendragon«, sagte sie und ging davon.

»Was ist, wenn ich die Minen nicht sehen will?«, fragte ich, denn genauso war es.

Osa sah mich durchdringend an. Sie schimpfte nicht. Sie versuchte auch nicht mich einzuschüchtern. Es ist schwer, zu beschreiben, aber der Blick, den sie mir zuwarf, war absolut fest. Er besagte: »Du kommst mit und siehst dir die Minen an, denn das erwarte ich von dir.« Vielleicht wirkte es irgendwie hypnotisch, doch ich wusste sofort, dass mir nichts anderes übrig blieb. Also folgte ich ihr. Seltsam, nicht wahr?

Loor schloss sich uns nicht an und Osa forderte sie auch nicht dazu auf. Wir gingen allein, und das war mir nur recht. Als wir durch das Dorf marschierten, fiel mir etwas auf. Vorher hatte ich nicht darauf geachtet. Wann immer wir an einem Milago vorbeigingen, sah er uns schnell an. Sobald wir Blickkontakt hatten, schaute er wieder zu Boden und eilte weiter. Eigenartig. Es schien, als würden sie mich beobachten, hätten aber Angst, mich ganz offen anzusehen. Bis vor kurzem hatten sie sicher nicht einmal etwas von meiner Existenz geahnt. Sie redeten nicht miteinander und schon gar nicht mit mir. Bis auf Figgis. Er war der einzige Milago, der mit mir sprach. Alle anderen hielten sich zurück, beobachteten mich aber verstohlen. Jede Wette, die Leute musterten mich und dachten: »Das soll der Kerl sein, der unseren Aufstand anführen wird? Das ist doch noch ein halbes Kind!« Und sie hatten natürlich Recht.

Ich folgte Osa den Pfad entlang, der zum Ozean führte. Wir gingen ein paar Meter durch den Wald, als ich einen zweiten, kleineren Weg bemerkte, der nach rechts abbog. Wir nahmen ihn und er brachte uns zu einer Lichtung, auf der eine Art großes Steinpodest stand. Es sah fast wie die Plattform auf dem Dorfplatz aus, auf der die Transferzeremonie stattfand, wurde aber nicht von einem Holzboden bedeckt. Ein hohes Gerüst war darüber errichtet worden, an dem ein großer Flaschenzug hing. Ein dickes Seil baumelte vom Rad in ein Loch hinunter. Zwei kräftige Männer zogen daran etwas in die Höhe. Die Szene erinnerte mich an einen dieser altmodischen Ziehbrunnen, in den man einen Eimer warf, der an einem Seil hing, und schließlich das Wasser herauszog. Doch die Männer zogen kein Wasser ans Tageslicht, sondern Glaze. Sie hievten einen schweren Korb an die Oberfläche und leerten ihn aus. Ein paar grobe Glazesteine fielen heraus. Die beiden sahen sich an und seufzten. Offenbar kein guter Fang. Ich wusste, dass sie genug Glaze fördern mussten um die Frau des Mannes aufzuwiegen, der gestern getötet worden war. Sie legten die Steine auf einen Haufen neben dem Podest. Er war nicht besonders hoch. Falls sie nicht mehr Glaze fanden, würde man die arme Frau zu ihrem Mann auf den Boden der Grube werfen. Ein kalter Schauder lief mir den Rücken hinunter.

Osa ging auf das Podest zu, setzte sich und schwang die Beine über die Seite. »Sei vorsichtig!«, befahl sie und ließ sich in die Öffnung hinab. Wohin wollte sie? Würde sie springen? Ich eilte ihr nach, sah in die Tiefe und entdeckte eine Leiter, die am Rand des Schachtes hing. Osa kletterte in die scheinbar bodenlose Tiefe hinab. Kurz darauf war sie nicht mehr zu sehen. Ich blickte die beiden Männer an. Klar, sie beobachteten mich. In der Sekunde, als unsere Blicke sich trafen, schauten sie zu Boden. Ich war unsicher, was schlimmer war: das Gefühl, von allen beobachtet zu werden, oder eine wacklige Leiter in die Finsternis hinabzusteigen.

»Jetzt, Pendragon!«, erklang Osas Stimme aus der Tiefe.

Ich beugte mich vor und zerrte an der Leiter um ihre Stabilität zu überprüfen. Dann schwang ich die Beine über die Brüstung, hielt mich an den Holmen fest und kletterte nach unten. Gut, dass es so dunkel war, denn wenn ich bis zum Boden hätte sehen können, hätte ich den Abstieg vielleicht nicht gewagt. Die Leiter bestand aus jungen Baumstämmen und war grob zusammengezimmert, aber stabil. Nach einigen Metern endete sie auf einem Felsvorsprung. Doch ich war noch nicht am Ziel. Eine zweite Leiter führte weiter hinab, und da Osa nicht hier war, nahm ich an, dass es noch weiterging. Tatsächlich musste ich fünfzehn Leitern hinunter. Auf jedem dritten Felsvorsprung führte ein Tunnel in den Berg hinein. Vermutlich handelte es sich um stillgelegte Gänge.

Endlich erreichte ich den Boden, wo mich Osa erwartete. Dort unten gab es Licht. Überall brannten kleine Kerzen. Sie verbreiteten nicht gerade strahlende

Helligkeit, aber als sich meine Augen daran gewöhnt hatten, sah ich ziemlich gut. Wieder zweigte ein Gang vom Schacht ab und Osa ging voraus. Gehorsam folgte ich ihr. Wir schritten durch einen Tunnel, der direkt aus dem Felsen gehauen war. Ich konnte aufrecht gehen, aber Osa musste sich ein wenig bücken. Wie gut, dass ich nicht an Klaustrophobie litt.

»Der Hauptschacht wurde vor vielen Generationen gebaut«, erklärte sie. »Doch als man hier unten eine besonders reiche Glazeader entdeckte, beschlossen die Bergleute anders vorzugehen.«

»Was beschlossen sie?«, erkundigte ich mich.

Osa musste nicht mehr antworten. Nach wenigen Schritten bot sich uns ein erstaunlicher Anblick. Der Gang endete in einer Höhle von gewaltigen Ausmaßen. Die Decke war ungefähr dreißig Meter hoch. Es sah einfach unglaublich aus! Viele andere Gänge mündeten in der Höhle. Es war, als stünden wir an der Nabe eines riesigen Wagenrades und die Tunnel führten wie Speichen in alle möglichen Richtungen. In jedem Gang entdeckte ich Miniaturgleise. Ich hatte Bilder von Goldminen gesehen und nahm an, sie waren für die Grubenloren gedacht.

»Als man herausfand, dass es hier unten Glaze gab, wurden Tunnel in alle möglichen Richtungen gegraben«, erklärte Osa. »Es gibt kilometerlange Gänge. Alles ist so kompliziert, dass sich auch Bergleute schon verlaufen haben und tagelang umherirrten.«

Ich musste zugeben, es war beeindruckend. Vor allem weil die Männer nur mit den Händen arbeiteten. Keine Spur von starken Maschinen. Wir standen am Rand der Höhle und beobachteten, was um uns herum geschah. Überall wimmelte es von Arbeitern. Einige schoben Karren, die mit Gestein gefüllt waren, andere leerten sie in der Mitte der Höhle aus und siebten den

Schmutz nach Glazestücken durch. Außerdem hörte ich das ferne Klirren der Spitzhacken, mit denen die Milago sich auf der Suche nach den kostbaren Steinen durch den Berg schlugen.

»Die Männer arbeiten Tag und Nacht«, fuhr Osa fort. »Es ist die einzige Möglichkeit, Kagans hohe Forderungen zu erfüllen.«

Sie bückte sich und hob ein Werkzeug auf. Es war eine Spitzhacke aus Metall mit einem hölzernen Griff. »An der Oberfläche sind Metallwerkzeuge verboten. Auf die Benutzung steht die Todesstrafe.«

Jetzt, da sie es erwähnte, fiel mir auf, dass ich bisher wirklich noch nichts aus Metall gesehen hatte. Sämtliche Werkzeuge bestanden aus Holz oder Stein. Offenbar versuchten die Bedoowan die Milago auf Steinzeitniveau zu halten – außer wenn es um Glaze ging.

Jetzt bemerkte ich einen eigenartigen Geruch in der Mine. Er war nicht abstoßend, eher süßlich. »Wonach riecht es hier?«, fragte ich.

Osa antwortete nicht, bedeutete mir nur ihr zu folgen. Wir durchquerten die Höhle und mussten dabei immer wieder über Gleise klettern. Als wir uns der anderen Seite näherten, lief es mir eiskalt den Rücken hinunter. Im Dämmerlicht, das hier unten herrschte, hatte ich es vorher nicht gesehen, aber jetzt stand ich genau davor. Ehrlich gesagt wünschte ich mir, der Anblick wäre mir erspart geblieben. Auf dem Boden der Höhle lagen Dutzende von Bergleuten. Sie sahen schrecklich aus. Einige stöhnten vor Schmerzen, andere lagen mit leeren Blicken herum.

»Sie sehen krank aus«, stellte ich fest.

»Sie sind krank«, antwortete Osa traurig. »Der Geruch stammt von einem Gas, das freigesetzt wird, wenn man Glaze aus dem Fels schlägt. Es ist giftig und lähmt die Atemwege.«

»Wir atmen Giftgas ein?«, fragte ich und war drauf und dran, zu den Leitern zurückzurennen.

»Keine Bange«, erwiderte sie gelassen. »Man muss es jahrelang einatmen, ehe es Schaden anrichtet.«

Ich starrte auf die kranken Bergleute hinab und fragte: »Sie haben es jahrelang eingeatmet?«

Osa nickte betrübt. »Ein qualvoller Tod.«

»Warum klettern sie nicht nach oben an die frische Luft?«

»Dazu fehlt ihnen die Kraft. Die Männer befinden sich im letzten Stadium der Krankheit. Sie sterben hier unten.«

Ich wich ein paar Schritte zurück. Ich schäme mich es zuzugeben, aber ich hatte Angst, mich irgendwie anzustecken. Plötzlich kam mir die riesige Höhle gar nicht mehr so riesig vor. Die Wände schienen sich um mich herum zu schließen und ich wollte unbedingt nach draußen. Vielleicht litt ich doch ein wenig an Klaustrophobie.

»Warum hast du mich hergebracht?«, wollte ich wissen.

»Weil es wichtig ist, dass du die verzweifelte Lage der Milago siehst«, antwortete Osa.

Am liebsten hätte ich geschrien. Osa hatte mich in die Falle gelockt. Sie zeigte mir, wie schlecht es diesen Leuten ging, damit ich Mitleid empfand und mich bereit erklärte ihre Revolution anzuführen. Aber warum? Osa war doch nicht verrückt. Sie musste wissen, dass ich nicht der Richtige war um einen Aufstand ins Leben zu rufen. Ihre Tochter hatte es jedenfalls sehr schnell erkannt – warum also nicht Osa? Ich hatte keine Lust, mich vor diesen armen Bergleuten herumzustreiten, machte kehrt und steuerte auf die Leitern zu.

»Wohin willst du?«, fragte sie erstaunt.

»Nach Hause«, antwortete ich, eilte durch die Höhle, sprang über Gleise und wich Loren und Karren aus. Gerade als ich in den Tunnel einbiegen wollte, überholte mich jemand. Es war Figgis. Aber diesmal versuchte er nicht mir etwas zu verkaufen. Er war in Eile und hatte sicher nicht einmal bemerkt, dass er an mir vorbeirannte. Ich sah ihm nach, wie er den Weg zu den Leitern entlangstürmte, und wollte ihm folgen, als der Boden zu schwanken begann. O verdammt, war das ein Erdbeben? Oder ein Einsturz? Sekunden später gab es eine gewaltige Explosion! Ich drehte mich um und sah, wie schwarzer Qualm aus einem Tunnel quoll. Die meisten Männer starrten entsetzt dorthin.

Ich bin zwar kein Bergbauexperte, aber die Milago arbeiteten seit Jahren hier unten. Bestimmt hatten sie schon mehr als eine Explosion erlebt. Normalerweise hätten sie sofort Alarm schlagen und die Mine räumen oder sonstige Maßnahmen ergreifen müssen. Vielleicht steckten Männer in dem Tunnel, die Hilfe brauchten. Doch nichts geschah. Die Kerle standen bloß blöd herum und sahen sich in einer Mischung aus Besorgnis und Verwirrung an. Anscheinend hatten sie keine Ahnung, was zu tun war.

Schließlich rief Osa: »Sind noch Männer da drin?«

Einer der Milago rief: »Rellin!« Das schien die anderen zu wecken. Sie rissen sich zusammen und liefen auf den qualmenden Gang zu um ihren Anführer zu retten. Ein Bergmann band sich ein Seil um die Hüften, holte tief Luft und betrat den Gang. Seine Kameraden hielten das andere Ende des Seils fest. Wahrscheinlich wollten sie ihn in Sicherheit ziehen, falls er durch den Rauch das Bewusstsein verlor. Tapferer Kerl.

Die Erde bebte kein zweites Mal. Welchen Schaden auch immer die Explosion angerichtet hatte, betroffen davon war nur der eine Gang. Ich hatte nicht das Gefühl, in Gefahr zu schweben, und wollte wissen, ob Rellin etwas passiert war.

»Wie oft findet so eine Explosion statt?«, fragte ich. Osa starrte auf den Qualm und gab mir eine Antwort, mit der ich nicht gerechnet hatte.

»Was ist eine Explosion?«

Wieso wusste sie nicht, was eine Explosion war? An der Sprache konnte es nicht liegen, weil Reisende alle Sprachen verstanden.

»Du weißt schon«, sagte ich vorsichtig. »Explosion. Der große Knall. Durch Dynamit oder so.«

Sie blickte mich verwundert an. »Nie zuvor habe ich so etwas gesehen, weder hier noch daheim in meinem Territorium. Du glaubst, der laute Knall hat den Schaden verursacht? Wie Blitz und Donner?«

Das war verrückt. Obwohl es die Reaktion der Bergleute erklärte. Bestimmt wusste sie ebenso wenig, was los war. Aber was hatte die Explosion hervorgerufen? Vielleicht waren sie auf eine verborgene Gasader gestoßen.

Ehe wir weiterreden konnten, sah ich, dass die Männer wie wild am Ende des Seils zerrten. Immer mehr Leute versammelten sich mit besorgten Gesichtern um sie herum. Sie starrten in den Rauch und warteten ab. Nach wenigen Sekunden tauchte der Mann auf, der am Seil hing, und hielt Rellin in den Armen. Der Vorarbeiter war von oben bis unten mit Ruß bedeckt und hatte Blutspuren auf der Stirn, aber er schien unverletzt. Nur etwas durcheinander. Man half ihm sich zu setzen und brachte ihm eine Feldflasche mit Wasser. Rellin trank einen Schluck, gurgelte und spuckte das Wasser aus.

Dann geschah etwas Seltsames. Rellin sah die Umstehenden der Reihe nach an und lachte. Die anderen Milago wussten nicht, was sie davon halten sollten. Vielleicht löste sich die Anspannung, knapp dem Tod entronnen zu sein, durch dieses Lachen. Vielleicht hatte er den Verstand verloren. Ich war genauso ratlos wie die Bergleute. Es war geradezu unheimlich. Ich glaube, Osa empfand das auch, denn sie legte mir die Hand auf die Schulter und sagte: »Wir sollten jetzt gehen.«

Sie musste es nicht zweimal sagen. In Windeseile stürmte ich den Gang entlang und die Leitern hinauf. Während ich kletterte, sah ich über mir einen kleinen Kreis blauen Himmels, der immer größer wurde, je höher ich stieg. Ich überschlug mich fast vor Eile. Als ich den Kopf ins Freie steckte, holte ich tief Luft und schwor mir, nie wieder in das Höllenloch hinabzusteigen. Einer der Arbeiter, die den Glazekorb hochziehen mussten, lehnte an dem Flaschenzuggestell und beobachtete mich. Der andere war nicht mehr da.

Plötzlich spürte ich etwas Komisches. Aus irgendeinem Grund wich der Mann meinem Blick nicht aus. Er starrte mich weiter an.

Osa steckte ebenfalls den Kopf aus dem Loch, kletterte dann heraus und meinte: »Erzähl mir mehr über das, was du … Explosion nennst.«

Ehe ich antworten konnte, wurde sie durch etwas hinter meinem Rücken abgelenkt. Ich drehte mich um. Dort stand der Typ, der mich angestarrt hatte. Osa ging an mir vorbei, den Blick auf den Milago gerichtet. Er stand einfach da und starrte mit leerem Gesichtsausdruck vor sich hin. Osa stellte sich vor ihn, sah ihm in die Augen und wirbelte herum.

»Lauf, Pendragon!«

»Was?«

Noch ehe sie eine Erklärung abgeben konnte, fiel der Bursche kopfüber zu Boden. Mein Blick blieb an dem Pfeil hängen, der in seinem Rücken steckte. Der Mann war tot. Er starrte nicht stumpf vor sich hin, er war tot! Ich hatte noch nie einen Toten gesehen und blieb wie angewurzelt stehen. Osa lief auf mich zu, ergriff meine Hand und zerrte mich in Richtung Waldrand. Schon nach wenigen Schritten sprangen vier von Kagans Rittern hinter den Bäumen hervor. Jetzt wusste ich, was mit dem Milago passiert war.

»Wir wollen den Jungen haben«, verkündeten sie. Diesmal gab es kein Missverständnis. Im Gegensatz zu dem Ritter namens Alder, den ich für einen Feind gehalten hatte, waren diese Krieger eindeutig nicht auf unserer Seite. Sie hielten Keulen in den Händen und würden auch nicht zögern uns mit Pfeilen zu beschießen.

Osa rührte sich nicht, aber ich spürte, wie sie alle Muskeln anspannte. Sie ließ meine Hand los und drehte sich langsam zur Seite. Das kannte ich. Genau das hatte man mich beim Karatetraining gelehrt. Dreh dich seitlich, dann gibst du ein kleineres Ziel ab. Klar, uns stand ein Kampf bevor und ich steckte mittendrin. Osa würde nicht angreifen. Dafür war sie zu klug. Damit etwas geschah, mussten die Ritter den ersten Schritt tun.

Einer hob die Keule und bewegte sich auf uns zu. Ich erstarrte. Osa ging in die Knie, zur Abwehr bereit. Der Ritter stieß einen Schrei aus, rannte los und … peng! Er sackte in sich zusammen, als hätte ihn eine Kugel getroffen. Seine Kameraden waren ebenso überrascht wie wir, doch ich sah den Grund dafür, ehe sie ihn bemerkten.

Hinter ihnen stand Loor, den Holzstab in der Hand. Guter Schuss. Sie hatte noch eine zweite Waffe und warf sie ihrer Mutter zu. Osa fing sie auf und ging in Angriffsstellung. Jetzt waren beide bewaffnet und unsere Chancen standen besser. Allerdings handelte es sich bei den Rittern um ausgebildete Kämpfer. Ich war nicht sicher, ob sich die kriegerischen Frauen gegen sie behaupten konnten.

Alles ging sehr schnell. Noch bevor sich die Ritter von der Überraschung erholt hatten, ihren Kameraden fallen zu sehen, riss Loor dem einen die Keule aus der Hand und warf sie mir zu. Ich fing sie auf und schon stand Loor neben ihrer Mutter. Jetzt waren wir drei gegen drei. Nun, eigentlich zweieinhalb gegen drei, denn die Chance, dass ich die Keule gegen einen dieser üblen Ritter einsetzen konnte, war etwa so groß wie die, dass mir Flügel wachsen und ich davonfliegen würde.

»Kämpfe, Pendragon!«, kommandierte Loor.

In diesem Moment griffen die Gegner an. Osa und Loor rannten ihnen entgegen. Ich stand wie festgewachsen. Meine Ahnung, in Osa und Loor zwei Kriegerinnen vor mir zu haben, erwies sich als hundert Prozent richtig. Die beiden waren unglaublich. Sie schwangen ihre Stäbe wie ausgebildete Nahkämpfer. Hätte ich nicht solche Angst gehabt, hätte mir die Show bestimmt gefallen. Sie wirbelten die langen Stäbe so schnell durch die Luft, dass ich sie nur noch verschwommen sah. Verglichen mit ihnen kämpften die Ritter fast ungeschickt. Sie schwangen die Keulen, aber entweder parierten die Frauen mit einem schnellen Hieb oder sie sprangen beiseite und schlugen selbst zu. Es sah aus, als würden tapsige Bären von wütenden Bienen attackiert. Und die Bienen gewannen.

Das einzige Problem bestand darin, dass die Ritter Rüstungen trugen. Es bedurfte mehr als nur ein paar Verteidigungshiebe, um sie aufzuhalten. Aber ich war sicher, dass Osa und Loor es schaffen würden, und entspannte mich ein wenig.

Schön blöd, denn genau in diesem Moment griff mich der letzte Ritter an. Er hielt die Keule hoch erhoben und brüllte, als müsste er sich selbst anfeuern. Ich war starr vor Schreck. Natürlich hätte ich die Keule ausstrecken sollen um mich zu verteidigen. Oder ich hätte mich ducken und dann angreifen müssen. Oder ich hätte ihm die Keule zwischen die Beine werfen sollen. Leider tat ich nichts von alledem. Vor lauter Angst wich ich ein paar Schritte zurück, stolperte und landete auf dem Hintern. Ich war so gut wie tot. In seinen Augen stand blanke Mordlust. Es würde schmerzhaft sein. Noch drei Schritte und er hatte mich.

In diesem Augenblick warf Osa ihren Stab wie einen Speer und traf den Ritter genau in der Kniekehle. Seine Beine knickten ein und er fiel krachend zu Boden. Sofort stand Loor über ihm. Sie versetzte ihm einen heftigen Schlag und er sackte bewusstlos zusammen. Zwei Feinde waren erledigt.

Loor sah mich mit funkelnden Augen an. »Kämpfe, du Feigling!«, zischte sie.

Osa eilte herbei und rief: »Nein! Bring ihn weg! Versteck ihn!«

Loor wollte an der Seite ihrer Mutter weiterkämpfen, aber Osa hatte das Sagen.

»Sie dürfen ihn nicht gefangen nehmen! Geht!«, befahl sie.

Für Diskussionen blieb keine Zeit, denn die beiden Ritter griffen wieder an. Widerwillig zerrte mich Loor auf die Beine. Ich sage dir, Mark, noch nie habe ich mich so hilflos und beschämt gefühlt. Ich war ein totaler Versager. Man fragt sich oft, wie man wohl in großer Gefahr reagiert, und stellt sich vor, dass man sich selbst übertrifft und zum Helden des Tages wird. Nun, ich kann dir sagen, diese Fantasie könnte nicht weiter von der Realität entfernt sein als das, was mir passierte. Ich jedenfalls benahm mich wie ein verängstigtes Kleinkind.

Als Loor mich zum Waldrand schleppte, blickte ich zurück um nach Osa zu sehen. Ein unbeschreiblicher Anblick bot sich mir. Alleine war sie noch besser. Diese unglaubliche Kriegerin kämpfte gegen zwei Ritter gleichzeitig. Sie wirbelte um die eigene Achse, attackierte, parierte und verfehlte ihr Ziel nur selten. Es sah kinderleicht aus.

Loor und ich tauchten im Wald unter und versteckten uns im Dickicht, um das Ende des Kampfes zu beobachten. Ich wusste, wie gerne Loor an Osas Seite gestanden hätte. Es brachte sie um den Verstand, als mein Babysitter bei mir zu bleiben.

»Deine Mutter ist sensationell«, flüsterte ich ihr zu.

Sie antwortete nicht, aber aus ihrem Schweigen las ich, dass sie dasselbe dachte. Kurz darauf war alles entschieden. Die Ritter verloren an Kraft und nach ein paar Volltreffern brachen beide zusammen. Entweder waren sie bewusstlos oder zu Tode erschöpft.

Osa blieb in der Hocke und drehte sich um 360 Grad, bis sie sicher war, dass die Feinde besiegt waren. Dann richtete sie sich auf, wirbelte den Stab wie ein Ninjameister herum und verstaute ihn schließlich in dem Ledergurt, den sie auf dem Rücken trug. Der Kampf war vorbei.

»Du verdienst das überhaupt nicht, Pendragon«, fauchte Loor mich an.

Sie hatte Recht. Ich verdiente es nicht. Die beiden Frauen riskierten ihr Leben für mich, aber ich war nicht in der Lage, die hohen Erwartungen zu erfüllen, die sie in mich setzten. Doch es kam noch schlimmer. Loor und ich erhoben uns und schritten auf die Lichtung zu. Osa blickte uns an. Sie ging ein paar Schritte auf uns zu und blieb urplötzlich stehen. Loor hielt mich am Arm zurück. Irgendetwas stimmte nicht. Kamen die Ritter zu sich? Ich beobachtete Osa, die wieder in Kampfposition ging. Sie war gespannt wie eine Bogensehne und griff nach dem Stab. Ich sah mich nach allen Seiten um, entdeckte aber nichts und niemanden. Die Ritter lagen reglos auf dem Boden. Warum die ganze Anspannung?

Sekunden später erhielt ich die Antwort. Diesen Anblick werde ich nie mehr vergessen. Zuerst hörte ich ein Rascheln und glaubte, jemand bräche durch die Büsche. Doch so war es nicht. Es raschelte über uns. In den Bäumen. Ich schaute hinauf und entdeckte zu meinem größten Entsetzen vier weitere Ritter, die in den Ästen saßen. Sie hatten keine Keulen, sondern waren mit Pfeilen und Bögen bewaffnet. Ich hatte vergessen, dass der Milago durch einen Pfeil gestorben war. Die Schützen hatten die ganze Zeit da oben gekauert und sich das Schauspiel angesehen. Und jetzt waren sie am Zug.

Osa stand schutzlos mitten auf der Lichtung. Loor wollte zu ihr laufen, aber Osa rief: »Rette ihn!«

Loor blieb stehen. Es bedurfte ihrer ganzen Willenskraft, gegen ihren Instinkt zu handeln und der Mutter zu gehorchen, doch sie tat es. Sie kam zurück, ergriff meine Hand und dann ging es los.

Die Ritter schossen ihre Pfeile ab – alle auf Osa. Auf die tapfere Frau, die keine Rüstung trug. Nichts schützte sie vor dem tödlichen Pfeilhagel. Alle vier Geschosse trafen ihr Ziel und sie brach zusammen. Loor stieß einen schmerzerfüllten Schrei aus und wollte umdrehen, aber ich hielt sie fest. Inzwischen legten die Ritter die nächsten Pfeile an, und wäre Loor zu Osa gelaufen, hätte das ihren Tod bedeutet. Wir standen eine Sekunde lang still und sahen in die Augen der sterbenden Kriegerin. Vielleicht bilde ich es mir nur ein, doch während ich dies schreibe, könnte ich schwören, dass sie lächelte.

Die Ritter schossen die nächste Salve ab, zielten aber

nicht auf Osa, sondern auf uns. Zum Glück schützten uns die Bäume, die Pfeile prallten gegen Äste und verschwanden im Unterholz. Das reichte, um Loor aus ihrer Erstarrung zu reißen. Sie fasste mich an der Hand und wir rannten los – die sterbende Osa blieb auf der Lichtung zurück.

Loor kannte sich gut im Wald aus. Mit ihr Schritt zu halten war so, als liefe man einem Hirsch nach. Sie sprang über umgestürzte Bäume, Felsbrocken und stürmte geradewegs durch Gestrüpp und Buschwerk. Wir rannten im Zickzack und ich begriff, dass sie versuchte die Ritter abzuschütteln, die uns sicher verfolgten. Allmählich wurde ich müde und ich hatte eine üble Schnittwunde an der Seite, aber unter gar keinen Umständen wollte ich mich beklagen. Nicht nach allem, was diese Frauen für mich getan hatten.

Irgendwann erreichten wir den Rand des Dorfes und Loor zerrte mich in eine Hütte. Das von ihr gewählte Versteck fand ich nicht gerade klug. Bei einer Durchsuchung des Dorfes würde uns auch der dümmste Ritter sofort finden. Doch Loor hatte ihre Gründe. Sie rannte zu dem Haufen Tierfelle, der an einer Wand lag und schob ihn beiseite. Der Boden darunter bestand aus fest gestampfter Erde. Sie nahm den Stab vom Rücken und scharrte die Erde weg. Kurz darauf kam ein hölzerner Ring zum Vorschein. Loor warf den Stab hin, packte den Ring und zog aus Leibeskräften daran. Es war eine Falltür!

»Sie führt in die Mine«, erklärte sie.

Klasse! Ich hatte mir geschworen nie mehr ins Bergwerk zurückzukehren. Der Schwur hatte gerade mal zwanzig Minuten gehalten.

»Die Bedoowan fürchten sich vor dem Gas«, fuhr Loor fort. »Sie betreten die Minen niemals.« Endlich öffnete sich die Falltür, unter der eine Leiter in die Tiefe führte. Auf ein Neues! Loor bedeutete mir vorzugehen. Dann folgte sie mir und schloss die Tür wieder. Wir mussten nur eine Leiter hinabklettern. Sie endete in einem Tunnel, der so niedrig war, dass wir nur gebückt gehen konnten. Er führte leicht bergab.

»Von diesen kleinen Gängen gibt es sehr viele«, erklärte Loor. »Sie versorgen die Arbeiter mit frischer Luft.«

Also wanderten wir durch einen Luftschacht. Das war gut. Da der Gang nur der Ventilation diente, gab es keine Kerzen, die uns den Weg wiesen. Es war, als würde man durch schwarze Tinte gehen. Ich streckte die Hand aus um nicht gegen eine Wand zu laufen. Doch Loor fand, ich ginge viel zu langsam. Sie drängte sich an mir vorbei und übernahm die Führung. Es war bedeutend einfacher, hinter ihr herzulaufen. Sie lief sehr schnell und ich hoffte, dass sie sich hier gut auskannte.

Der Luftschacht mündete in einen breiten Tunnel, auf dessen Boden die Glazekarren Spuren hinterlassen hatten. Wahrscheinlich handelte es sich um einen der frühen Gänge, der schon bestanden hatte, ehe die Milago die große Höhle aus dem Fels schlugen. Wir folgten ihm minutenlang, bis wir an eine mir bekannte Stelle kamen. Vor uns lag der Hauptschacht, den Osa und ich hinabgestiegen waren. Wie lange lag das zurück? Es kam mir wie ein Jahrhundert vor, war aber kaum mehr als eine Stunde her. Wir standen auf einem Felsvorsprung und ich sah, dass wir uns nur drei Leitern tief unter der Erde befanden. Über uns leuchtete der blaue Himmel.

Loor blickte nach oben. Offensichtlich kämpfte sie mit sich, aber es dauerte nicht lange, bis ich den Grund dafür herausfand.

»Klettere nach unten!«, befahl sie. »Wir treffen uns dort. Geh jetzt!« Sie starrte mich an, bis ich die Leiter hinabstieg. Sobald mein Kopf verschwand, kletterte sie nach oben. Wie ich es mir gedacht hatte! Sie wollte zu ihrer Mutter. Ich hing an der Leiter und beobachtete, wie sie immer höher stieg. Ich weiß, ich hätte tun sollen, was sie mir befohlen hatte, aber ich konnte es nicht. Osa hatte ihr Leben für mich riskiert und ich musste wissen, was mit ihr geschehen war. Ich überlegte eine Weile und machte mich dann ebenfalls auf den Weg nach oben.

Als ich die letzte Leiter erreichte, hörte ich ein Geräusch. Zuerst konnte ich es nicht einordnen, aber als ich es erkannte, wurde mir schwer ums Herz. Es war Loor. Sie summte das fröhliche Lied, das ich schon am Fluss gehört hatte. Ich hievte mich aus dem Schacht und der Anblick, der sich mir bot, brach mir das Herz.

Loor saß neben dem Steinpodest auf dem Boden. Sie hielt Osas Kopf auf dem Schoß und strich ihr immer wieder übers Haar. Dabei schaukelte sie hin und her, als wollte sie ein Kind in den Schlaf wiegen. Ich wusste nicht, ob Osa tot war oder noch lebte. Neben ihr lagen die Pfeile der schwarzen Ritter. Loor hatte sie herausgezogen. Ich blieb, wo ich war, denn ich wollte nicht stören. Loor war so stolz, sie wollte bestimmt nicht, dass ich sie weinen sah.

Aufmerksam blickte ich mich auf der Lichtung um, aber die Ritter waren verschwunden. Wahrscheinlich hatten die Bogenschützen aus den Bäumen ihre bewusstlosen Kameraden fortgetragen. Der Leichnam des Milago lag auf dem Rücken und blicklose Augen starrten in den Himmel.

Dann bemerkte ich, wie sich Osas Hand bewegte. Zitternd tastete sie nach der Hand ihrer Tochter. Sie lebte! Schnell lief ich auf die Frauen zu um zu helfen. Loor nahm mich gar nicht zur Kenntnis, aber sie hörte auf zu summen. Osa sah mich aus matten Augen an.

»Seid nicht traurig«, murmelte sie. »Keiner von euch. Das Schicksal hat es so bestimmt.«

Ich konnte die Tränen kaum zurückhalten. Osa würde es nicht schaffen.

»Es … es tut mir Leid, Osa«, stammelte ich.

Sie ließ Loors Hand los und griff nach dem Lederbeutel um ihren Hals. Darin hatte sie den Silberring verstaut.

»Nimm ihn, Pendragon«, sagte sie. »Benutze ihn, wie du es für richtig hältst.«

Ich nahm den Beutel entgegen und zog den Ring heraus. Osa nickte zustimmend und ich steckte ihn an den Ringfinger der rechten Hand. Komischerweise passte er perfekt.

»Ihr beide steht am Beginn einer Reise«, erklärte sie mit schwächer werdender Stimme. »Pendragon, ich weiß, dass du dich der Herausforderung nicht gewachsen fühlst. Du irrst dich.«

Ich nickte, glaubte ihr aber nicht.

Osa fuhr fort: »Halla liegt in euren Händen. Denkt daran. Lasst euch davon leiten. Gemeinsam werdet ihr beide …« Sie hielt den Atem an, schauderte und schloss die Augen. Sie würden sich nicht wieder öffnen.

Was für ein schmerzlicher Augenblick. Natürlich tat mir Loor Leid. Sie hatte gerade ihre Mutter verloren. In der kurzen Zeit meiner Bekanntschaft mit Osa hatte ich eine tiefe Zuneigung zu ihr gefasst. Sie war die Stimme der Vernunft in dem Sturm der Verwirrung, in den ich geraten war. Ich hatte ihr völlig vertraut. Bei ihr hatte ich mich in Sicherheit gefühlt. Mein Vertrauen war richtig gewesen, denn sie hatte ihr Leben für mich hingegeben. Das ist eine Schuld, die man nicht begleichen kann.

Ich wollte Loor trösten, aber ich wusste nicht wie. Noch während ich nach Worten suchte, sagte Loor:

»Geh in die Mine hinunter, Pendragon. Ich komme nach.«

Ich widersprach nicht. Ich nickte nur. Doch ehe ich die Leiter betrat, sagte ich: »Es tut mir Leid, Loor.«

Sie reagierte nicht und saß einfach da, ihre Mutter in den Armen haltend. Während ich in die Tiefe kletterte, summte sie wieder das Lied. Ich wischte mir die Tränen vom Gesicht.

Als ich alle Leitern hinter mich gebracht hatte, wanderte ich zur großen Höhle hinüber. Dort sah alles unverändert aus. Hier gab es weder Nacht noch Tag. Keine Spur mehr von der Aufregung, die durch die Explosion entstanden war. Ich wusste nicht, was ich tun sollte, und setzte mich in einer ruhigen Ecke auf den Boden um nachzudenken. Zu sagen, dass in meinem Kopf ein Durcheinander von widersprüchlichen Gedanken herrschte, wäre die Untertreibung des Jahres. Ich drehte den Ring hin und her. Vielleicht handelte es sich bei diesem seltsamen Schmuckstück um meine Fahrkarte nach Hause. So gerne ich es probiert hätte, der Gedanke an Flucht verursachte in mir ein schreckliches Schuldgefühl. Aus einem Grund, den ich immer noch nicht verstand, erwartete hier jeder, dass ich den armen Milago zu ihrer Freiheit verhalf. Noch eigenartiger: Eine wahrhaft erstaunliche Frau hatte gerade ihr Leben gegeben, damit ich meinen Auftrag erfüllen konnte.

Ich wünschte, ich wüsste, was zu tun wäre. Falls ich den Leuten hier irgendwie behilflich sein konnte, würde ich es gerne tun. Aber als Anführer einer Revolution? Das war verrückt! Ich saß lange Zeit da und schlief irgendwann ein. Schließlich tauchte Loor auf und hielt einen Korb in der Hand.

»Komm mit«, sagte sie barsch. Ich stand auf und folgte ihr. Sie führte mich einen der Gänge entlang, der anscheinend nicht mehr benutzt wurde. Nach wenigen

Metern standen wir vor einer Tür, hinter der ein kleiner Raum lag, der aus dem Felsen gehauen worden war. Die Einrichtung glich der in den Hütten – ein Bett aus Tierfellen, ein Tisch und ein paar Kerzen.

»Hier halten wir uns auf, wenn Kagan uns sucht«, erklärte sie. »Hier bist du in Sicherheit.« Dann reichte sie mir den Korb, der mit Brot und Früchten gefüllt war. Ich musste essen, hatte aber keinen großen Appetit.

Meinen Mut zusammennehmend fragte ich: »Wo ist Osa?«

»Man brachte sie ins Dorf«, antwortete Loor ausdruckslos. »Morgen bringe ich sie nach Zadaa.«

Zadaa. Das Territorium, aus dem Loor und Osa stammten. Also wusste Loor, wie man mit den Flumes umging. Und wenn sie den Leichnam ihrer Mutter nach Zadaa bringen wollte, würde sie sicher nicht auf die Spitze des Berges klettern. Es musste noch eine Möglichkeit geben.

Die Stimmung in diesem kleinen Raum war mehr als angespannt. Loor war wütend, aber ich wusste nicht, wie groß ihre Wut auf mich war. Ich war traurig, verwirrt und – ehrlich gesagt – fürchtete ich mich vor ihr. Sie hatte ein explosives Temperament, und wenn sie beschloss ihren Zorn an mir auszulassen, würde bis auf einen Fleck an der Wand nichts von Bobby Pendragon übrig bleiben. Ich wollte sie nicht reizen. Also setzte ich mich auf die Felle und versuchte mich so unsichtbar wie möglich zu machen.

Loor schritt wie eine eingesperrte Raubkatze auf und ab. Ich hatte Angst, dass sie vor Wut explodieren und mich in Stücke reißen würde. Auf etwas ungewöhnliche Art und Weise passierte genau das. Sie schlug mich nicht. Sie beleidigte mich auch nicht. Sie brüllte mich nicht einmal an. Das alles hätte ich verstanden. Doch was sie tat, schmerzte mich bedeutend mehr.

»Morgen bringe ich dich nach Hause«, erklärte sie ruhig. »Du gehörst nicht hierher.«

Wow! Das war das *Letzte*, was ich erwartet hatte.

»Aber ... was ist mit der Revolution?«, fragte ich lahm.

»Du denkst, du kannst den Milago nicht helfen, weil du kein Krieger bist«, sagte sie. »Doch die Milago brauchen keinen Krieger. Sie brauchen jemanden, dem sie vertrauen. Du eignest dich nicht dafür.«

Das überraschte mich ziemlich. Natürlich bin ich kein Kämpfer wie Loor und Osa und auch nicht der Typ des tapferen Helden. Aber vertrauenswürdig? Also bitte! Man kann mir vertrauen! Ich gehöre zu den Guten. Warum fand dieses Mädchen mich ungeeignet?

»Warum sagst du das?«

Sie sah mir in die Augen und antwortete: »Wie kann man jemandem vertrauen, der nur an sich denkt? Von dem Augenblick deiner Ankunft an hast du nur daran gedacht, zu fliehen. Dir ist es egal, ob die Milago Hilfe brauchen. Du dachtest nur an zu Hause.«

Ich fühlte mich in die Enge getrieben. Außerdem fand ich, sie sei unfair, und erwiderte: »Okay, vielleicht hast du Recht. Leider wurde ich ohne die kleinste Vorwarnung in dieses Chaos katapultiert. Es ist schon sehr viel erwartet, dass ich mein ganzes Leben innerhalb eines Tages auf den Kopf stellen soll.«

»Ich weiß, Pendragon. Das Gleiche ist mir passiert. Aber zwischen uns beiden gibt es einen Unterschied, und der hat nichts mit kämpfen zu tun.«

»Und was für ein Unterschied ist das?«

»Du hast gesehen, wie meine Mutter starb«, sagte sie und bemühte sich ruhig zu bleiben. »Ich hätte alles getan um sie zu retten. Aber du ... Ich verstehe nicht, wieso du nur an dich denkst, wenn dein Onkel dem Tod ins Auge sieht.«

Die Worte trafen mich hart. Sie hatte Recht. Onkel

Press steckte in Schwierigkeiten. Das wusste ich, seit wir vom Schlitten gefallen waren. Trotzdem plante ich meine Flucht ohne auch nur den Versuch zu starten, ihm zu helfen. Ich hatte mir so viele Sorgen um meine eigene Rettung gemacht, dass ich keine Sekunde lang an ihn gedacht hatte. Loor hatte Recht und ich schämte mich fürchterlich.

»Deshalb bist du hier fehl am Platz, Pendragon«, meinte sie bestimmt. »Die Milago müssen an einen Anführer glauben. Du bist der Falsche.« Sie wandte sich zum Gehen, aber ehe sie den Raum verließ, fügte sie noch hinzu: »Wenn du ein wenig geschlafen hast, bringe ich dich zurück. Du kannst das Leben, das du so schmerzlich vermisst, wieder aufnehmen und alles, was hier geschah, vergessen. Nach einer Weile hast du sicher auch Press vergessen.« Dann ging sie fort.

Gerade hatte ich etwas Neues über mich erfahren und es gefiel mir gar nicht. War ich wirklich so egoistisch? Loor hatte den Nagel auf den Kopf getroffen. Klar, ich mochte Onkel Press sehr gern, hatte mir aber eingeredet, ich könnte ihm nicht helfen. Stimmte das? Oder war es nur der einfachste Weg, um es nicht versuchen zu müssen? Hatte ich überhaupt richtig darüber nachgedacht? In den folgenden Stunden stellte ich mir viele Fragen. Die Ereignisse der letzten Tage liefen wie ein Film immer wieder in meinem Kopf ab. Das Bild des Milago, der kaltblütig umgebracht wurde, weil nicht genügend Glaze vorhanden war, verfolgte mich. Wieder und wieder sah ich Osa vor mir, die um ihr Leben kämpfte und in einem Pfeilhagel starb. Ich dachte an Loors Gesichtsausdruck, die ihrer Mutter nicht helfen durfte und stattdessen mich beschützt hatte.

Doch am meisten dachte ich an Onkel Press. Ich rief mir die ersten Erinnerungen an ihn ins Gedächtnis zurück. Er war immer für mich da gewesen. Wie schrecklich, dass unsere letzte Begegnung damit endete, dass ihn Kagans Ritter fortschleppten. Das war nicht richtig. So sollte es nicht enden. Und darum brauche ich deine Hilfe, Mark.

Wenn ich dieses Tagebuch beendet habe, schreibe ich ein paar Anweisungen auf ein separates Blatt Pergament. Dann kannst du es immer bei dir tragen. Meine Tagebücher solltest du an einem sicheren Ort verwahren. Es ist wichtig, dass ich alles aufschreibe, was ich erlebe. Falls ich nie mehr zurückkomme, sind diese Seiten der einzige Beweis für das, was mir zugestoßen ist. Behandele sie, als wären sie aus reinem Gold, Kumpel.

Ich weiß nicht, ob es fair ist, dich darum zu bitten. Allmählich glaube ich, ich verdiene es nicht. Wenn du mir nicht helfen kannst, verstehe ich das. Kein Problem. Trotzdem tue ich, was ich tun muss. Ich weiß nicht einmal, ob mir das, worum ich dich bitte, irgendwie hilft. Vielleicht lässt sich etwas improvisieren. Vieles hängt von Loor ab. Bestimmt gibt sie mir keine Chance und ohne ihre Hilfe sieht es mies für mich aus. Ach, weißt du, eigentlich ist es egal. So oder so, mit oder ohne Loor, ich habe mich entschieden.

Morgen suche ich Onkel Press.

(Ende des zweiten Journals)

ZWEITE ERDE

Courtney hatte Bobbys unglaubliches zweites Journal beendet und legte es auf den Tisch. Mark war ein paar Minuten schneller gewesen und starrte schon auf die Extraseite, die Bobby seinem letzten Bericht beigefügt hatte. Es dauerte einige Zeit, bis Courtney etwas sagte. Die Geschichte, die Bobby ihnen auf diesen Blättern erzählte, wurde mit jedem neuen Satz unbegreiflicher und sie musste erst einmal darüber nachdenken. Endlich sah sie Mark an und sagte: »Was sollst du für ihn tun?«

Mark stand auf und ging im Hobbykeller von Courtneys Vater auf und ab. Er dachte an die Seite, die er gerade gelesen hatte. Bobbys Bitte war einfach zu erfüllen, aber trotzdem gefährlich.

»Es ist eine Liste«, erklärte er. »Er will, dass ich ein paar Sachen zusammensuche und ihm schicke.«

Courtney riss das Blatt an sich und las es. »Ihm schicken?«, wiederholte sie. »Wie denn?«

Mark nahm das Pergament wieder an sich. »D-d-das ist eben das Gefährliche«, stammelte er nervös. »Er hat genaue Anweisungen aufgeschrieben. Zuerst soll ich versuchen den Ring so zu benutzen, wie Osa es gemacht hat. Wenn das nicht funktioniert, was sicher der Fall sein wird, da ich kein Reisender bin, soll ich das Tor zum Flume in der U-Bahnstation suchen.«

»Redest du von dem verlassenen Bahnhof in der Bronx mit den Killerhunden?«, fragte sie ungläubig. »Das wäre ja … Selbstmord.«

»Was du nicht sagst!«, entgegnete er.

Courtney und Mark schwiegen. Bobby bat um einen gefährlichen Gefallen.

Irgendwann sagte sie: »Aber du wirst es tun, nicht wahr?«

»Natürlich!«, antwortete Mark schnell, als wäre er entrüstet, dass sie überhaupt fragte. »Denkst du, ich würde meinen Freund im Stich lassen? Du spinnst wohl.«

»Dann komme ich mit«, verkündete Courtney ohne zu zögern.

»G-g-ganz bestimmt nicht«, erwiderte er.

»Und ob!«, rief Courtney. »Du brauchst jemanden, der dir den Rücken freihält.«

»Und wer hält *dir* den Rücken frei?«

»Ich kann sehr gut auf mich selbst aufpassen«, antwortete sie selbstbewusst wie immer.

Dagegen gab es nichts einzuwenden. Courtney konnte wirklich *sehr* gut auf sich selbst aufpassen. Allerdings bezweifelte Mark, dass sie es je zuvor an einem Ort wie der Bronx hatte tun müssen, wo eine Horde Killerhunde und ein Dämon namens Saint Dane lauerten. Nein, er war ziemlich sicher, dass sie so eine Situation noch nicht erlebt hatte. Andererseits wollte er auch nicht allein gehen. Der Gedanke flößte ihm furchtbare Angst ein. Fünf Sekunden lang dachte er über das Dilemma nach und fragte: »Bist du ganz sicher?«

»Und wie«, antwortete sie und griff wieder nach der Liste. Sie las und verkündete: »Ich verstehe, warum er einige dieser Sachen haben will: eine Taschenlampe, eine Uhr … aber was hat er mit dem CD-Spieler vor?«

»Woher soll ich das wissen?«, fragte Mark gereizt. »Für mich ergibt das alles wenig Sinn.

Courtney las die Liste noch einmal durch und rief: »Aha, er will ein paar Sachen aus seinem Haus.«

»Ja, habe ich auch gesehen«, meinte Mark. »Ich besorge ihm andere.«

Das brachte Courtney auf den nächsten Gedanken. Sie sah Mark ernst an und meinte: »Wenn wir Bobby die

Sachen schicken, müssen wir ihm sagen, dass seine Familie verschwunden ist.«

Mark überlegte. Sie hatte Recht. Bobby musste wissen, was passiert war, obwohl sie es selbst nicht genau verstanden. Aber es war eine Tatsache, dass die Pendragons verschwunden waren.

»Bobby sollte es wissen«, sagte Mark nachdenklich, »nur jetzt noch nicht. Im Augenblick kann er deswegen nichts unternehmen.«

»Aber es handelt sich um seine Familie«, gab Courtney zu bedenken.

»Ich weiß. Und Onkel Press gehört auch dazu. Keine Ahnung, was Bobby vorhat, aber er will versuchen Onkel Press zu retten. Ich weiß nicht, ob er hier irgendetwas tun könnte, um uns zu helfen seine Familie zu finden.«

Das stimmte. Zuerst musste Bobby seine Aufgabe in Denduron erfüllen. Danach war noch Zeit genug, um die Pendragons zu suchen. Außerdem befasste sich die Polizei mit dem Fall. Was blieb also noch für Bobby zu tun?

»Wir sagen es ihm, wenn er wieder da ist«, entschied Mark.

»Und was ist, wenn er nicht wiederkommt?«, erkundigte sich Courtney. »Mark, ich finde, wir sollten mit unseren Eltern darüber reden.«

»N-n-nein, das geht nicht!«, rief Mark.

»Warum nicht? Vielleicht können sie uns helfen. Es wäre viel sicherer, wenn wir *alle* zum Bahnhof gingen. Stimmt's?«

Mark hätte gerne zugestimmt. Er wollte einem Erwachsenen, der mehr Autorität hatte als er, gern die Verantwortung übergeben. Doch er wusste, was geschehen würde, wenn sie das taten. Mit sorgfältig gewählten Worten sagte er: »Courtney, liebend gerne würde ich es unseren Eltern erzählen und mit ihnen und Captain Hirsch und bewaffneten Polizisten da runter gehen. Aber weißt du, was sie tun, wenn wir mit ihnen reden? Sie werden uns daran hindern. Uns vielleicht einsperren. Danach würden sie sich zusammensetzen und lange darüber reden, was wirklich los ist, und nach einer logischen Erklärung suchen. Bis sie zu irgendeinem Entschluss kommen, ist es wahrscheinlich längst zu spät für Bobby … und für Press.«

Courtney dachte über seine Worte nach. Mark war manchmal ein bisschen seltsam, hatte aber zwischendurch immer wieder Geistesblitze. Wenn sie es den Eltern erzählten, wäre es sofort vorbei. Sie mussten es allein schaffen. Hastig legte Mark die Blätter aufeinander und rollte sie zusammen.

»Wir können die Sachen in ein paar Stunden haben«, sagte er. »Dann müssen wir nur noch abhauen, ohne dass es unsere Eltern merken.«

»Stopp! Immer langsam!«, warf Courtney ein. »Du willst das doch nicht etwa heute Nacht machen, oder?«

»Warum denn nicht?«, fragte Mark unschuldig.

Jetzt sprach Courtney so langsam und deutlich, als hätte sie ein kleines Kind vor sich. Er musste unbedingt begreifen, was sie sagte. »Das ist ganz wichtig«, begann sie. »Wenn wir die Klamotten zusammenhaben, ist es dunkel und meine innere Stimme sagt mir, dass der Ort, an den wir gehen, im Dunkeln nicht besonders sicher ist.«

Mark dachte nach. Sie mussten in ein gefährliches Stadtviertel und gefährliche Stadtviertel wurden nachts noch viel gefährlicher. Bestimmt standen ihre Chancen günstiger, wenn sie es am Tage versuchten. Schließlich war es wichtiger, die Sachen überhaupt abzuschicken, als sie Hals über Kopf zu versenden.

»Du hast Recht«, meinte er. »Ich kann nicht mehr klar denken.«

»Doch, kannst zu«, sagte Courtney. »Du bist bloß aufgeregt. Wir teilen uns die Liste, besorgen alles und treffen uns morgen früh hier bei mir.«

Das klang vernünftig. Morgen war der Tag der Tage. Courtney suchte nach einem Stift und einem Blatt Papier um zwei neue Listen zu schreiben. Dann nahm sie das Pergament mit Bobbys Anweisungen in die Hand. Lange Zeit betrachtete sie das gelbliche Papier mit Bobbys Handschrift. Mark sah, dass sie nachdachte. Er wartete geduldig. Endlich blickte sie ihn an. »Wie sah sie aus?«

»Wie sah wer aus?«, fragte Mark verwundert.

»Osa. Sie gab dir doch den Ring. Wie war sie?«

Natürlich. Beinahe hatte Mark es vergessen. Er kannte eine Person aus Bobbys unglaublicher Geschichte. Sie war bei ihm gewesen. Mark legte die zusammengerollten Pergamente auf den Tisch und ließ seine Gedanken zu dem Zwischenfall in der vergangenen Nacht zurückschweifen.

»Sie war wunderbar«, murmelte er. »Am besten erinnere ich mich an ihren Blick. Sie sah mich an und ich fühlte mich … sicher.« Mark starrte auf den Ring an seinem Finger und fuhr fort: »Und nun ist sie tot. Ich schätze, sie hat es doch nicht geschafft, überall für Sicherheit zu sorgen.«

Beide trauerten minutenlang schweigend um die Frau, die sie nur durch Bobbys Tagebuch kannten. Dann machten sie sich an Bobbys Aufstellung. Sie suchten sich jeweils die Gegenstände heraus, die sie leicht beschaffen konnten, und setzten zwei Listen auf, und nachdem sie sich für sieben Uhr morgens verabredet hatten, trennten sie sich und gingen an die Arbeit.

Mark lief nach Hause und nahm die Pergamente mit. Bobby hatte ihn gebeten sie so behandeln, als bestünden sie aus reinem Gold, und das hatte er auch vor. Mark kannte ein Versteck, in das kein Mitglied seiner Familie eingeweiht war. Auf dem Dachboden stapelten sich alte Möbel. Ganz weit hinten stand ein alter Schreibtisch, der schon vor Marks Geburt nicht mehr benutzt worden war.

Die Schublade war verschlossen und seine Eltern hatten nie versucht sie zu öffnen, da sie keinen Schlüssel dafür besaßen. Den Schlüssel hatte Mark. Er hatte ihn unter der vorstehenden Kante der Schreibplatte gefunden, als er acht Jahre alt war. Seinen Eltern hatte er nichts davon gesagt, weil es sie nicht interessierte, aber für ihn war es das beste Versteck für seine geheimsten Schätze. In der großen Schublade lag ein Stapel fast neuwertiger Mad-Hefte, Baseball-Sammelkarten der Yankees Derek Jeter, Bernie Williams und Mariano Rivera, ein paar Star Wars-Figuren in Originalverpackung, ein Zwischenzeugnis aus der siebten Klasse mit zwei Sechsen ... und eine Menge anderer Kleinigkeiten, die nur für Mark von besonderem Wert waren.

Mark stieg oft auf den Dachboden um seine Schätze zu begutachten. Dabei fühlte er sich, als würde er alte Freunde besuchen. Besonders gerne betrachtete er seine alten Spielzeuge. Jetzt war er zu alt um sie noch zu benutzen, aber sie erinnerten ihn an den Spaß, den sie ihm früher bereitet hatten. Dieses Vergnügen war sein Geheimnis, das niemanden etwas anging.

Als er die Schublade heute öffnete, betrachtete er seine gehorteten Kostbarkeiten so nüchtern, als würden sie ihm gar nicht gehören. Auf eine Art traf das zu. Sie gehörten dem alten Mark, dem unschuldigen Mark von gestern, dessen größte Sorge es war, die Hausaufgaben rechtzeitig zu schaffen und den Kampf gegen die Akne zu gewinnen, die sich auf seiner Nase breit machte. Das war Vergangenheit. Heute musste er sich mit Dingen beschäftigen, bei denen es nicht nur um Leben und Tod auf der anderen Seite des Universums ging, sondern auch um Fragen nach der Realität seines eigenen Daseins. Erst als Mark die Schreibtischschublade öffnete, wurde ihm bewusst, wie sehr er sich in den vergangenen Stunden verändert hatte. Gern hätte er die Chewbacca-Figur aufgehoben und einen Urschrei ausgestoßen. Er wollte in einem Mad-Heft blättern und über die Spion-Comics lachen. Er wollte mit dem Yo-Yo spielen, das er als Sechsjähriger auf dem Jahrmarkt bekommen hatte. Stattdessen suchte er einen alten Pappkarton und schüttete den ganzen Inhalt des Schubfaches hinein. Sorgfältig schloss er den Karton wieder und schob ihn unter den Tisch, zu anderen staubigen Schachteln mit längst vergessenen Dingen. Es war, als würde er sein altes Leben ablegen um Raum für das neue zu schaffen.

Die Schreibtischschublade blieb der Platz, an dem er seine kostbarsten Besitztümer aufbewahrte, aber jetzt waren dies keine Überbleibsel aus der Kindheit mehr. Hier wollte er Bobbys Tagebücher unterbringen. Sorgfältig verstaute er die Pergamentrollen in dem Schubfach. Sie passten perfekt hinein. Mark notierte im Geiste, dass dort noch viel Platz für weitere Berichte war. Normalerweise verbarg er den Schlüssel in seinem Zimmer, aber das erschien ihm jetzt zu unsicher. Seine Mutter hatte ihm einmal eine Silberkette geschenkt, die sie in seinem Alter dauernd getragen hatte. Daran hing ein rundes »Peace«-Symbol und Mark hatte sie an den Spiegel in seinem Zimmer gehängt. Jetzt entfernte er den Anhänger und ersetzte ihn durch den Schlüssel. Dann legte er sich die Kette um den Hals. Nun hatte er das Gefühl, dass sich Bobbys Tagebücher in Sicherheit befanden. Jedenfalls so sicher, wie es ihm möglich war.

Pünktlich um sieben Uhr klingelte es an Courtneys Tür. Als sie öffnete, stand Mark mit einem großen Rucksack vor ihr.

»Hast du geschlafen?«, erkundigte er sich.

»Nein«, antwortete sie. »Hast du noch mehr Seiten bekommen?«

»Nein. Also los, die Reise kann beginnen.«

Sie gingen in den Hobbykeller von Courtneys Vater hinunter, wo Courtney bereits sämtliche Gegenstände ausgebreitet hatte, die auf ihrer Liste standen.

»Wo sind deine Eltern?«, fragte Mark.

»Sie sind zur Arbeit gegangen.«

»Ist dir klar, dass wir die Schule schwänzen müssen?«

»Na und? Macht es dir was aus?«

Mark sparte sich die Antwort. Sie standen schweigend vor dem Tisch und musterten die verschiedenen Gegenstände um die Bobby gebeten hatte. Keiner wusste, wie es weitergehen sollte. Schließlich unterbrach Courtney das angespannte Schweigen.

»Versuch's mit dem Ring«, sagte sie.

»Denduron«, flüsterte Mark. Nichts geschah. »Denduron«, wiederholte er etwas lauter. Wieder keine Reaktion.

»Lass mich mal.« Courtney kniete nieder, berührte den Ring und rief: »Denduron!«

Beide starrten auf das Schmuckstück, aber es rührte sich nicht.

»I-i-ich denke, wir müssen zur U-Bahn gehen«, meinte Mark betrübt.

Courtney sprang auf und verstaute die ausgebreiteten Sachen in Marks Rucksack. Sie bewegte sich so schnell, als hätte sie Angst, es sich noch anders zu überlegen, wenn sie zu intensiv über das, was vor ihnen lag, nachdachte.

»Ich habe einen Fahrplan«, erklärte sie. »Wir können den Vorortzug zur 125. Straße nehmen und von da aus mit der U-Bahn fahren.« Sie schloss die Schnallen des Rucksacks und sah Mark an. Sie mussten aufbrechen.

»Courtney«, sagte Mark verschämt, »ich habe Angst.«

Seine Worte hingen wie Blei in der Luft. Dann richtete Courtney sich auf und sagte: »Weißt du was? Ich nicht. Wir ziehen die Sache jetzt durch.«

Vielleicht war das nur ein Bluff, aber es erfüllte Mark mit Zuversicht, Courtney so selbstsicher vor sich zu sehen.

Vielleicht schafften sie es. Er schulterte den Rucksack und sie machten sich auf den Weg zum Bahnhof.

Der Bahnhof von Stony Brook lag am Ende der Hauptstraße. Es war noch früh und auf dem Bahnsteig wimmelte es von Menschen, die zu ihren Arbeitsplätzen in New York wollten. Courtney und Mark hielten nach Eltern Ausschau, die sie unter Umständen erkannt und gefragt hätten, warum sie nicht in der Schule seien. Sie sahen einen Jungen, den Mark von den Pfadfindern kannte, aber sie entdeckten ihn rechtzeitig genug um in einen anderen Wagen zu steigen, als die Bahn einfuhr. Ihre Vorsicht war unnötig. Die Fahrgäste verschanzten sich hinter Zeitungen und schenkten ihren Mitreisenden keinerlei Beachtung.

Die Fahrt nach New York verlief sehr ruhig. Die Leute lasen oder schliefen. Mark und Courtney konnten ihr Vorhaben nicht besprechen, da es sehr still im Zug war. Mark musterte die anderen Reisenden, die ihre Morgenzeitungen lasen, und hätte am liebsten gelacht. Sie beschäftigten sich mit Börsennachrichten oder einer Rede, die der Präsident während einer Veranstaltung gehalten hatte. Doch egal um welche Neuigkeiten es sich handelte, nichts ließ sich mit der Geschichte vergleichen, die er und Courtney gerade erlebten. Mark stellte sich die Schlagzeile vor: »Vierzehnjähriger Schüler wird durchs Universum geflumt um Revolution anzuführen.«

Das wäre wirklich eine Sensation.

Courtney nutzte die Zeit, um sich zu entspannen. Sobald sie den Zug verließen, begann das Abenteuer und sie wollte die nötige Ruhe bewahren um mit allem fertig zu werden, was auf sie zukam. Also lehnte sie sich in den Sitz zurück, schloss die Augen und versuchte ihr Herz dazu zu bringen, wieder ruhig zu schlagen.

Kurz darauf erreichten sie die 125. Straße in Manhattan. Von hier aus fuhr der Zug weiter zum Grand Central, wo die meisten Geschäftsleute ausstiegen. Die 125. Straße lag jedoch näher an der Bronx und die beiden stiegen schweigend aus.

Sie hatten immer wieder gehört, dass es sich um kein gutes Stadtviertel handelte, und waren ziemlich nervös. Eines war sicher: Es war anders als die Vororte in Connecticut. Sie standen mitten in New York, umgeben von dem Verkehr, den Menschenmassen und dem Lärm, für den New York berühmt ist. Courtney hatte eine Karte des U-Bahnnetzes mitgebracht und den schnellsten Weg zu Bobbys stillgelegtem Bahnhof ausgearbeitet. Sie verließen den Zug in der 125. Straße und legten die kurze Entfernung bis zum nächsten U-Bahnhof zu Fuß zurück. Dann eilten sie die Treppen hinab, lösten die Fahrscheine und stiegen in den ersten Zug.

Auch diese Fahrt verlief ereignislos. Sie hatten mit schrecklichen Zwischenfällen gerechnet, denn man sah ihnen an, dass sie aus »ordentlichen« Vorstadtfamilien stammten, und sie fühlten sich völlig fehl am Platz. Doch nichts geschah. Die New Yorker Viertel, die sie durchquerten, wurden von Menschen der unterschiedlichsten Nationalitäten und ethnischen Hintergründe bevölkert und nicht von Monstern. Es waren schlicht und einfach Leute, die zur Arbeit oder zur Schule fuhren und ihrem Alltag nachgingen. Unter anderen Umständen hätte ihnen der Ausflug Spaß gemacht. Leider waren die Umstände nicht anders. Sie hatten eine Aufgabe vor sich und durften sich nicht ablenken lassen.

Nachdem sie zweimal umgestiegen waren, erreichten sie die Station, die dem stillgelegten Bahnhof am nächsten lag. Sie standen im Sonnenlicht und schauten sich die Bronx an, in der es ebenso geschäftig und interessant zuging wie auf der 125. Straße. Laut Karte lag Bobbys Bahnhof drei Blocks weiter östlich und sie machten sich auf den Weg.

Während sie gingen, sprachen sie kein Wort, wünschten sich beide aber insgeheim, dass der Bahnhof, an dem Bobby und Onkel Press verschwunden waren, gar nicht existierte. Noch hegten sie die winzige Hoffnung, dass die ganze Geschichte nicht stimmte und nur eine Erfindung Bobbys war. Diese Hoffnung löste sich in Luft auf, als sie an einer verkehrsreichen Kreuzung standen und zur anderen Straßenseite hinüberblickten.

»D-d-da ist es, nicht wahr?«, stotterte Mark.

Courtney musste nicht antworten. Die Station sah genauso aus, wie Bobby sie beschrieben hatte. Ein kleiner Kiosk mit abgeblätterter grüner Farbe stand vor dem Eingang. Mark warf Courtney einen unsicheren Blick zu, aber sie starrte zum U-Bahnhof hinüber. Sie wollte verhindern, dass er ihre Nervosität bemerkte. Stattdessen steuerte sie auf den Kiosk zu. Mark blieb nichts anderes übrig als ihr zu folgen. Als sie neben dem Kiosk standen, schauten sie die Treppe hinunter, die mit Abfall und Schutt bedeckt war. Tatsächlich, ein stillgelegter Bahnhof! Sie vergewisserten sich, dass sie nicht beobachtet wurden, und liefen nach unten. Am Fuß der Treppe wandten sie sich nach rechts und standen nach wenigen Schritten vor der Bretterwand, die Bobby beschrieben hatte.

Courtney griff nach einem der Bretter und riss es mit Leichtigkeit los, wie Onkel Press es getan hatte. Ein dunkles Loch tat sich vor ihnen auf. Ohne zu zögern sprang Courtney durch die Öffnung und verschwand in der Dunkelheit. Mark holte tief Luft und folgte ihr. Mit dem Rucksack musste er sich hindurchquetschen, aber er schaffte es und verschloss die Bretterwand wieder. Alles lief so ab, wie es in Bobbys Tagebuch stand. Allerdings hofften Mark und Courtney, dass die Übereinstimmungen hier endeten. Keiner von ihnen wollte Saint Dane oder den Quigs begegnen. Sie gingen die Treppe zum Bahnsteig hinunter und blieben Schulter an Schulter stehen, die Nerven bis zum Zerreißen gespannt.

»Es kommt mir vor, als wäre ich schon hier gewesen«, flüsterte Mark. Tatsächlich, alles sah genauso aus, wie Bobby es beschrieben hatte. Seit vielen Jahren hatte dieser Bahnhof keine Passagiere mehr gesehen. Plötzlich hörten sie das ferne Dröhnen einer U-Bahn. Sekunden später brauste der Zug an ihnen vorbei ohne sein Tempo zu verlangsamen. Das weckte ihre Lebensgeister.

»Komm jetzt«, sagte Courtney und steuerte auf das Ende des Bahnsteigs zu.

»Warte!«, rief Mark und nahm den Rucksack ab. Er öffnete die Schnallen und kramte darin herum.

»Was machst du denn?«, fragte Courtney ungeduldig.

Mark suchte weiter und antwortete: »Ich habe eine Art Versicherung mitgebracht.« Er fand das Gesuchte und zog ein in braunes Papier gewickeltes Päckchen hervor.

»Stand das auch auf der Liste?«, erkundigte sich Courtney.

»Nein, ich habe es hinzugefügt.« Er entfernte das Papier und zwei riesige saftige Steaks kamen zum Vorschein. Stolz hielt er sie in die Höhe. »Eine kleine Bestechung, falls wir auf hungrige Quigs stoßen.«

Courtney grinste. »Mir ist schnuppe, was die anderen über dich sagen, ich finde dich voll in Ordnung.« Sie nahm die Steaks und ging weiter. Mark hob den Rucksack auf und eilte ihr hinterher.

Sie erreichten das Ende des Bahnsteigs und sahen die kleine Treppe, die zu den dunklen Gleisen hinunterführte.

»Das sieht ganz schön unheimlich aus«, murmelte Mark. »Was ist, wenn die Tür nicht da ist?«

»Bis jetzt ist alles so eingetroffen, wie Bobby es geschildert hat«, antwortete Courtney. »Ich glaube, wir finden die Tür.«

In diesem Moment hörten sie, wie sich der nächste

Zug näherte. Sie wichen ein paar Schritte zurück und Sekunden später brauste die Bahn schnell wie ein Blitz an ihnen vorbei. Die Vorstellung, sich gerade auf den Gleisen zu befinden, wenn ein Zug kam, war nicht berauschend.

»Schluck«, sagte Mark.

»Nicht denken, handeln!«, rief Courtney. Sie lief zum Ende des Bahnsteigs und verschwand in der Dunkelheit. Es war, als wollte man in einen kalten Ozean springen. Je länger man darüber nachdachte, umso mehr Gründe fielen einem ein, es hinauszuzögern. Es war einfacher, gleich zu springen, und genau das hatte sie getan.

Mark war dicht hinter ihr. Er rannte die Stufen hinunter und stieß auf Courtney, die sich an die Mauer presste.

»Ich kann nicht glauben, dass ich das wirklich getan habe«, sagte sie außer Atem.

»Ja, ich auch nicht, aber lass uns jetzt nicht stehen bleiben«, bat Mark.

Courtney ging voraus und sie tasteten sich vorsichtig durch den Tunnel. Es war dunkel und sie wollten nicht riskieren auf die Gleise zu treten.

»Was schrieb er, wie weit die Tür entfernt ist?«, fragte Courtney.

»Ich weiß es nicht mehr«, meinte Mark. »Geh doch einfach ...« Da hörte er es.

»Was war das?«

»Was war was?«

»Ich habe etwas gehört, fast wie ein Knurren«, flüsterte Mark, nahm Courtney ein Steak ab und hielt es in die Höhe. »Braver Hund! Liebes Hündchen!«

Jetzt hörte Courtney es auch. Leise, aber unmissverständlich.

»Das ist kein Knurren«, erklärte sie. »Das ist ein Zug! Der nächste Zug kommt!«

Ein lautes Pfeifen bestätigte ihre Worte. Ein Zug fuhr ein

und sie saßen in der Falle. Sie hatten keine Ahnung, wohin sie fliehen sollten.

»Ich renne zurück!«, schrie Mark und wollte sich umdrehen. Courtney hielt ihn am Rucksack fest.

»Nein!«, brüllte sie. »Es kann nicht mehr weit sein.«

Sie lief weiter an der Wand entlang und Mark schob sie von hinten voran. Sie wurden durch den Scheinwerfer des Zuges geblendet, der gerade um eine Kurve bog. Er fuhr unglaublich schnell.

»Beeilung!«, schrie Mark.

Courtney tastete sich in fieberhafter Eile weiter, stolperte über ein Kabel und fiel auf die Knie. Schnell riss Mark sie hoch und schubste sie weiter. Der Zug näherte sich mit erschreckendem Tempo. Der Lärm war ohrenbetäubend. Zwischen Tunnelwand und Gleisen war nicht sehr viel Platz.

»Wir schaffen es nicht!«, schrie Courtney. »Drück dich gegen die Mauer!«

Mark riss den Rucksack vom Rücken und presste sich gegen die Wand. Der Zug war nur noch wenige Meter entfernt. Beide hielten sich an den Händen. Mark schloss die Augen. Courtney drängte sich noch enger an die Mauer und streckte in einem letzten verzweifelten Versuch, die Tür zu finden, die Hand aus. Sie tastete sich Stück für Stück vor … und stieß auf etwas.

»Ich hab sie!«

Der Zug war da. Ein schriller Pfiff ertönte. Courtney umklammerte Marks Hand noch fester und warf sich an der Stelle gegen die Wand, an der sie die Tür vermutete. Der dunkle Umriss gab nach. Beide stolperten und fielen geradewegs durch den Eingang, als die Bahn vorbeiraste. Sekunden später war alles vorbei und der Zug entfernte sich ebenso schnell wieder, wie er gekommen war. Mark und Courtney lagen auf dem Boden und rangen nach Luft. Es dauerte eine Weile, bis sie sich genug beruhigt hatten, um sich aufzusetzen und sich umzuschauen.

»Puh!«, war alles, was Mark herausbrachte.

Sie befanden sich in dem Felsentunnel. Die Augen auf das graue Gestein gerichtet standen sie langsam auf. Courtney eilte zu der Holztür zurück und sah sie sich genauer an.

»Er ist da«, verkündete sie. »Der Stern, wie Bobby ihn beschrieben hat.«

Sie kehrte zu Mark zurück, der in den Tunnel starrte.

»Das ist es also«, sagte er aufgeregt. »Es stimmt alles. Alles, was Bobby schrieb, ist wahr.«

Hier endeten Bobbys Instruktionen. In seinem Brief stand, sie sollten bis zur Tür gehen und dort warten. Aber worauf? Minutenlang standen sie verunsichert herum und wussten nicht, was sie tun sollten. Irgendwann sah Courtney Mark mit einem spitzbübischen Grinsen an und sagte: »Ich versuche es.«

Sie trat einen Schritt auf den Tunneleingang zu, aber Mark zog sie zurück.

»Nicht!«, schrie er nervös.

»Warum nicht? Was Bobby kann, kann ich schon lange«, lautete die Antwort, die typisch für Courtney war.

Sie schüttelte Marks Hand ab und betrat das Flume. Mark wich zurück und beobachtete sie ängstlich, während sie in den endlosen, dunklen Gang blickte. Sie richtete sich hoch auf, warf Mark einen schnellen Blick zu und sagte mit lauter Stimme: »Denduron!«

Nichts geschah. Null. Das Wort wurde von den Wänden zurückgeworfen und hallte ihnen in den Ohren, aber das war alles.

»Bestimmt ist es so wie mit dem Ring«, meinte Mark. »Wenn man kein Reisender ist, funktioniert es einfach nicht.«

Mit enttäuschter Miene kehrte Courtney zu ihm zurück.

»Und warum gerade Bobby?«, knurrte sie missmutig. »Was ist so Besonderes an ihm, dass er …«

»Pst!« Mark hob die Hand um sie zum Schweigen zu bringen.

»Hörst du es?«

Courtney lauschte angestrengt und meinte: »Anscheinend kommt der nächste Zug.«

»Nein.« Mark schüttelte den Kopf. »Kein Zug. Es hört sich an wie … Musik.«

Wieder lauschte Courtney und nun hörte sie es auch. Es *war* Musik. Weit entfernte Musik. Allerdings keine Melodie, sondern ein Wirrwarr aus hohen angenehmen Tönen.

»Das habe ich schon mal gehört«, verkündete Mark. »Als sich der Ring öffnete.« Er starrte auf den Ring an seinem Finger, aber der graue Stein leuchtete nicht. Nein, die Musik hatte nichts mit dem Ring zu tun. Courtney sah über Marks Schulter in den Tunnel und der Anblick, der sich ihr bot, ließ sie vor Staunen den Mund aufreißen.

»He, Mark«, stammelte sie. »Sieh dir das an.«

Mark drehte sich hastig um und schaute in den Tunnel. Auch ihm fiel die Kinnlade herunter, denn etwas bewegte sich auf sie zu. Es sah wie ein stecknadelkopfgroßer Lichtpunkt aus, ähnlich dem Scheinwerfer eines fernen Zuges. Je näher der Punkt kam, umso heller wurde das Licht und umso lauter die Musik.

»W-w-wollen wir abhauen?«, stotterte er.

»Ja«, flüsterte Courtney, »aber wir können nicht.«

Als das Licht noch heller wurde, veränderten sich die Wände des Tunnels. Sie verwandelten sich in klares Kristall, wie es auch bei dem grauen Stein des Ringes passiert war. Jenseits der Wände erblickten sie einen mit Sternen bedeckten Himmel. Das Licht wurde so grell, dass sich Mark und Courtney die Augen zuhalten mussten. Auch die Musik wurde immer lauter. Ohne darüber nachzudenken wichen die beiden Schritt für Schritt zurück, bis sie die Mauer im Rücken spürten.

Sie saßen in der Falle. Es war zu spät, die Tür zu suchen und zu fliehen. Ihnen blieb nichts anderes übrig, als sich die Augen zuzuhalten, sich auf den Boden zu kauern und zu hoffen, dass es bald vorbei war.

Nach einem grellen Lichtblitz wurde es dunkel im Gang und die Musik verstummte. Stille trat ein. Vorsichtig senkten Mark und Courtney die Arme um sich umzuschauen. Was sie sahen, kam ihnen noch viel unmöglicher vor als alles, was sie bisher erlebt hatten. Doch es war keine Illusion, es war die Wirklichkeit.

Es war Bobby. Er stand am Tunneleingang und wirkte ein wenig benommen. Verwirrt sah er sich um und entdeckte Mark und Courtney, die an der Wand kauerten. Niemand sagte ein Wort. Lange Zeit starrten sie einander nur an. Schließlich stieß Bobby ein schlichtes »Hi« hervor.

Das brach das Eis. Mark und Courtney sprangen auf, rannten zu ihm und sie fielen sich in die Arme. Worte waren überflüssig. Die Umarmung sagte alles. Es war wie eine Erlösung nach all der Angst, Unsicherheit und Trauer, die sich seit Beginn des Abenteuers in ihnen aufgestaut hatte. Sie blieben eine Ewigkeit so stehen, bis Bobby irgendwann sagte: »Okay, so langsam ersticke ich.«

Zögernd ließen sie einander los und traten einen Schritt zurück. Sie warteten eine Sekunde lang und umarmten sich noch einmal. Dann lachten sie los.

»Ihr seid einfach wunderbar«, verkündete Bobby strahlend. Plötzlich fiel ihm etwas auf. Er löste sich von den Freunden und sah Courtney an: »He, was machst du denn hier?«

»Ich habe ihr deine Tagebücher gezeigt«, gab Mark zu. »Tut mir Leid, aber alleine hätte ich es nicht geschafft.«

Bobby dachte nach. Er hatte geglaubt, an Mark und nur an Mark zu schreiben. Allerdings bürdete er seinem Freund eine gewaltige Verantwortung auf und bestimmt war es nicht schlecht, dieses Wissen mit jemandem zu teilen. Und wenn es eine Person gab, die ihm helfen konnte, dann war es Courtney. Also lächelte er seinen Freund beruhigend an und meinte: »Ist gut, Mark, ich bin froh, dass du sie eingeweiht hast. Weiß es sonst noch jemand?«

Courtney antwortete: »Nein, nur wir.«

»Sehr gut«, sagte Bobby. »Zuerst dachte ich, jeder sollte es wissen, aber nun bin ich nicht mehr sicher. Das Ganze ist ziemlich überwältigend.«

»Das fanden wir auch«, warf Mark ein.

Bobby fügte hinzu: »Es kommt eine Zeit, da darf es jeder wissen, nur jetzt noch nicht, ja?«

Mark und Courtney nickten. Sie waren sich einig.

»Sind meine Eltern ausgeflippt?«, erkundigte sich Bobby.

Da war sie. Die Frage, vor der sie sich gefürchtet hatten. Mark und Courtney tauschten einen verstohlenen Blick. Sie hatten bereits beschlossen Bobby nichts vom Verschwinden seiner Familie zu erzählen. Er hatte im Moment genug andere Sorgen. Doch sie wollten ihn nicht anlügen. Mark wusste nichts zu sagen, aber Courtney antwortete: »Alle machen sich große Sorgen.«

Das war keine Lüge, denn die Leute sorgten sich tatsächlich. Es war einfach nur die halbe Wahrheit. Zum Glück war die Antwort genau richtig, denn Bobby sagte: »Ich hasse es, sie nicht einzuweihen, aber ich glaube, sie wären noch besorgter, wenn sie wüssten, was wirklich passiert ist. Bitte sagt ihnen kein Wort, ja?«

Die beiden nickten hastig. Puh! Gefahr überstanden. Jetzt entdeckte Bobby den Rucksack, der auf dem Boden lag.

»Habt ihr alles bekommen?«, fragte er und wühlte den Inhalt durch.

»Alles«, bestätigte Mark.

»Hattet Ihr Schwierigkeiten, hierher zu kommen?«

Courtney antwortete: »Nein, gar nicht.«

Bobby musterte seine Freunde, als sähe er sie zum ersten Mal. Vor ihm standen zwei Menschen, die sich seinetwegen in Gefahr begaben, obwohl sie nicht dazu verpflichtet waren. »Ich weiß nicht, wie ich euch danken soll«, erklärte er aufrichtig. »Freunde wie euch verdiene ich gar nicht.«

Mark und Courtney grinsten.

»Bobby«, sagte Mark beklommen, »ist es wirklich wahr? Das, was du geschrieben hast, meine ich.«

»Ja«, lautete die Antwort. »Verrückt, nicht?«

Die beiden überhäuften ihn mit Fragen, aber Bobby unterbrach sie: »Leute, ich weiß auch nicht mehr als das, was in meinen Berichten steht. Ich habe keine Ahnung, warum ich ein Reisender bin. Ich weiß nicht, wo Denduron liegt. Ich weiß auch nicht, in welcher Zeit ich dort lebe. Ich habe auch eine Million Fragen und keine einzige Antwort. Und ich habe wahnsinnige Angst.«

Sie schwiegen einen Moment. Schließlich trat Courtney einen Schritt auf Bobby zu. Sie zögerte, als fiele es ihr schwer, die richtigen Worte zu finden. Doch endlich holte sie tief Luft und sagte: »Geh nicht zurück. Das ist nicht deine Welt. Es ist auch nicht dein wahres Leben. Du gehörst hierher. Du musst nur durch diese Tür gehen. Niemand wird es je erfahren. Bitte, Bobby, bleib hier.«

Bobby sah Mark an. Der nickte, als gäbe er Courtney Recht. »Hier bist du zu Hause, Bobby«, sagte er. »Bleib hier.«

Daran hatte Bobby nicht gedacht. Es wäre ganz einfach. Er bräuchte nur mit ihnen wegzugehen. Jetzt war er in Sicherheit. Die Möglichkeit war sehr verführerisch.

Zuerst schwieg er. Nachdenklich blickte er sich um, starrte in den finsteren Tunnel hinein und dann auf den vollen Rucksack, den seine Freunde mitgebracht hatten. Bobby traf seine Entscheidung.

»Es gibt vieles, was ich nicht weiß«, erklärte er nüchtern. »Aber eins weiß ich sicher: Onkel Press stirbt, wenn ich nichts unternehme.«

Die beiden ließen die Köpfe hängen. Bobby hatte Recht. Wenn er blieb, war Onkel Press verloren.

»Doch es gibt noch mehr Gründe«, fuhr Bobby fort. »Ich bin nicht der Typ, der die Revolution dieser Leute anführen wird. Ich weiß nicht, warum sie das glauben. Der Mann, der ihnen helfen kann, ist Onkel Press. Stirbt er, habe sie keine Chance mehr. Ich muss zurück und Onkel Press auch um der Milago willen retten.«

Bobby hob den Rucksack auf und hängte ihn sich über die Schultern.

»Was willst du mit den Sachen machen?«, fragte Mark.

»Das weiß ich noch nicht genau, aber ich muss mir ganz schnell etwas einfallen lassen.« Er zog die Gurte des Rucksacks stramm und trat einen Schritt auf das Flume zu. »Ich bin kein großer Held«, murmelte er. »Ich versuche Onkel Press zu retten und verschwinde dann. Bis zum großen Knall möchte ich nicht in Denduron bleiben.«

»Wir warten auf dich«, erklärte Mark.

Sie schauten sich an und wussten nicht, was sie sagen sollten. Für Bobby war es Zeit, zu gehen.

»Ich kann euch gar nicht genug danken für das, was ihr für mich getan habt, und dafür, dass ihr meine Tagebücher aufbewahrt«, sagte er.

»Sieh nur zu, dass du uns weiterhin schreibst«, antwortete Mark lächelnd.

Bobby lächelte ebenfalls und noch einmal umarmten sich alle drei.

»Ich schreibe, sobald ich kann«, versprach Bobby und

riss sich los. Gerade wandte er sich dem Flume zu, als Courtney fragte: »Sieht Loor wirklich so toll aus?«

Bobby zuckte zusammen. Ertappt! »Das hättest du gar nicht lesen sollen«, erklärte er verlegen. »Sie ist nicht mein Typ.«

»Nein?« Courtney lächelte hintergründig. »Ich glaube, sie und ich haben etwas gemeinsam. Wir können dir beide zeigen, wo es langgeht.«

Bobby lachte laut. Natürlich hatte sie Recht.

»Komm bald heim«, sagte sie leise.

»So schnell es geht«, antwortete er. Mark winkte ihm noch einmal zu und Bobby betrat das Flume. Er holte tief Luft und sagte: »Denduron!«

Sofort wurde der Tunnel aktiviert. Die Wände schimmerten hell, die Musik wurde immer lauter und grelles Licht drang aus dem Inneren.

Bobby drehte sich noch einmal um und winkte. »Bis später!«, rief er.

Ein Blitz – und schon war er fort. Licht und Musik verschwanden im Tunnel und brachten Bobby zu seinem fernen Ziel. Kurz darauf herrschte wieder Stille. Mark und Courtney hatten sich nicht vom Fleck gerührt und starrten in die Finsternis. Jetzt blieb ihnen nichts anderes übrig als sich auf den langen Heimweg zu machen.

Doch dann sagte Mark: »Ich werde verrückt!«

»Was ist?«, fragte Courtney nervös.

Mark streckte die Hand aus und beide starrten auf den Ring. Der graue Stein leuchtete auf. Schnell zog Mark ihn vom Finger und legte ihn auf den Boden. Sie wichen einen Schritt zurück und beobachteten, wie der Ring größer wurde und Lichtstrahlen daraus hervorschossen. Wieder erklang die bekannte Melodie und es wurde heller und heller. Ein greller Blitz und alles war so schnell vorbei, wie es begonnen hatte. Der Ring lag auf dem Boden. Daneben sahen sie eine Rolle Pergamente.

»Wie konnte er uns so schnell schreiben?«, fragte Courtney.

Mark hob die Rolle auf und öffnete sie.

»Ich habe das Gefühl, die Zeit hier und die Zeit dort sind ziemlich relativ«, sagte Mark.

»Was? Noch mal bitte«, verlangte Courtney.

»Ich glaube, Denduron liegt nicht nur in einer anderen Welt«, erklärte Mark. »Vielleicht ist es auch in einer ganz anderen Zeit. Sie könnte tausend Jahre zurückliegen oder eine Million. Jede Wette, mit den Flumes reist man nicht nur durchs All, sondern auch durch die Zeit.«

Courtney war sich nicht sicher, ob sie ihn verstanden hatte, aber im Augenblick begriff sie sowieso nicht alles, was um sie herum geschah. Mark entrollte die Pergamente, warf einen schnellen Blick darauf und sah Courtney lächelnd an.

»Ich hatte Recht. Ein Brief von Bobby.«

Drittes Journal

DENDURON

Leute, ich habe alles vermasselt.

Ich habe versucht das Richtige zu tun, aber leider wurde dadurch alles nur noch schlimmer. Seit unserem Treffen im U-Bahnhof ging es hoch her und das Fazit lautet: Während ich diese Zeilen schreibe, steht Denduron kurz vor einer Katastrophe, die das Land zerreißen könnte. Zwar ist das nicht nur meine Schuld, aber ich befürchte, ich habe einiges dazu beigetragen. Zuerst schreibe ich euch, was seit dem letzten Bericht passiert ist. Ich beendete das zweite Journal, bevor ich euch traf, und erzähle euch jetzt, was sich vor der Reise zur Erde zutrug, wo ihr mir den Rucksack gegeben habt. Obwohl ich total happy war euch wiederzusehen, wünschte ich jetzt, ich hätte die Reise nie unternommen, denn sie ist einer der Gründe, warum wir am Rande eines Desasters stehen.

Als Osa umgebracht wurde, machte es »Klick« in meinem Kopf und ich war wieder fähig logisch zu denken. Es war nicht so, als hätte ich plötzlich begriffen, dass ich meine Bestimmung als Reisender erfüllen und die Milago zum Sieg führen musste. Nein, so war es überhaupt nicht. Es ging um Onkel Press. Ich schämte mich, weil ich nicht daran gedacht hatte, ihm zu helfen. Das Einzige, was ich zu meiner Verteidigung sagen kann, ist Folgendes: Mir wurde von jetzt auf gleich so ein Haufen wirres Zeug um die Ohren gehauen, dass es mir schwer fiel, einen klaren Kopf zu behalten.

Doch Osas Tod war wie ein Weckruf. Mein Verlust ließ sich natürlich nicht mit Loors vergleichen. Osa war ihre Mutter. Ich versuchte mir vorzustellen, wie es wäre, wenn meine Mutter sterben würde. Aber ich konnte mir gar nicht vorstellen, wie es ist, eine Mutter zu verlieren. Der Gedanke ist einfach zu schrecklich.

Osa hatte den Tod nicht verdient. Sie wollte den Milago helfen ein besseres Leben zu führen. Genau wie Onkel Press. Er versuchte den Leuten zu helfen und wurde deshalb zum Tode verurteilt. War das etwa fair? Nein, bestimmt nicht und ich begriff, dass jemand etwas dagegen tun musste. Leider gab es bloß eine Person, die etwas unternehmen konnte, und das war ich. Ich sage »leider«, weil ich mich für keinen geeigneten Kandidaten hielt, um im Stil Schwarzeneggers einen Frontalangriff auf den Bedoowan-Palast durchzuführen und ihn mit Onkel Press im Schlepptau wieder zu verlassen. Trotzdem musste ich etwas tun. Und wenn ich Erfolg haben wollte, brauchte ich Hilfe. Das hieß: Loor. Es gab keine tröstenden Worte, um ihr den Verlust ihrer Mutter zu erleichtern. Sie musste mich hassen! Aber sie war die Einzige, die ich um Hilfe bitten konnte.

Ich betrat die große Höhle um nach ihr zu suchen. Sie saß im Schneidersitz in einer ruhigen Ecke und schnitzte an einem Stück Holz herum. Es sah aus, als schnitzte sie ein Symbol, das zur Hälfte die Sonne und zur Hälfte den Mond darstellte. Sie arbeitete konzentriert. Ich wollte sie nicht stören und wartete, dass sie mich ansprach. Minutenlang ignorierte sie mich und schnitzte einfach weiter. Irgendwann begriff sie, dass ich nicht weggehen würde, und sagte: »Das ist ein Szshaszha. In meinem Territorium symbolisiert es das Ende eines Lebens und den Beginn eines neuen. Ich gebe es meiner Mutter, denn angeblich bringt es im nächsten Leben Glück.«

»Es gefällt mir«, sagte ich.

»Bloß ein Märchen ohne jede Bedeutung!«, fauchte sie zornig. »Aber meine Mutter glaubte an so etwas und das respektiere ich.«

Wieder mal hatte ich das Falsche gesagt. Am liebsten wäre ich gegangen und hätte sie allein gelassen, aber ich zwang mich die Sache durchzustehen.

»Ich reise morgen nicht nach Hause«, erklärte ich und gab mir Mühe, selbstsicher zu klingen. »Ich werde Onkel Press suchen.«

Loor hielt inne und sah mich an. Ich versuchte ihrem Blick standzuhalten und nicht zu blinzeln. Sie sollte merken, wie ernst es mir war. Aber sie lachte schallend. Offenbar war der Gedanke, dass ich mich mit den Bedoowan-Rittern anlegen wollte, zum Totlachen.

Endlich hörte sie auf und fragte sarkastisch: »Warum Pendragon? Damit du ihm beim Sterben zusehen kannst, wie du es bei meiner Mutter getan hast?«

Autsch. Das war gemein.

»Nein, um ihn zu retten«, verkündete ich, als wäre es selbstverständlich.

»Geh schlafen«, sagte sie abfällig. »Ich kann dich nicht mehr sehen.«

Sie ging mir allmählich auf die Nerven. Klar, sie hatte viel durchgemacht, aber sie brauchte mich nicht wie den letzten Dreck zu behandeln. Ich biss die Zähne zusammen und fuhr fort: »Du hast behauptet, mein Onkel wäre mir egal. Da irrst du dich. Er ist mir so wichtig, dass ich in diese Festung gehe und ihn heraushole.«

Sie grinste und meinte: »Die Bedoowan-Ritter reißen dich in Stücke, ehe du auch nur in die Nähe deines Onkels kommst.«

»Wahrscheinlich hast du Recht«, antwortete ich. »Deshalb wirst du mir helfen.«

Sie sah mich überrascht an. Aha, vielleicht hatte ich

zu dick aufgetragen. Langsam stand sie auf und schaute auf mich herab. Es kostete mich große Mühe, nicht zurückzuweichen, denn hätte ich Angst gezeigt, wäre es mein Ende gewesen.

»Warum sollte ich dir helfen deinen Onkel zu retten, obwohl meine Mutter starb, als sie dich beschützen wollte?« Ihr Blick war durchdringend und ihre Augen funkelten.

»Genau deshalb wirst du mir helfen«, erklärte ich mit fester Stimme. »Wir wissen beide, dass ich die Milago nicht gegen die Bedoowan anführen kann. Onkel Press ist der Richtige dafür. Ich will ihn retten, weil er mein Onkel ist. Aber wenn du dir so viel aus den Milago machst, wie du immer behauptest, dann willst du ihn auch retten, weil diese Leute ihn brauchen.«

Loor rührte sich nicht. Ich glaubte eine Veränderung in ihrem Blick zu bemerken. Geriet sie ins Wanken? Sie trat ein paar Schritte zurück und hob ihren Kampfstab auf, der auf dem Boden lag.

»Heute findet ein Treffen statt«, sagte sie mit eisiger Miene. »Ich gestatte dir daran teilzunehmen.«

Ein Treffen. Toll. Ich hatte keine Ahnung, worum es ging, aber wenigstens war sie bereit mich mit einzubeziehen. Das war ein Anfang. Doch dann kam sie auf mich zu und richtete den Stab drohend auf mich. »Ich werde dich nicht schützen, Pendragon. Wenn du mitkommst, bist du auf dich allein gestellt.«

Nach diesem süßen Versprechen wandte sie sich zum Gehen. Ich war nicht sicher, was ich tun sollte, bis sie sich umdrehte und mich anblaffte: »Komm jetzt!«

Zwar hatte ich keine Ahnung, wohin wir liefen, aber ich folgte ihr willig. Sie kletterte die Leitern bis an die Oberfläche empor. Es war Nacht und die Sterne leuchteten hell genug um gut sehen zu können. Loor blickte sich misstrauisch um, ob irgendwo ein Ritter auf uns wartete. Gute Idee. Ich blickte mich ebenfalls um, aber alles war ruhig. Im Dorf betraten wir die Hütte, in der ich am ersten Tag aufgewacht war. Ich hatte mich nicht geirrt, es war eine Art Krankenhaus. Zwei der Holzpritschen waren belegt. Allerdings nicht mit Leuten, die auf Genesung warteten. Osa und der Bergmann, der den Flaschenzug bedient hatte, waren dort aufgebahrt, bis man sie beerdigen würde. Eigentlich hätte es mir unheimlich sein müssen, aber so war es nicht.

Es befanden sich noch zwei Personen im Raum und beide waren lebendig und munter. Ich sah den Ritter namens Alder, der laut Loor der Reisende von Denduron war, und Rellin, den Vorarbeiter der Bergleute. Sie saßen im Schneidersitz vor einem lodernden Feuer. Loor schritt zur Feuerstelle und setzte sich zu ihnen. Das war offensichtlich das Treffen, zu dem sie mich eingeladen hatte, und so nahm ich ebenfalls Platz.

Rellin eröffnete die Versammlung mit den Worten: »Es tut mir Leid wegen deiner Mutter, Loor. Sie war eine wunderbare Frau. Ich spreche im Namen aller Milago, wenn ich sage, dass wir dir und deinen Leuten sehr dankbar sind, weil ihr uns helfen wollt. Ich bin zutiefst betrübt, dass es so endet.«

Loor holte tief Luft und antwortete: »Ich danke dir, aber der Tod meiner Mutter ist nicht das Ende. Wir werden die Milago befreien.«

Rellin wirkte nervös. Plötzlich herrschte angespannte Stimmung im Raum. Ich fühlte es und Loor fühlte es auch. Ich weiß nicht, was Alder fühlte, da ich ihn kaum kannte.

»Nein«, verkündete Rellin entschlossen. »Es ist vorbei. Es wird keine Revolution geben.« Mit dieser Feststellung stand er auf um zu gehen. Doch Loor sprang auf und stellte sich ihm in den Weg. Rellins Worte hatten sie überrascht.

»Wie kannst du so etwas sagen, Rellin?«, rief sie. »Wenn sich die Milago nicht von den Bedoowan befreien, werdet ihr alle sterben!«

»Und wenn wir kämpfen, sterben wir noch früher. Wir sind keine Krieger. Du weißt das, Alder.« Er sah den Ritter an, der den Kopf hängen ließ. Dann wandte sich Rellin wieder an Loor. »Und du weißt es auch, Loor. In einem Kampf gegen die Bedoowan-Ritter hätten wir keine Chance. Sie würden uns abschlachten.«

Loor gab nicht auf. »Erinnerst du dich an Press' Worte? Zwar seid ihr keine Krieger, aber ihr seid stark. Er sagte, die Bedoowan hätten nicht den Charakter, den Milago zu widerstehen, wenn sich diese zu Wehr setzten. Er sagte …«

»Press ist nicht mehr da!«, brüllte Rellin. »Und nun ist auch Osa nicht mehr bei uns. Wer soll uns jetzt durch den Wahnsinn führen? Du? Er?« Rellin zeigte auf mich. »Ihr seid Kinder. Eure Gründe sind wahrlich edel, aber es ist an der Zeit, närrische Träume zu begraben.«

Damit stürmte er aus der Hütte. Das Treffen war beendet. Ich spürte, dass Loor ihm gerne nachgelaufen wäre, doch sie hielt sich zurück. Auch wenn sie eine Kriegerin war, so fehlten ihr die richtigen Worte ihn dazu zu bringen, seine Meinung zu ändern.

»Er irrt sich«, sagte Alder leise. »Die Bedoowan sind nicht so stark wie Rellin glaubt.«

Mit langsamen Schritten ging Loor zum Leichnam ihrer Mutter hinüber. Sie blickte auf die Tote hinab und berührte ihren Arm, als wollte sie dadurch Kraft schöpfen. Dann nahm sie das hölzerne Szshaszsha, das sie geschnitzt hatte, und legte es Osa in die leblose Hand. Ich dachte, mir würde das Herz brechen, und stellte mir vor, wie Loor sich fühlte.

»Er lügt«, sagte sie plötzlich.

Alder sah auf. Er war genauso überrascht wie ich.

»Wie bitte?«, war alles, was ich herausbrachte.

»Sein Leben lang wollte Rellin gegen die Bedoowan kämpfen«, erklärte Loor. »Seine Wut und sein Hass sind viel größer als seine Angst. Ich kann nicht glauben, dass er seine Meinung so plötzlich geändert hat.«

Alder stand auf. Er sah so verwirrt aus, wie ich mich fühlte.

»Warum hat er dann gesagt, es gibt keinen Kampf?«, fragte er.

Den Blick auf ihre Mutter gerichtet antwortete Loor: »Ich weiß es nicht, aber irgendetwas ist passiert. Etwas, das er uns verschweigt. Vielleicht vertraut er uns nicht, weil wir noch so jung sind.«

Ich dachte an die beiden Male, die ich Rellin gesehen hatte. Zuerst bei der Transferzeremonie. Obwohl ich weit von ihm entfernt gewesen war, hatte ich seinen Hass auf die Bedoowan ganz deutlich gefühlt. Das zweite Mal sah ich ihn in der Mine nach der Explosion. Nach seiner Rettung brach er in das eigenartige Gelächter aus, das so völlig fehl am Platz wirkte. Wahrscheinlich hatte Loor Recht. Hier ging etwas Seltsames vor.

»Er vertraute deiner Mutter, nicht wahr?«, erkundigte ich mich.

»Natürlich«, antwortete sie sofort.

»Dann hätte er ihr gesagt, wenn er seine Meinung geändert hätte, und sie hätte es dir erzählt.«

»Willst du damit behaupten, ich irre mich?«, fragte sie.

»Nein«, entgegnete ich hastig. »Ich behaupte, dass etwas Eigenartiges vor sich geht, wenn du Recht haben solltest, und die Tatsache, dass er deiner Mutter nichts davon erzählt hat, macht mich ziemlich nervös.«

Wir dachten eine Weile nach. Schließlich fragte Alder: »Was machen wir jetzt?«

Ich kannte die Antwort. Loor auch, aber ich wollte sie als Erster aussprechen.

»Wir befreien Onkel Press«, verkündete ich. »Er muss ins Dorf gebracht werden.«

Schnell warf ich Loor einen Blick zu. Sie schwieg, aber ich wusste, was sie dachte. Natürlich mussten wir Onkel Press befreien und sie hatte beschlossen mir zu helfen. Loor schaute Alder an und sagte: »Es wird ein schwerer Kampf werden, Alder. Du musst dich offenbaren und ihnen zeigen, dass du ein Reisender bist genau wie wir.«

Alder richtete sich voller Stolz auf. »Ich wusste, der Tag würde kommen. Ich bin bereit.«

»Langsam, ganz langsam!« Ich trat zwischen die beiden. »Wer hat denn von einem Kampf geredet?«

Loor schnaubte verächtlich und sagte: »Wenn du glaubst, wir dringen in die Festung ein, suchen Press, befreien ihn und verschwinden wieder ganz ohne Kampf, dann bist du nicht nur ein Feigling, sondern auch ein Dummkopf!«

Loors Machogehabe wurde allmählich langweilig, aber ich sagte nichts, weil ich sie nicht noch wütender machen wollte. Allerdings musste ich mich wehren, sonst würde sie mich dauernd fertig machen.

»Tatsächlich?«, meinte ich nicht weniger verächtlich. »Unser Ziel ist es, Onkel Press zu befreien, und wenn du glaubst, wir schaffen es, indem wir gegen Kagans Ritter kämpfen, dann bist *du* der Dummkopf!«

Loor kam nicht dazu, mir zu antworten. Alder krönte den Augenblick für mich, denn er warf ein: »Er hat Recht, Loor. Wenn wir es auf einen Kampf anlegen, sind wir tot, ehe wir Press gefunden haben.«

Loor war sauer. Ganz offensichtlich löste sie Probleme für gewöhnlich mit fliegenden Fäusten. Aber sie begriff, dass ihre Vorgehensweise in diesem Fall nicht die beste war.

»Also, was sollen wir tun?«, knurrte sie. »Fragen wir

Kagan höflich, ob die Bedoowan Press herausgeben? Vielleicht machen sie es, wenn wir ›bitte‹ sagen.«

Erstaunlich, Loor war zu sarkastischen Bemerkungen fähig. Das war eine ganz neue Seite an ihr.

»Unsere einzige Chance ist, ungesehen in die Festung zu gelangen«, erklärte ich. »Je länger wir unsichtbar bleiben, umso größer die Chance, Onkel Press zu finden.«

Alder war ganz aufgeregt. »Ja! Ich weiß, wir ihr hineingelangt. Und ich kenne jeden Winkel der Festung. Es gibt Gänge und Korridore, die selten benutzt werden.«

Loor passte es nicht, wenn man ihr sagte, sie hätte Unrecht. Ganz besonders wenn es jemand sagte, den sie nicht respektierte. So wie ich. Aber ich glaube, sie war klug genug zu begreifen, dass mein Vorschlag vernünftig war.

Sie fragte: »Hast du einen Plan, was wir tun, wenn Alder uns in die Burg geschleust hat?«

Klar, ich hatte einen. Jedenfalls ungefähr. Eigentlich war es kein richtiger Plan, mehr eine Anhäufung von Ideen. Leider brauchte ich für die Durchführung massenhaft Sachen, die es in Denduron nicht gab. Ich musste unbedingt ein paar Dinge von zu Hause herschaffen.

»Wenn ich meinen Freunden zu Hause eine Botschaft schicke«, fragte ich, »gibt es eine Möglichkeit für sie, mir ein paar Gegenstände zu senden?«

Loor trat zwei Schritte zurück. Sie kannte die Antwort, aber sie zögerte. Noch war ich ziemlich grün, was das ganze Drumherum der Reisenden anging. Vielleicht war sie nicht sicher, ob sie mir schon alle Geheimnisse anvertrauen konnte.

Alder teilte ihre Befürchtungen nicht. »Natürlich«, antwortete er unschuldig. »Du flumst dich einfach in dein Territorium zurück und holst dir dort, was du brauchst.«

Der Typ gefiel mir immer besser. War es wirklich so einfach? Ich musste nur zum Flume und konnte nach Hause reisen? Cool. Allerdings war der Weg den Berg hinauf sehr gefährlich. Niemals würde ich hinaufklettern, nach Hause fliegen und rechtzeitig wieder zurückkehren können um Onkel Press zu retten. Außerdem würden mich die Quigs bestimmt angreifen.

»Das wird nicht gehen«, erklärte ich. »Gibt es keinen anderen Weg?«

»Du musst nicht auf den Berg«, antwortete Loor. »Im Bergwerk gibt es ein Tor, das nicht von Quigs bewacht wird.«

Sehr gut! Es wurde von Minute zu Minute besser. Am besten war, dass mir Loor ein Geheimnis verraten hatte und mir anscheinend langsam vertraute. Vielleicht konnten wir doch zusammenarbeiten. Jetzt, da ich wusste, wie ich nach Hause kam, dachte ich angestrengt über alle Dinge nach, die uns beim Eindringen in die Burg behilflich sein konnten. Das Tolle war, dass die Leute von Denduron nichts über unser Leben auf der Erde wussten. Etwas so Schlichtes wie eine Taschenlampe würde sie völlig überraschen. Ungeahnte Möglichkeiten taten sich auf! Ich war nicht ganz sicher, wie ich vorgehen wollte, aber allmählich glaubte ich, dass wir tatsächlich eine Chance hatten, Onkel Press zu befreien.

Loor führte mich in die Mine zurück. Zwischen uns herrschte ein angespannter Waffenstillstand. Wir wussten, dass wir einander brauchten, waren aber nicht glücklich darüber. Als ich mich wieder in dem winzigen Raum befand, schrieb ich zuerst mein Journal zu Ende. Dazu eine Liste der benötigten Gegenstände und die Anweisungen, die ihr erhalten habt. Sobald ich fertig war, rollte ich sie zusammen und ahmte alles nach, was Osa getan hatte, als sie meine ersten Pergamente verschickte. Ich zog den Ring vom Finger, legte ihn auf den Boden, berührte den grauen Stein und sagte: »Erde!«

Aber nichts geschah. Ich versuchte es noch einmal. Wieder nichts. Plötzlich durchfuhr mich ein schrecklicher Gedanke. Osa hatte gesagt, es funktioniere nur bei Reisenden. Was, wenn ich doch kein Reisender war? Ich machte alles genauso wie sie, doch der Ring rührte sich nicht. Also war ich tatsächlich kein Reisender!

Loor hatte mich von der Tür her beobachtet. Aber bevor ich in Panik geriet, sagte sie gelassen: »Du stammst nicht von der Erde. Sondern von Zweite Erde.«

Oh. Richtig. Das hatte Osa gesagt. Zweite Erde. Hieß das, es gab auch eine Erste Erde? Danach würde ich später fragen. Im Augenblick gab es wichtigere Dinge. Ich berührte den Stein und sagte: »Zweite Erde!« Das war das Zauberwort. Der Stein leuchtete auf, der Ring wuchs, die Melodie erklang und ich warf das Journal und die Liste in das Loch, das sich auftat. Sie verschwanden und alles war wieder beim Alten. Cool. Doch dann fiel mir noch etwas ein.

»Loor«, fragte ich, »woher weiß ich, wann ich zur Erde … äh, zur Zweiten Erde zurückmuss? Es kann eine Weile dauern, bis mein Freund die Sachen zusammenhat.«

Loor gab mir die verständlichste Antwort, die ich während unserer kurzen Bekanntschaft bisher erhalten hatte, doch sie wirkte dabei unsicher, als würde sie die Hintergründe auch nicht ganz verstehen.

»Ich weiß nicht genau, wie es funktioniert«, begann sie. »Wenn Reisende durch die Flumes fliegen, kommen sie immer dann an, wenn sie ankommen *sollen.*«

Äh … ja. Ich verstand kein Wort. Sie sah mir an, dass ich nicht begriff, wovon sie redete.

»Meine Mutter hat es mir teilweise erklärt. Sie sagte, die Flumes reisen durch Zeit und Raum. Doch warum ein Reisender immer dann ankommt, wenn der Zeitpunkt richtig ist, weiß ich auch nicht.« In diesem Moment begriff ich, dass Loor nicht viel mehr vom Dasein eines Reisenden verstand als ich. Sie zeigte es bloß nicht.

»Du willst damit sagen, wenn ich zur Erde fliege …«

»Zweite Erde«, verbesserte sie mich.

»Ja, ist doch egal. Wenn ich also zur Zweiten Erde fliege, treffe ich zur gleichen Zeit wie mein Freund am anderen Ende ein?«

»Ja.«

»Funktioniert das beidseitig?«

»Wie meinst du das?«

»Ich meine: Wenn ich jetzt sofort aufbreche, erwartet mich mein Freund? Obwohl ich die Liste erst vor einer Minute abgeschickt habe?«

»Ich glaube schon«, sagte sie.

»Dann nichts wie hin!«

Loor führte mich durch die große Höhle und in einen Gang auf der anderen Seite. Der Tunnel war noch älter als alle anderen bisher. Auf den Gleisen lagen Steinbrocken; also waren hier seit langer Zeit keine Bergleute mehr gewesen. Auch die Wände sahen rauer aus als sonst, als wären sie mit primitiveren Werkzeugen als Spitzhacken aus dem Fels gehauen worden.

Wir gingen geraume Zeit hintereinander her und irgendwann fragte ich: »Woher weißt du, dass wir hier richtig sind?«

Als Antwort hob Loor die Hand. Sie trug einen Ring, der mit meinem identisch war. Ich weiß nicht, wieso er mir erst jetzt auffiel. Wahrscheinlich bekommt jeder,

der zum Club der Reisenden gehört, so einen Ring. Der graue Stein leuchtete ganz schwach.

»Vor ein paar Tagen hat mir meine Mutter dieses Tor gezeigt«, erzählte sie. »Außerdem erklärte sie mir, wie man feststellt, ob sich ein Tor in der Nähe befindet. Der Stein verrät es dir.«

Als ich meinen Ring betrachtete, leuchtete auch mein Stein matt auf. Wir bogen um eine Kurve und dann sah ich es. In der Felswand befand sich eine Tür aus Holz. Ein paar Meter weiter erkannte ich eine Öffnung, vor der ein kleiner Haufen Steine lag, als hätte man gerade erst dort gearbeitet. Hinter der Öffnung stand eine alte Grubenlore auf den Gleisen. Das Ding hatte sich sicher seit Jahrhunderten nicht bewegt.

»Woher weißt du, ob es dieser und nicht der nächste Tunnel ist?«, wollte ich wissen.

Loor deutete auf die Tür. Natürlich, ein Stern war in das Holz geschnitzt worden wie bei der Tür im U-Bahnhof. Wir öffneten sie und ich erblickte den bekannten Tunnel, der nach überall und nirgendwo führte. Ich ging ein paar Schritte hinein und drehte mich zu Loor um.

»Was muss ich tun?«

»Ich glaube, das weißt du«, antwortete sie.

Klar, ich wusste es. Ich ging noch ein paar Schritte weiter, als sie mir nachrief: »Pendragon?« Ich wandte mich um. Sie fuhr fort: »Dein Onkel ist ein guter Mensch. Ich möchte ihn auch retten.«

Ich nickte ihr zu, drehte mich wieder um und sagte: »Zweite Erde!«

Ihr wisst, was dann geschah.

Drittes Journal
(Fortsetzung)

DENDURON

Ich wollte euch auf keinen Fall verlassen. Als ich mit dem Flume zum U-Bahnhof reiste, dachte ich nur an Onkel Press und das, was vor uns lag. Doch sobald ich euch sah, spürte ich, wie sehr ich mein altes Leben vermisste. Die kurze Zeit, die ich in Denduron verbracht hatte, hatte meine Gedanken in völlig neue Bahnen gelenkt, aber als ich euch sah, kam es mir vor, als wäre ich nie von zu Hause weg gewesen. Sekundenlang erschien mir der Gedanke, nach Denduron zurückzukehren, völlig unmöglich. Du hattest Recht, Courtney. Es wäre ganz einfach gewesen. Ich hätte bloß mit euch gehen müssen.

Doch dann fiel mir Onkel Press ein. Ich musste zurück. Im Nachhinein denke ich, es wäre besser gewesen, ich wäre geblieben, denn ich habe hier alles nur noch viel schlimmer gemacht. Gute Absichten reichen nicht immer aus. Es gehört auch Klugheit dazu und vielleicht bin ich nicht besonders klug. Ich schreibe euch, was passiert ist, und ihr könnt es selbst beurteilen.

Als ich mit dem Flume nach Denduron zurückkehrte, wartete Loor auf mich. Ihre ersten Worte lauteten: »Ich war nicht sicher, ob du zurückkommst.«

Empört erwiderte ich: »He, wofür hältst du mich eigentlich?« Natürlich hatte sie völlig Recht. Fast wäre ich auf Zweite Erde geblieben, aber das würde sie nicht erfahren. Sie sollte denken, dass ich unserem Vorhaben zuversichtlich entgegenblickte.

Dann fuhr sie fort: »Wir sind müde und müssen ein paar Stunden schlafen, ehe es losgeht.«

»Haben wir so viel Zeit?«, erkundigte ich mich. Ich wusste, dass man Onkel Press beim »Equinox« hinrichten wollte, was auch immer das war. Das hätte genauso in zehn Minuten sein können.

»Das Equinox findet morgen statt«, erklärte Loor. »Wenn die drei Sonnen hoch am Himmel stehen und zu einer werden. Wir haben genug Zeit für ein wenig Schlaf.«

Jetzt begriff ich. Equinox bedeutete Mittag. Loor und ich gingen in den winzigen Raum im Bergwerk zurück. Sie fragte nicht, was in dem Rucksack war, und ich gab auch keine Erklärungen ab. Das hob ich mir für später auf. Einen Gegenstand brauchte ich aber sofort und ich suchte ihn. Es war meine Digitaluhr. Ich wusste nicht genau, wie spät es war, aber wenn wir jetzt schliefen, wollte ich sichergehen, dass wir nicht zu spät erwachten. Also stellte ich den Alarm so ein, dass er mich in zwei Stunden weckte. Kein langer Schlaf, aber wenigstens etwas. Ein paar Stunden Ruhe waren besser als gar nichts.

Loor beobachtete mich neugierig, während ich an meiner Armbanduhr herumfummelte. Sie zuckte überrascht zurück, als der Summer ertönte. Wahrscheinlich gibt es in ihrer Heimat keine Uhren. Zur Abwechslung war ich ihr endlich einmal überlegen. Außerdem bewies ihre Überraschung, dass ich Recht hatte. Die Leute in Denduron würden die einfachen Dinge, die ich im Rucksack hatte, als Zauberei empfinden. Manchmal reicht es aus, jemanden aus dem Gleichgewicht zu bringen, um einen Plan zum Erfolg zu führen. Oder die Entscheidung zwischen Leben und Tod zu beeinflussen.

Als ich nach der Armbanduhr suchte, fand ich die

Überraschung, Mark. Du bist unschlagbar! Du weißt, wie sehr ich Milky Ways liebe und der Riegel, den du im Rucksack versteckt hast, war die genialste Köstlichkeit aller Köstlichkeiten. Danke. Ich bot sogar Loor ein Stück an. Ich fand das ziemlich nett von mir, da wenig Aussicht bestand, in Denduron noch ein Milky Way zu finden. Sie nahm es misstrauisch entgegen, stopfte es sich in den Mund und spuckte es sofort wieder aus. Was für eine Verschwendung! Wahrscheinlich gibt es in ihrer Heimat auch keine Schokoriegel.

»Wenn du mir noch einmal Gift anbietest, dann warne mich gefälligst vorher«, fauchte sie.

»Wovon sprichst du? Bei mir daheim ist das eine ganz besondere Köstlichkeit«, antwortete ich lachend.

»Dann stammst du von einem äußerst seltsamen Ort, Pendragon.« Sie trank einen Schluck Wasser um den Geschmack fortzuspülen. Es sah aus, als hätte ich ihr ein Stück Rosenkohl oder etwas ähnlich Grässliches gegeben.

Zum ersten Mal herrschte zwischen Loor und mir nicht die übliche angespannte Stimmung. Wir waren zwei normale Leute, die ganz normale Dinge taten. Glaubt mir, es war nicht so, als wären wir plötzlich Kumpel oder so, aber ich hatte den Mut, ihr eine Frage zu stellen.

»Was hat dir deine Mutter noch über das Leben der Reisenden erzählt?« Ich nahm an, dass es besser war, so viele Informationen wie möglich zu haben, um das hier lebend zu überstehen.

Loor antwortete nicht und beschäftigte sich eingehend damit, die Felle zu einem Bett zusammenzulegen. Ich wusste, dass sie mich verstanden hatte, und wiederholte die Frage nicht. Gerade als ich aufgab, sagte sie: »Vielleicht gefällt dir meine Antwort nicht.«

Großartig. Noch mehr gute Neuigkeiten.

»Wenn es wichtig ist, will ich es hören, ob es mir nun gefällt oder nicht.«

Loor setzte sich auf die Felle und lehnte sich mit dem Rücken gegen die Wand. Trotz meiner tapferen Worte war ich nicht sicher, ob ich es wirklich hören wollte. Aber es musste sein.

»Ich weiß erst seit kurzer Zeit, dass ich eine Reisende bin«, begann sie. »Leider weiß ich auch nicht viel mehr als du. Das ist die Wahrheit. Meine Mutter sagte, eines Tages würde ich es verstehen, aber im Augenblick wäre es nicht so wichtig. Sie erklärte mir jedoch, dass wir unsere Mission begreifen müssen.«

»Mission? Meinst du, es steckt mehr dahinter als nur die Hilfe für die Milago?«, fragte ich.

»Ja. Meine Mutter erzählte mir, dass es viele Territorien gibt, denen eine wichtige Zeit bevorsteht. Sie nannte es einen ›Wendepunkt‹. Das ist ein Ereignis, nach dessen Ausgang das Territorium entweder in Frieden und Wohlstand fortbesteht oder aber in Chaos und Vernichtung untergeht.«

»Also ist der Kampf zwischen den Milago und den Bedoowan eine Art Wendepunkt für ganz Denduron?«

»Ja, so hat sie es mir erklärt. Wenn sich die Milago von den Bedoowan befreien, wird Denduron in Frieden fortbestehen. Siegen aber die Bedoowan, könnte das eine Katastrophe auslösen, die das ganze Territorium zerstört.«

Das war gewaltig. Dieser Aufstand sollte nicht nur den armen Bergleuten helfen, sondern das ganze Territorium retten.

»Woher hat sie das alles gewusst?«, fragte ich. »Es klingt, als hätte sie die Zukunft vorausgesagt.«

Loor zuckte die Achseln und meinte: »Das gehört zum Leben eines Reisenden. Irgendwann werden wir es verstehen. Im Augenblick ist eines wichtig: Die Mission der Reisenden besteht darin, alle Territorien zu besuchen, die vor dem Wendepunkt stehen, und alles zu tun, um den Menschen dort zu helfen die Krise zu meistern. Darum war meine Mutter hier; darum ist Press hier. Deshalb sind wir beide hier.«

Immer wenn ich dachte, ich hätte einiges verstanden, kam die nächste Überraschung.

»Und wer ist Saint Dane?«, wollte ich wissen.

»Saint Dane ist auch ein Reisender. Doch er arbeitet gegen uns. Er will, dass die Territorien in die Katastrophe schlittern.«

»Aber … warum?«

»Wenn wir die Antwort darauf finden, wissen wir alles, was wir wissen müssen. Im Augenblick weiß ich es noch nicht. So, jetzt schlaf endlich.«

Na klar. Schlafen. Gerade hatte sie mir offenbart, dass wir die Zukunft Dendurons in Händen hielten – von den übrigen Territorien ganz zu schweigen – und ich sollte einfach so ins Traumland reisen? Und um das Ganze noch spannender zu machen, gab es da draußen jemanden, der uns aufzuhalten gedachte. Ich wusste, wozu Saint Dane fähig war. Träume süß, Bobby! In meinem Kopf drehte sich alles, aber ich musste mich irgendwie beruhigen. Also redete ich mir ein, das hier hätte überhaupt nichts mit mir zu tun. Für mich gab es nur ein Ziel: Ich musste Onkel Press befreien. Danach würde ich gehen. Falls Onkel Press hier bleiben und den Lauf der Geschichte beeinflussen wollte, dann war das seine Sache. Ich dagegen würde mit dem nächsten Flume nach Hause fliegen.

Der Gedanke war tröstlich und ich fühlte mich etwas besser. Doch ehe ich meinen Kopf auf die Felle legte, fragte ich Loor: »War es das? Oder gibt es noch etwas, was du mir sagen solltest?«

Loor öffnete nicht einmal die Augen. Sie schlief

schon fast. Mühsam murmelte sie: »Mehr weiß ich nicht, Pendragon. Ist das denn nicht genug?«

Doch, klar. Mehr als reichlich. Licht aus, Bettruhe. Ich dachte, ich könnte nicht einschlafen, war aber so erschöpft, dass ich nicht einmal merkte, wie mein Kopf auf die Felle sank. Und als der Alarm lospiepste, hatte ich das Gefühl, gerade erst eingeschlafen zu sein. Die zwei Stunden fühlten sich wie zwei Sekunden an. Ich hatte wirklich fest geschlafen! Einen Moment lang wusste ich nicht, wo ich war. Ich glaubte in meinem Bett zu liegen und mein erster Gedanke war: »Ich muss Marley rauslassen.« Sekunden später hatte mich die Realität wieder. Schnell setzte ich mich auf und schüttelte den Kopf.

Loor war nicht mehr da. Ich reckte mich, gähnte herzhaft und ging zu meinem Rucksack um den Inhalt noch einmal durchzusehen. Sofort fiel mir auf, dass die Riemen geöffnet worden waren. Irgendwer hatte sich daran zu schaffen gemacht! Hastig durchwühlte ich den Inhalt. Anscheinend fehlte nichts. Ich war stinksauer, verschloss den Rucksack wieder und machte mich auf die Suche nach Loor.

Zuerst betrat ich die inzwischen vertraute Höhle. Dort lief alles wie gewohnt. Die armen Bergleute arbeiteten unermüdlich. Ich fragte mich, was bei dem letzten Transfer passiert war und ob sie genug Glaze gefunden hatten um die Frau aufzuwiegen. Ich hoffte es von Herzen, aber ändern konnte ich im Augenblick nichts an der Situation. Ich musste Loor finden und die Rettungsaktion starten.

Während ich mich in der Höhle umsah, fiel mir etwas auf. Rellin kam aus einem Tunnel links von mir. Er ging schnell und unterhielt sich mit einem anderen Mann. Das Seltsame war, dass die beiden Typen ziemlich vergnügt aussahen. Rellin schlug dem Mann lachend auf den Rücken und sie trennten sich. Dabei gab es keinen Grund, fröhlich zu sein. Bei unserer letzten Begegnung hatte Rellin sein Volk förmlich dazu verdammt, einen langsamen Tod zu sterben, weil er nicht gegen Kagan kämpfen wollte. Warum also hatte er plötzlich gute Laune? Ich wartete, bis er fort war, und näherte mich dem Tunnel, aus dem er gekommen war.

Es handelte sich um einen weiteren stillgelegten Gang. Die Gleise waren alt und verrottet. Bestimmt stand ich in einem der ersten Tunnel, die damals von der großen Höhle aus gegraben worden waren. Ich überlegte, wie lange das wohl zurücklag. Jahre? Jahrzehnte? Jahrhunderte? Außerdem fragte ich mich, was Rellin und sein Begleiter hier gemacht hatten. Die Antwort fand ich nach wenigen Metern. Wie bei manchen anderen Gängen auch entdeckte ich eine kleine Kammer, die seitlich in den Fels gehauen worden war. Doch im Gegensatz zu dem Raum, in dem ich schlief, hatte dieser eine Holztür. Misstrauisch sah ich mich nach allen Seiten um, ob mich jemand beobachtete. Dann öffnete ich die Tür und schlüpfte hinein.

Der Raum dahinter war doppelt so groß wie der, in dem ich die Nacht verbracht hatte. Er war voll gestopft mit Werkzeug. Zuerst glaubte ich, dass hier die Bergbauwerkzeuge aufbewahrt wurden, aber bei näherem Hinsehen erkannte ich die Wahrheit. Es war gar kein Werkzeug, hier lagerten sie ihre Waffen! Ich fand Hunderte von Speeren, wie Onkel Press sie bei unserer Schlittenfahrt benutzt hatte. Überrascht betrachtete ich die scharfen Metallspitzen, die im schwachen Licht einer Laterne glänzten. Außerhalb der Minen waren den Milago Metallwerkzeuge verboten und so ging ich davon aus, dass sie auch keine Waffen besitzen durften – egal aus welchem Material sie bestanden.

Entlang einer Wand waren die Speere aufgereiht. Daneben sah ich unzählige Pfeilbündel. Es müssen

Tausende gewesen sein. An der nächsten Wand hingen Bögen. Ungefähr hundert Stück. Eine ansehnliche Waffenkammer! Dann entdeckte ich etwas, was keinen Sinn ergab. Eine Reihe großer Körbe stapelte sich in einer Ecke. Sie sahen genauso aus wie die Körbe, in denen die Bergleute Glaze transportierten. Die Behälter waren voll, aber nicht mit Glaze. Ich ging hinüber und zog einen der Gegenstände heraus. Es war ein kurzer, kräftiger Stock, der etwa fünfzehn Zentimeter lang war. An einem Ende hingen zwei dünne Lederriemen, die ungefähr fünfunddreißig Zentimeter lang waren. Am anderen Ende der Riemen befand sich ein kleiner Lederbeutel. Ich starrte das seltsame Ding an und überlegte, wozu es gut sein sollte. Dann wusste ich es. Eine Schleuder! Eine altmodische Schleuder! Die Typen hatten kein Gummiband und deshalb war es keine Schleuder, die man spannte und dann Steine abschoss. Bei diesem Ding musste man den Stock festhalten und den Stein irgendwie werfen. In den Körben lagen etliche hundert dieser Schleudern.

Während ich dort stand und die Schleuder in der Hand hielt, kam mir ein trauriger Gedanke. Rellin hatte Recht. Die Milago waren nicht in der Lage, gegen Kagans Ritter zu kämpfen. Diese Schleudern waren einfach erbärmlich. Natürlich, jeder kennt die Geschichte von David gegen Goliath, aber das ist bloß eine Sage. Wieso glaubten die Milago, sie hätten mit diesen Spielzeugen eine Chance gegen ausgebildete Ritter in Rüstungen? Die Speere sahen etwas gefährlicher aus. Die Pfeile auch, aber konnten die Milago überhaupt damit umgehen? Plötzlich schienen mir Rellins Sorgen berechtigt zu sein. Wenn sie so gegen die Bedoowan antraten, würden die Milago abgeschlachtet werden.

Gerade wollte ich die Schleuder zurücklegen, als mir jemand von hinten über die Schulter griff und sie mir aus der Hand nahm! Überrascht drehte ich mich um und sah …

Figgis. Er tänzelte um mich herum und schwang die Schleuder über dem Kopf.

»Hast du deine Meinung geändert?«, krähte er. »Bist du zum Handeln bereit?«

»Ich möchte nichts kaufen«, erklärte ich so bestimmt wie möglich.

»Nein? Ich habe viele Sachen, die du gebrauchen kannst«, sagte er mit zahnlosem Grinsen. »Wie wär's damit?«

Er zog etwas aus der Gürteltasche und hielt es mir entgegen. Es war ein rotes Schweizer Armeemesser.

»Das gehört mir!«, brüllte ich und riss es ihm aus der Hand. Das Geheimnis, wieso mein Rucksack durchwühlt worden war, war gelüftet. Figgis leistete keinen Widerstand. Er lachte krächzend.

»Ich weiß, was du wirklich brauchst«, sagte er verschlagen. »Ich weiß es, ich weiß es.«

»Was brauche ich denn?« Allmählich wurde ich ungeduldig.

»Du brauchst Tak«, verkündete er. »Ich bin der Einzige, der dir Tak geben kann.«

Tak. Schon wieder dieses Wort.

»Was ist Tak?«, fragte ich.

Wieder lachte er und griff in die Tasche.

»Tak ist die Antwort«, erklärte er ehrfürchtig. Gerade wollte er etwas herausziehen … als Rellin eintrat.

»Figgis!«, schrie er.

Sofort zog Figgis die leere Hand aus der Tasche. Er sah unendlich schuldbewusst drein. Was auch immer Tak war, offensichtlich sollte Rellin nicht wissen, dass er es mir verkaufen wollte.

»Du hättest ihn nicht herbringen sollen, alter Junge«, tadelte Rellin den Händler.

Figgis duckte sich und lief wie ein gescholtener Hundewelpe aus dem Raum.

»Tut mir Leid, dass du die Kammer gesehen hast«, sagte Rellin, der sich erschöpft anhörte. »Du sollst nicht denken, dass wir doch gegen die Bedoowan kämpfen wollen. Die Waffen werden in Kürze vernichtet.«

Irgendetwas war faul. Rellin erzählte mir nicht die ganze Wahrheit. Da er mir gegenüber nicht ehrlich war, überlegte ich mir gut, was ich ihm sagte. Deshalb erwähnte ich auch das Tak nicht, das Figgis mir hatte verkaufen wollen.

»Ich denke, du tust, was du tun musst«, war alles, was mir als Antwort einfiel.

Ich fühlte mich ziemlich unwohl, weil irgendetwas vor sich ging, was ich nicht verstand. Es war besser, hier zu verschwinden. Also ging ich an Rellin vorbei zur Tür. Er sagte kein Wort mehr.

Als ich auf die große Höhle zuging, beschäftigte ich mich wieder mit dem wichtigsten Problem: mit der Befreiung von Onkel Press. Schnell lief ich in die Kammer, in der mein Rucksack lag. Als ich eintrat, entdeckte ich Loor und Alder, die meine Sachen durchwühlten! Der Inhalt des Rucksacks lag überall auf dem Boden verteilt. Gab es hier eigentlich überhaupt keine Privatsphäre?

»He!«, schrie ich wütend.

Alder sprang beschämt zurück, aber Loor wühlte unbeirrt weiter.

»Ich suche die Waffen, die du mitgebracht hast«, sagte sie ohne jede Spur von Verlegenheit. »Ich finde sie aber nicht.« Sie schüttelte eines der gelben Walkie-Talkies, die ihr eingepackt habt.

Ich nahm es ihr ab und sagte: »Ich habe keine Waffen mitgebracht. Ich weiß gar nicht, wie man mit einer Waffe umgeht.«

»Dann ist das ganze Zeug nutzlos!«, fauchte sie.

»Du hast einfach keine Ahnung«, erwiderte ich und gab ihr das Walkie-Talkie zurück. Ich nahm mir das zweite Gerät und ging in die entgegengesetzte Ecke des Raumes. Dort hielt ich es mir an den Mund, drückte den Sendeknopf und sagte: »Buh!«

Alder und Loor zuckten entsetzt zusammen. Loor warf das Funkgerät weg, als wäre es glühend heiß. Geschickt fing Alder es auf, ließ es aber sofort wieder fallen. Wunderbar. Genau diese Reaktion hatte ich mir erhofft.

»Was für eine Magie ist das?«, fragte Alder beeindruckt.

»Es ist keine Magie«, erklärte ich. »Versteht ihr, in meinem Territorium ist man schon weiter als hier. Diese Sachen sind in meiner Heimat ganz normal. Es heißt auch nicht Magie, sondern Technik.«

Ich hob den kleinen CD-Spieler auf und drückte die »Play«-Taste. Sofort erklang Musik. Es war ein echter Hardrock-Song mit fetzigem Gitarrensound, der Loor und Alder in wilde Panik versetzte. Sie hielten sich die Ohren zu und rannten in die entgegengesetzte Ecke, wo sie wie verschreckte Kaninchen hockten. Es war irre! Ich wollte sie nicht unnötig quälen und schaltete den CD-Spieler aus. Sie starrten mich aus weit aufgerissenen ängstlichen Augen an.

»Denkt ihr immer noch, dass wir Waffen brauchen?«, fragte ich grinsend.

Dann passierte etwas Außergewöhnliches. Loor blickte mich an und – kaum zu glauben – sie lächelte.

»Ich mag diese … Technik«, sagte sie.

»Ich auch«, erklärte Alder.

So weit, so gut. Ihre Reaktion erfüllte mich mit Hoffnung, dass mein Plan aufgehen konnte. Der Trick bestand darin, die Sachen zum richtigen Zeitpunkt einzusetzen, und dieser Zeitpunkt rückte immer näher. Ich sah die Gegenstände durch und bemerkte, dass alles da war bis auf die Taschenlampe. Ihr seid echt Klasse. Ein wenig überraschte es mich, dass keines der Dinge mir gehörte. Ich wollte doch nicht, dass ihr neue Sachen kauft oder mir eure schickt. Aber als ich darüber nachdachte, begriff ich, dass ihr schlecht zu mir nach Hause gehen konntet um mein Zimmer auszuräumen. Meine Eltern hätten Fragen gestellt und dann wäre es kompliziert geworden. Sobald ich kann, ersetze ich euch alles.

Eines der Walkie-Talkies gab ich Loor und zeigte ihr, wie man damit umgeht. Falls wir uns trennen mussten, war das ganz wichtig. Den Rest der Sachen packte ich wieder in den Rucksack. Jetzt sorgte Alder für eine Überraschung. Er gab uns Kleidung, wie sie die Bedoowan im Inneren der Burg trugen. Es handelte sich um einfache Hosen und langärmelige Jacken. Die Hosen hatten Taschen und wurden mit einer Kordel im Bund zusammengezogen. Die Jacken besaßen Knöpfe aus Holz. Sie waren recht dünn und pastellfarben, in Grün und Blau. Doch was mich wirklich erstaunte, war die Tatsache, dass sie sich weich anfühlten. Das Material erinnerte mich an Baumwolle und sie waren sehr bequem. Auch die Lederschuhe waren angenehm zu tragen. Hätte ich es nicht besser gewusst, hätte ich angenommen, die Bedoowan würden in Stony Brook einkaufen. Es war traurig, dass die Milago ihr Leben lang in stinkenden, kratzigen Steinzeitfellen umherliefen, während die Bedoowan diese bequemen Anzüge trugen, die wie Schlafanzüge aussahen.

Loor wollte sie nicht anziehen. Sie verlangte, dass Alder uns Ritterrüstungen besorgte. Doch Alder erklärte, dass die Ritter im Palast keine Rüstungen tragen dürften. Wenn man uns darin sah, würde jeder Beedowan sofort Verdacht schöpfen. In Alders Sachen hatten wir gute Chancen, nicht aufzufallen. Das passte Loor nicht, doch sie konnte nichts dagegen einwenden und so zogen wir uns schnell um.

Alder hatte noch etwas Wertvolles mitgebracht. Eine Karte der Festung. Sie war grob gezeichnet, aber sehr übersichtlich. Natürlich war nicht jeder Raum zu sehen, aber die Bereiche, die für uns wichtig waren. Unter anderem der Kerkertrakt, in dem Onkel Press saß, und die Quartiere der Ritter, wo sich die Wachen aufhielten. Alles schien zu stimmen, bis auf einen Punkt. Vielleicht der wichtigste Punkt überhaupt.

»Das sieht gut aus«, meinte ich, »aber wie kommen wir hinein?«

»Es gibt einen Weg«, erklärte Alder. »Die Bedoowan kennen ihn nicht und nur wenige der Milago. Mein Bruder zeigte ihn mir am Tag vor seinem Tod.«

Eine neue Information. Alder hatte einen Bruder, der gestorben war. Ich wollte gern Genaueres wissen, aber jetzt war keine Zeit für ausführliche Plaudereien.

»Los, gehen wir«, forderte ich die beiden auf.

Dann nahm ich den Rucksack auf und folgte ihnen aus der Kammer. Doch anstatt zur großen Höhle zu gehen, um durch den Hauptschacht nach oben zu gelangen, führte uns Alder zu einer Grubenlore.

»Es ist schneller, als zu Fuß zu gehen«, meinte er. »Rein mit euch.«

Wo auch immer unser Ziel lag, es befand sich unter der Erde. Also kletterten Loor und ich in den Wagen und Alder schob. Wir fuhren die Gleise entlang in einen Tunnel, der von der großen Höhle abzweigte. Als wir an ein paar Bergleuten vorbeikamen, schenkten sie uns kaum Beachtung. Wieder hatte ich das Gefühl, es mit wandelnden Leichen zu tun zu haben.

Alder war ziemlich stark und er schob uns mit Leichtigkeit über die Gleise. Zum Glück ging es geradeaus und war wohl nicht so anstrengend. Wir fuhren sehr lange dahin und drangen immer tiefer in das Bergwerk ein. Nach einer Weile wurde es stockdunkel, aber wir bogen nirgendwo ab und Alder schob unbeirrt weiter. Irgendwann wurde es wieder heller. Ich spähte nach vorn und sah in weiter Ferne ein Licht. Noch ehe ich eine Frage stellen konnte, sagte Alder: »Der Tunnel führt zum Meer. Wir sind nicht mehr weit vom Ende entfernt. Von außen kann niemand herein, da sich die Öffnung hoch in den Klippen befindet. Sie soll frische Luft in den Schacht lassen.«

Klasse, frische Luft. Nicht frisch genug um das Giftgas zu vertreiben, das die armen Bergleute umbrachte. Plötzlich fiel mir etwas Seltsames auf. In allen Gängen sahen die Wände gleich aus. Sie bestanden aus solidem Fels, der von Hand bearbeitet war. Doch hier war das anders. Entlang einer Seite des Ganges standen runde Steinsäulen. Sie waren ganz schön dick, hatten einen Durchmesser von ungefähr neunzig Zentimetern und sahen für mich wie Überreste eines griechischen Tempels aus.

»Durch Zufall legten die Bergleute sie vor vielen Jahren frei«, erklärte Alder. »Es sind die Fundamente der Bedoowanburg.«

Wow! Das hieß, wir befanden uns genau unter dem Palast!

»Die Bedoowan wissen nicht, dass die Milago unter der Festung gegraben haben«, fügte Alder hinzu. »Wenn sie es erführen, würden sie den Gang schließen und zur Strafe ein paar Bergleute töten.«

Ich zählte etwa zwanzig Säulen, die im Abstand von jeweils zehn Metern standen. Zwischen zwei Säulen entdeckte ich einen schmalen Gang. Eigentlich war es nur eine Nische, in der eine Leiter stand. Offensichtlich führte sie nach oben, in die Festung.

»Keiner weiß, warum dieser geheime Eingang gebaut wurde«, sagte Alder, als wir aus der Lore stiegen. »Er ist älter als alle Bergleute, die heute noch leben.«

Ich stand am Fuß der Leiter und schaute nach oben. Dann sah ich die anderen an.

»Vergewissern wir uns, dass es jeder verstanden hat«, sagte ich. »Wir müssen so unauffällig wie möglich zu der Zelle gelangen, in der Onkel Press sitzt. Wenn es zu einem Kampf kommt, sind wir verloren.« Dabei sah ich Loor an. Sie wandte den Blick ab. Ich wusste, sie hatte begriffen, auch wenn es ihr immer noch nicht gefiel.

»Alder, kannst du uns zum Kerker führen?«

»Ja, ich glaube schon«, antwortete er.

»Glaubst du es oder weißt du es?« Ich wollte nichts dem Zufall überlassen.

»Ich weiß es«, sagte er mit fester Stimme.

»Gut.«

»Allerdings wird es nicht so leicht sein, unbemerkt zurückzukehren«, meinte er.

»Und dann müssen wir kämpfen«, warf Loor ein.

»Wir werden sehen«, erwiderte ich und wandte mich der Leiter zu. Erst als ich die Leiter schon zur Hälfte emporgeklettert war, fiel mir ein, dass ich gar nicht der Erste sein wollte. Wo war ich bloß mit meinen Gedanken? Schließlich wusste ich nicht, was mich dort oben erwartete. Aber jetzt war es zu spät, denn wir konnten schlecht die Plätze tauschen, während wir in der Luft baumelten. Also kletterte ich weiter und erreichte einen finsteren Felsvorsprung. Auch die Decke bestand aus Stein und war so niedrig, dass ich nicht aufrecht stehen konnte. Die anderen holten mich schnell ein.

»Was jetzt?«, fragte ich.

Alder wusste genau, wo er suchen musste. Er ging ein paar Schritte weiter und hob die Hände. Genau über ihm entdeckte ich eine Holztür. Eine Falltür! Er schob sie mühelos auf, stieß sich mit den Füßen ab und kletterte hindurch. Loor folgte ihm mit Leichtigkeit. Für mich war es nicht so einfach. Erstens war ich kleiner, zweitens schleppte ich den schweren Rucksack. Ich stand unter der Falltür und sah nach oben.

»He, hört ihr mich? Wie wär's mit etwas Hilfe?«

Loor und Alder bückten sich, ergriffen meine ausgestreckten Hände und zogen mich nach oben, als wäre ich ein kleines Kind. Wir befanden uns in einem dunklen Raum.

»Von hier aus kommen wir in eine Vorratskammer neben der Küche«, flüsterte Alder. Da er flüsterte, nahm ich an, dass wir uns jetzt ganz in der Nähe der Bedoowan aufhielten.

Alder führte uns durch den winzigen Raum und tastete eine Wand ab. Ich hatte keine Ahnung, wonach er suchte, bis er es fand. In der Wand gab es eine kleine Ausbuchtung. Er steckte die Finger hinein und zog. Plötzlich öffnete sich die Mauer wie eine Tür! Schnell zwängten wir uns hindurch und Alder verschloss die Öffnung wieder. Als ich mich umdrehte, war der feine Spalt im Felsen kaum zu erkennen. Die Wand war so glatt, als wäre sie verputzt worden. Eigenartig. Alles, was ich bisher auf Denduron an Bauten gesehen hatte, war grob und unförmig. Diese Wand dagegen wirkte fast modern.

Ich sah mich um und bemerkte, dass wir uns tatsächlich in einem Vorratsraum befanden. Überall standen Körbe mit Lebensmitteln herum; an den Wänden hingen Leinenbeutel, voll gestopft mit irgendwelchen Sachen. Auf dem Boden standen aufgestapelte Tontöpfe. Übrigens hüllte uns eine Woge von Gerüchen ein. In den letzten Stunden hatte ich den widerlich süßen Gestank der Mine gerochen. Doch hier duftete es nach Essen. Mir lief das Wasser im Mund zusammen. Ich dachte daran, wie es daheim an Thanksgiving roch. Mein Magen knurrte. Zum Glück hörte ich auch Loors Magen.

In der gegenüberliegenden Wand sahen wir eine Tür. Alder schlich leise hinüber und öffnete sie einen winzigen Spaltbreit. Sofort hörten wir das Klappern von Töpfen und das Zischen von gebratenem Fleisch. Es klang wie in einer hektischen Restaurantküche. Wieder knurrte mein Magen laut. Ich wollte schnellstens hinaus, weil mich der Duft folterte. Alder winkte uns, durch den Türspalt zu sehen. Loor und ich schlichen näher und spähten hindurch. Ich traute meinen Augen kaum.

Es war eine geschäftige Küche. Etliche Köche liefen umher und schleppten große gebratene Truthähne, die eine goldbraune Kruste hatten. Andere standen an langen Holztischen, schälten Kartoffeln und schnitten Gemüse. Wieder andere rührten köstlich duftende Suppen um, die in gewaltigen Töpfen vor sich hin kochten. Doch das überraschte mich nicht. Ich war erstaunt, wie modern die Küche aussah. Glaubt mir, nach unseren Maßstäben war sie natürlich ziemlich altmodisch, aber nicht im Vergleich zu dem, was ich bisher auf Denduron gesehen hatte. Die unförmigen Töpfe bestanden aus schwarzem Metall und die Herde aus Steinmauern, hinter denen mächtige Feuer brannten. Die Köche beförderten die Truthähne und andere Braten mit langen Schiebern in die Öfen. Die übrigen Utensilien sahen nicht gerade so aus, als wären sie in einem Laden auf der Avenue gekauft worden, denn auch sie waren ziemlich primitiv, aber das alles war dem, was die Milago besaßen, um Lichtjahre voraus.

Mir fiel ein Ding auf, das mich an einen Fahrstuhl erinnerte. Die Köche stellten Schüsseln mit dampfenden Gerichten in ein Loch in der Wand und zogen an einem Seil, das den Aufzug mit den Speisen nach oben beförderte. Sie hatten sogar fließendes Wasser! Ich entdeckte eiserne Spülbecken mit Handpumpen, aus denen frisches, klares Wasser floss. Unglaublich. Die Bedoowan hatten fließendes Wasser, während die Milago schmutzige Abtritte in den Hütten benutzten!

Erst jetzt nahm ich das Küchenpersonal richtig wahr. Während die Leute eifrig hin und her eilten, bemerkte ich, dass sie ganz anders aussahen als die übrigen Bewohner Dendurons. Sie waren klein und zierlich. Ich fand, sie sahen wie perfekt gestaltete Puppen aus. Alles an ihnen war klein und zart. Die Hände, die Füße und die ganze Gestalt. Auch die Augen waren anders. Sie verengten sich seitlich, was ihnen ein asiatisches Aussehen verlieh. Alle trugen ähnliche Kleidung wie wir, aber sie war weiß. Das Erstaunlichste an diesen Menschen aber war ihre Haut. Sie war ebenfalls weiß. Nicht blass wie bei den Milago, sondern schneeweiß. Ob ihr es glaubt oder nicht, es war überhaupt nicht unheimlich. Auf ihre Art waren diese Menschen wunderschön. Sie sahen wie Porzellanpuppen aus.

Alder schien meine Gedanken zu erraten, denn er flüsterte: »Die Arbeiter hier sind keine Bedoowan. Sie werden von jenseits des Meeres aus einem Land namens Nova geholt.«

»Warum lässt man denn nicht die Milago diese Arbeit machen?«, fragte ich. »Sie müssen doch sonst alles erledigen.«

»Weil die Milago nicht sehen sollen, wie gut die Bedoowan leben«, antwortete er mit einem Anflug von Zorn. »Sie haben Angst, dass sonst Unfrieden entsteht.«

Was für eine Untertreibung! Wäre ich ein Milago und würde das hier sehen, ich würde verrückt werden. Mir reichte es auch so. Und ich hatte Hunger. Die Truthähne rochen einfach zu gut.

»Seht nur«, wisperte Loor und zeigte in die Küche.

In der Tür stand ein Mann, der auf keinen Fall aus Nova stammte. Er war so groß, dass er kaum durch die Tür passte. Er trug ähnliche Kleidung wie wir, stemmte die Hände in die Hüften und musterte die Köche. Um seine Hüften hing ein Ledergürtel, an dem eine übel aussehende Keule baumelte. Ich spürte, wie sich Alder anspannte.

»Das ist ein Bedoowan-Ritter«, erklärte er. »Das gefällt mir nicht. Die Ritter kommen nie in die Küche. Er sucht etwas.«

»Glaubst du, sie wissen, dass wir hier sind?«, fragte ich nervös.

»Weiß ich nicht. Aber wenn er uns erwischt, sind wir am Ende, ehe wir begonnen haben.«

Der Ritter betrat die Küche und wanderte langsam zwischen den Tischen umher. Die Novaner beachteten ihn nicht und auch er übersah sie völlig. Seine Blicke glitten durch den Raum und musterten alle Einzelheiten. Wir saßen in der Falle. Bestimmt öffnete er gleich die Tür zur Vorratskammer und fand uns.

Alder flüsterte beunruhigt: »Wir sollten ins Bergwerk zurückkehren. Wir warten, bis er weg ist, und kommen dann wieder.«

»Dafür reicht die Zeit nicht«, entgegnete Loor. »Wenn er die Tür öffnet, überwältigen wir ihn und schmeißen ihn in den Schacht.«

Auch keine gute Idee. Wir konnten ihn nicht umbringen – ich jedenfalls nicht. Wenn wir ihn bewusstlos schlugen, wachte er irgendwann auf und schrie um Hilfe. Und wer weiß, was die Novaner taten, wenn ein Ritter die Vorratskammer betrat und nicht wieder hinauskam? Nein, den Burschen zusammenzuschlagen war keine Lösung. Hastig nahm ich den Rucksack herunter und suchte in einer Seitentasche nach einer besseren Lösung.

»Was machst du da?«, wollte Loor wissen.

»Ich habe eine Idee«, antwortete ich. »Wenn sie nicht funktioniert, machen wir es so, wie du vorgeschlagen hast.«

Ich fand das Gesuchte und ging zur Tür zurück. Der Ritter stand nur wenige Schritte entfernt. Uns blieb nicht mehr viel Zeit. Er starrte in einen großen Suppentopf und steckte die Hand hinein um zu probieren – was für ein Ferkel! In diesem Augenblick schoss ich.

Das Ding, das ich aus dem Rucksack geholt hatte, war der Laser, den ihr mir geschickt habt. Ich schaltete ihn ein und richtete den roten Strahl auf den Suppentopf. Von unserem Versteck aus sahen wir den roten Punkt, der sich deutlich gegen den schwarzen Topf abhob. Ich hoffte, dass auch der Ritter ihn sah. Er zog gerade die Hand aus dem Topf und leckte sich die Finger ab, entdeckte den Laser jedoch nicht. Alder und Loor schauten mir über die Schulter. Natürlich hatten sie keine Ahnung, was ein Laser war, aber ich hatte auch keine Zeit für Erklärungen. Ich bewegte den Strahler hin und her, damit der Punkt auf dem Topf umhertanzte. Der Ritter stand da und leckte sich immer noch die Finger ab. Gerade wollte er ein zweites Mal in die Suppe fassen … da sah er ihn. Neugierig starrte er den Punkt an und leckte sich wieder die Finger ab. Was für ein Idiot! Langsam bewegte ich den Punkt vom Topf weg und über den Herd. Der Ritter folgte ihm, die Hand immer noch im Mund. Es war wie das Spiel, das ich früher mit Marley und der Taschenlampe gespielt hatte. Dabei leuchtete ich über den Boden und Marley sprang auf das Licht zu. Der arme Hund hatte nie begriffen, dass man einen Lichtschein nicht mit den Pfoten festhalten konnte. Und so versuchte er es immer wieder.

Genauso war es bei dem Ritter. Langsam glitt der Laser über Brotlaibe, an dampfenden Töpfen vorbei, über hölzerne Tische, den Fußboden und die Wand hinauf. Der faszinierte Ritter ließ ihn keine Sekunde lang aus den Augen. Er folgte dem magischen roten Licht wie – nun, wie ein Hund dem Schein einer Taschenlampe. Dabei bemerkte er nicht, dass ich ihn immer weiter von uns weglockte.

Sobald uns der Mann den Rücken zuwandte, bedeutete ich den anderen lautlos, sich in Bewegung zu setzen. Vorsichtig öffneten sie die Tür der Vorratskammer, weit genug um hinauszuschlüpfen, und schlichen durch die Küche. Ich folgte ihnen und konzentrierte mich darauf, den Laser ruhig zu halten um den Ritter zu beschäftigen. Hastig bewegten wir uns zum Ausgang. Die Novaner beachteten uns kein bisschen. Ich verließ die Küche als Letzter und lehnte mich zurück um den roten Punkt weiter zu lenken. Dann stellte ich den Strahler ab und konnte der Versuchung nicht widerstehen, noch eine Sekunde lang die Reaktion des verwirrten Ritters zu beobachten. Sie war perfekt. Er stand zunächst ganz still und sah sich dann aufgeregt nach allen Seiten um. Nicht einmal Marley war so dumm. Am liebsten hätte ich laut gelacht, aber ich konnte nicht länger zusehen. Wir mussten weiter und ich folgte den anderen ins Innere des Palastes.

Wir hatten es geschafft. Wir waren in der Burg. Jetzt mussten wir den Kerker finden, in dem Onkel Press gefangen gehalten wurde. Alder studierte die Karte. Loor und ich folgten ihm und versuchten uns unauffällig zu benehmen. Zum Glück war das nicht schwierig. Überall wimmelte es von Bedoowan, die mehr oder weniger so aussahen wie wir und auch ähnlich gekleidet waren. Sicher, Loors Haut war dunkler als die der meisten Leute, aber trotzdem fiel sie nicht weiter auf. Wenn wir unerkannt blieben, würden wir es sicher schaffen.

Während wir die Gänge entlangwanderten, sahen wir nicht nur viele überraschende Dinge, sondern in mir stieg auch eine Wut auf, die ich nie für möglich gehalten hätte.

Die Festung war ganz anders, als ich erwartet hatte. Von außen sah sie wie eine mittelalterliche Burg aus. Ich hatte Bilder von Burgen in England gesehen, die innen genauso primitiv gestaltet waren wie außen. Hier hatte ich enge Gänge aus Steinquadern und winzige zellenähnliche Räume erwartet. Dazu Fußböden aus fest gestampfter Erde oder Steinen, kleine Fenster und qualmende Fackeln. Doch das Innere der Bedoowan-Festung entpuppte sich als große Überraschung.

Der Anblick der Küche hatte schon darauf hingedeutet, dass nicht alles so schlicht sein würde, wie ich es mir vorgestellt hatte. Ich sage euch, Mark und Courtney, die Burg war einfach sagenhaft schön! Die Wände waren verputzt und in hellen Farben gestrichen. Dicht unter der Decke waren sie mit dekorativen Mustern bemalt. In einigen Gängen bestanden die Muster aus Ranken und Blumen, die sich über die gesamte Länge des Korridors erstreckten. In anderen sahen wir Portraits von Menschen, die wahrscheinlich berühmte Bedoowan darstellten. Die Decken selbst zierten kunstvolle Mosaike aus buntem Glas. Die Fußböden bedeckten Fliesen, die zu komplizierten Mustern zusammengefügt waren. Überall herrschte peinlichste Sauberkeit. Ziemlich oft kamen wir an Novanern vorbei, die auf Händen und Füßen lagen und die Böden schrubbten oder Statuen abstaubten, die auf Podesten standen, als befänden wir uns in einer Art Museum.

Loor und ich wechselten immer wieder erstaunte Blicke. Wir dachten beide dasselbe. Dieser Luxus war auf Kosten der Milago geschaffen worden. Loor biss die Zähne zusammen. Sie war so wütend wie ich.

Als wir an einem Raum vorbeigingen, hörten wir Musik. Ich blickte hinein und sah, dass dort ein Konzert stattfand. Drei Musiker saßen auf Stühlen und spielten die eigenartigsten Instrumente, die ich je gesehen hatte. Es waren Saiteninstrumente, die wie Menschen geformt waren. Die Musik klang sanft und einschmeichelnd. Ein paar Bedoowan lagen auf großen weichen Kissen und lauschten interessiert. Auf Kissen! Hier gab es richtige Kissen! Zu allem Überfluss bewegten sich novanische Diener unterwürfig zwischen ihnen und servierten Früchte.

Je mehr ich von den Bedoowan sah, umso dekadenter wirkten sie … bis auf die Ritter. Alle anderen sahen nach reichlich Babyspeck aus. Die Männer, die Frauen, die Kinder – sie alle wirkten, als hätten sie etwas Sport nötig. Wahrscheinlich passiert das unwillkürlich, wenn man nichts anderes zu tun hat als herumzuliegen, zu essen und lahmer Musik zu lauschen. Und jetzt kommt das Wildeste: In jedem Gang befanden sich dünne Glasröhren, die etwa den Durchmesser einer kleinen Münze hatten. Diese Röhren erstreckten sich über die gesamte Länge jedes Korridors und sie spendeten Licht! Zwar gab es keine Elektrizität, aber die Bedoowan hatten etwas erfunden, das künstliches Licht erzeugte! Ziemlich fortschrittlich.

Mein Staunen verwandelte sich schnell in Zorn. Die Milago lebten im Dreck und starben elendig, damit diese Leute im Überfluss leben konnten. Es war einfach ungerecht. Je mehr ich vom Leben der Bedoowan erfuhr, umso entschlossener wurde ich Onkel Press zu befreien, damit er den Milago half für etwas mehr Gerechtigkeit zu sorgen.

Während ich die ungewohnte Umgebung bestaunte, führte uns Alder weiter durch das Gewirr von Fluren. Die Küche befand sich im untersten Geschoss der Festung. Wir waren eine breite Wendeltreppe hinaufgestiegen und erreichten das nächste Stockwerk. Laut Karte lagen hier die Zellentrakte der Gefangenen. Schließlich betraten wir einen Bereich, der weniger luxuriös aussah als der Rest der Festung. Die Wände waren nicht von Gemälden bedeckt und Decken und Fußböden waren kahl geblieben. Ich vermutete, dass wir den Kerker erreicht hatten, obwohl es immer noch besser aussah als bei den Milago. Wir kamen an eine Abzweigung und Alder gab uns ein Zeichen, stehen zu bleiben. Vorsichtig spähte er um die Ecke und wandte sich wieder uns zu.

»Ich habe gute und schlechte Neuigkeiten«, flüsterte er. »Die Zelle, in der Press steckt, wird bewacht. Das heißt, er ist noch drinnen.«

»Gut«, meinte ich. »Und die schlechte Nachricht?«

»Die schlechte Nachricht lautet: Er wird von sechs Rittern bewacht.«

O nein! Ich lugte um die Ecke, um mir selbst ein Bild von der Lage zu machen. Alder hatte Recht. Ich zählte sechs Wachen. Leider waren es keine übergewichtigen Bedoowan, sondern kräftige, durchtrainierte Männer. Sie waren so gekleidet wie wir und trugen die gleichen Keulen am Gürtel wie ihr Kollege in der Küche. Es sah schlecht aus. An diesen Kriegern kamen wir nie vorbei. Ich wich wieder zurück, sah Loor an und sagte: »Spiele nicht einmal mit dem Gedanken, dich mit ihnen auf einen Kampf einzulassen.«

»Wir müssen etwas unternehmen«, entgegnete sie. »Sonst war alles umsonst.«

Alder nickte. »Es dauert nicht mehr lange bis zum Equinox.«

»Wir müssen die Ritter von der Tür weglocken«, verkündete ich. »Du weißt doch, wie es hier zugeht, Alder. Was können wir tun, damit sie ihren Posten verlassen?«

Alder überlegte und sagte dann: »Es müsste irgendein Notfall eintreten. Etwas, auf das sie schnell reagieren müssen.«

»Weiter«, ermunterte ich ihn. »Denk nach.«

Alder sah sich um. Ihm fiel nichts ein. Doch plötzlich blieb sein Blick an der Decke haften. Sekundenlang starrte er hinauf und lächelte. Loor und ich folgten seinem Blick. Wir entdeckten eine Art Rohr. Es hatte einen Durchmesser von ungefähr fünfzehn Zentimetern und lief den ganzen Gang entlang.

»Was ist das?«, fragte ich.

»Du hast einen Gegenstand in deiner Tasche«, sagte Alder. »Er hat einen Griff und eine gezackte Metallklinge.«

Ich wusste genau, was er meinte. Ich wühlte im Rucksack herum und zog die Campingsäge heraus. Sie war noch besser als die, um die ich dich bat, Mark. Alder klappte die Säge auf und prüfte die Schärfe der Zähne.

»Das ist zum Schneiden gedacht?«, erkundigte er sich.

»Klar«, antwortete ich. »Was dachtest du denn?«

Alder sah zu dem Rohr an der Decke empor und sagte: »Das ist die Wasserleitung der Festung.« Er sah uns mit teuflischem Grinsen an. Ich brauchte eine Sekunde, bis ich seinen Plan begriff, und grinste zurück.

»Du kannst das Rohr durchsägen?«

»Wie eine weiche Frucht«, erwiderte er.

Loor verstand überhaupt nichts. »Warum willst du das tun?«, fragte sie wütend. Sie war sauer, dass wir ihr einige Schritte voraus waren.

Alder antwortete: »Ich gehe ein paar Korridore weiter und schneide ein Stück der Leitung heraus.«

»Das gibt eine Überschwemmung«, freute ich mich.

»Und ob«, meinte er nicht minder erfreut. »Und natürlich wird das fehlende Stück nirgendwo zu finden sein.«

»Perfekt! Los!« Alder lief davon, in die entgegengesetzte Richtung des Kerkertrakts. Loor und ich versteckten uns in einem kleinen Raum an der Ecke um zu warten.

»Ich hätte nicht gedacht, dass wir so weit kommen«, flüsterte sie.

»Ich auch nicht.«

Wir warteten ein paar Minuten, aber nichts geschah. Ich wurde nervös. Loor wirkte sehr ruhig. Sie blickte regungslos vor sich hin. Wahrscheinlich war sie an die Anspannung vor einem Kampf gewöhnt, doch mir drehte sich allmählich der Magen um. Ich hielt es nicht mehr aus und sprang auf.

»Ich sehe nach, was los ist«, verkündete ich.

»Nicht, Pendragon!«, zischte sie und versuchte mich festzuhalten. Auf keinen Fall konnte ich noch länger warten und rannte in die Richtung, in die Alder verschwunden war. An jeder Kreuzung spähte ich vorsichtig in den nächsten Gang und erwartete immer ihn zu sehen. Endlich entdeckte ich ihn. Alder stand auf einem Tisch und sägte an dem Rohr herum. Eine Seite hatte er bereits durchgeschnitten und das Wasser lief ihm über den Kopf. Auch auf dem Boden stand schon eine große Wasserlache. Das Beste kam aber noch. Nach ein paar Sekunden hatte er auch das zweite Ende durchtrennt und zerrte ein etwa sechzig Zentimeter langes Stück Rohr herunter. In diesem Moment strömte das Wasser wie aus einem Springbrunnen über ihn hinweg. Er wurde völlig durchnässt und von dem Schwall fast zu Boden gerissen. Ich hoffte, es handelte sich um frisches Wasser. Alder sprang vom Tisch, sah mich und hielt das Stück Rohr triumphierend in die Höhe.

Plötzlich erklang ein Schrei. »AHHHHHH!« Eine Bedoowan-Frau war um die Ecke gebogen und sah den Wasserfall. Der Alarm war ausgelöst! Alder klemmte sich das Rohr unter den Arm und rannte los. Jetzt befand ich mich in einer ungünstigen Lage – ich musste sehen, wie ich zu Loor zurückkam. Ich zwang mich langsam zu gehen. Niemand sollte denken, ich würde vom Schauplatz des Verbrechens weglaufen … was ich selbstverständlich tat. Während ich gemächlich dahinschlenderte, rannten die Ritter, die Onkel Press' Tür bewacht hatten, auf mich zu. Besser gesagt auf die schreiende Frau zu. Sie liefen an mir vorbei, als wäre ich nicht vorhanden. Gerne hätte ich zugesehen, wie sie die Flut aufzuhalten versuchten, aber schließlich war ich nicht deswegen hier. Es war an der Zeit, Onkel Press zu befreien.

Als ich auf Loor stieß, lugte sie gerade in den Gang, der zu den Zellen führte. Sie spürte meine Nähe und drehte sich um.

»Es steht nur noch ein Wächter da«, erklärte sie. »Jetzt bin ich dran.« Sie griff hinter sich und zog eine kleinere Version ihres Kampfstabes unter der Jacke hervor. Ich hatte nicht gewusst, dass sie ihn bei sich trug. Sie war kampfbereit, aber ich hielt sie fest.

»Nicht!«, sagte ich so bestimmt wie möglich. »Noch wissen sie nichts von uns. Je länger unsere Anwesenheit geheim bleibt, umso größer ist die Chance, ungesehen hinauszukommen.«

»Es gibt keine andere Möglichkeit, Pendragon!« Sie schäumte vor Wut. Sie wollte kämpfen.

Schnell blickte ich zur Zellentür hinüber, wo der Ritter stand. Am Ende des Ganges entdeckte ich einen Balkon. Ich nahm an, dass man von dort aufs Meer sah.

Ich hatte eine Idee.

»Kannst du auf den Balkon gelangen ohne von ihm gesehen zu werden?«, fragte ich Loor.

Sie sah sich schnell um und musterte den Flur, der parallel zu dem Zellengang verlief.

»Ja.«

»Dann geh. Ich schicke ihn dir.«

Sie wollte eine Frage stellen, aber ich schubste sie weiter. Da der Lasertrick schon einmal funktioniert hatte, hoffte ich auf eine zweite Chance. Also wartete ich ein paar Minuten, damit Loor in Position gehen konnte, und zog den Laser aus der Tasche. Als ich ihn einschaltete, funktionierte er nicht! Ich schaltete ihn ein paar Mal an und aus, schüttelte ihn heftig und säuberte sogar die Batterie, aber es tat sich nichts. Er war tot und ich so gut wie. Ich wusste nicht, wie lange sich die Ritter noch beim Wasserfall aufhalten würden, und Loor wartete darauf, dass ich etwas unternahm.

Ich wühlte im Rucksack, suchte nach einer Lösung … und fand sie. Es war das ferngesteuerte Motorrad. Wenn auch diese Batterie den Geist aufgab, waren wir geliefert. Mit dem Motorrad kann ich nicht so gut umgehen wie mit meinem Geländewagen, aber ich weiß ja, dass ihr ihn nicht aus meinem Zimmer holen konntet. Entweder schaffte ich es mit dem Rad oder gar nicht. Ich erinnere mich an den Tag, als du es zum Geburtstag bekamst, Mark. Wir fanden ziemlich schnell heraus, wie man mit der Fernsteuerung umgehen musste, und kurz darauf sprang das Rad schon über Rampen. Auf dem Plastikhelm des Fahrers sah ich die vielen Kratzer, weil er so oft auf den Kopf gefallen war. Heute jedoch sollte er keine Tricks vollbringen. Ich wollte, dass er einfach nur geradeaus fuhr. Wenn es klappte, hatten wir eine Chance.

Ich zog das kleine Motorrad aus dem Rucksack, beugte mich vor und setzte es in den Korridor. Ich wollte es langsam an dem Ritter vorbeifahren lassen, aber er sollte mich nicht mit der Fernsteuerung in der Hand sehen. Deshalb musste ich blind lenken. Ich holte tief Luft und schob den Steuerknopf auf »Vorwärts«. Mit dem vertrauten Surren erwachte das Rad zum Leben. Ich war nicht sicher, wie schnell es fuhr, aber ich durfte nicht zu früh nachsehen. Wenn es zu langsam war, würde sich der Ritter vielleicht bücken und es aufheben. Also zwang ich mich bis zehn zu zählen, ehe ich vorsichtig um die Ecke lugte.

Ich sah genau das, was ich mir erhofft hatte. Der Wächter stand völlig entgeistert vor der Tür und starrte den kleinen Mann auf dem Motorrad an. Ich weiß nicht, was ihm durch den Kopf ging. Keine Ahnung, ob er neugierig oder ängstlich war. Wahrscheinlich beides. Das Rad fuhr schnurgerade dahin und steuerte genau auf den Balkon zu. So weit, so gut. Doch genau in dem Augenblick, als es an ihm vorbeifuhr, bückte er sich danach.

Hastig drückte ich aufs Gas und das Motorrad schoss ihm förmlich durch die Finger. Ich konnte besser damit umgehen, als ich gedacht hatte. Jetzt wurde der Ritter neugierig und er ging dem Rad nach. Perfekt! Es war, als hätte ich einen Fisch an der Angel. Ich spielte mit ihm und fuhr langsamer. Sobald er sich bückte, beschleunigte ich. Die ganze Zeit über ging er immer näher auf den Balkon zu, auf dem ihn Loor erwartete.

Mit einem letzten Druck aufs Gas jagte ich das Motorrad auf den Balkon hinaus. Der Mann folgte ihm. Er schaute nach unten und erwartete, dass es weiterfuhr. Nichts geschah. Plötzlich bückte er sich und hob es blitzschnell auf. Sein Triumph währte nicht lange, da er sich nie wieder aufrichtete. Loor sprang vor und schlug zu. Sie versetzte ihm zwei Hiebe und einen Stoß und er segelte über das Geländer in den Ozean. Gefahr beseitigt, ohne dass wir uns verraten hatten.

Ich griff in die Tasche und zog mein Walkie-Talkie heraus. »Hol Alder!«, befahl ich. Loor hatte mich gehört, denn sie rannte über den Balkon und verschwand. Ich steckte das Gerät wieder ein und sah zur Zellentür hinüber. Außer dieser Tür stand nichts mehr zwischen mir und Onkel Press. Schnell nahm ich den Rucksack und rannte los.

Es war zu viel erwartet, dass die Tür unverschlossen sein würde, und natürlich war sie verschlossen. Ich entdeckte ein altmodisches Schlüsselloch, hatte aber keinen Schlüssel. Wieder suchte ich nach einem Ding, mit dem ich das verdammte Schloss öffnen konnte. Ich fand nur das Schweizer Armeemesser, das ich Figgis abgenommen hatte. Ich klappte die Ahle aus und steckte sie ins Schlüsselloch, weil ich glaubte damit das Schloss öffnen zu können. Es funktionierte nicht. Verzweifelt rammte ich die Ahle hin und her. Wenn ich das Ding schon nicht aufmachen konnte, musste ich es aufbrechen. Wahrscheinlich tat ich genau das, denn plötzlich hörte ich ein Krachen und die Tür gab nach. Ich war drinnen! Besser gesagt, Onkel Press war draußen.

»Onkel Press!«, rief ich und lief in die Zelle. »Ich bin's! Wir haben …«

Die winzige Zelle war leer. Onkel Press war nicht da! Ich verstand nicht, warum hier Ritter wachten, wenn es gar keinen Gefangenen gab. Die Antwort erhielt ich umgehend.

»Ahhhhh!« Irgendwer sprang mich von hinten an. Er umklammerte meinen Hals, schlang die Beine um meine Hüften und versuchte mich auf den Boden zu ziehen.

»Lass mich hier raus, du dreckiges Bedoowan-Schwein!«, brüllte er. Der Typ war weder besonders schwer noch besonders stark. Ich vollführte eine schnelle Drehung und schüttelte ihn ab. Mit einem lauten Klatschen landete er auf dem Boden und ihm blieb die Luft weg. Ich musterte ihn eingehend und sah, dass er keine Ähnlichkeit mit Onkel Press hatte. Es war nur ein schmächtiger Mann, der wie ein Milago gekleidet war. Die Haare und der Bart waren unglaublich lang; anscheinend war er schon sehr lange hier unten.

»Wo ist mein Onkel?«, schrie ich ihn an.

Der kleine Kerl starrte mich verdattert an. »Du … bist kein Bedoowan?«, stammelte er.

»Nein! Ich will meinen Onkel befreien. Wo ist er?«

Der Milago brauchte eine Weile, bis er antworten konnte. Wahrscheinlich war er nicht an so viel Aufregung gewöhnt. Willkommen im Club, dachte ich, ich bin es auch nicht.

»Du … musst Pendragon sein«, meinte er dann.

»Jawohl! Und ich suche meinen Onkel. Weißt du, wo er steckt?«

»Sie haben ihn mitgenommen«, antwortete der Gefangene. »Heute früh, vor Sonnenaufgang. Er soll heute hingerichtet werden.«

Klar, das war mir bekannt. Der Typ half mir nicht besonders. Ich hatte keine Ahnung, wo ich suchen sollte. Meine Gedanken überschlugen sich, aber mir fiel überhaupt nichts Gescheites ein. Ich war wie gelähmt, als mein Walkie-Talkie zum Leben erwachte.

»Pendragon!« Es war Alder. »Ich habe Press gefunden. Er ist nicht in der Zelle.«

Ich schnappte mir mein Funkgerät und antwortete: »Ich weiß. Wo ist er?«

»Ich bin bei ihm und gebe dir Anweisungen, wie du zu uns kommst. Beeil dich.«

Das Spiel ging weiter! Ich warf dem Milago einen Blick zu und sagte: »Nutze deine Chance! Hau ab!« Dann machte ich auf dem Absatz kehrt und rannte aus der Zelle. Zuerst lief ich auf den Tumult zu, den Alder verursacht hatte. Das Wasser sprudelte immer noch aus dem Rohr und der Flur war völlig überflutet. Ritter und

Novaner versuchten gemeinsam die Flut einzudämmen, aber sie hatten wenig Erfolg. Sehr gut! So waren sie zumindest beschäftigt.

Wieder hörte ich Alders Stimme. »Geh zur Treppe zurück und klettere zwei Stockwerke höher.«

Kein Problem. Ich setzte mich in Bewegung. Aber als ich die erste Stufe betrat, blickte ich nach unten und mir blieb fast das Herz stehen. Aus dem Stockwerk unter mir kam ungefähr ein Dutzend Ritter herauf, in voller Rüstung und mit Speeren bewaffnet. Ich glaube, irgendwie hatten sie begriffen, dass wir keine Bedoowan waren.

Einer schaute zu mir empor und rief: »Da ist er!«

Klasse, sie hatten mich erkannt! Die Männer rannten los. Sie würden mich schnell eingeholt haben und so spielte ich meine letzte Trumpfkarte aus. Ich zerrte den CD-Spieler aus dem Rucksack, drehte auf maximale Lautstärke und drückte die »Play«-Taste. Wüster Hard Rock dröhnte aus den Lautsprechern.

Es war, als hätte ich eine Bombe zwischen sie geworfen. Erst blieben sie wie angewurzelt stehen. So etwas hatten sie noch nie im Leben gehört und würden es wohl auch nie wieder hören. Dann drehten sie sich um und rasten voller Panik die Treppe hinunter. Unter anderen Umständen hätte ich es absolut witzig gefunden. Im Augenblick dagegen kam es mir wie ein Sieg vor. Ich ließ den CD-Spieler auf der Treppe stehen, um sie von einer Verfolgung abzuhalten.

»Beeilung, Pendragon!«, drängte Alders Stimme.

Ich rannte die Stufen hinauf und antwortete: »Ich bin schon fast im vierten Stock.«

»Wende dich nach links, wenn du oben bist, und gehe zum Ende des Ganges«, wies er mich an. »Wir verstecken uns im letzten Raum auf der linken Seite, genau vor dem Balkon.«

Ich steckte das Walkie-Talkie in die Tasche und lief weiter. In Gedanken beschäftigte ich mich schon mit den nächsten Schritten. Wir mussten Loor finden und abhauen. Durch die Küche konnten wir nicht hinaus, denn die Ritter, die vor der Musik geflohen waren, befanden sich dort unten. Es musste noch einen Weg nach draußen geben. Hoffentlich kannte Alder ihn, denn ich war mit meinem Latein am Ende.

Endlich erreichte ich die oberste Stufe und wandte mich nach links. Als ich den Gang entlanglief, fiel mir auf, dass er viel prächtiger wirkte als die unteren Flure. Überall standen riesige Skulpturen und ich sah prunkvolle Wandgemälde. Es wäre ziemlich überwältigend gewesen, wenn ich nicht solche Angst gehabt hätte. Doch jetzt war ich am Ziel. Im letzten Raum auf der linken Seite erwarteten mich Alder und Onkel Press. Hoffentlich auch Loor. Ich rannte hinein und blieb wie angewurzelt stehen.

Es dauerte eine halbe Sekunde, bis ich begriff, dass alles verloren war. Hastig drehte ich mich um, aber zwei Bedoowan-Ritter versperrten den Ausgang. Ich saß in der Falle. Langsam wandte ich mich wieder Alder zu, der das Funksprechgerät in der Hand hielt. Neben ihm stand ein Ritter und drückte ihm die Speerspitze an den Hals. Alder sah aus, als würde er jeden Augenblick losheulen.

»Es … tut mir Leid, Pendragon!«, rief er. »Sie wollten sie umbringen.«

Zwei andere Ritter hielten Loor fest. Einer umklammerte ihre Arme, der andere hielt ihr ein Messer an die Kehle.

»Du hättest sie gewähren lassen sollen!«, fauchte sie wütend. Übrigens befanden sich noch mehr Leute in dem Raum. Als ich sie sah, wusste ich, wir hatten keine Chance mehr. Einer von ihnen war Saint Dane. Oder

Mallos, wie er sich hier nannte. Er stand mit verschränkten Armen und zufriedenem Lächeln da. Doch die letzte Person überraschte mich am meisten. Sie saß auf einem großen prunkvollen Thron, der mit prächtigen Glazestücken verziert war. Niemand musste mir erklären, um wen es sich handelte. Das war der Bedoowan-Thron. Hier saß der Herrscher, dessen Vater umgebracht wurde, damit die Tyrannei der Milago fortgesetzt werden konnte. Hier saß die Person, die den Tod der Milago mit solcher Gelassenheit befahl wie die Bestellung von noch mehr Glaze. Es war der Thron Kagans und niemand anderer als Kagan saß vor mir.

Was mich dabei völlig überraschte, war die Tatsache, dass Kagan … eine Frau war.

»Hallo, Pendragon«, sagte Saint Dane. »Ein schöner Tag für eine Hinrichtung, nicht wahr?«

Die einzige Person, die ich vermisste, war Onkel Press.

Drittes Journal
(Fortsetzung)

DENDURON

»Ist das der junge Milago, über den ich schon so viel gehört habe?«, fragte Kagan mit verächtlicher Miene. »Sein Geruch beleidigt meine Nase.«

Vielen Dank! Ich freue mich auch Ihre Bekanntschaft zu machen. Ich muss euch beschreiben, wie Kagan aussah, denn es war unglaublich. Zuerst einmal war sie fett. Nicht bloß pummelig oder rundlich, ich rede von massenweise Fett. Jede Wette, dass sie die Küche da unten ziemlich auf Trab hielt. Kagan trug ein gelbes, wie eine Toga geschnittenes Kleid, das ihre Speckrollen nicht gut kaschierte. Zum Glück reichte es bis zum Boden und hatte lange Ärmel, denn ich nehme an, dass ihre Arme und Beine auch keinen schönen Anblick boten. Leider sah man die Füße. Aus den Sandalen quollen die Zehen wie kleine Würste heraus. Kein schönes Bild. Außerdem hatte sie ein Doppelkinn, das bis über den Ausschnitt des Kleides reichte.

Ich habe keine Ahnung, wie alt sie war. Sie hätte genauso achtzehn wie dreißig oder irgendetwas dazwischen sein können. Die Haut spannte über dem Fett und verlieh ihr ein Babygesicht. Natürlich war sie kein Baby, sondern eine monströse, widerliche Königin mit Zehen wie Würste. Alles an ihr war gewaltig. Die Hände, die Füße, der Kopf und sogar die Augen. Eigenartigerweise hatte sie einen winzigen Mund. Eine so kleine Öffnung passte überhaupt nicht in das breite, teigige Gesicht. Sie trug langes Haar, das aber nicht frisiert und glänzend aussah. Es hing ihr über die Schultern und erweckte den Anschein, als wäre es wochenlang nicht gewaschen worden. Sie sah aus wie ein total bizarrer weiblicher Sumo-Ringer.

Außerdem war sie mit unzähligen silbernen Halsketten, Armbändern und protzigen Ringen geschmückt. Auf den fettigen Haaren thronte eine Tiara, die viel zu klein war. Auf einen normalen Kopf hätte sie gepasst, aber hier wirkte es monströs, als trüge ein Riese die Krone einer Puppenkönigin. Selbstverständlich war sämtlicher Schmuck mit Glazestücken verziert. Ich sah die kostbaren blauen Steine in allen Größen und Formen. Sicher hatten die Milago eine Woche gebraucht, um so viel Glaze aus dem Bergwerk zu holen. Auch der Thron schimmerte blau. Stücke so groß wie Tennisbälle zierten den Sessel.

Während ich das alles in mich aufnahm, dachte ich an die Transferzeremonie, während der der Bergmann sterben musste, weil nicht genug Glaze vorhanden war. Ich habe noch nie im Leben jemanden gehasst. Diese Frau war drauf und dran, die Erste zu werden.

»Her mit dem Spielzeug!«, befahl sie. Ihre Stimme klang hoch und quietschig, als kratzte jemand mit dem Fingernagel über eine Schiefertafel.

Der Ritter, der neben Alder stand, nahm ihm das Funksprechgerät aus der Hand und reichte es Kagan mit einer tiefen Verneigung. Sie musterte es von allen Seiten.

»Was für eine Magie ist das?«, wollte sie wissen.

Ich konnte der Versuchung nicht widerstehen, zog mein Walkie-Talkie aus der Tasche, drückte den Sendeknopf und sagte: »Leg es hin!«

Keine gute Idee. Kagan stieß einen Schrei aus und ließ das Ding fallen, als wäre es lebendig. Krachend fiel es auf den Boden und wurde sofort von einem Ritter mit dem Stiefel zertreten, als wäre es ein Mistkäfer. Ich stand mit dem zweiten Gerät (das jetzt völlig nutzlos war) in der Hand da und verwünschte meine Unbedachtheit. Kagan hievte sich aus ihrem Thron in die Höhe und watschelte mit schlenkernden Armen auf mich zu. Aus ihren großen, dunklen Augen sah sie mich durchdringend an, hob die fleischige Hand und ohrfeigte mich.

Das tat weh! Ich gönnte ihr keinen Triumph, drängte die Tränen zurück und biss die Zähne zusammen. Dann erwiderte ich den Blick und hatte das Gefühl, als kämpfte auch Kagan mit den Tränen. Sie betrachtete ihre Hand, schaute mich mit echter Überraschung an und rief: »Meine Hand schmerzt!«

Wie bitte? Wessen Schuld war das wohl? Offensichtlich meine, denn sofort rannten zwei Ritter auf mich zu und stachen mir die Spitzen ihrer Speere in den Nacken.

»Halt, halt!«, schrie ich. »Tut mir Leid. Wird nicht wieder geschehen!« Am liebsten hätte ich gesagt: »Tut mir Leid, dass ich deine Hand mit meinem Gesicht geschlagen habe, Fettkloß!« Doch im Augenblick war es besser, nichts zu sagen. Besonders weil ich zwei Speere im Nacken hatte.

»Lasst ihn!«, befahl Saint Dane/Mallos.

Die Ritter zogen die Waffen zurück, blieben aber neben mir stehen. Kagan sank auf den Thron zurück und weinte wie ein Baby. Mallos tröstete sie und meinte: »Soll ich den Arzt holen, Majestät?«

Arzt? Sollte das ein Witz ein?

»Nein«, winselte sie. »Ich will tapfer sein.«

Ich konnte es kaum glauben. War Kagan verrückt?

»Er wird bestraft«, versprach Mallos. »Gemeinsam mit seinem Onkel.«

Das war schlecht. Wir hatten Onkel Press befreien

wollen und nun sah es so aus, als würde ich sein Schicksal – wie auch immer es aussehen mochte – teilen. Mallos wandte sich von Kagan ab und kam auf mich zu. (Übrigens werde ich Saint Dane jetzt immer »Mallos« nennen, denn so heißt er hier. Ich will euch nicht verwirren, aber schließlich sind Saint Dane und Mallos eine Person.)

»Press wird sich freuen dich zu sehen«, sagte er mit einem widerwärtigen Grinsen.

»Wo ist er?« Ich gab mir Mühe, meine Panik nicht zu zeigen.

Mallos lachte. Er wandte sich wieder an Kagan. »Der Junge ist ein Spion wie sein Onkel und das Mädchen.« Dann ging er zu Alder hinüber, sah ihm in die Augen und sprach: »Und wie dieser verräterische Bedoowan.« Er beugte sich vor, bis sich ihre Nasen fast berührten. Alder hatte Angst, zuckte jedoch nicht zurück. Mallos fuhr fort: »Ich habe immer gewusst, dass du ein Verräter bist, aber ich brauchte dich um Pendragon zu fangen.«

Vor Scham und Angst senkte Alder den Kopf.

Loor kämpfte wütend gegen den Griff der beiden Ritter an, die sie festhielten, doch sie hatte keine Chance. Um sie ruhig zu stellen versetzte ihr einer der Männer einen Schnitt mit dem Messer. Mir drehte sich der Magen um, als ihr ein Rinnsal Blut über den Hals lief. Loor verzog keine Miene. Das überraschte mich nicht.

Mallos kehrte wieder zum Thron zurück und sagte: »Sie alle haben sich verschworen, um die Milago zur Rebellion gegen uns aufzuwiegeln, Majestät. Dafür sollten sie mit dem Tod bestraft werden.«

Allmählich ging es mir zu weit. »Wen meinst du mit ›uns‹?«, brüllte ich. An Kagan gewandt fügte ich hinzu: »Er ist kein Bedoowan! Frag ihn, woher er kommt!«

Kagan sah Mallos an. Regte sich doch der Hauch eines Zweifels in ihr? Wenn ich Mallos als Reisenden von einem anderen Territorium entlarvte, glaubte sie ihm vielleicht nicht alles, was er gesagt hatte. Die Aussichten standen schlecht, aber mir fiel nichts Besseres ein.

»Es ist wahr und ich kann es beweisen. Wer dachte sich den Trick aus, um mich herzulocken? Das muss Mallos gewesen sein. Außer ihm weiß keiner, wie die Walkie-Talkies funktionieren, stimmt's? Ein Bedoowan würde gar nicht wissen, wie diese Magie funktioniert.«

Kagan starrte zuerst auf das kaputte Funksprechgerät, dann auf Mallos. Sie begriff, was ich meinte.

»Mallos ist kein Bedoowan«, sagte ich mit fester Stimme. »Du darfst ihm nicht vertrauen!«

Sie schniefte noch einmal, sah Mallos an und sagte lächelnd: »Natürlich ist Mallos kein Bedoowan. Vor vielen Jahren kam er von jenseits des Meeres zu uns und ist seitdem mein engster Vertrauter. Warum erzählst du mir Sachen, die ich schon weiß?«

So viel zu meinem Plan! Sie wusste schon alles. Kagan wandte sich dem Tisch zu, der neben dem Thron stand und griff sich eine violette Frucht. Offenbar war ihre Essenszeit gekommen – wahrscheinlich im Abstand von zehn Minuten. Sie biss ein großes Stück ab und ein Bach violetten Saftes lief ihr über das Kinn auf die Brust. Ich hätte mich fast übergeben. Als sie weiterredete, kaute sie mit offenem Mund auf den Fruchtstücken herum.

»Warum möchtet ihr, dass die Milago sich gegen uns erheben?«, fragte sie mit ihrer grässlichen Piepsstimme. Komisch, aber sie hörte sich so unschuldig wie eine Dreijährige an, die fragt, warum der Himmel blau ist. Wusste sie vielleicht gar nicht, wie schlecht es den Milago ging? War Mallos derjenige, der für die Tyrannei verantwortlich war und der diese Frau wie eine Marionette benutzte? Ich überlegte mir meine Antwort sehr sorgfältig.

»Weil sie ein furchtbares Leben führen«, erklärte ich. »Sie leben in schmutzigen Lehmhütten und haben nicht genug zu essen. Wenn sie nicht genug Glaze fördern, werden sie getötet. Doch am schlimmsten ist, dass sie sterben. Die Luft in der Mine vergiftet sie. Sie wollen für ein besseres Leben kämpfen.«

Das war es in groben Zügen. Ich wollte sie nicht in Rage bringen und vermied die Anschuldigung, dass die Bedoowan die Milago ausbeuteten. Wenn Ihre Königliche Hoheit bisher nichts davon gewusst hatte, dachte sie jetzt vielleicht ein wenig nach und hatte etwas Mitleid.

Kagan biss noch einmal von der Frucht ab und starrte mich an. Was dachte sie jetzt? Alder und Loor beobachteten sie gespannt. Mallos wirkte gelangweilt. Plötzlich warf Kagan den Rest der Frucht auf den Boden. Augenblicklich tauchte ein Novaner auf, schnappte sich den Abfall und verschwand wieder hinter dem Thron. Kein Wunder, dass die Type so fett war, wenn sie nie etwas tun musste.

Unschuldig meinte die Königin: »So war es schon immer. Die Milago graben nach Glaze, damit die Bedoowan es gegen schöne Dinge eintauschen können. So war es seit jeher.«

War sie wirklich so grausam? Sie fand nichts dabei, dass die Milago litten und für sie starben. Ich sah Loor an, die genauso entsetzt dreinblickte, wie ich mich fühlte. Alder hielt den Kopf gesenkt. Bestimmt wusste er schon, was in Kagan vorging. Ich hatte keinen Schimmer, was ich noch tun sollte, musste aber etwas sagen.

»Was tun die Bedoowan für die Milago als Gegenleistung für deren harte Arbeit?«, fragte ich.

Kagan wirkte völlig entgeistert, als hätte ich ihr eine Frage gestellt, die ihr bisher nie in den Sinn gekommen war. Sie erinnerte mich an Marley, wie er die Ohren spitzt, wenn er ein ungewöhnliches Geräusch hört. Bevor sie antwortete, griff Kagan nach der nächsten Frucht und biss hinein. Sie verursachte schmatzende, schlürfende Geräusche, die mir den Magen umdrehten. Was für eine Schweinerei! Die ganze Zeit über blickte sie vor sich hin, als beschäftigte sie sich ernsthaft mit meiner Frage. Ich war echt gespannt auf die Antwort, denn natürlich taten die Bedoowan nichts für die Milago. Sie quälten sie nur. Alder und Loor warteten auch auf die Antwort. Sogar Mallos sah die Königin erwartungsvoll an.

Wieder biss sie schmatzend zu, schluckte, sah mir in die Augen und sagte: »Von deinen Fragen bekomme ich Kopfschmerzen.« Sie nickte Mallos zu. »Bringt sie alle um.«

Sofort packten mich die Ritter und schleppten mich, Alder und Loor zur Tür.

Loor wehrte sich am meisten. Sie schrie Kagan an: »Es ist egal, was mit uns geschieht! Die Milago bleiben nicht für immer Sklaven!«

Das war ganz schön mutig, allerdings fand ich, dass es *nicht* egal war, was mit uns passierte. Die Ritter schleiften uns den Flur entlang und auf die Treppe zu, als ich Mallos hinter uns rufen hörte.

»Wartet!«, brüllte er. »Ich will mit dem Burschen reden!«

Er meinte mich. Die Ritter hielten an und er kam näher. Lange Zeit musterte er mich, als wollte er mich einschätzen.

»Merke dir gut, was heute geschieht, Pendragon«, sagte er. »So wird es immer sein. Es gibt keine Hoffnung für dich. Halla geht unter und du ebenfalls.«

Dann blickte er die Ritter an und befahl ihnen: »Bringt sie fort!« Während mich die Männer davonschleppten, rief er mir nach: »Erinnere dich immer daran, Pendragon!«

Wovon redete er? Ich hatte mit Sprüchen gerechnet wie: »Die Milago sind verloren!« und »Du wirst einen schrecklichen Tod sterben!« oder einer anderen Nettigkeit. Das, was er gesagt hatte, ergab keinen Sinn. Was war Halla? Osa hatte vor ihrem Tod von Halla gesprochen, aber ich hatte keinen Schimmer, was sie meinte. Noch wichtiger: Wenn er vorhatte mich zu töten, warum sagte er dann, ich sollte mich an diese Ereignisse erinnern? So wie es jetzt aussah, würde ich nicht einmal lange genug leben um sie zu vergessen. Ob ihr es glaubt oder nicht, Mallos' Worte gaben mir trotz meiner schrecklichen Angst Hoffnung. Sie erinnerten mich daran, dass es um mehr als nur die Milago und die Bedoowan ging. Die Zukunft des ganzen Territoriums von Denduron stand auf dem Spiel. Wenn Mallos mir drohte, er würde mich immer besiegen, rechnete er mit weiteren Kämpfen. Vielleicht hatte er gar nicht vor uns umzubringen. Wenigstens hoffte ich es.

Die Ritter zerrten uns zur Treppe. Ich war davon ausgegangen, sie würden uns nach unten in den Zellentrakt bringen, aber wir kletterten nach oben. Im nächsten Stockwerk hielten wir vor einer Holztür mit einem schweren Schloss an. Einer der Ritter zog einen alten Schlüssel aus der Tasche, öffnete die Tür und sie schubsten uns in einen Raum. Dann schlugen sie die Tür krachend zu und wir standen im Dunklen. Ich glaube, wir waren zu verängstigt um uns umzusehen. Nicht dass es etwas zu sehen gab.

»Ist er das?« Loor hörte sich so selbstsicher wie immer an. »Ist das der Raum, in dem wir sterben?«

»Nein«, entgegnete Alder. »Hier sterben wir nicht.« Alder wirkte ziemlich gelassen. Eigenartig. Im Allgemeinen war er ein eher nervöser Typ, aber im Angesicht des Todes benahm er sich völlig ruhig. Von uns dreien war ich wahrscheinlich derjenige, der die meiste Angst hatte. Unfair!

»Wieso bist du so ruhig?«, erkundigte ich mich.

Seine Antwort gefiel mir gar nicht. »Weil das der Warteraum ist. Hier passiert uns nichts. Wenn sie bereit sind, erwartet uns das Grauen.«

Wahrscheinlich bedeutete das, dass Alder nicht ruhig war, sondern sich noch im Schockzustand befand. Er wusste, das hier war die Ruhe vor dem Sturm. Irgendetwas Schreckliches stand uns bevor und der Gedanke daran ängstigte ihn so sehr, dass er innerlich erstarrt war.

»Was haben sie mit uns vor?«, fragte Loor.

Sie musste nicht auf die Antwort warten. An der gegenüberliegenden Wand öffnete sich knarrend eine Tür und tauchte den Raum in helles Sonnenlicht. Wir befanden uns in einer Zelle. An der Wand entdeckte ich eiserne Handschellen und Fußfesseln. Zwei Ritter in voller Montur standen rechts und links der Tür. Einer bedeutete uns ins Freie zu gehen. Loor übernahm die Führung, doch ehe sie ging, sagte sie zu uns: »Ich sterbe nicht, ohne wenigstens ein paar dieser Bedoowan mitzunehmen.« Dann verließ sie die Zelle; Alder und ich folgten ihr.

Als wir ins blendende Sonnenlicht traten, musste ich mir die Hand vor die Augen halten. Vielleicht lag es an den Geräuschen – noch bevor sich meine Augen an das Licht gewöhnt hatten, vermutete ich, dass wir nicht allein waren. Als ich mich schließlich umschaute, begriff ich, wir waren nicht bloß nicht allein, sondern standen in einem riesigen Stadion, in dem mehrere tausend Menschen saßen. Es war die Bedoowan-Version des Circus Maximus. Und zwar Open Air. Über uns lachte der blaue Himmel. Ich bemerkte, dass es sich um das höchste Stockwerk der Festung handelte. Als ich vor zwei Tagen von den Klippen aus hier herübergeblickt hatte, dachte ich, es handele sich um Ödland. Doch jetzt weiß ich, dass ich von meinem Standort aus gar nicht in die Arena hatte sehen können.

Das Stadion war nahezu quadratisch. Ich schätzte, hier passten mehrere tausend Leute hinein. Die Zuschauerränge waren bis auf den letzten Platz gefüllt. Jede Seite des Stadions wurde von einem anderen Stamm eingenommen. Auf der einen hockten nur Bedoowan. Sie saßen auf gepolsterten Bänken mit Rückenkissen. An der nächsten Seite erblickte ich ausschließlich novanische Dienstboten, die auf schmalen Holzbänken saßen. Es war komisch, so viele dieser weißhäutigen Püppchen in ihren weißen Uniformen auf einem Haufen zu sehen. Die dritte Seite nahmen die Milago ein. Ich erkannte sie sofort an den dreckigen Fellen und daran, dass ihnen nicht gestattet war sich hinzusetzen. Sie standen auf Steinstufen. Ich nahm an, dass sie die Arena von oben betraten, da sie nicht in den Palast durften. Die letzte Seite war so gut wie leer. Auf halber Höhe der Ränge befand sich eine Loge, in der ein Thron stand. Ich hatte Kagans Platz entdeckt.

Die Bereiche der Arena wurden durch hohe Mauern mit eisernen Spitzen voneinander getrennt, sodass es keine Möglichkeit für die einzelnen Stämme gab, sich zu vermischen. Zusätzlich war die Arena von bewaffneten Rittern gesäumt. Sie standen auf dem obersten Rang und hielten mit erhobenen Speeren Wache.

Wir befanden uns neben dem Spielfeld, genau unter Kagans Loge. Nur ein niedriges Geländer trennte uns vom Spielfeld. Wenigstens hielt ich es für ein Spielfeld, war aber nicht sicher, was für Spiele hier abgehalten wurden. Der ebene Platz hatte ungefähr die Größe eines Fußballfeldes. Er war mit Gras bewachsen, aber es gab keine Markierungen oder Zeichen, die auf Grenzen hingewiesen hätten. Es war einfach nur eine flache Grasfläche.

Ich beobachtete die Zuschauer und bemerkte, dass sich die einzelnen Stämme völlig unterschiedlich verhielten. Die Bedoowan plauderten und wirkten völlig entspannt. Einige lächelten, andere lachten laut. Auch Kinder wuselten zwischen den Sitzen umher. Die Novaner saßen ganz still und sahen zu uns herunter. Die meisten hatten höflich die Hände im Schoß gefaltet und regten sich nicht. Ihre Gesichter waren völlig ausdruckslos. Keine Ahnung, ob sie gerne hier saßen oder nicht. Bei den Milago war es viel einfacher. Sie wirkten ruhelos und sahen immer wieder zu den Wächtern hinauf, die auf dem obersten Rang standen. Offensichtlich waren die Leute nicht freiwillig hier und schon gar nicht zur Unterhaltung.

Ich hatte das ungute Gefühl, dass Alder, Loor und ich hier die Hauptattraktion waren. Ich beugte mich zu Alder hinüber und fragte: »Welche Art von Spiel findet hier statt?«

Sein Blick klebte an der Grasfläche. »Das ist kein Spiel, Pendragon«, antwortete er leise.

Noch ehe ich weiterfragen konnte, hörte ich etwas. Es waren drei schlichte Töne, wie von einem lauten, aber wohlklingenden Xylofon. Alle Blicke richteten sich auf die Loge. Ich sah auch hinauf und entdeckte zwei Ritter, gefolgt von Mallos und Kagan. Weder winkte sie der Menge zu noch gab sie sonst ein Zeichen, dass sie ihre Untertanen zur Kenntnis nahm. Sie watschelte bloß zum Thron und ließ sich wie ein gelangweiltes Kind hineinfallen. Übrigens kaute sie schon wieder. Es sah aus, als knabberte sie an einem Truthahnschenkel. Inzwischen herrschte absolute Stille im Stadion und das Schmatzen der Königin war deutlich zu hören. Das Ganze hätte mich angewidert, wenn ich nicht befürchtet hätte, dass uns etwas Schlimmes bevorstand, etwas sehr Schlimmes. Mein Herz klopfte wie wild. Ich weiß nicht, was schrecklicher war … unser Schicksal zu kennen oder nicht. Die Angst vor dem Unbekannten war entsetzlich genug. Nun, das Spiel würde in Kürze beginnen.

Kagan sah Mallos an und fragte ungeduldig: »Nun?«

Mallos trat ein paar Schritte vor und gab ein Zeichen. Sofort öffnete sich auf der gegenüberliegenden Seite des Spielfeldes eine kleine Tür. Sekunden später wurde eine Gestalt nach draußen geschubst und fiel ins Gras. Der Typ wollte anscheinend nicht in die Arena. Dann erkannte ich ihn. Es war der kleine Milago, der in Onkel Press' Zelle gelauert hatte. Also war ihm die Flucht nicht gelungen. Der Ärmste wirkte völlig verängstigt. Er stand auf, schirmte die Augen mit der Hand ab, um sich vor der grellen Sonne zu schützen, und sah sich im Stadion um.

Wie auf Kommando brachen die Bedoowan in lautes fröhliches Geschrei aus. Das irritierte den Milago und er stolperte in die Mitte des Spielfeldes. Die Novaner applaudierten höflich. Keiner von ihnen schrie oder pfiff. Höflicher Beifall erklang, der genauso schnell endete, wie er begonnen hatte. Die Milago starrten schweigend nach unten. Der Typ bewegte sich immer weiter auf die Mitte des Feldes zu, denn dort war er am weitesten von den Bedoowan entfernt. Seine Augen irrten verzweifelt über die Zuschauerreihen. Er schien nach Hilfe zu suchen. Irgendwann sah er mich und hielt inne. Es war unheimlich. Ich hatte keine Ahnung, was ich tun sollte. War mein Gesicht das einzig bekannte in der Menge? Ich erwiderte seinen Blick und fühlte mich sehr hilflos.

Dann geschah etwas Seltsames. Der Milago war ein

gebückt gehender alter Mann mit rundem Rücken, den er bestimmt von lebenslanger Arbeit im Bergwerk hatte. Doch als er jetzt dastand und mich ansah, verschwand die Angst aus seinem Gesicht. Er richtete sich gerade auf, drückte die Schultern durch, legte die Hand aufs Herz und streckte sie mir entgegen. Er lächelte sogar. Ich weiß, es hört sich unglaublich an, aber ich hatte den Eindruck, mein Anblick erfülle ihn mit Kraft. Glaubt mir, ich weiß nicht warum. Es war nicht so, als hätte ich ihm helfen können, doch nachdem er mich gesehen hatte, war er wie verwandelt. Was auch immer ihm bevorstand, jetzt war er bereit und ich spielte dabei eine kleine Rolle.

Wir mussten nicht lange warten. Rechts von uns befand sich in einiger Entfernung ein Tor, deutlich größer als das, durch das der Milago gestoßen worden war. Zwei Ritter liefen quer über den Grasplatz darauf zu. Der Eisenriegel war so schwer, dass die beiden kräftigen Ritter Mühe hatten, ihn zu öffnen. Als sie ihn zurückgeschoben hatten, rissen sie die Torflügel weit auf und liefen in wilder Hast davon. Die Szene erinnerte mich an Filme über Stierkämpfe. Und genauso wirkte auf mich plötzlich auch das ganze Stadion … wie eine Stierkampfarena. Ich spähte in die dunkle Öffnung hinter dem Tor und rechnete damit, einen wilden Bullen herausstürmen zu sehen.

Im Prinzip lag ich gar nicht so weit daneben. Alle Blicke waren auf die Tür gerichtet, auch die von Loor und Alder. Sogar die Bedoowan unterhielten sich nicht mehr und starrten erwartungsvoll hinüber, als …

Ein Quig sprang in die Arena und duckte sich flach auf den Boden. Die Bedoowan jubelten laut. Wieder applaudierten die Novaner und die Milago waren entsetzt. Einige hielten sich die Hände vor die Gesichter, andere standen hoch aufgerichtet, als wollten sie ihrem

Stammesbruder die letzte Ehre erweisen, indem sie den Mut aufbrachten, in die Arena zu sehen.

Das Quig musterte die Umgebung mit gelben Raubtieraugen, bereit sofort zuzuschlagen, wenn sich eine Beute zeigte. Es hob die Lippen und enthüllte zwei Reihen spitzer Zähne. Sogar aus der Entfernung sah ich den Speichel, der aus seinem Maul tropfte. Ich dachte an das Biest, das Onkel Press mit dem Speer erlegen konnte, und wie die übrigen Viecher es in Stücke gerissen hatten, obwohl es noch am Leben gewesen war.

Ich warf einen Blick zu Kagan hinauf, die das Quig mit zufriedenem Lächeln betrachtete. Ohne es aus den Augen zu lassen biss sie von ihrem Truthahnschenkel ab. Der Gedanke an einen Stierkampf verflüchtigte sich. Hier sollte eines der Spektakel stattfinden, wie sie früher im römischen Kolosseum Brauch waren, als man die Christen den Löwen vorwarf. Die Bedoowan wollten Blut sehen. Ihr Wunsch würde sich bald erfüllen.

Der Milago hatte sich seit dem Erscheinen des Quigs nicht gerührt. Wieso auch? Er konnte nichts tun. Er war zu gebrechlich um sich zu wehren und weglaufen war ebenfalls zwecklos. Mallos winkte einem Ritter, der unweit des Feldes stand, und der Typ warf dem Milago etwas zu. Es war ein Kampfstab, wie Loor ihn benutzte. Natürlich würde sich der kleine Milago mit dieser lächerlichen Waffe nicht wehren können. Vielleicht gaben sie ihm den Stab, weil sie hofften, der Kampf würde so ein paar Sekunden länger dauern. Auf mehr durfte der Alte nicht hoffen. Er hob den Stab auf, aber schon an der Art und Weise, wie er ihn hielt, sah ich, dass er nicht wusste, wie man damit umging. Genauso gut hätte er ein Kopfkissen in der Hand halten können.

Das zusammengekauerte Quig sog prüfend die Luft ein. Es witterte den Milago. Sein Körper spannte sich an und es richtete die gelben Augen auf den alten Mann.

Wieder schaute ich zu Kagan empor. Sie hatte den Truthahnschenkel weggelegt und beugte sich gespannt über das Geländer. Mallos stand hinter ihr, die Hände auf den Rücken gelegt. Er sah mir genau in die Augen. Ich wandte den Kopf ab. Ich konnte seinen Anblick nicht mehr ertragen.

Dann griff das Quig an. Es duckte sich nach Katzenart und sprang auf den Milago zu. Der drehte sich um und rannte um sein Leben. Es war herzzerreißend und ganz entsetzlich. Er lief auf den Rand der Arena zu, aber dort gab es kein Versteck. Also lief er im Kreis herum und zog den Holzstab hinter sich her.

Loor hielt es nicht länger aus. Sie setzte zum Sprung an um dem Burschen zu helfen. Glücklicherweise hielt Alder sie fest. Das war gut. Sie hätte keine Chance gegen das Raubtier gehabt, genauso wenig wie der schmächtige Bergmann.

Die Milago im Publikum sahen schweigend zu. Ihre Mienen zeugten von Angst und Entsetzen. Auch die Novaner schwiegen. Schwer zu sagen, was sie über die Szene dachten. Dann sah ich zu den Bedoowan hinauf. Das Furchtbare war, dass sie lachten! Der Anblick eines Milago, der um sein Leben lief, war für sie unterhaltsam!

Das Quig hielt einen gewissen Abstand zu dem alten Mann, als würde es mit ihm spielen. Nach kurzer Zeit begriff der Mann, dass es keinen Zweck hatte, im Kreis zu laufen, blieb stehen und stellte sich dem Biest. Er hob den Stab, aber es war klar, dass er nichts gegen das Monstrum würde ausrichten können. Die Zeit schien stillzustehen. Der Milago wartete mit hoch erhobenem Stock. Das Quig kauerte ein paar Meter entfernt und schüttelte den massigen Kopf. Alle Menschen im Stadion hielten den Atem an.

Dann sprang das Quig. Der Milago hob den Stab, um sich zu verteidigen. Das Letzte, was ich sah, war der Schlag des Monsters, das ihn mit einem mächtigen Prankenhieb beiseite schleuderte. Der Stock flog durch die Luft und zu meinem größten Entsetzen sah ich, dass ihn die Hand des alten Mannes noch immer umklammerte.

Ich schaute zu Kagan und den anderen Bedoowan hinauf. Der Anblick war beinahe so furchtbar wie das Gemetzel in der Arena. Kagan saß auf der Kante des Throns und klatschte so freudig in die Hände wie ein kleines Mädchen beim Kasperletheater. Die übrigen Bedoowan lachten schallend wie die Zuschauer bei einer Comedy-Show. Im Hintergrund hörte ich schreckliche Geräusche von reißendem Fleisch und berstenden Knochen, als das Quig den Bergmann in Stücke riss. Er stieß einen lauten Schrei aus und verstummte dann. Zum Glück starb er schnell. Jetzt fraß sich das Quig satt. Mir drehte sich der Magen um und ich hasste die Bedoowan noch mehr, weil sie keinen Hauch von Mitgefühl für ein anderes Lebewesen zeigten.

Mallos beobachtete mich grinsend. Das schien mir der schlimmste Augenblick von allen zu sein, denn ich bekam das Gefühl, er hätte das Spektakel nur für mich inszeniert. Der Gedanke, dass ich womöglich verantwortlich für den Tod des Mannes war, brachte mich an den Rand des Wahnsinns.

Es war schnell vorbei. Die Bedoowan applaudierten, als hätte das Quig ein besonders tolles Kunststück vorgeführt. Selbst die Novaner klatschten Beifall, aber nicht so enthusiastisch wie die Bedoowan. Die Milago sahen starr vor Grauen zu. Einige weinten.

Danach erklangen wieder die Xylofontöne. Sofort rannten sechs Ritter mit Seilen in den Händen in die Arena. Drei von ihnen hielten das Quig mit Speeren in

Schach, während die anderen ihm die Seile um den Hals warfen und es auf das große Tor zuzerrten. Jetzt, da es gefressen hatte, war es viel ruhiger als vorher. Es ließ sich ohne Gegenwehr wegziehen. Ich sah, wie ihm das Blut aus dem Rachen lief, als es aus der Arena verschwand. Ich schaute zu der Stelle hinüber, wo es den Mann angegriffen hatte. Alles, was von ihm übrig war, war ein großer roter Blutfleck auf dem Gras. Ein Ritter füllte einen Eimer mit Wasser aus einem hohen Behälter, lief zu der Stelle und spülte das Blut weg. Wasser und Blut versickerten im Boden, als wären sie nie dort gewesen.

Wieder hörte ich zwei Töne und mit Grauen wurde mir klar: Wir waren die Nächsten. Man hatte uns gezeigt, wie unser Schicksal aussah, und nun war die Reihe an uns. Ich blickte mich um und erwartete, dass uns die Ritter in die Arena schubsen würden. Aber sie beachteten uns nicht. Also sah ich zu Mallos hinauf. Er erwiderte meinen Blick und deutete zum Himmel. Ich schaute empor und begriff, was passieren würde.

Die drei Sonnen waren dabei, miteinander zu verschmelzen. Es war Equinox. In der Arena öffnete sich eine Tür. Dort war der Milago herausgestoßen worden. Doch heute wurden keine Milago mehr umgebracht. Mein Herz setzte sekundenlang aus. Ein Mann trat hoch aufgerichtet ins Sonnenlicht, den Kopf stolz erhoben. Ich glaube, ich stöhnte laut, als ich ihn erkannte.

Es war Onkel Press. Es war Equinox und er würde als Nächster sterben.

Drittes Journal
(Fortsetzung)

DENDURON

Mutig schritt Onkel Press in die Mitte der Arena. Ich hatte ihn erst vor wenigen Tagen zum letzten Mal gesehen, aber nach allem, was passiert war, kam es mir wie Monate vor. Es war seltsam, ihn in der Lederkleidung der Milago zu sehen. Ich kannte ihn bloß in Jeans und dem langen Ledermantel, der im Wind flatterte, wenn er Motorrad fuhr. Doch es hatte sich viel verändert. Obwohl er noch immer Onkel Press war, sah er mit dem Drei-Tage-Bart und den struppigen Haaren wie ein Milago-Bergmann aus. Aber im Gegensatz zu den Milago strahlte Onkel Press Selbstsicherheit aus. Die Bedoowan hörten auf zu lachen und zu plaudern. Sie wirkten angespannt, als wüssten sie, dass dieser neue Gladiator ihnen mehr bieten würde als sein Vorgänger.

Ich blickte zu den Milago hinauf, die seinen Auftritt ähnlich gespannt beobachteten. Doch statt Angst zu haben wie um den gerade getöteten Mann schienen sie jetzt zu hoffen, dass Onkel Press Aussicht auf einen Sieg hatte. Nur die Novaner benahmen sich genauso wie vorher. Sie spendeten Onkel Press höflichen, emotionslosen Beifall.

Obwohl er so selbstbewusst auftrat, würde er mehr als nur Selbstsicherheit brauchen um ein hungriges Quig zu besiegen. Trotzdem gab uns sein Auftreten das Gefühl, dass – wenn es überhaupt jemand schaffen konnte – dieser Mann in der Lage war, es mit einem Quig aufzunehmen. Er stand in der Mitte der Arena und musterte die Zuschauer. Dabei drehte er sich um die eigene Achse, bis er die Bedoowan im Visier hatte. Ich sah, wie er den Kopf schüttelte, und wusste, was er dachte. Er fand es schrecklich, dass sich diese Typen versammelt hatten um Blut fließen zu sehen.

In der königlichen Loge spürte Kagan nichts von dieser Anspannung. Sie schien immun gegen äußere Einflüsse und kaute an dem nächsten Truthahnschenkel. Mallos beugte sich vor und flüsterte ihr etwas ins Ohr. Kagan antwortete mit einem Achselzucken, das mir verriet, wie gleichgültig ihr die Frage war. Mallos verneigte sich vor ihr, trat an die Brüstung und ließ den Blick über die Ränge schweifen. Dann hob er die Hände und alle sahen ihn an. Sogar Onkel Press schaute nach oben um zu hören, was der bösartige Marionettenspieler zu sagen hatte.

»Menschen von Denduron!«, rief er. »Der Mann, den ihr da unten seht, wird des Hochverrats beschuldigt! Er hat versucht den Frieden des Landes zu stören und wollte die Milago dazu bringen, sich gegen unsere geliebte Königin Kagan zu erheben.« Bei diesen Worten sah er Kagan an. Sie erwiderte den Blick mit einem lauten Rülpser. Die Frau hatte Stil!

Mallos reagierte nicht und fuhr fort: »Für dieses Verbrechen wurde er zum Tode beim Equinox verurteilt, wenn das Licht am hellsten ist, damit jeder die Bestrafung deutlich sehen kann. Diese Hinrichtung soll als Erinnerung daran dienen, dass die natürliche gesellschaftliche Ordnung niemals gestört werden darf. Der Versuch, den Lauf des Lebens zu ändern, ist ein Verbrechen gegen die Menschheit und er wird schwer bestraft. Lang lebe Denduron! Lang lebe Königin Kagan! Tod allen, die sich dem Thron widersetzen!«

Mallos vollführte eine weit ausholende Geste und zwei Ritter sprinteten über den Grasplatz, um das Tor für das nächste Quig zu öffnen. Mir war klar, was die Ansprache bedeutete. Mallos benutzte meinen Onkel als abschreckendes Beispiel, um den Milago die Lust auf Rebellion zu nehmen. Die Milago vertrauten Onkel Press. In wenigen Sekunden würde ein Quig durch das Tor stürmen und angreifen. Das wäre das Ende der Revolte und das Ende meines Onkels. Und so wie es aussah, waren Alder, Loor und ich danach an der Reihe.

Trotz meiner Angst begriff ich, welche Ausmaße die ganze Angelegenheit annahm. Onkel Press hatte uns hierher gebracht, um zwischen den Bedoowan und den Milago Frieden zu stiften. Es handelte sich um eine Stammesfehde, die Mallos (oder Saint Dane, wie er sonst genannt wurde) nach besten Kräften schürte. Wenn er Onkel Press und uns aus dem Weg räumte, würde nichts die Bedoowan davon abhalten, die Milago zu vernichten. Das Territorium von Denduron würde im Chaos enden und Mallos hätte seine üble Mission vollbracht.

Es sei denn, ich unternahm etwas dagegen. Und zum ersten Mal, seit ich mein Zuhause gemeinsam mit Onkel Press verlassen hatte, wusste ich ganz genau, was zu tun war. Ich machte mir vor Angst fast in die Hose, aber trotzdem wusste ich, was ich tun musste. Noch ehe meine Feigheit die Oberhand gewinnen konnte, sprang ich über das Geländer, das uns vom Spielfeld trennte, und lief auf meinen Onkel zu.

»Pendragon!«, rief Loor überrascht. Ich glaube, sie war völlig schockiert, dass ich als Erster die Initiative ergriff. Ich hatte ihr meinen Plan nicht mitgeteilt. So viel Zeit hatte ich nicht. Doch sie begriff sehr schnell und folgte mir Sekunden später mit Alder. Ich weiß, was du denkst, Mark, aber du irrst dich. Ich war nicht verrückt geworden. Ich fühlte mich nicht auf einmal wie ein Superheld, der es mit dem Quig aufnehmen konnte. So war es kein bisschen. Aber ich hatte eine Idee, und wenn sie funktionierte, bestand die Hoffnung, dass wir alle lebend davonkamen.

Ich stellte mich neben Onkel Press. Natürlich hatte ich erwartet, er wäre total überrascht und würde schreien: »Nicht doch, Bobby! Rette dich! Hau ab!« Aber er schrie nicht. Er sah mich an, als hätte er mich erwartet, und meinte gelassen: »Ich habe dir noch gar nicht gesagt, dass Courtney Chetwynde ziemlich süß ist.«

Eines muss man ihm lassen, er ist durch nichts aus der Ruhe zu bringen. Vielleicht ein bisschen verrückt dabei.

Loor und Alder gesellten sich zu uns. Loor hob den Holzstab auf, den der Milago hatte fallen lassen. Zum Glück hatte sie ihn zuvor von der Hand des armen Mannes befreit.

Plötzlich stießen die Bedoowan triumphierende Schreie aus. Was das bedeutete, wusste ich. Ich sah zum Tor hinüber und erblickte ein riesiges Quig, das gerade aus der Dunkelheit trottete. Es war viel größer als das erste Monstrum. Das Rückgrat berührte den oberen Rand des Torbogens, als es ins Freie schlich. Es schien sehr langsam zu gehen, aber vielleicht lag es daran, dass sein Blut noch nicht in Wallung geraten war.

Noch nicht.

Loor stellte sich zwischen uns und das Quig und schrie: »Ich ziele auf die Augen!«

Wahrscheinlich dachte sie, ein Kampf wäre unsere einzige Hoffnung. Überraschung! Also stellte sie sich in Position und hielt sich bereit. Bestimmt wusste sie, dass eine Auseinandersetzung mit der Bestie nicht zu gewinnen war, doch sie war eine Kriegerin und folgte ihrer Ausbildung.

Onkel Press schien sich der Gefahr gar nicht bewusst zu sein. Er wandte sich mir zu und sagte: »Ich wette, du hast ein paar sehr interessante Tage hinter dir.«

Sollte das ein Witz sein? Wir standen kurz davor, von einem Monster mit zehn Zentimeter langen Zähnen und Lust auf Menschenfleisch zerrissen zu werden, und er plauderte über Nichtigkeiten! Wahrscheinlich dachte er, wir hätten sowieso keine Chance gegen das Quig, und hatte beschlossen seine letzten Sekunden in Frieden zu verbringen.

Ich hatte noch eines von den Dingen übrig, die ihr mir geschickt habt, und es war an der Zeit, es einzusetzen. Ehrlich gesagt hatte ich gehofft es nicht benutzen zu müssen, aber nun lag es in meiner Tasche und es war unsere letzte Chance. Danke, ihr seid genial!

Das Quig sah uns. Oder es roch uns. Wie auch immer, es beschrieb einen Kreis und machte sich zum Angriff bereit. Die schrecklichen gelben Augen starr auf uns gerichtet wartete es auf den richtigen Augenblick zum Sprung. Wir rückten näher zusammen um eindrucksvoller zu wirken. Ich warf einen Blick zu den überfüllten Rängen empor. Alle Augen waren auf uns gerichtet. Diesmal rechneten sie mit einem richtigen Blutbad, da gleich fünf Köstlichkeiten auf das Quig warteten, nicht nur eine.

Loor sagte: »Wenn es angreift, stellt ihr euch hinter mich.«

»Nein«, erwiderte ich so bestimmt, wie ich konnte.

Sie sah mich überrascht an und schaute dann wieder zu dem Quig hinüber. »Sei nicht albern, Pendragon! Ich bin diejenige mit der Waffe.«

Noch ehe ich von meinem Plan erzählen konnte, stellte sich das Quig auf die Hinterbeine, brüllte laut und raste auf uns zu. Loor wollte ihm entgegenlaufen, aber ich hielt sie mit einer Hand am Gürtel fest.

»Pendragon!«, kreischte sie wütend.

Ich ließ nicht los. Ich hielt sie fest und zog meine letzte Wunderwaffe heraus … die lautlose Hundepfeife. Ich setzte sie an die Lippen und blies hinein, so fest ich konnte. Augenblicklich hielt das Quig schlitternd an und stieß einen Schmerzensschrei aus wie das Monstrum auf dem Berg, als Onkel Press und ich auf dem Schlitten davonfuhren. Offenbar hatte diese moderne Hundepfeife einen schrilleren Klang als die Holzpfeife, die ich von meinem Onkel bekommen hatte, denn die Reaktion des Quigs war viel dramatischer. Es sank in die Knie und schrie so laut, dass ich dachte, sein Kopf würde explodieren. Doch ich wollte kein Risiko eingehen. Sobald meine Lunge leer war, holte ich wieder Luft und blies ein zweites Mal in die Pfeife.

Das Quig brüllte laut auf. Ich warf einen Blick zu den Rängen hinauf. Alle Zuschauer starrten mit offenen Mündern zu uns herunter. Alle, bis auf Mallos. Der legte den Kopf schief, als wäre diese Wendung nichts als eine kleine, unwichtige Überraschung.

»Was ist los?«, rief Alder.

Loor stand wie erstarrt neben mir. Nur Onkel Press war nicht überrascht. Er übernahm die Führung.

»Los, wir laufen zu den Quigställen!«, befahl er. Zu mir sagte er: »Du hast ziemlich lange gewartet, wie?«

Er hatte die ganze Zeit von der Pfeife gewusst! Aber wie konnte das sein? Wahrscheinlich wusste er nicht, dass ich die Holzpfeife in den Bergen verloren hatte. Er war total ruhig geblieben, weil er sicher war, ich würde sie benutzen. Ich wiederhole mich, aber Onkel Press ist wirklich unglaublich! Ich war froh, dass er das Kommando übernahm, weil mein Plan nur bis zu diesem Punkt gediehen war. Ich hatte keinen Schimmer, wie es weitergehen sollte, Onkel Press dagegen schon.

Sehr gut. Leider wollte er, dass wir den einzig möglichen Fluchtweg einschlugen … durch die Ställe der Quigs. Das war schlecht. Doch natürlich hatte er Recht, denn es gab keinen anderen Weg, und so rannten wir auf das Tor zu.

Die Menge beobachtete uns entgeistert. Kagan rührte sich als Erste. Sie sprang vom Thron, schwenkte den Truthahnschenkel und quietschte: »Haltet sie auf!«

Ein Zuschauer aus den Reihen der Milago brüllte anfeuernd: »Lauft!« Die anderen Milago folgten seinem Beispiel und brachen in leidenschaftliche Rufe aus. Es war, als hätten sie sich plötzlich in fanatische Fußballfans verwandelt, die ihre Mannschaft anfeuerten. Noch nie hatte ich diese Leute so lebhaft gesehen. Wahrscheinlich war der Anblick, wie wir aus der Arena liefen, der erste Hoffnungsschimmer, den sie je erlebt hatten. In diesen Sekunden kam es mir vor, als wären sie alle in der Arena und liefen mit uns um ihr Leben.

Doch was vor uns lag, war nicht weniger gefährlich und tödlich als das, was wir hinter uns hatten. Während wir rannten, blies ich immer wieder in die Pfeife und das Quig wand sich vor Qual. Plötzlich legte mir jemand die Hand auf die Schulter und hielt mich zurück. Es war Onkel Press. Gut, dass er mich festhielt, denn noch einen Schritt weiter und ich wäre in einen Speer gelaufen, den einer der Ritter vom obersten Rang geworfen hatte. Er landete genau dort, wo ich gestanden hätte. Ich hatte mich so auf das Quig konzentriert, dass ich gar nicht mehr an die Ritter dachte. Schnell schaute ich auf und sah, dass sie die Stufen herabstürmten. Schlimmer noch: Etliche Speere segelten auf uns zu.

»Verlier nicht den Kopf, lauf weiter!«, befahl Onkel Press. Geistesgegenwärtig nahm er den Speer an sich, der mich beinahe getroffen hätte. Auch Loor hob eine

Waffe vom Boden auf. Ich nicht. Die kleine Hundepfeife war eine ebenso gefährliche Waffe wie die Speere und ich hatte nicht vor sie zu verlieren, wie es mir während der Schlittenfahrt passiert war. Die scharfen Waffen überließ ich den Leuten, die damit umgehen konnten.

Während die Milago uns anfeuerten und die Speere um unsere Ohren flogen, gelangten wir in den dunklen Tunnel hinter dem Tor. Ehe ich im Gang verschwand, blickte ich noch einmal zu Mallos hinauf. Was ich sah, gefiel mir gar nicht. Ich hatte erwartet, er würde sich über das Geländer beugen und den Rittern Kommandos zurufen. Schließlich hatte er die Show organisiert, um die Milago abzuschrecken, und nun ging sie vor seinen Augen baden. Doch ich sah etwas ganz anderes. Er stand neben dem Thron, hatte die Arme verschränkt und wirkte völlig entspannt. Ich hätte schwören können, dass er zufrieden lächelte. Vielleicht bildete ich es mir nur ein, aber ich war sicher, dass ihn die Ereignisse nicht überraschten. Nein, das Ganze machte ihm Spaß! Hatte er unsere Flucht vorausgesehen? Spielte sich alles so ab, wie er gehofft hatte? Ich dachte an seine Worte in der Festung. Obwohl er uns in den Tod schickte, redete er mit mir, als wäre es nicht der letzte Kampf zwischen uns. Nun, wenn das so war … wann fand dann der letzte Kampf statt?

Ich hatte keine Zeit, noch länger nachzudenken, denn wir waren nach wie vor in einer brenzligen Situation und ich musste gut aufpassen. Ich war der Letzte, der in den Gang lief. Doch noch ehe ich weit gekommen war, hörte ich ein Kommando hinter mir: »Halt!«

Ich schaute über die Schulter und sah zwei Ritter, die in der offenen Tür standen. Beide hielten die Speere zum Wurf erhoben und ich war ihnen zu nahe um noch ausweichen zu können. Die anderen waren bereits im Dunkel der Stallungen verschwunden und so war ich mit den zwei Kriegern allein. Offenbar würde ich nach allem, was wir erreicht hatten, doch noch von den Bedoowan abgeschlachtet werden.

Als ich so stand und die Männer anstarrte, die hinter mir her waren, hielt ich die Luft an und … blies nicht mehr in die Pfeife. Ich hielt sie noch zwischen den Lippen, aber ich hörte einfach auf. Ich hatte zu viel Angst. So ist es wohl, wenn man dem Tod ins Auge sieht.

Die Ritter hoben die Arme um die Speere nach mir zu werfen. Ich hielt nur noch die Luft an und wartete auf den Todesstoß. Mein einziger Gedanke war: »Hoffentlich tut es nicht so weh.«

In diesem Augenblick kam mein Retter. Mit einem durchdringenden Kreischen tauchte das Quig aus der Arena auf. Es raste von hinten auf die Ritter zu und schlug die beiden mit seinen gewaltigen Pranken zu Boden. Als die Hundepfeife verstummte, war das Quig wieder zu sich gekommen und war nun auf Rache aus. Ehrlich gesagt mir taten die beiden Männer Leid, denn ihnen stand ein schrecklicher Tod bevor. Das Monstrum stieß einen Schrei aus, dass die Erde bebte. Obwohl mich die beiden hatten töten wollen, konnte ich nicht mit ansehen, was jetzt kam. Schnell holte ich Luft um wieder zu pfeifen. Doch ehe ich ausatmen konnte, hielt Onkel Press meine Hand fest.

»Rette sie und sie bringen dich um«, sagte er nüchtern.

Er hatte Recht. Wenn die Ritter entkamen, würden sie nicht dankbar sein, sondern sofort versuchen mich zu töten. Danach würden sie sich auf die anderen stürzen. Nein, hier herrschte Krieg und meine Verfolger waren die nächsten Opfer. Ich nickte und Onkel Press ließ mich los. Er ging weiter in die dunklen Stallungen hinein und ich folgte ihm. Ich glaube, ich werde die

Geräusche nie vergessen, die hinter mir ertönten, als ich losrannte. Ich beschreibe sie euch nicht, weil sie so entsetzlich waren. Doch eines sage ich euch: Sie starben nicht so schnell wie der Milago. Das lag daran, dass sich das Quig zuerst durch die Rüstungen beißen musste.

Einen Moment lang fühlte ich mich schuldig. Nicht wegen der beiden Ritter, sondern wegen des armen Milago, der in der Arena gestorben war. Die Ereignisse hatten mich so überrollt, dass ich gar nicht mehr an die Pfeife gedacht hatte. Hätte ich ihn retten können? Ich weiß es nicht und werde es nie erfahren. Mein einziger Trost war die Tatsache, dass wir dann Onkel Press nicht getroffen hätten, der uns jetzt bei der Flucht half. Vielleicht steckte ein tieferer Grund dahinter.

Allerdings war unsere Flucht noch nicht geglückt. Nun standen wir einer neuen Gefahr gegenüber. Wir befanden uns mitten in den Stallungen der Quigs. Ich hoffte, dass sich irgendwo eine Tür befand, die uns nach draußen brachte. Es musste einen Ausgang geben. Die Kunst bestand darin, so lange zu überleben, bis wir ihn gefunden hatten. Durch Felsspalten fielen vereinzelte Sonnenstrahlen und sorgten für eine gewisse Helligkeit. Aber sie schufen gleichzeitig tiefe Schatten und davor fürchtete ich mich. Vor den Schatten. Dort konnten Quigs lauern, zum Angriff bereit.

Der Stall war nichts als eine große Höhle, die man aus dem Berg gegraben hatte. Sie wurde durch niedrige Steinmauern in einzelne Gehege unterteilt. Das schloss ich aus dem Anblick der schweren Ketten, die ich in leeren Gehegen erblickte. Auf dem Boden dieser Behausungen lag etwas, was wie Heu aussah. Wahrscheinlich sollte es die Gehege sauber halten. Anscheinend funktionierte es nicht besonders gut, denn es stank fürchterlich hier unten. Erinnert ihr euch daran, wie ich den Geruch beschrieb, der aus dem Latrinenloch in der Milago-Hütte kam? Nun, diesen Gestank muss man sich multipliziert mit tausend vorstellen und dann hat man ihn. Es roch nach Exkrementen, verwesendem Fleisch und Tod.

Onkel Press wandte sich zu mir und sagte: »Halte die Pfeife bereit.«

Als ob er mich daran erinnern müsste. Hätte ich die Metallpfeife noch fester umklammert, wäre sie durchgebrochen. Onkel Press ging vorsichtig weiter, den Speer wurfbereit erhoben. Ich hielt mich dicht hinter ihm, obwohl es mir gar nicht behagte, der Letzte zu sein. Immer wieder schaute ich über die Schulter nach hinten, ob sich auch nichts an uns heranpirschte. Nachdem wir ein paar Minuten gegangen waren, hörte ich etwas, was mich innehalten ließ. Es klang wie ein Knurren und kam aus einem Gehege rechts von mir. Ich spähte hinein und erblickte ein Quig, das auf der Seite lag. Es musste das Quig sein, das gerade den Milago gefressen hatte, denn es wirkte schläfrig und entspannt. Das Vieh interessierte sich überhaupt nicht für uns. Es putzte sich, leckte die riesige Pranke ab. Das Blut, das daran klebte, war die Bestätigung, dass es sich tatsächlich um das Monstrum handelte, das den armen Kerl verspeist hatte. Ohne es aus den Augen zu lassen ging ich weiter … und stolperte über irgendetwas. Als ich genauer hinsah, wäre ich beinahe ohnmächtig geworden. Vor mir lag ein Unterschenkelknochen. Ein menschlicher Knochen. Ich weiß das, weil noch ein Fuß daran hing. Misstrauisch betrachtete ich den Fußboden und sah tonnenweise Knochen herumliegen. Mir wurde schlagartig klar, dass die Futterzeit der Quigs den Tod vieler Milago bedeutete.

Wir gingen immer weiter und ich erblickte viele Gehege, aber kein einziges Quig. Wahrscheinlich hielten sie nie viele gleichzeitig gefangen. Das war mir recht. Außer den beiden Monstern, die ich bisher gesehen hatte, schien kein anderes Tier hier zu leben. Als sich meine Augen an die Finsternis gewöhnt hatten, entdeckte ich unzählige dunkle Tunnel, die ins Ungewisse führten. Natürlich konnten auch dort überall Quigs lauern. Ich würde mich nicht eher entspannen, bis wir die Stallungen verlassen hätten.

Plötzlich blieb Onkel Press stehen und hob warnend die Hand. Er hatte etwas gehört. Ich lauschte angestrengt und hörte es auch. Irgendetwas kam auf uns zu. Schnell. Ich setzte die Pfeife an die Lippen und war bereit mir die Lunge aus dem Hals zu pusten, aber Onkel Press hinderte mich daran. Er wollte sicher sein, was es war. Gute Idee, denn es war gar kein Quig. Es war Alder. Hätte ich gepfiffen, wäre vielleicht ein schlafendes Monster erwacht.

Alder war völlig außer Atem und keuchte: »Loor hat den Ausgang gefunden. Kommt mit!« Er drehte sich um und lief zurück.

Wir waren unserem Ziel, aus der Burg zu fliehen, einen Schritt näher gekommen. Onkel Press nickte mir zu und folgte Alder. Ich blieb ihnen dicht auf den Fersen. Wir liefen so leise wie möglich durch die düsteren Gänge um keine der Bestien aufzustören. Nach ein paar Abzweigungen wurde es heller. Wir erreichten einen Teil des Stalles, in dem auch die Luft ein wenig besser war. Als wir um eine Felsnase bogen, sah ich den Grund dafür.

In der Decke der Höhle befand sich ein großes rundes Loch. Über mir sah ich den blauen Himmel. Ich hörte sogar das Rauschen der Wellen. Wir waren nicht weit von den Klippen entfernt. Das Loch war wirklich groß – ungefähr so wie euer Schwimmbecken im Garten, Mark. Genau die richtige Größe für ein Quig. Jetzt begriff ich, wie die Bedoowan die Biester hereinschafften. Sie mussten sie nur in die Nähe des Lochs treiben, und wenn sie hereinfielen, saßen sie in der Falle. Der einzige Ausgang war die Tür zur Arena. Ich vermute, ein Quig, das einmal hier unten war, kam nie mehr hinaus, denn das Loch lag viel zu weit oben um hinausklettern zu können. Natürlich war es auch für uns viel zu hoch. Der Weg in die Freiheit lag nur dreißig Meter entfernt, aber es waren dreißig Meter in die Höhe und somit außer Reichweite. Ich hatte keine Ahnung, wie wir das schaffen sollten.

Loor dagegen schon. Als Alder, Onkel Press und ich ankamen, war sie gerade dabei, eine lange Ranke an das Ende des erbeuteten Speers zu binden.

»Oben hängt ein Seil«, erklärte sie. »Ich lasse es zu euch herab, damit ihr hinaufklettern könnt.«

Ich starrte in die Höhe und entdeckte ein dickes Seil, das halb über dem Loch hing. Wahrscheinlich war es für Notfälle vorgesehen, wenn irgendein Bedoowan das Pech hatte, in das Loch zu fallen. Einer seiner Freunde konnte den Strick von oben in die Tiefe werfen, damit er die Möglichkeit zur Flucht hatte.

»Beeile dich«, drängte Onkel Press. »Wir müssen hier weg, ehe uns die Ritter einholen.«

Er hatte Recht. Auch wenn wir hier hinauskamen, hieß das nicht, dass uns die Bedoowan nicht dort oben erwarteten. Sie waren grausam, jedoch nicht dumm. Wenn das Loch der einzige Ausgang war, eilten sie garantiert dorthin. Je schneller wir oben waren, umso größer die Chance, zu entkommen. Plötzlich machte ich mir weniger Sorgen um die Quigs als um das, was uns an der Oberfläche erwartete.

Gekonnt knotete Loor die Ranke fest und stand auf. Sie wog die Waffe prüfend in der Hand, da die Ranke das Gewicht veränderte. Dann sah sie nach oben. Ehrlich gesagt hegte ich keinen Zweifel, dass sie ihr Ziel beim ersten Versuch treffen würde. So gut war sie. Mit einem leisen Grunzen schleuderte sie den Speer nach dem baumelnden Seil. Er flog durch Luft und zog die lange Ranke wie einen Schweif hinter sich her. Die Waffe beschrieb einen perfekten Bogen durch die Schlaufe des Seils und kam wieder zurück. Gerade hatte Loor eine Nadel eingefädelt, die sich dreißig Meter über ihr befand. Die Liane hing über dem Seil, beide Enden berührten den Boden. Schnell packte Alder sie und zerrte daran. Das Seil fiel herab. Unser Fluchtweg war gesichert. Loor hatte es geschafft. Ich sagte euch ja, dass sie gut ist.

Doch als ich nach oben schaute, dachte ich sofort an das verhasste Seilklettern im Sportunterricht. Ich kann zwar klettern, aber nicht sehr schnell. Und jetzt kam es auf Schnelligkeit an. Hatte ich eine andere Wahl? Nein. Ich hoffte bloß, dass mir der Adrenalinschub zu etwas mehr Tempo verhelfen würde.

Loor war die Erste. Ich glaube, sie nahm nicht einmal die Beine zur Hilfe. Sie zog sich am Seil hinauf, als gäbe es überhaupt keine Schwerkraft. Nach wenigen Sekunden war sie oben und schwang sich durch das Loch. Sie sah sich aufmerksam nach allen Seiten um und rief: »Beeilt euch, noch sind wir allein.«

Das war gut. Die Ritter waren uns noch nicht auf der Spur. Loor warf etwas zu uns herunter. Ich musste beiseite springen, sonst hätte es mich getroffen. Als ich genau hinsah, grinste ich vor Erleichterung. Es war eine Strickleiter. Ich vermute, dass nicht alle Bedoowan so stark sind wie Loor. Sie brauchten die Leiter, um nach oben zu gelangen, genau wie ich. Egal, es machte mir nichts aus.

Onkel Press hielt das Ende der Leiter fest und befahl: »Rauf mit dir, Alder!«

Ohne zu zögern kletterte unser Bedoowan-Freund empor. Da er größer und schwerer ist als Loor, war er nicht so schnell, aber er kam gut voran. Während er kletterte, sah Onkel Press mich an und lächelte zum ersten Mal.

»Du warst sehr tapfer, Bobby«, sagte er. »Bist einfach in die Arena gesprungen.«

Ich fühlte mich ziemlich gut. Klar, ich war davon ausgegangen, dass der Trick mit der Pfeife funktionierte, aber trotzdem war es für mich eine Überwindung gewesen. Vielleicht hatte ich damit sogar Loor beeindruckt. Doch obwohl ich stolz auf mich war, reagierte ich so, wie es alle wahren Helden in solchen Augenblicken tun.

»Das war nichts Besonderes«, erklärte ich mit so viel Bescheidenheit wie möglich. »Du hättest das Gleiche für mich getan.«

Ich blickte nach oben und sah Alder, der es fast geschafft hatte. Ich nutzte die wenigen Sekunden, die mir blieben, ehe ich an der Reihe war, und stellte die Frage, die mich schon geraume Zeit quälte.

»Du warst nicht überrascht mich zu sehen«, sagte ich zu Onkel Press. »Wie kommt das?«

»Ich kenne dich, Bobby«, lautete die Antwort. »Vielleicht besser, als du dich selbst kennst. Ich wusste, dass du mir helfen würdest. Und da du die Pfeife hattest, war mir klar, du würdest sie benutzen.«

Ich glaube, Onkel Press wusste gar nicht, wie dicht ich daran war, nicht zu kommen. Ich dachte an die Zeit kurz nach meiner Ankunft in Denduron und erinnerte mich voller Scham daran, wie weit unten die Rettung meines Onkels auf meiner Liste stand. Doch zum Glück traf ich irgendwann die richtige Entscheidung. Wahrscheinlich ist es okay, manchmal wie ein Weichei zu denken, solange man nicht so handelt. In diesem

Satz steckt wahrhaft tiefgründige Philosophie, aber ich überlasse es euch, darüber nachzudenken.

»Du hattest Recht«, meinte ich. »Bis auf eine Sache.«

»Und welche?«, fragte Onkel Press.

»Das ist nicht die Pfeife, die du mir gegeben hast. Die habe ich verloren, als wir mit dem Schlitten umkippten.«

Er sah mich fragend an. Zum ersten Mal seit Beginn dieses Abenteuers schien er an mir zu zweifeln.

»Das verstehe ich nicht«, sagte er. »Hast du eine neue geschnitzt?«

Ich hielt ihm die silberne Pfeife entgegen und antwortete: »Nein, die ist von daheim.«

Sofort ließ er die Leiter los und riss sie mir aus der Hand.

»Woher hast du sie? Hattest du sie bei dir?«, wollte er wissen.

Aha. Mein Instinkt sagte mir, dass ich etwas falsch gemacht hatte.

»N-nein«, stotterte ich nervös. »Ich schrieb meinen Freunden, dass ich eine Pfeife brauche. Dann kehrte ich mit dem Flume in den U-Bahnhof zurück und …«

Onkel Press tat etwas Erstaunliches! Er drehte sich um, holte aus und schleuderte die Pfeife durch das Loch in der Decke!

»Wirf sie ins Meer!«, rief er Loor zu. »Sofort!«

Loor gehorchte augenblicklich. Sie hob die Pfeife auf und schleuderte sie weg. Dann wandte sich Onkel Press wieder mir zu und starrte mich so durchdringend an, dass ich weiche Knie bekam.

»Ich habe es dir doch gesagt!«, knurrte er. »Wir dürfen nur das benutzen, was uns das Territorium bietet. Deshalb habe ich die Pistole nicht mitgenommen!«

Meine Gedanken überstürzten sich. Richtig, er hatte mich gewarnt, aber ich hatte es vollkommen vergessen.

»Hast du sonst noch etwas von zu Hause geholt?«, fragte er.

O nein! Ich hatte nicht nur weitere Sachen mitgenommen, sondern sie auch überall im Bedoowan-Palast verteilt. Ich hatte keinen Schimmer, warum das so schlimm war, aber Onkel Press' Miene verriet mir, dass die Sache ernst war. Noch ehe ich ein Geständnis ablegen konnte, hörten wir etwas. Das Geräusch drang aus der Tiefe eines Tunnels, der hinter uns lag. Wir drehten uns um und lauschten angestrengt. Nach wenigen Sekunden hörten wir es wieder. Klar, ein Knurren. Da hinten in den Stallungen lauerten offensichtlich doch mehr als zwei Quigs und es hörte sich so an, als wären ein paar neue Gegner aufgewacht.

»Nach oben!«, kommandierte Onkel Press.

Er musste es nicht zweimal sagen. Ich ergriff die Strickleiter und stieg hinauf. Natürlich versuchte ich so schnell wie möglich zu klettern, aber es war gar nicht so einfach. Eine normale Leiter ist fest. Eine Strickleiter ist weich und schwingt hin und her. Sobald man den Fuß auf eine Sprosse setzt, biegt sie sich unter dem Gewicht durch. Balanciert man nicht genau in der Mitte, dreht sie sich um die eigene Achse. Und wenn man nicht richtig aufpasst, wohin man den Fuß setzt, rutscht man ab, und das kann tödlich enden. Ich gab mir Mühe, schnell zu klettern, aber je schneller ich wurde, umso schwieriger war es.

Von oben rief Alder: »Beeilung, Pendragon!«

Super, danke für die Unterstützung! Fast wäre ich abgeglitten und klammerte mich mit aller Kraft an die Leiter. Leider hielt Onkel Press das Ende nicht fest, was es mir noch schwieriger machte. Ich schaute nach unten und sah, dass er in die Tiefe der Höhle starrte. Er musste gespürt haben, dass ich ihn beobachtete, denn ohne den Kopf zu heben rief er: »Beeil dich!«

Aus der Höhle drang ein Brüllen. Diesmal klang es lauter und näher. Das Quig hatte unsere Witterung aufgenommen und war auf dem Weg.

»Komm schon!«, brüllte ich Onkel Press zu.

»Nein!«, schrie Loor von oben. »Die Leiter hält keine zwei Personen aus!«

»Da ist es!«, stöhnte Alder und deutete nach unten.

Ich kletterte weiter und schaute noch einmal hinunter … und sah es. Ein Quig tauchte aus den Schatten auf. Es schlich geduckt wie eine sprungbereite Raubkatze; der Bauch streifte den Boden. Es war zum Angriff bereit. Onkel Press hatte nichts außer dem Speer um sich zu verteidigen. Warum hatte er die Pfeife weggeworfen? Wäre sie noch da, hätte er jetzt nichts zu befürchten. Nun befand er sich in der gleichen Lage wie vorhin in der Arena, aber diesmal konnte ich ihm nicht helfen. Vorsichtig schob Onkel Press einen flachen, schweren Stein zum Fuß der Leiter. Was sollte das nun wieder? Ich kletterte zwei Sprossen höher und hatte den rettenden Ausgang fast erreicht. Loor und Alder packten meine Handgelenke und zerrten mich ins Freie.

»Ich bin oben!«, rief ich zu Onkel Press hinunter. Wir beugten uns vor und sahen in die Tiefe. Das Quig befand sich nur wenige Meter von ihm entfernt und schlich langsam näher. Die abscheulichen gelben Augen ließen ihn nicht los. Sobald er zu klettern versuchte, würde es losspringen und ihn fressen. Seine einzige Chance war ein Kampf, aber der Kampf gegen ein Quig endete unweigerlich mit dem Tod. Nicht für das Monster, sondern für meinen Onkel. Die Geschichte wiederholte sich. Jemand, den ich sehr mochte, war dabei, für mich zu sterben.

Plötzlich blieb das Quig stehen, als spürte es, dass Onkel Press gefährlicher war als ein gewöhnlicher

Milago-Bergmann. Es beobachtete ihn, während er den Speer in der erhobenen Hand hielt.

Zu meiner Überraschung bewegte sich Onkel Press als Erster. Allerdings tat er etwas sehr Eigenartiges. Er entspannte sich sichtlich, senkte die Waffe und hielt sie nach unten. Es war, als gäbe er auf. Warum tat er das? Langsam kletterte er über den flachen Stein, der unter der Leiter lag und hielt die Hände in einer Geste des Sich-Ergebens vor sich. Für das Quig musste es so aussehen, als böte er sich zum Fraß an. Es rührte sich nicht. Gewiss war es genauso verwirrt wie wir. Doch die Verwirrung währte nicht lange. Schließlich war Essenszeit. Das Quig spannte die Muskeln an, bewegte das Hinterteil und warf sich mit lautem Fauchen auf seine Beute.

Onkel Press bewegte sich kaum merklich. Als das Tier sprang, rammte er den Speerschaft gegen den hinter ihm liegenden Stein. Gleichzeitig fiel er auf die Knie und bog den Speer dem Monster entgegen. Viel zu spät begriff das Quig, dass ihm eine Falle gestellt worden war und es auf einen zwei Meter langen Speer zuflog! Jawohl!

Die Bestie landete auf dem Speer. Er bohrte sich durch ihre Brust und kam auf dem Rücken wieder zum Vorschein. Die Waffe bewegte sich nicht, da der Stein festen Halt bot. Onkel Press rollte sich zur Seite, ehe das verwundete Tier zu Boden fiel. Doch noch war der Kampf nicht vorbei. Der Speer schien keine lebenswichtigen Organe durchbohrt zu haben. Das wütende Tier schrie und wälzte sich wie ein Fisch auf dem Trockenen, aber es lebte noch und war verwundet gefährlicher als vorher. Onkel Press musste schnellstens fliehen.

Er hechtete zur Strickleiter hinüber. Das Quig sah ihn und schlug nach ihm, aber die Klauen trafen ins

Leere. Mein Onkel konnte bedeutend besser klettern als ich. Er flog die Leiter herauf, als wäre sie stabil. Leider war das Quig noch nicht erledigt. Den furchtbaren Schreien nach zu urteilen litt es Höllenqualen, gab aber nicht auf. Es kroch zur Leiter, hieb die Pranke hinein und riss aus Leibeskräften daran. Das Biest wog mindestens achthundert Pfund. Die einfache Strickleiter würde diesem Gewicht nicht standhalten. Ich bemerkte, dass sie über der Erde an einem Baum festgeknotet war. Allerdings wirkten die Stricke vor dem Knoten ziemlich morsch, als hätten sie zu lange im Regen gelegen.

»Achtung!«, schrie ich.

Loor und Alder schauten auf und erkannten die Schwachstelle. Loor dachte nicht lange nach. Sie sprang über mich hinweg und ergriff das Seil. Völlig verrückt. Die Leiter würde reißen und wenn Loor sie festhielt, würde sie mit in die Tiefe gezogen. Alder begriff das auch, setzte sich hinter sie, schlang die Arme um ihre Hüften und stemmte die Fersen in den Boden. Vielleicht reichte die Kraft zweier Menschen aus. Oder die von dreien? Ich musste ihnen helfen. Es war verrückt, aber unsere einzige Chance. Ich stand auf, setzte mich hinter Alder und umklammerte seine Hüften. In diesem Augenblick hörte ich es. Die Stricke rissen entzwei. Loor hielt sie krampfhaft fest und jetzt war sie die einzige Verbindung zum rettenden Ausgang. Ich sah, wie sich ihre Armmuskeln anspannten, während sie verzweifelt versuchte nicht loszulassen. Alder hielt Loor fest und ich hielt Alder fest, aber wir rutschten unaufhaltsam auf das Loch zu. Wir stemmten die Fersen in den Boden und versuchten alles um Zeit zu gewinnen. Ich fühlte die Anspannung meiner Freunde, als wir uns gegen das Gewicht der Leiter wehrten, an der Onkel Press hing und das Quig zog.

Es kam mir vor, als dauerte es Stunden, doch in Wirklichkeit waren es sicher nur Sekunden. Wo blieb Onkel Press? Hatte das Quig ihn gefressen? Hingen wir oben und wurden allmählich von dem Monster in die Tiefe gezogen? Eigentlich war es egal, denn lange hielten wir nicht mehr durch.

Kurz bevor wir über den Rand des Loches gezerrt wurden, hob ich den Kopf und erblickte Onkel Press, der gerade aus der Tiefe auftauchte. Er kroch aus dem Loch, rollte sich seitlich weg und brüllte: »Lasst los!«

Loor gehorchte. Die Strickleiter sauste davon und wir fielen hintenüber. Sekunden später hörte ich, wie das Quig auf dem Boden aufschlug. Es brüllte vor Schmerzen.

Während wir krampfhaft nach Luft schnappten, sah ich über die Klippen zum Stadion hinunter. Es lag ungefähr dreihundert Meter entfernt. Wir hatten einen langen Weg durch die Stallungen zurückgelegt. Kaum zu glauben, dass ein so riesiges Stadion mit unzähligen Ebenen, Gängen und Kammern unter der Erde existierte.

Einen Moment später begriff ich, wir waren keineswegs schon in Sicherheit. Man hatte erkannt, was wir planten. Einige Ritter verließen bereits das Stadion und rannten auf uns zu.

»Wir müssen weg!«, rief ich und deutete zum Palast hinüber.

Wortlos sprangen wir auf und flohen in Richtung Wald. Hoffentlich gelang es uns, sie in dem dichten Wald rings um das Milago-Dorf abzuschütteln. Verglichen mit dem, was hinter uns lag, war das ein Kinderspiel.

Loor übernahm die Führung. Wieder sauste sie wie der Blitz durchs Unterholz, aber diesmal konnte ich ihr folgen. Je weiter wir uns vom Palast entfernten, umso bewusster wurde mir, was wir geschafft hatten und was noch vor uns lag. Onkel Press lief neben mir, weil wir ihn gerettet hatten. Zum Glück war mein Abenteuer also fast beendet. Sobald wir ihn ins Dorf gebracht hatten, konnte er die Rebellen anführen und ich durfte endlich nach Hause. Und so war ich ziemlich froh, obwohl wir wie aufgeschreckte Hirsche durch den Wald liefen. Ich schmiedete sogar Pläne, wie ich ins Bergwerk steigen, zum Flume gehen und heimwärts reisen würde … für immer und ewig.

Loor führte uns im weiten Bogen um das Dorf. Wir kamen zum Rand des Ackerlandes, etwa drei Kilometer vom Dorf entfernt.

»Können wir uns eine Weile ausruhen?«, keuchte Alder.

Ich war froh, zur Abwechslung einmal nicht als Erster aufzugeben. Wir hielten an und schnappten nach Luft. Nach ein paar Sekunden sah ich Loor an und lächelte, aber sie reagierte nicht. Alder auch nicht. Ich warf Onkel Press einen Blick zu und bemerkte seine finstere Miene. Was war los? Lag es daran, weil ich die Hundepfeife mitgenommen hatte? Okay, vielleicht war das gegen die Regeln, aber hätte ich es nicht getan, wären wir alle schon im Bauch eines Quigs verschwunden. Ich fand, ich verdiente ein bisschen mehr Anerkennung für meine Tat. Noch ehe ich dazu etwas sagen konnte, hörten wir ein Geräusch. Es war ein lauter, kurzer Knall wie von einem Knallfrosch. Nein, lauter. Mehr wie ein Feuerwerkskörper. Loor und Alder zuckten zusammen. Auch Onkel Press sah in die Richtung. Seiner Miene entnahm ich, dass er sich ernsthafte Sorgen machte. Mir kam das Geräusch nicht besonders ungewöhnlich vor. Solche Laute höre ich zu Hause dauernd. Der Knall hätte von einem Auto oder aus dem Fernseher stammen können. Doch wir befanden uns nicht daheim. Dieses Geräusch war für Denduron anscheinend ungewöhnlich.

Es knallte noch zweimal. Peng. Peng. Onkel Press lief in die Richtung, aus der die Laute kamen. Wir anderen folgten ihm.

Nach kurzer Zeit erreichten wir eine Lichtung. Dieses Gebiet war mir völlig fremd. Es lag außerhalb der Felder und der üblichen Pfade. Onkel Press versteckte sich hinter einem Baum und wir folgten seinem Beispiel. Auf der einen Seite der Lichtung standen aus Stroh gefertigte, unförmige Vogelscheuchen. Ihnen gegenüber hatte sich eine Gruppe Bergleute aufgestellt. Jeder hielt eine der Schleudern in der Hand, die ich in der unterirdischen Waffenkammer entdeckt hatte. Sie schossen mit Steinen, die etwa die Größe von Walnüssen hatten, nach den Vogelscheuchen. Sie legten einen Stein in die Schleuder, wirbelten sie über dem Kopf hin und her und schossen sie ab. Sie zielten ziemlich gut. Allerdings würde ein kleiner Stein bei einem Ritter in voller Rüstung keinen großen Schaden anrichten.

Kurz darauf sollte ich feststellen, wie sehr ich mich irrte.

Jemand trat vor, einen kleinen Korb in der Hand. Es war Figgis, der gerissene kleine Händler. Er ging zu jedem Schützen und hielt ihm den Korb hin. Alle Männer griffen hinein und nahmen Steine heraus. Doch diese Steine sahen anders aus als die ersten Geschosse. Zwar waren sie genauso groß, sahen aber weich aus und hatten eine rostbraune Farbe. Ich fand, sie wirkten noch harmloser als die anderen, obwohl die Männer sie so vorsichtig zwischen den Fingern hielten, als seien sie aus Glas. Der erste Schütze legte einen Stein in die Schleuder und schoss. Der rostfarbene Stein flog quer über die Lichtung auf sein Ziel zu.

Als er traf, explodierte die Vogelscheuche in einem Feuerball!

Die Milago besaßen eine Art Sprengstoff, der beim Aufprall explodierte! Daher stammten die lauten Geräusche. Ich sah zu Loor und Alder hinüber. Sie wirkten ebenso erschrocken wie ich. Onkel Press sah gespannt zu. Ihn überraschte offenbar gar nichts.

Der nächste Bergmann schoss auf sein Ziel, das ebenfalls in Flammen aufging. Figgis hüpfte wie ein Kind auf und ab und klatschte erfreut in die Hände.

»Wo haben sie die Dinger gefunden?«, wollte Loor wissen.

»Nicht die Männer haben sie gefunden, sondern er«, antwortete Onkel Press und zeigte auf Figgis.

Der seltsame kleine Bursche hielt den Korb mit Sprengsätzen in die Höhe und tanzte umher. Er amüsierte sich köstlich.

»Ich wusste, dass er etwas im Schilde führte«, meinte Onkel Press. »Aber ich ahnte nicht, was es war ... bis jetzt. Anscheinend verkauft er den Milago das Zeug.«

Ein Wort fiel mir ein. Tak. Das hatte Figgis mir verkaufen wollen. Eine Waffe. Einen Sprengsatz. Er hatte gesagt, Tak »sei der Weg«, und wahrscheinlich hatte er Recht. Wenn es genug von den Dingern gab, konnten die Milago gegen die Bedoowan kämpfen und hatten gute Chancen, zu siegen. Vielleicht gab es doch noch Hoffnung für sie. Möglicherweise war Tak ... der richtige Weg.

Aber Onkel Press wirkte besorgt. Ihm gefiel nicht, was er sah.

»Was ist los?«, fragte ich ihn.

»Wenn die Milago damit kämpfen, bedeutet es das Ende Dendurons«, antwortete er ernst.

Wir starrten ihn überrascht an.

»Das Ende Dendurons?«, fragte ich. »Habe ich irgendetwas verpasst? Mit dem Zeug können die Milago die Bedoowan besiegen. Darum geht es doch, oder?«

Noch bevor Onkel Press antworten konnte, wurden wir angegriffen. Aber nicht von Rittern, sondern von Milago-Bergleuten. Sie überwältigten uns und warfen uns zu Boden. Einer stemmte sein Knie auf meinen Rücken und drückte mir das Gesicht in den Dreck.

»Haltet sie!«, erklang ein Befehl.

Ich hob mit Mühe den Kopf um zu sehen, wer die Kommandos erteilte, und sah Rellin, der auf uns zukam. Was sollte das? Warum griffen sie uns an? Hielten sie uns für Bedoowan? Rellin vergewisserte sich, dass man uns festhielt, und erkannte Onkel Press.

»Hallo Press!«, sagte er. »Ich wünschte, ich könnte mich freuen dich zu sehen.«

Zwei Männer zerrten Onkel Press auf die Beine und hielten ihn fest.

»Das darfst du nicht tun, Rellin«, warnte er.

»Ich freue mich, dass du noch lebst, aber versuche nicht uns aufzuhalten«, entgegnete Rellin.

»Hör mir zu«, sagte Onkel Press erregt. »Ich will, dass ihr die Bedoowan besiegt. Das weißt du. Aber es ist falsch, diese Waffe zu benutzen. Das würde alles verändern.«

»Falsch?«, knurrte Rellin. »Wie kann es falsch sein, unser Elend zu beenden? Ohne Tak gibt es keine Hoffnung, die Bedoowan zu besiegen. Aber mit Tak werden wir Jahrhunderte der Unterdrückung und Folter in wenigen Sekunden beenden.«

»Aber zu welchem Preis?«, fragte Onkel Press.

Rellin lächelte ihn an und antwortete: »Ich will dir etwas zeigen.« Er betrat die Lichtung und winkte den Bergleuten uns mitzunehmen. Sie zogen uns hoch und schleppten uns hinter ihm her. Jede Gegenwehr war nutzlos, denn sie waren viel zu viele. Ich war sowieso nicht sicher, ob ich mich wehren wollte, denn noch vor wenigen Minuten waren wir auf ihrer Seite gewesen. Jetzt … ich wusste nicht, was los war.

Als Rellin die Lichtung betrat, nahmen die Männer Haltung an. Das überraschte mich sehr. Vielleicht waren sie doch organisierter, als ich gedacht hatte. Waren das demütige Ducken und das Schweigen nur gespielt um die Bedoowan in Sicherheit zu wiegen? Rellin ging zu einer hohen Kiste hinüber, die mit einer braunen Decke verhüllt war. Dort blieb er stehen und wandte sich uns zu.

»Bald beginnt der Kampf unseres Lebens«, erklärte er stolz. »Doch er wird nicht lange währen. Das verdanken wir dir, Pendragon.«

Mir? Was hatte ich damit zu tun? Onkel Press warf mir einen scharfen Blick zu. Ich zuckte bloß die Schultern. Schließlich wusste ich nicht, wovon er redete.

Rellin fuhr fort: »Tak ist mächtig, aber sehr empfindlich.« Figgis tauchte neben ihm auf und hielt den Korb in die Höhe. Rellin griff hinein und nahm ein Stück Tak heraus, das nicht größer als eine Erbse war. »Um die Kraft freizusetzen, reicht schon ein geringer Aufprall aus.«

Rellin warf die Erbse auf den Boden und sie explodierte mit einem lauten Knall, der durch den ganzen Wald hallte. Figgis kicherte. Ich fragte mich, wie viel er für ein Stück Tak verlangte.

»Es ist gefährlich, mehr als ein winziges Stück zu benutzen«, erklärte Rellin. »Doch wir suchten einen Weg, mehr zu benutzen. Einen Weg, bei dem wir den Bedoowan einen mächtigen, vernichtenden Schlag versetzen können. Anfangs schafften wir es nicht – bis heute.«

Er griff unter die braune Decke und zog etwas heraus. Mir rutschte das Herz in die Hose. Es war eine dicke Zwölf-Volt-Batterie, die man für große Taschenlampen benutzt. Zuerst verstand ich gar nichts. Wo hatte er die Batterie her? Dann begriff ich. Ich nehme an, ihr habt mir doch eine Lampe geschickt. Ich habe sie nicht gefunden, weil Figgis sie zusammen mit dem Taschenmesser gestohlen hatte.

Rellin hielt die Batterie hoch und fuhr fort: »Pendragon, du hast dieses interessante Gerät mitgebracht. Ich weiß nicht, wieso es Energie abgibt. Allerdings lässt sie sich kontrollieren.«

Wieder griff er unter die Decke und zog die Lampe hervor. Bewundernd betrachtete er sie und knipste sie an und aus. Ich sah zu Onkel Press hinüber. Ich hätte mich gerne entschuldigt, aber dafür war es zu spät. Er würdigte mich keines Blickes. Mit starrer Miene sah er Rellin an.

Der Vorarbeiter sprach weiter: »Mit Hilfe dieser seltsamen Energie setzten wir die überwältigende Kraft von Tak frei.« Die ganze Zeit über schaltete er das Licht an und aus. »Eine kleine Bewegung und wir zünden so viel Tak, wie wir wollen. Die Bedoowan gehen unter und sie werden bitter für das zahlen, was sie uns angetan haben.«

Jetzt verstand ich, worauf er hinauswollte. Sie wollten eine Bombe bauen. Es reichte ihnen nicht, kleine Geschosse mit den Schleudern abzufeuern. Nein, sie wollten den ganz großen Knall … und ich hatte ihnen die Möglichkeit dazu gegeben. Durch die Elektrizität der Lampe würden sie eine gewaltige Bombe zünden. Gut gemacht, Bobby.

Mit stolzer Geste zog Rellin die Decke von der Kiste. Wie sich herausstellte, war es gar keine Kiste, sondern eine Grubenlore aus dem Bergwerk. Zu meinem Entsetzen sah ich, dass sie mit Tak gefüllt war. Es waren mehrere hundert Pfund. Wenn ich an die laute Explosion dachte, die durch ein winziges Stück Tak verursacht wurde, käme diese Ladung einer Atombombe gleich.

»Du machst einen Fehler, Rellin«, sagte Onkel Press beschwörend. »Glaubst, das wird die Milago retten? Du irrst dich. Wenn du diese Waffe einsetzt, befreit ihr euch von den Bedoowan, werdet aber zu Sklaven einer neuen Macht … der Macht von Tak.«

Ich verstand sofort, was er meinte. Die Milago waren dabei, eine Furcht erregende Waffe zu konstruieren. Wenn sie eingesetzt wurde, würde das die Zukunft Dendurons für immer verändern. Die Auswirkungen der Explosion wären verheerend, und: Wenn diese einfachen Menschen so ungeheure Macht besaßen, wie sollte es enden? Schon jetzt waren sie nicht damit zufrieden, kleine Mengen Tak einzusetzen. Sie wollten Macht. Es war, als hätten die Milago das Schießpulver übersprungen und wären im Nuklearzeitalter gelandet. Armageddon!

Das Verrückte war, dass all das von zwei Leuten ausgelöst worden war, die das Ausmaß ihrer Taten nicht hatten absehen können. Ich hatte dummerweise das fehlende Stück für ein Bombenpuzzle geliefert. Dann war da noch Figgis. Der seltsame kleine Händler, der mehr schlecht als recht davon lebte, gestohlene Sachen so gut wie möglich zu verkaufen. Jetzt war Figgis ein gemachter Mann. Er verkaufte nicht länger Pullover und Messer. Nein, Figgis handelte mit dem Tod und seine Kunden waren gierig ihn zu erwerben.

Mir wurde einiges klar. Der Wendepunkt für Denduron war nicht der Kampf zwischen den Milago und den Bedoowan, sondern die Einführung dieser fremden grausamen Energie in diesem Territorium. Während ich die tödlichen Stücke Tak in der Lore betrachtete, begriff ich noch etwas. Ich würde nicht nach Hause reisen. Selbst wenn ich zum Flume kam, konnte ich nicht einfach gehen. Völlig unmöglich. Nicht nachdem ich so viel Schaden angerichtet hatte. Ich wusste nicht, was ich tun sollte um diese Entwicklung aufzuhalten, aber ich beschloss in jenem Augenblick zu bleiben und die Sache bis zum Ende durchzustehen … und wenn es meinen Tod bedeutete.

Vielleicht ist das mein letztes Tagebuch, Mark und Courtney. Falls das so ist, dann sollt ihr wissen, dass es nicht eure Schuld ist – wegen der Taschenlampe und so. Ihr habt nur eurem Freund geholfen. Ich bin der einzig Schuldige. Wenn ihr nichts mehr von mir hört, dann wisst ihr, dass ich alles getan habe um das Chaos zu beseitigen, das ich anrichtete. Vielleicht schaffe ich es nicht, aber wenigstens habe ich es versucht. Ich danke euch für eure Hilfe und dafür, dass ihr meine Freunde seid.

Hoffentlich ist das hier kein endgültiger Abschied.

(Ende des dritten Journals)

ZWEITE ERDE

Wütend schleuderte Mark die Pergamentbogen auf den Boden seines Zimmers.

»Wir hätten es wissen müssen!«, schrie er. »Es ist ebenso unsere Schuld wie Bobbys!«

Courtney und Mark hatten gewartet, bis sie wieder in Stony Brook waren, ehe sie Bobbys neuestes Tagebuch lasen. Die Rückfahrt nach dem Abschied in der verlassenen U-Bahnstation war ohne Zwischenfälle verlaufen. Sie hatten den gleichen Weg genommen wie auf der Hinfahrt, waren mit der U-Bahn zur 125. Straße gefahren und von dort aus mit dem ersten Zug zurück nach Connecticut. Dort angekommen gingen sie sofort zu Marks Haus und schlossen sich in seinem Zimmer ein, wo sie Bobbys Bericht ungestört lesen konnten.

»Es ist nicht unsere Schuld!«, widersprach Courtney. »Die Milago sind nur einen Schritt von primitiven Völkern entfernt. Wie sollten wir ahnen, dass sie in der Lage sind, mit dem Zeug eine Bombe zu basteln?«

»Weil wir das Tagebuch gelesen haben«, entgegnete Mark. »Wir wussten alles, was Bobby wusste. Press sagte ihm, er dürfe niemals etwas aus einem anderen Territorium mitnehmen. Wir haben es gelesen, aber wir haben es nicht beachtet!« Nervös ging er im Zimmer auf und ab.

»Wir halfen Bobby«, sagte Courtney. »Und vielleicht haben wir auch den Milago geholfen. Ehrlich gesagt ich hoffe, sie bauen die Bombe und blasen diese Bedoowan vom Tisch. Die verdienen es nicht anders!«

»Du verstehst gar nichts!«, rief Mark. »Die Milago können nicht mit Macht umgehen. Sie haben keine Ahnung, was ihnen bevorsteht.«

Jetzt wurde Courtney stocksauer. Sie sprang auf und schrie: »Was redest du da? Dürfen sich bloß kultivierte, besonders kluge Leute gegenseitig in die Luft jagen?«

»Nein!«, fauchte er. »Es braucht kultivierte, besonders kluge Leute, um herauszufinden, wie man sich *nicht* in die Luft jagt. Denk doch mal nach. Die Milago haben die Schnauze voll – zu Recht. Seit Jahrhunderten werden sie von den Bedoowan gequält. Plötzlich haben sie eine Waffe, mit der sie ihre Feinde durch Knopfdruck auslöschen können. Sie verstehen das aber nicht wirklich. Sie haben keine Ahnung, wie sie diese Macht kontrollieren sollen, sind jedoch wütend genug um sie einzusetzen. Wenn dieses Tak so ist, wie Bobby schreibt, jagen sie sich vielleicht am Ende selbst mit in die Luft.«

Courtney überlegte. »Ist es wirklich möglich, so etwas mit einer Batterie zu schaffen?«, fragte sie nachdenklich.

»Weiß ich nicht«, antwortete Mark. »Wahrscheinlich. Wenn Tak so empfindlich ist, reicht ein winziger elektrischer Funke aus, um eine Kettenreaktion in Gang zu setzen und ... PENG!«

Beide schwiegen eine Weile und dachten über das Gesagte nach.

»Ich vermute, der Trick besteht darin, weit weg zu sein, wenn einer auf den Knopf drückt«, sagte Courtney. »Ich glaube, sie sind nicht schlau genug um einen Zeitzünder zu bauen.«

»Das wäre egal«, entgegnete Mark nüchtern. »Tak ist anders als alles, was wir kennen. Wenn ein winziges Stück eine Riesenexplosion auslöst, wird die Menge, die Bobby sah, nicht nur den Bedoowan-Palast zerstören, sondern auch das Milago-Dorf. Und falls danach ein Feuer ausbricht – wie bei den Vogelscheuchen –, könnte es die Auswirkungen einer Atombombe haben. Jedes Lebewesen im Umkreis von vielen Kilometern würde sterben – die Bedoowan, die Milago, alle Ernten und Wälder vernichtet ...«

»Und Bobby, Alder, Loor und Press auch«, sagte Courtney langsam. »Ich glaube, dieser Figgis ist jetzt ein Händler des Todes.«

Mark hob die Blätter vom Boden auf und suchte darin herum. Es dauerte nicht lange, bis er die entsprechende Stelle gefunden hatte.

»Hör zu«, meinte er. »Ich lese vor, was Loor zu Bobby sagte.« Mark las vor: *»Meine Mutter erzählte mir, dass es viele Territorien gibt, denen eine wichtige Zeitspanne bevorsteht. Sie nannte es einen ›Wendepunkt‹. Das ist ein Ereignis, nach dessen Ausgang das Territorium entweder in Frieden und Wohlstand fortbesteht oder aber in Chaos und Vernichtung untergeht.«*

Courtney sagte: »Klar, wenn die Milago die Bedoowan besiegen, ist alles in Ordnung.«

»Das glaube ich nicht«, erwiderte Mark. »Ich glaube, es geht um Tak. Denk doch mal nach. Seit Jahrhunderten sind die Milago Sklaven der Bedoowan. Wenn sie kämpfen und verlieren, ändert sich nichts. Aber wenn sie durch den Einsatz von etwas so Schrecklichem wie Tak siegen, wer weiß, wohin das führen wird?«

»Dann müssen wir versuchen es rückgängig zu machen!«

»Und wie?«, lautete seine Frage. »Wir können nicht durch die Flumes reisen. Bei uns funktionieren sie doch nicht.«

Jetzt lief Courtney nervös auf und ab und dachte fieberhaft nach.

»Vielleicht könnten wir Bobby etwas schicken. Zum Beispiel … nun …«

»Was?«, rief Mark. »Wir können nichts schicken. Es würde alles nur noch verschlimmern. Wir können nur …«

Dingdong. Die Türklingel unterbrach ihn. Sofort schwiegen beide.

»Erwartest du Besuch?«, fragte Courtney.

»Wir haben die Schule geschwänzt«, antwortete er beunruhigt. »Vielleicht hat man jemanden geschickt, der uns sucht.«

Wieder klingelte es.

»Ver… verstecken wir uns.«

Courtney sah ihn verächtlich an und meinte: »Verstecken? Mann, verschon mich mit so etwas! Wir haben größere Probleme, als uns Sorgen um die Schule zu machen. Geh endlich zur Tür.«

Courtney hatte Recht, dachte Mark. Wen interessierte es, ob sie beim Schwänzen erwischt wurden? Er würde mit dem Störenfried reden und sich dann wieder den wahren Problemen zuwenden. Als er nach unten ging, zögerte er kurz und gab sich Mühe, wirklich krank auszusehen, falls es tatsächlich jemand von der Schule war. Er hustete kläglich und rief mit schwacher Stimme. »Ich komme.«

Er schritt zur Tür, drückte die Klinke herunter, öffnete und rief: »Bobby!«

Tatsächlich, Bobby Pendragon stand vor seiner Haustür und trug dieselben Sachen, die er am Tag seines Verschwindens angehabt hatte. Die Milago-Lederklamotten gehörten der Vergangenheit an.

»Hallo, Mark«, sagte er lässig. »Darf ich reinkommen?«

Courtney raste die Treppe hinunter. »Bobby?«, rief sie.

Bobby betrat das Haus und schenkte ihr ein schwaches Lächeln.

»Habt ihr mich vermisst?«, meinte er.

Sie fiel ihm um den Hals und Mark umarmte beide. Bobby war daheim. Er war in Sicherheit. Alles war in Ordnung. Als sie sich endlich voneinander lösten, starrten sie ihn ungläubig an. Es war zu schön, um wahr zu sein. Noch vor wenigen Sekunden hatten sie befürchtet ihn nie wiederzusehen. Jetzt stand er hier leibhaftig vor ihnen. Aber er sah anders aus. Das fiel sowohl Mark als auch

Courtney auf. Klar, er war immer noch Bobby, kein Zweifel. Doch er sah müde aus, als hätte er Furchtbares hinter sich und wäre völlig erschöpft.

»Geht es dir gut?«, erkundigte sich Mark. »Du siehst irgendwie … krank aus.«

»Ich bin nicht krank, aber total fertig«, lautete die Antwort. »Ich muss mich hinlegen.«

Schnell brachten Mark und Courtney Bobby nach oben in Marks Zimmer. Sie beobachteten, wie er ging, und bemerkten, wie unsicher er auf den Beinen war. Außerdem hatte er Blutspuren auf den Wangen, die von zahllosen kleinen Schnitten überall im Gesicht stammten. Offensichtlich war jede Menge passiert, seitdem er sich am Flume von ihnen verabschiedet hatte. Für Mark und Courtney waren nur ein paar Stunden vergangen, aber – wie sie bereits vermutet hatten – stimmten die Zeiten hier und in anderen Territorien nicht überein. Soweit sie wussten, konnten für Bobby auch Tage vergangen sein. Er sah aus, als hätte er einen Krieg überstanden, aber sie wollten ihm keine Fragen stellen. Wenn er bereit war, würde er mit ihnen reden. Also führten sie ihn wortlos nach oben und sahen zu, wie er auf Marks Bett sank.

»Ich muss nach Hause«, erklärte er mit schwacher Stimme. »Aber zuerst muss ich mich ausruhen. Ist das okay?«

»Natürlich«, antwortete Mark. »Alles, was du willst.«

»Danke.« Bobby legte den Kopf auf das Kissen. Mark zuckte zusammen und überlegte, wie er seiner Mutter die Blutspuren auf dem weißen Bezug erklären sollte. Doch dann fühlte er sich schäbig, weil er so egoistisch dachte, und verjagte den Gedanken.

»Kommt ihr mit?«, wollte Bobby wissen ohne die Augen zu öffnen.

»Klar, Bobby«, sagte Courtney. »Äh … wohin?«

Bobby hörte sich an, als schliefe er halb. »Zu mir nach

Hause. Bestimmt suchen sie mich überall. Ich brauche euch um meinen Eltern alles zu erklären.«

Mark und Courtney wechselten besorgte Blicke. Beide wussten, was der andere dachte. Bobbys Haus gab es nicht mehr. Seine Familie war verschwunden und mit ihr jeder Beweis, dass es eine Familie Pendragon je gegeben hatte. Seine Eltern, seine Schwester und sogar sein Hund waren einfach ... weg. Die Polizei untersuchte den Fall und tat alles um herauszufinden, was geschehen war, aber bis jetzt wusste sie noch nichts.

»Was auch immer passiert«, sagte Courtney, »wir sind für dich da.«

Bobby lächelte.

Mark dagegen starb fast vor Neugier. Er wollte nicht, dass Bobby einschlief, ehe er wusste, was in Denduron passiert war.

»Jetzt erzähl endlich, was los ist!«

Courtney boxte ihn gegen den Arm.

»Autsch!«, schrie Mark und rieb sich die schmerzende Stelle.

»Schlaf nur, Bobby«, sagte Courtney. »Du kannst es uns später erzählen.«

Bobby öffnete die Augen nicht, lachte aber über die Neugier seines Freundes. »Ach ja, fast hätte ich es vergessen«, sagte er und hob die Hand. Langsam öffnete er ein paar Knöpfe seines Hemdes, griff hinein und zog eine Rolle Pergamente hervor.

»Steht alles drin«, sagte er und war schon fast eingeschlafen. »Alles, was seit meinem letzten Bericht passiert ist. Weckt mich, wenn ihr fertig seid.«

Mehr sagte er nicht. Bobby war schon im Reich der Träume, die Pergamentrolle noch in der Hand. Mark sah Courtney an, zögerte kurz und nahm das kostbare Journal an sich. Sie griff nach der Decke, die am Fußende des Bettes lag, breitete sie über Bobby aus und zog sie ihm bis unters Kinn. Bestimmt schlief er zum ersten Mal seit langem wieder in einem richtigen Bett und sie wollte dafür sorgen, dass er es so bequem wie möglich hatte. Danach begaben sich die beiden ans andere Ende des Raumes.

Sollen wir nach unten gehen und ihn allein lassen?«, flüsterte Mark.

»Nein. Ich glaube nicht, dass ihn im Moment etwas aufwecken könnte.«

Mark nickte. Er wollte auch nicht weggehen. Vorsichtig zog er das Lederband von den zusammengerollten Papieren und lugte hinein um die erste Zeile zu lesen.

»Journal Nummer vier?«, erkundigte sich Courtney.

»Journal Nummer vier«, bestätigte er.

Sie setzten sich nebeneinander auf den Fußboden und lasen das letzte Kapitel von Bobbys Abenteuer.

Viertes Journal

DENDURON

Ich kann kaum glauben, dass ich noch lebe. Wenigstens hoffe ich noch am Leben zu sein. Jeder Muskel, jeder Knochen und jedes einzelne Haar schmerzt, und das heißt, ich lebe noch. Während ich dieses Journal für euch schreibe, habe ich noch eine schwere Aufgabe vor mir, ehe ich heimkehren kann. Aber im Augenblick möchte ich mich nicht bewegen. Sogar das Schreiben tut weh. Ich möchte mich ausruhen und mich für den letzten großen Augenblick stärken.

Nicht nur mein Körper schmerzt, sondern auch die Erinnerungen an die vergangenen Tage. Doch ich muss durchhalten und alles niederschreiben, denn wenn es erst einmal auf dem Papier steht, werde ich versuchen es zu vergessen.

Ich sollte euch lieber warnen, dass ich einige der Dinge, über die ich schreibe, nicht selbst gesehen habe. Die letzten Tage waren unglaublich und ich konnte nicht überall gleichzeitig sein. Aber ich gebe mein Bestes, um die Ereignisse, die mir die anderen erzählt haben, so genau wie möglich zu schildern. Also, setzt euch hin, holt tief Luft und haltet den Atem an. Es wird ein wilder Ritt!

Meinen letzten Bericht beendete ich damit, dass wir Onkel Press retteten und von den Leuten gefangen genommen wurden, die wir für unsere Freunde hielten, den Milago. Ihr Anführer Rellin zeigte uns die riesige Tak-Bombe, mit der sie die Bedoowan vernichten wollten. Zuerst muss ich aber noch eines klarstellen: Die Milago sind nicht unsere Feinde, doch sie befürchteten, wir wollten sie davon abhalten, die schreckliche Waffe einzusetzen. Und sie hatten Recht. Wäre die Bombe explodiert, hätte sie unbeschreiblichen Schaden angerichtet. Wir wollten die Milago aufhalten, wenn sich uns die Gelegenheit bot. Also hatten wir es mit befreundeten Feinden zu tun.

Sie brachten uns in die Krankenhaushütte, die ich schon kannte, sperrten uns ein und stellten Wachen vor die Tür. Sie sagten, sie würden uns gleich nach der Schlacht freilassen. Klasse. Falls die Bombe explodierte, gab es uns wahrscheinlich nicht mehr. Und so kam es, dass Onkel Press, Loor, Alder und ich wieder einmal als Gefangene endeten.

Sobald wir die Hütte betraten, sah sich Onkel Press suchend um. »Osa ist nicht hier«, sagte er. »Wahrscheinlich versteckt sie sich.«

Wir hatten ihm noch nicht erzählt, was passiert war. Übrigens fiel mir auf, dass Osas Leiche verschwunden war. Ich fragte mich, ob Loor sie schon nach Zadaa gebracht hatte. Zuerst schwiegen wir, aber er sah uns an, dass etwas nicht stimmte.

»Was ist los?«, wollte er wissen.

Loor zeigte auf mich und erklärte: »Sie würde getötet, als sie ihn vor den Rittern beschützte.«

Perfekt. Als hätte ich noch nicht genug Schuldgefühle, musste sie mich nun wieder an die Rolle erinnern, die ich bei Osas Tod gespielt hatte. Klar, ich war ihr deshalb nicht böse. Osa war ihre Mutter. Sie hatte jedes Recht, wütend zu sein. Allerdings wünschte ich mir, sie würde nicht allein mir die Schuld geben. Saint Dane und die Bedoowan-Ritter hatten schließlich auch etwas damit zu tun.

Wir warteten auf Onkel Press' Reaktion. Sie fiel seltsam aus. Anstatt traurig zu sein nickte er, als handele es sich bloß um eine Tatsache, die zur Kenntnis zu nehmen war. Ich glaube, er spürte, dass wir nicht so einfach damit fertig wurden, und legte Loor die Hand auf die Schulter. »Sei nicht traurig«, sagte er. »Es hat so sein sollen.«

Genauso hatte Osa kurz vor ihrem Tod geredet. War das etwa ein kluges Motto der Reisenden? Mir ging es damit jedenfalls nicht besser und ich bezweifle, dass es Loor half.

»Jetzt ruhen wir uns aus«, befahl Onkel Press. »Morgen steht uns ein harter Tag bevor.«

Richtig, wir mussten uns unbedingt ausruhen. Wir suchten uns in einiger Entfernung voneinander einen Schlafplatz. Dann schrieb ich den Bericht, den ich euch neulich schickte. Loor und Alder schrieben auch. Wir schilderten unsere Erfahrungen als Reisende, aber ich denke, unsere Meinungen über die Ereignisse fielen unterschiedlich aus. Der Einzige, der nicht schrieb, war Onkel Press. Er legte sich auf eine Pritsche und schloss die Augen. Ich fragte mich, wie viel Schlaf er als Gefangener im Palast der Bedoowan bekommen hatte. Sicher nicht sehr viel.

Während ich schrieb, spürte ich die Anspannung im Raum. Vielleicht lag ich falsch, aber ich hatte das Gefühl, die anderen gäben mir die Schuld an unserer verzweifelten Lage. Wann immer ich aufsah, schlugen Loor und Alder die Augen nieder. Ich konnte es ihnen nicht verdenken. Wenn ich mir die Ereignisse der letzten Tage noch einmal ins Gedächtnis rief, wurde mir klar, dass die Lage in Denduron meinetwegen viel schlimmer war als vorher. Wenn mich Onkel Press nicht hierher gebracht hätte, wäre er sicherlich nicht in Gefangenschaft geraten. Wenn er nicht in Gefangenschaft geraten wäre, hätte er nicht gerettet werden müssen und ich hätte euch nicht bitten müssen, mir die Dinge von Zweite Erde zu schicken. Wenn ich die Dinge nicht gehabt hätte, könnten die Milago jetzt keine Bombe zünden. Und wenn ich nicht hier wäre, würde Osa sicher noch leben, weil … Und wenn und wenn und wenn! Wann immer man zurückblickt und »wenn« sagt, ist man in Schwierigkeiten. Es gibt in Wirklichkeit kein »wenn«. Es zählt nur, was tatsächlich geschieht, und Tatsache war, dass ich alles vermasselte, was ich anfasste. Selbst wenn ich dachte etwas Gutes zu tun, wandte es sich zum Schlechten.

In diesem Moment piepste meine Armbanduhr. Ich hatte sie total vergessen. Alder und Loor sahen mich an. Sie hatten keine Ahnung, was los war. Onkel Press öffnete nur ein Auge und warf mir einen tödlichen Blick zu. Ohne ein Wort zu sagen sprang ich auf, rannte zur Latrine hinüber, riss die Uhr vom Handgelenk und warf sie in die stinkende Brühe. Ganz bestimmt würde keiner Lust haben, sie herauszufischen. Ich zog sogar das Schweizer Offiziersmesser aus der Tasche und warf es hinterher. Als ich aufsah, starrten mich alle an. Ich hielt es einfach nicht mehr aus.

»Was ist?«, brüllte ich. »Klar, ich hab's vermasselt! Ich habe die Sachen von zu Hause mitgenommen, aber mir fiel keine andere Möglichkeit ein, Onkel Press zu befreien. Und es hat funktioniert, oder nicht?«

Niemand antwortete. Sie sahen mich bloß an. Es machte mich total wahnsinnig.

»Es ist ja nicht so, dass ihr mich gehindert habt, Loor und Alder! Ihr habt die Sachen auch benutzt!«

»Aber wir wussten nicht, dass es verboten war«, antwortete Loor ruhig. »Du dagegen schon.«

Das ließ sich nicht leugnen, doch ich konnte nicht an mich halten und brüllte weiter: »Ich habe nicht darum gebeten, hierher zu kommen! Keiner hat mich gefragt! Ich bin kein Krieger wie Loor oder Osa. Ich bin auch kein Ritter wie Alder. Und ich bin auch kein … kein … Ich weiß auch nicht mehr, was *du* bist, Onkel Press, aber ich bin ganz bestimmt nicht wie du! Du hättest mich nie hierher bringen dürfen.« Ich forderte den Streit geradezu heraus. Sie sollten mir sagen, dass ich der geborene Verlierer war, denn darauf wusste ich eine Antwort. Ich würde ihnen zustimmen. Ich hatte nie behauptet, mehr als ein Schüler aus einem Vorort von New York zu sein. Ich war kein Revoluzzer, kein Kämpfer oder sonst etwas, was sie mich zu sein wünschten. Es war ungerecht, mir die Schuld zu geben, weil ich ihre Erwartungen nicht erfüllte. Ich hatte mein Bestes gegeben. Wenn das nicht gut genug war, hatten sie eben Pech.

Sie stritten nicht mit mir. Stattdessen setzte sich Onkel Press auf und sagte leise: »Kommt mal her zu mir – alle. Setzt euch.«

Wir sahen uns verlegen an und gingen zu ihm hinüber. Ich wusste nicht, was jetzt kam. Er redete so besonnen mit uns, dass die Anspannung aus dem Raum wich. Es erinnerte mich an Osas Fähigkeit, Leuten Sicherheit und Ruhe zu vermitteln.

»Ich verstehe, wie schwer es für euch alle ist«, begann er. »Ihr wisst erst seit kurzer Zeit, dass ihr Reisende seid, und die ganze Sache hat euch verwirrt.«

»Ich begreife nicht, warum gerade mir das passiert ist«, erklärte Alder. »Warum müssen wir Reisende sein?«

»Mir hat man auch keine Wahl gelassen«, sagte Loor. »Es ist ungerecht.«

Jetzt begriff ich, dass ich nicht der Einzige war, dem es mies ging. Also wussten auch Loor und Alder erst seit kurzem, dass sie Reisende waren. Allerdings waren sie viel besser ausgebildet für diese Aufgabe als ich. Bis auf mein Karatetraining, das ich mit zehn Jahren absolviert hatte, war ich noch nie mit Kampfsport in Berührung gekommen. Meistens hatte ich mir eine blutige Nase geholt und war heulend nach Hause gerannt. Nicht gerade die beste Elitekämpferausbildung. Ich war hier eindeutig fehl am Platz.

Onkel Press lächelte freundlich und sagte: »Wenn ihr wissen wollt, warum ihr Reisende seid, müsst ihr daran denken, was ihr bis jetzt geschafft habt. Wie ihr mich aus dem Palast befreit habt, war einfach unglaublich. Ihr habt euch als tapfer, klug und einfallsreich erwiesen. Doch noch viel wichtiger ist die Tatsache, dass ihr bereit wart, euer Leben für eine gerechte Sache aufs Spiel zu setzen. Gewöhnliche Menschen machen das nicht. Ihr wollt wissen, warum ihr Reisende seid? Seht euch doch an.«

»Und was ist mit diesen komischen Fähigkeiten?«, warf Loor ein. »Wir verstehen Sprachen ohne sie gelernt zu haben.«

»Ihr müsst noch sehr viel lernen«, antwortete Onkel Press. »Doch der beste Weg besteht darin, Erfahrungen zu sammeln. Im Laufe der Zeit wird alles klarer werden, aber ihr müsst es ganz allein lernen.«

»Du musst uns schon mehr als das erzählen«, meinte ich ungeduldig. »Gibt es noch andere? Ich meine, noch andere Reisende?«

»Ja. Jedes Territorium hat einen Reisenden. Wenn ihr in ein neues Territorium kommt, sucht immer zuerst den Reisenden auf. Er kennt die Sitten und die Geschichte seiner Heimat und kann euch helfen euch zurechtzufinden.«

»Wie Alder«, meinte Loor.

»Ja, wie Alder«, bestätigte Onkel Press.

»Und was ist mit Saint Dane?«, wollte ich wissen. »Er ist auch ein Reisender, nicht wahr?«

Onkel Press' Miene verfinsterte sich. »Ja«, sagte er

ernst. »Das ist eine Sache, die ihr jetzt erfahren solltet. Alle Territorien haben Konflikte. Es gibt immer wieder Kriege, Streitigkeiten und Kämpfe. So ist das nun einmal. War immer so, wird immer so sein. Doch egal welche Schwierigkeiten ein Territorium hat, der wahre Feind ist Saint Dane. Hier in Denduron sind es nicht die Quigs oder Königin Kagan oder die Bedoowan. Es geht um Saint Dane. Er ist es, der aufgehalten werden muss.«

»Was ist denn mit ihm?«, fragte ich. »Warum ist er so gefährlich?«

Ich fühlte, wir bewegten uns auf dünnem Eis, denn Onkel Press setzte wieder sein Pokerface auf. »Er ist gefährlich, weil man ihn nie kommen sieht«, lautete seine Antwort. »Er verändert sich. In Denduron ist er Mallos, Ratgeber der Königin. Du hast ihn auch auf Zweite Erde gesehen, Bobby. Er nahm die Gestalt eines Polizisten an. Ich weiß nicht genau, ob er sich körperlich verändert oder ob er seine geistigen Kräfte einsetzt, um uns vorzugaukeln, dass er anders aussieht; aber wie es auch sei, man sieht ihn niemals kommen. Und es gibt keinen Zweifel daran, dass er gefährlich ist.«

Onkel Press sprach schneller. Wir hörten gespannt zu, weil er uns Wichtiges zu sagen hatte. »Allerdings ist das nicht immer offensichtlich«, fuhr er fort. »Er mordet nicht und verursacht auch keine Überschwemmungen oder Feuersbrünste. Seine Methoden sind viel hintergründiger. Er sucht ein Territorium auf und dringt in eine Position vor, in der er Ereignisse beeinflussen kann. Er ist klug und überzeugend. Er tut so, als wäre er dein Freund, während er dich die ganze Zeit über auf eine Katastrophe hinleitet.«

»Wie bei den Bedoowan?«, fragte ich.

»Genau. Die Milago und die Bedoowan haben seit Jahrhunderten Konflikte, aber Saint Dane treibt es jetzt auf die Spitze. Ehe er nach Denduron kam, war das Leben hart für die Milago, aber nicht annähernd so schlimm wie heute. Er erschlich sich das Vertrauen der Königin …«

»Die nicht gerade klug ist«, warf ich ein.

»Nein, gewiss nicht«, bestätigte er. »Eine Weile sah es so aus, als würden die Bedoowan gnädiger mit den Milago umspringen, aber Saint Dane überredete die Königin sie härter anzufassen. Er war es, der die unmöglichen Forderungen nach mehr Glaze stellte, die Transferzeremonie erfand und die furchtbaren blutigen Spiele in der Arena. Für die Milago sieht es so aus, als wäre alles der Wille der Bedoowan, aber in Wirklichkeit steckt Saint Dane – oder Mallos, wie er sich hier nennt – dahinter. Er flüstert Kagan Vorschläge ins Ohr und sie macht Gesetze daraus.«

»Aber … warum macht er das?«, erkundigte sich Alder.

»Um das Territorium ins Chaos zu stürzen«, erklärte Onkel Press mit fester Stimme. »Saint Dane sind die Milago und die Bedoowan egal. Er benutzt die Bedoowan, um die Milago so lange zu quälen, bis sie sich wehren. Er will Krieg. Aber nicht irgendeinen Krieg, denn sie sollen Tak einsetzen. Das habe ich jetzt verstanden.«

»Er will, dass sie alle Menschen in die Luft jagen?«, wollte ich wissen.

»Nicht unbedingt«, antwortete er. »Sicher, wenn sie die Bombe zünden, entsteht furchtbarer Schaden, doch Saint Dane geht es um die Langzeitfolgen. Ich hätte es kommen sehen müssen, habe es aber nicht gemerkt. Ich wusste nichts von Tak.«

»Könnte er Tak von einem Territorium mitgebracht haben?«, fragte ich.

»Das bezweifle ich. Ich vermute, es stammt aus Denduron und Figgis ist darüber gestolpert. Das nutzt Saint Dane für seine Pläne. Jetzt bedeutet Tak für die Milago große Macht. Sie wurden so lange unterdrückt, dass sie nach jedem Strohhalm greifen um sich zu wehren. Doch sobald sie Tak gegen die Bedoowan benutzen, weiß niemand, wie es enden wird. Sie könnten Waffen bauen, die sie zum mächtigsten Stamm von Denduron werden lassen. Hier gibt es Tausende von Stämmen. Keiner davon hat eine solche Waffe. Legt man die Macht von Tak in die Hände eines einzelnen Volkes, gerät das natürliche Gleichgewicht aus den Fugen. Noch sind die Milago ein friedliches Völkchen, aber sie schlucken ihren Zorn seit langer Zeit hinunter. Gehört ihnen eine furchtbare Waffe, könnten sie Denduron an sich reißen wollen. Und genau das will Saint Dane.«

Das war es. Loor hatte mir von der Mission der Reisenden erzählt, doch jetzt hatte Onkel Press klar und deutlich gesagt, worum es ging. Wenn ein Krieg ausbrach und die Milago Tak einsetzten, war das Desaster da. Es ging um mehr als einen Streit zwischen zwei Stämmen. Aber ich hatte noch eine Frage.

»Was ist Halla?«, wandte ich mich an Onkel Press.

Er sah mich überrascht an. »Wo hast du den Namen gehört?«

»Von Saint Dane. Ehe er uns in die Arena bringen ließ, sagte er mir, Halla würde untergehen und ich ebenfalls. Was ist Halla?«

»Halla ist alles«, erklärte Onkel Press. »Jedes Territorium, jede Person, jedes Lebewesen und jede *Zeit*, die es jemals gab. Halla trennt Ordnung von Chaos. Wenn Halla zerfällt, bleibt nichts als Finsternis. Überall. Für alle.«

Darüber musste ich erst einmal nachdenken. Lange Zeit sprach keiner von uns ein Wort. War es möglich?

Konnte es sein, dass es bei dem Kampf zwischen Milago und Bedoowan nicht allein um die Zukunft Dendurons, sondern auch um die Zukunft *aller* Territorien ging? War auch mein Zuhause in Gefahr? Es war das Vernichtendste, was ich bis jetzt gehört hatte. Es stand so viel auf dem Spiel, dass ich es nur schwer fassen konnte. Doch noch ehe einer von uns eine Frage stellen konnte, flog die Tür auf und ein Milago stürmte herein.

»Rellin will dich sehen!«, rief er.

Onkel Press stand auf, aber der Mann hob abwehrend die Hand.

»Nicht dich«, erklärte er. »Pendragon.«

»Rellin will *mich* sehen? Weshalb?«

»Begleite ihn, Bobby«, sagte Onkel Press. »Hör dir an, was er zu sagen hat. Du weißt, wie wichtig es ist.«

Natürlich. Es war so wichtig, dass ich wünschte, jemand anderer würde mitgehen. Aber ich stand auf und folgte dem Mann. Ehe ich die Hütte verließ, sah ich Onkel Press an. »Ich habe einen Fehler gemacht«, sagte ich. »Tut mir Leid.«

Er lächelte und meinte: »Ist schon gut, Bobby. Jeder macht Fehler.«

Danach ging es mir etwas besser. Wir saßen immer noch in der Klemme und es war meine Schuld, aber wenigstens fühlte ich mich nicht mehr so schlecht. Eines wusste ich aber genau: Ich würde es nicht wieder tun. Wahrscheinlich meinte Onkel Press genau das, als er sagte, wir würden noch lernen, was Reisende zu tun haben. Man lernt nur aus Erfahrung, und die Bombe, die uns alle in Stücke reißen würde, war mehr als eine Erfahrung. Eine ziemlich harte Methode, um eine Lektion zu lernen.

Ich folgte dem Bergmann nach draußen. Es war Nacht, aber ich hatte keine Ahnung, wie spät es war.

Wie ihr wisst, schwamm meine Uhr in der Latrine. Das Dorf wirkte wie ausgestorben. In einigen Hütten sah ich Licht, aber kein Mensch war zu sehen. Die Ruhe vor dem Sturm. Der Mann ging mit schnellen Schritten, bis wir eine der großen Hütten erreichten. Er bedeutete mir einzutreten. Da ich keine andere Wahl hatte, folgte ich ihm.

Rellin erwartete mich. Er saß am Feuer und bot mir etwas zu trinken an. Ich war nicht sicher, ob ich die Tasse nehmen sollte. Vielleicht war das Getränk vergiftet. Vielleicht auch ein Friedensangebot, und wenn ich es ausschlug, verärgerte ich ihn. Ich beschloss die Tasse anzunehmen und so zu tun, als würde ich trinken. Falls sie tatsächlich Gift enthielt, würde er noch früh genug merken, dass ich ihn ausgetrickst hatte. Vielleicht war ich auch nur zu misstrauisch.

Nachdem ich so getan hatte, als würde ich trinken, (ohne Reaktion von Rellin) stand er auf und ging zu einem hölzernen Tisch hinüber. Dort lag meine Taschenlampenbatterie. Allerdings hatten sie etwas hinzugefügt. Ich sah genauer hin und mir krampfte sich der Magen zusammen, als ich ein kleines Stück Tak erkannte. Der Schalter und die Kabel waren aus der Lampe entfernt worden und verbanden jetzt Tak und die Batterie. Diese Typen lernten wirklich schnell. Sie hatten eine kleine Bombe gebaut. Wenn sie den Schalter betätigten, war der Kreislauf geschlossen und ein Stromschlag würde das Tak entzünden. Sicher war es bloß ein kleiner Schlag, aber er reichte aus, um das empfindliche Ding explodieren zu lassen. Rellin hob es auf und untersuchte es eingehend. Am liebsten hätte ich ihm zugerufen, er sollte vorsichtig sein, doch ich sah, dass er äußerst behutsam vorging.

»Wir suchten einen Weg, um Tak zu kontrollieren«, sagte er. »Aber bis jetzt hatten wir keinen Erfolg.«

Ich dachte an den Moment im Bergwerk, als Rellin nach der Explosion gerettet wurde. Wahrscheinlich experimentierte er mit Tak und irgendetwas war schief gegangen. Allmählich fügten sich die Teile des Puzzles zusammen.

»So wollen wir Tak zünden«, erklärte er. »Morgen wird diese kleine Menge explodieren und die große Ladung entflammen. Wenn meine Leute den Knall hören, ist das ihr Zeichen zum Angriff. Dann überwältigen sie die Bedoowan, die noch übrig sind. Es wird ganz einfach sein, dank deiner Hilfe.«

Rellin legte die kleine Bombe zurück auf den Tisch und setzte sich wieder ans Feuer. Er bedeutete mir, mich ihm gegenüber zu setzen.

»Du hast gesehen, wie wir leben«, sagte er traurig. »Wir sterben nach und nach. Die Bedoowan werden uns nie in Frieden lassen. Tak ist unsere Rettung. Mit Tak ziehen sich die Milago aus dem Schmutz und werden zu dem stolzen Volk, das sie eigentlich sein sollten.«

Er hatte natürlich Recht. Den Milago ging es schlecht. Sie lebten wie gequälte Tiere. So ein Schicksal verdiente niemand. Sie mussten sich wehren, begriffen jedoch nicht, dass sie es falsch anfingen.

»Du und dein Volk, ihr habt uns geholfen«, fuhr er fort. »Dafür sind wir euch dankbar. Aber wir brauchen etwas von euch, das uns mehr helfen wird, als du es dir vorstellen kannst.«

»Was ist das?«, fragte ich misstrauisch.

Rellin stand auf und ging schnell zu der kleinen Bombe hinüber. Er nahm sie in die Hand und hielt sie mir entgegen, als handelte es sich um den Heiligen Gral.

»Bring uns mehr von diesen Apparaten«, sagte er inbrünstig. »Hätten wir mehr davon, wären wir die mächtigste Armee von Denduron. Sobald die Bedoowan besiegt sind, müssen die Milago nie mehr in Angst leben. Wir könnten uns in die Herrscher von Denduron verwandeln!«

Onkel Press hatte Recht behalten. Jetzt, wo die Milago einen kleinen Vorgeschmack der Macht gekostet hatten, reichten ihnen die Bedoowan nicht mehr. Sie hatten noch nicht einmal gewonnen und dachten schon daran, den Rest von Denduron zu unterdrücken. Aus den Guten wurden die Bösen und die Folge davon war Gewalt, Krieg und Untergang.

»Wirst du uns helfen, Pendragon?«, fragte Rellin eindringlich.

Das war meine Chance. Vielleicht die einzige Gelegenheit, Rellin den Plan auszureden. Gegen Jahrhunderte des Hasses konnte ich wenig tun, doch ich wollte versuchen ihm die Nachteile der ganzen Sache vor Augen zu führen. Ich musste meine Worte sorgfältig wählen.

»Ich bin kein Experte für Explosionen«, begann ich. »Aber wenn ihr eine so große Menge Tak zündet, sind wahrscheinlich nicht mehr viele Bedoowan übrig, die ihr überwältigen könnt. Wahrscheinlich auch nicht mehr viele Milago. In meiner Heimat gibt es viele solcher Waffen und alle Menschen fürchten, jemand könnte sie benutzen. Du verstehst nicht, was du tust, Rellin. Jetzt ist euer Leben schlecht, aber nach der Explosion wird es noch schlechter sein. Es muss einen anderen Weg geben.«

»Nein!«, rief er wütend.

Ich hatte meine Worte nicht sorgfältig genug gewählt.

»Du begreifst gar nichts!«, brüllte er mich an. »Du hast noch nicht in Angst, Schmerz und Hunger gelebt! Es gibt nur diesen Weg. So besiegen die Milago die Bedoowan. Also, hilfst du uns?«

Der große Augenblick.

»Ich helfe euch«, sagte ich mit fester Stimme. »Wir alle helfen euch. Aber nicht, wenn ihr Tak benutzt.«

Rellin erstarrte und meinte: »Dann kehre zu deinen Freunden zurück. Euch wird nichts geschehen. Wenn der Kampf vorbei ist, könnt ihr gehen.«

Meine Gedanken überschlugen sich. Ich wollte ihn irgendwie umstimmen, aber mir fiel nichts ein. Ehrlich gesagt wusste ich nicht, wie die Milago die Bedoowan ohne etwas wie Tak besiegen sollten. Ich wusste keine bessere Lösung. Ich hatte eine Chance gehabt und sie vertan. Doch plötzlich kam mir eine Idee.

»Wie wollt ihr die Bombe zünden?«, fragte ich. »Wenn jemand den Schalter betätigt, wird er mit in die Luft gehen.«

Voller Stolz richtete er sich auf. »Es ist eine Ehre, im Namen der Freiheit für die Milago zu sterben.«

O nein! Rellin übernahm ein Selbstmordkommando. Es ging ihm nicht um Ruhm oder persönliche Macht. Er war ein guter Mann, dem die Zukunft seines Stammes mehr am Herzen lag als das eigene Leben. Ich wusste nichts mehr zu sagen und verließ die Hütte. Er tat mir Leid, aber gleichzeitig bewunderte und fürchtete ich ihn. Wenn er bereit war für die Sache zu sterben, hatte ich keine Chance, ihn umzustimmen. Morgen würde die Bombe explodieren und ich konnte nichts dagegen tun.

Der Bergmann brachte mich ins Hospital zurück, wo ich den anderen von unserer Unterhaltung erzählte.

»Es ist also wahr«, stellte Loor fest. »Die Milago werden zu einem mächtigen kriegerischen Stamm und vernichten ganz Denduron.«

»Wenn sie sich nicht vorher mit der selbst gebastelten Bombe umbringen«, fügte ich hinzu.

Eine wichtige Frage war noch offen. Wann wollten die Milago die Bombe zünden? Sie konnten es kaum im

Dorf tun, denn dann jagten sie ihre eigenen Leute in die Luft. Nein, sie planten bestimmt den Sprengsatz in der Nähe des Palastes zu zünden. Aber wie wollten sie es anstellen? Es war ja nicht so, dass sie die Bombe auf die Türschwelle legen, läuten und wegrennen konnten. Sobald sie näher als hundert Meter an die Festung herankamen, würden die Ritter sie aufhalten. Bestimmt hatten sie einen Plan, aber welchen?

Die Antwort erwies sich als so einfach, ich hätte selbst darauf kommen müssen.

Am nächsten Morgen wurden wir von einem lauten, gleichmäßigen Dröhnen geweckt. Anfangs hörte ich das Geräusch in meinem Traum. Ich träumte, ich befände mich in einer Schlacht. Rings um mich explodierten kleine Bomben. Wohin ich mich auch wandte, immer explodierte etwas genau vor mir. Es war, wie auf einem Minenfeld gefangen zu sein. Als ich erwachte, begriff ich, dass ich immer noch auf einer Pritsche im Hospital lag. Doch das Dröhnen hörte nicht auf. Was war das? Ich lag sekundenlang still und versuchte mich daran zu erinnern, wo ich es schon einmal gehört hatte. Endlich fiel es mir ein. Ich wusste es jetzt ganz genau und die Erkenntnis traf mich wie der Blitz. Schnell richtete ich mich auf und sah, dass die anderen schon wach waren und aus den kleinen Fenstern der Hütte schauten. Ich musste nicht fragen, was es zu sehen gab. Ich wusste es bereits.

Das Geräusch, das ich hörte, war das Dröhnen der Trommel, die alle Milago zur Transferzeremonie rief. Ich sah den Mann vor mir, wie er auf der Plattform auf dem Dorfplatz stand und gleichmäßig auf die Trommel schlug. Die Erinnerung an die Szene war nicht gerade berauschend, da sie mit dem schrecklichen Tod des armen Bergmannes geendet hatte. Ich hoffte inständig, dass es heute nicht genauso ablief.

Schnell sprang ich auf und gesellte mich zu Onkel Press, der an einem Fenster stand. Loor und Alder sahen aus dem anderen. Die Hütte stand nicht weit vom Dorfplatz entfernt. Wir würden alles sehen, was passierte.

Die Szene war schmerzlich vertraut. Immer mehr Dorfbewohner versammelten sich rings um den Platz; die Wippe stand bereit, um das nächste unglückliche Opfer zu wiegen; der einsame Trommler schlug den monotonen Rhythmus; und eine Hand voll Bedoowan-Ritter wartete neben der Plattform. Sie hielten Speere in den Händen. Plötzlich hörte der Trommler auf und eine lastende Stille breitete sich aus. Dann, wie auf ein Stichwort hin, vernahmen wir Hufgetrappel, das sich schnell näherte. Saint Dane oder Mallos, wie er hier hieß, war auf dem Weg. Die Menge wich auseinander und Mallos galoppierte bis zur Plattform, wo er aus dem Sattel sprang, noch ehe das Pferd stillstand.

Was brachte ihn dazu, Terror und Chaos zu verbreiten, wohin er auch ging? Machte es ihm Spaß? Bedeutete es eine Art Nervenkitzel? Existiert Böses nur um des Bösen willen? Vielleicht gab es Antworten auf diese Fragen, aber sie mussten warten, denn jetzt begann die Vorstellung.

»Wo ist das Glaze?«, brüllte Mallos. »Warum habt ihr mich gerufen, ehe der Transfer stattfinden kann?«

Sein Blick schweifte suchend über die Menge, doch niemand rührte sich. Es wagte auch keiner, ihn anzusehen. Ich hatte Angst, er würde die Ritter losschlagen lassen, aber so weit kam es nicht. Stattdessen trat Rellin vor. Der Vorarbeiter wirkte ruhig und gelassen.

»Mallos«, sagte er, »ich hoffe sehr, dass dir die Neuigkeiten gefallen, die ich für dich habe.«

Mallos sah Rellin misstrauisch an, stellte sich dicht vor ihn und berührte ihn fast mit der Nase.

»Wo sind sie, Rellin?«, knurrte er. »Ich weiß, dass sie hier sind. Wenn ihr sie vor mir versteckt, kannst du dir nicht in deinen kühnsten Träumen ausmalen, welche Strafe euch erwartet.«

Mallos meinte uns. Er schien wütend über unsere Flucht zu sein und beschuldigte die Milago uns zu verbergen. Wir sahen uns wortlos an, dachten aber nicht daran, uns zu ergeben. Rellin blieb ruhig. Er wich keinen Millimeter zurück.

»Ich habe folgende Neuigkeiten für dich«, erklärte er unbeirrt. »Es tut uns Leid, dass euch die Außenseiter so viele Probleme bereitet haben. Wir hielten sie für unsere Freunde, aber das sind sie nicht. Und jetzt, wo wir wissen, dass sie Königin Kagan Kummer bereitet haben, sind sie unsere Feinde.«

War das echt? Würde er uns Mallos und den Rittern ausliefern, nachdem er mir versichert hatte, uns würde nichts geschehen? Ich hielt ihn nicht für einen Lügner, aber es hörte sich schlecht für uns an. Ich bemerkte, dass Mallos auch nicht wusste, worauf Rellin hinauswollte. Er sah den Bergmann durchdringend an und fragte mit zusammengebissenen Zähnen: »Wo sind sie?«

»Das weiß ich nicht«, antwortete Rellin. »Aber wenn wir sie finden, bringen wir sie sofort zum Palast.«

Gut, also war er doch ein Lügner, aber mir hatte er die Wahrheit gesagt. Er würde uns nicht ausliefern. Was hatte er vor?

»In der Zwischenzeit möchten wir dir und Königin Kagan ein Geschenk anbieten«, fuhr Rellin fort. »Als Entschuldigung für die ganzen Unruhen, die die Fremden mit unserer Hilfe ausgelöst haben.« Er winkte und die Menge teilte sich. Drei Männer traten vor und brachten Glaze mit. Allerdings keinen gewöhnlichen Korb voll Glaze, sondern eine bis zum Rand gefüllte Grubenlore! Es war spektakulär! In der Lore lagen die größten und schönsten Glazestücke, die ich je gesehen hatte.

»Gestern stießen wir auf eine neue, viel versprechende Glazeader«, verkündete Rellin stolz. »Das ist meine gute Neuigkeit. Dort gibt es mehr Glaze, als wir in unserem ganzen Leben fördern können. Wir brauchten einen ganzen Tag und eine ganze Nacht um die Lore zu beladen und ich prophezeie, dass wir Hunderte von ebenso vollen Karren ans Tageslicht bringen werden.«

Mallos schien beeindruckt zu sein. Das sollte er auch. Es war eine Menge Glaze.

»Das ist unser Geschenk«, fuhr Rellin fort. »Ich bitte nur um eine Sache.«

»Was soll das sein?«, schrie Mallos aufgebracht.

»Ich möchte es Königin Kagan persönlich übergeben. Natürlich weiß ich, dass ein einfacher Bergmann den Palast nicht betreten darf, aber vielleicht könnte ich dieses Glaze in die Arena bringen? Es wäre mir eine große Ehre, es der Herrscherin mit dem Versprechen zu überreichen, noch viel mehr zu fördern.«

Rellin war genial. Er hielt Mallos einen Köder hin und der Fisch würde zuschnappen. Natürlich wussten wir die Wahrheit. Die Lore war nicht nur mit Glaze gefüllt. Ich nahm an, dass unter den Steinbrocken eine ganze Menge Tak verborgen lag. Ja, Rellin hatte eine Möglichkeit gefunden, die schreckliche Bombe ins Herz des Bedoowan-Palastes zu bringen. Es war wie die Geschichte vom trojanischen Pferd, in der die Griechen Krieg gegen die Trojaner führten und ihnen ein riesiges Pferd aus Holz schenkten. Allerdings steckten griechische Soldaten im Bauch des Pferdes. Sobald es in der Stadt stand, sprangen die Soldaten heraus und metzelten die überraschten Trojaner nieder. Hier handelte es sich nicht um Soldaten. In der Karre lag eine tödliche Bombe, die den Palast dem Erdboden gleichmachen würde und das Milago-Dorf wahrscheinlich auch. Der Plan war verrückt und genial. Die Frage war bloß: Würde Mallos darauf hereinfallen?

Mallos musterte die gefüllte Grubenlore. Er ging hin und wühlte mit den Händen in den kostbaren Steinen. Ich spürte Rellins Anspannung, aber er blieb ruhig stehen. Mallos zog die Hand heraus, in der er leuchtend blaue Steine hielt. Er starrte Rellin an und fragte: »Warum willst du nur der Königin dein Versprechen geben? Ich finde, alle Bedoowan sollten im Stadion sein, um das Geschenk zu sehen und dein Versprechen zu hören.«

Rellin unterdrückte ein Lächeln und antwortete: »Ja, du bist ein weiser Mann.«

Unglaublich. Mallos ließ Rellin die Bombe mitnehmen und versammelte auch noch den ganzen Stamm in der Arena.

Jetzt stieg er wieder in den Sattel und brüllte: »Macht euch auf den Weg! Ich bereite das Ganze vor!« Er trat dem Pferd in die Flanken und galoppierte davon.

Rellin sah die Bergleute an, die neben der Lore standen. Ohne äußere Anzeichen von Zufriedenheit ging er zu ihnen. Kein einziges Wort wurde gesprochen. Die Männer wussten, was zu tun war. Sie bückten sich, hoben den schweren Wagen auf und machten sich auf den langen Weg zur Festung. Das Todeskommando war unterwegs.

Onkel Press wich vom Fenster zurück und sagte: »Mallos weiß alles.«

»Niemals!«, widersprach ich. »Warum sollte er sie die Bombe ins Stadion bringen lassen?«

»Weil er möchte, dass die Milago sie zünden. Ihm ist egal, wer gewinnt und wer stirbt. Er will, dass die Milago Tak benutzen. Wenn die Bombe explodiert, war er erfolgreich.«

Vielleicht hatte Onkel Press Recht. Wenn Mallos einen Krieg wollte, der Denduron ins Chaos stürzte, gab es keinen besseren Weg, als die Milago in der Arena ein Blutbad anrichten zu lassen. Für Mallos war das perfekt. Wir alle wussten, was bevorstand, aber wir konnten nichts dagegen tun, weil wir in dieser Hütte eingesperrt waren.

Aber nicht für lange. Ohne uns zu warnen rannte Loor zum Fenster zurück, zog sich wie eine Akrobatin in die Höhe und sprang hinaus. Sekunden später kletterte sie über das Dach. Es ging so schnell, dass keiner von uns reagieren konnte. Wir starrten einander nur an und fragten uns, was sie vorhatte. Zuerst hörten wir ihre leisen Schritte über uns, bis sie sich genau über der Tür befand. Dann folgte ein schnelles Getümmel, gefolgt von Grunzen und Stöhnen. Schließlich sah sie in den Raum.

»Jetzt können wir gehen«, verkündete sie.

Zwar wussten wir nicht genau, was los war, rannten aber ins Freie. Uns bot sich ein erstaunlicher Anblick. Die drei Wachen lagen bewusstlos neben der Hütte. Loor hatte zugeschlagen, ehe sie auch nur ahnten, was los war. In weniger als zwanzig Sekunden hatte sie uns befreit.

Das war beeindruckend, aber wir hatten keine Zeit für Lobreden. Wir mussten das Dorf verlassen ohne erwischt zu werden. Es erwies sich als ziemlich einfach. Rellins Plan wurde ausgeführt und so bereiteten sich die Bergleute auf den Angriff vor. Sobald sie die Explosion hörten, würden sie auf den Palast losstürmen. Sie hatten im Augenblick andere Sorgen als uns zu bewachen. Deshalb gelangten wir ohne Probleme aus dem Dorf in den Wald.

Wir rannten, bis wir uns in sicherem Abstand befanden. Dann hob Onkel Press die Hand und wir blieben stehen um nach Luft zu schnappen. Nach einer Weile sah er Loor an und sprach aus, was wir dachten: »Warum hast du uns nicht gesagt, was du vorhattest? Wir hätten dir geholfen.«

Loor gab ihm eine echte Loor-Antwort. »Ich brauchte eure Hilfe nicht. Im Kampf ist das Überraschungsmoment die beste Waffe. Die Bergleute sahen Rellin und Mallos nach. Sie dachten nicht an uns. Hätte ich gewartet, hätten sie sich wieder ihrer Aufgabe gewidmet. Die Chance wollte ich ihnen nicht geben.«

»Loor, ich bin stolz auf dich«, sagte Onkel Press. »Deine Mutter wäre es auch.«

»Sie hat mich gut unterrichtet.«

Meine Mutter hat mir so etwas nie beigebracht. Sie verbrachte viel Zeit damit, mir gute Tischmanieren einzubläuen, aber wir kamen nie bis zu der Lektion, in der man drei Männer entwaffnet und niederschlägt, die doppelt so groß sind wie man selbst. In dieser Beziehung war meine Erziehung definitiv mangelhaft.

»Was ist mit der Bombe?«, wollte Alder wissen. »Wir müssen etwas unternehmen.«

Onkel Press drehte sich um und sagte: »Zuerst gehen wir zum Palast. Hier stehen wir bloß unnötig herum.«

Ich war nicht sicher, ob der Palast ganz oben auf der Liste meiner Lieblingsplätze stand. Ich betrachtete ihn als Höhle des Löwen, und falls wir Rellin nicht davon abhalten konnten, die Bombe zu zünden, würden wir garantiert umkommen, wenn wir uns in seiner Nähe befanden. Aber ich sprach es nicht aus. Wenn es eine Hoffnung gab, das Unglück zu verhindern, mussten wir ins Stadion gehen.

»Alder, du gehst ins Dorf zurück«, sagte Onkel Press.

»Nein!«, rief er. »Ich bleibe bei euch.«

»Hör zu«, meinte Onkel Press bestimmt. »Ich habe keine Ahnung, ob wir es wirklich schaffen. Also geh ins Dorf und rede mit jedem, der dir zuhört. Warne die Leute, dass die Bombe mehr Schaden anrichtet, als sie denken. Sie sollen ins Bergwerk gehen. Vielleicht sind sie dort in Sicherheit.«

»Aber ich …«

»Kein Aber, Alder«, sagte Onkel Press. »Ich weiß, du willst uns begleiten, doch wenn wir versagen, rettest du wenigstens ein paar Milago.«

Er hatte Recht. Wenn Alder auch nur einen Menschen vor dem Tod rettete, war seine Mission erfolgreich. Er musste ins Dorf.

Alder nickte. Er hatte begriffen, wie wichtig sein Auftrag war. Uns blieb keine Zeit für lange Verabschiedungen. Ich kannte Alder noch nicht lange, doch ich mochte ihn. Er war etwas tollpatschig, aber ich zweifele keine Sekunde daran, dass er für jeden von uns sein Leben aufs Spiel gesetzt hätte. Ich hoffe, ich wäre dazu auch bereit.

»Viel Glück, Reisende«, sagte er und lächelte uns an.

»Dir auch, Alder«, antwortete Onkel Press. »Beeil dich.«

Alder machte kehrt und rannte zum Dorf zurück. Jetzt waren wir nur noch zu dritt. Der Krieger, der Anführer und der Junge, dem schlecht vor Angst war. Ratet mal, welcher davon ich war?

»Los jetzt«, befahl Onkel Press und lief tiefer in den Wald hinein. Wir wollten schnellstens zum Palast. Abgesehen davon hatten wir keinen Plan. Wir mussten spontan handeln, wenn wir es überhaupt bis dorthin schafften. Da wir querfeldein liefen, dauerte es ziemlich lange. Ich merkte, dass Loor die Geduld verlor, aber es war besser, ein wenig mehr Zeit zu brauchen, als wieder in Gefangenschaft zu geraten. Im großen Bogen arbeiteten wir uns in Richtung Meer vor und krochen entlang der Klippen, bis wir in Sichtweite der

Felsnase kamen, auf der die Festung stand. Wir sahen sie nicht, wussten aber, wo sie sich befand, weil eine ganze Reihe Ritter dorthin marschierte. Hinter ihnen erblickten wir die vier Bergleute mit der Grubenlore voller Glaze und Tak. Sie hatten den Palast fast erreicht. In wenigen Minuten würden sie ins Stadion hinuntersteigen.

Onkel Press lief schneller, immer in Richtung Arena. Das war ganz schön clever, da die Bedoowan nicht damit rechneten, dass jemand vom Meer her einzudringen versuchte. Sie waren sehr wachsam, sahen aber nur zum Waldrand hinüber. Wir schlichen hinter ihnen weiter und erreichten den Eingang des Stadions. Wir hatten es geschafft. Die Frage war jetzt: Was sollten wir tun?

Vorsichtig spähten wir ins Stadion hinunter und beobachteten, wie die Ritter die Treppe hinabstiegen, auf den großen Grasplatz zu. Hinter ihnen gingen Rellin und die vier Bergleute mit der schweren Grubenlore. Allmählich füllten sich auch die Zuschauerreihen. Die Bedoowan und die Novaner nahmen in Erwartung der nächsten Show ihre Sitze ein. Ich fühlte mich schrecklich. Keiner dieser Menschen hatte eine Ahnung, dass diesmal als Hauptattraktion sein Tod auf dem Programm stand. Die Milago-Ränge blieben leer. Ich sah zuerst Loor und dann Onkel Press an. Keiner sagte etwas. Das konnte nur eines bedeuten: Sie hatten keine Ahnung, was zu tun war. Ich überlegte, ob wir die Stufen hinunterrennen sollten, um allen zurufen sich in Sicherheit zu bringen. Aber Rellin musste nur stehen bleiben, den Schalter betätigen und schon war alles vorbei. Keine gute Idee. Doch wenn wir eingreifen wollten, musste uns ganz schnell etwas einfallen, weil Rellin und die Bergleute den Grasplatz erreicht hatten und den Karren in die Mitte des Spielfeldes schoben.

»Wenn ich einen Pfeil hätte, würde ich Rellin von hier aus töten«, murmelte Loor.

»Dann würde einer der anderen den Schalter drücken«, entgegnete Onkel Press.

Jetzt erklangen die drei Töne, die das Nahen der Königin verkündeten. Richtig. Als ich zur Loge emporsah, tauchten zuerst ein paar Ritter auf, von der dicken Königin gefolgt. Natürlich kaute sie auf irgendetwas herum. Von hier aus sah es wie ein Stück Braten aus. Was für ein gefräßiges Weib!

»Mallos ist nicht da«, stellte Onkel Press fest. »Ich vermute, er reitet gerade, so schnell er kann, möglichst weit weg von hier.«

In der Tat, keine Spur von Mallos. Wieder ein Beweis dafür, dass alles so ablief, wie er es geplant hatte.

In diesem Moment hatte ich einen Geistesblitz.

»Ich ... ich habe eine Idee«, sagte ich ohne lange nachzudenken. Noch während ich sprach, überlegte ich, wie groß die Chance war, dass meinen Plan funktionierte.

Onkel Press und Loor sahen mich an, aber ich schwieg eine Weile. Schließlich musste ich noch überlegen.

»Beeil dich, Bobby«, drängte Onkel Press. »Wir haben keine Zeit.«

»Gut«, sagte ich nervös. »Unter Umständen gibt es eine Möglichkeit. Falls mein Plan schief geht, sind wir alle tot.«

»Das sind wir sowieso«, meinte Loor.

Richtig. Ich sah ins Stadion hinunter und wusste, dass ich dabei war, etwas Verrücktes zu tun. Wenn ich es tat, starb ich vielleicht. Tat ich es nicht, starben wir *auf jeden Fall.* Also war »vielleicht« besser als »auf jeden Fall«.

»Ich glaube, ich weiß, wie man sie aufhalten kann«,

sagte ich mit so viel Selbstbewusstsein, wie ich aufbringen konnte. Noch ehe ich weiterreden konnte, erklangen wieder zwei Töne und es trat Stille ein. Rellin und seine Leute standen neben ihrem tödlichen Geschenk. Königin Kagan ließ den Braten fallen und beugte sich über das Geländer.

»Sagt mir, was ihr mir gebracht habt!«, kreischte sie gierig.

Wenn ich etwas tun wollte, dann musste es jetzt geschehen.

Viertes Journal
(Fortsetzung)

DENDURON

»Seid gegrüßt, Königin Kagan!«, rief Rellin von der Mitte der Arena aus. Wahrscheinlich war es das erste Mal, dass ein Bergmann eine Bedoowan-Herrscherin anredete. Das allererste Mal. Wahrscheinlich auch das letzte Mal. Die Aufmerksamkeit aller Menschen war auf Rellin gerichtet. Ich hoffte, dass er viel zu sagen hatte, denn wenn er beschloss sich kurz zu fassen und die Bombe zu zünden, hatte ich keine Chance. Nutzte er aber die Gelegenheit, um alles zu sagen, was er auf dem Herzen hatte, und um eine großartige politische Aussage für die Geschichtsbücher zu machen, hatten wir vielleicht Glück.

Damit mein Plan funktionierte, hatte jeder von uns eine bestimmte Aufgabe. Versagte einer – und die Möglichkeit bestand natürlich – starben wir alle. Klar, wenn wir hier blieben und nichts unternahmen, starben wir auch, und so war es besser, etwas zu tun, auch wenn es verrückt war. Leider hatte ich die gefährlichste Aufgabe. Pech für mich.

Schnell erzählte ich Onkel Press und Loor meinen Plan. Sie nahmen sich nicht die Zeit, ihn zu diskutieren. Die Zeit der Debatten war vorbei, und da keinem etwas Besseres einfiel, machten wir uns bereit. Dazu mussten wir uns trennen. Noch ehe wir einander Glück wünschen konnten, rannte Loor los. Typisch. Onkel Press hatte es nicht ganz so eilig. Er blieb lange genug, um mir einen besorgten Onkelblick zuzuwerfen. Ich hatte das Gefühl, etwas Bedeutsames sagen zu müssen, doch mir fiel nichts ein außer: »Ich wünschte, du hättest mich zum Basketball gehen lassen.« Sicher nicht besonders tapfer, aber genauso fühlte ich mich im Augenblick.

Er lächelte und meinte: »Nein, das wünschst du dir nicht.« Dann lief er davon.

Ich zögerte kurz, denn ich hatte Angst. Trotzdem dachte ich über seine Worte nach. Klar, wenn ich zum Spiel gegangen wäre, würde ich jetzt nicht dem Tod ins Auge sehen. Meine Gedanken bewegten sich aber in eine andere Richtung. Es ist schwer zu erklären, denn ich weiß nicht, ob ich es wirklich begriff, doch trotz der üblen Lage fühlte es sich irgendwie ... richtig an. Denkt bloß nicht, es hätte mir Spaß gemacht. Weit gefehlt. Als ich aber kurz in mich ging, beschlich mich das eigenartige Gefühl, am richtigen Platz zu sein. Nein, am *einzig* richtigen Platz. Wie hieß das Motto der Reisenden? »Es hat so sein sollen.«

Ich will mich nicht zu dramatisch ausdrücken, doch ein bestimmtes Wort fiel mir ein ... »Bestimmung«. Vielleicht war das hier meine Bestimmung. Allerdings hoffte ich schon, irgendwann noch einmal an einem Basketballspiel teilnehmen zu können. Wenn ich mich nicht bewegte, ganz sicher nicht. Also sprang ich auf und legte los.

Während ich am Stadion entlanglief, machte ich mir keine Sorgen, entdeckt zu werden, denn alle sahen nur Rellin an. Für die Bedoowan war es sicher seltsam, dass ein Milago mit ihrer Königin redete. Das wäre nie geschehen, wenn Mallos es nicht inszeniert hätte. Ich glaube, das hat Onkel Press gemeint, als er sagte, Mallos würde seine Drecksarbeit nie selbst erledigen, sondern andere so beeinflussen, dass sie es für ihn übernahmen. Nun, Rellin war gerade dabei, Drecksarbeit zu erledigen, die Mallos zu verdanken war.

»Menschen von Denduron«, begann er, »heute bringe ich euch ein Geschenk, das wertvoller ist als alles, was ihr euch nur vorstellen könnt.«

Offensichtlich hatte er vor eine Rede zu halten. Sehr gut. Hoffentlich war sie recht langatmig, denn ich hatte keine Ahnung, wie viel Zeit ich für meinen Plan brauchte.

»Mein Geschenk ist kostbarer als das Glaze, das ihr hier seht«, rief er. »Es ist kostbarer als alles Glaze, das je aus dem Bergwerk geholt wurde. Ich schenke euch eine wundervolle Zukunft, die *alle* Menschen von Denduron teilen werden.«

Dies war der Augenblick, in dem er im Rampenlicht stand. Mach weiter, Rellin, dachte ich. Rede lange und gut.

Ich sah, dass Loor und Onkel Press den ersten Teil ihrer Aufgaben schon erledigt hatten. Sie hatten sich an jeweils einen Ritter angeschlichen, ihn niedergeschlagen und waren in die Rüstungen geschlüpft, um unbeachtet ins Stadion gehen zu können. Deshalb hatte ich ihnen diese Aufgabe übertragen. Auf keinen Fall hätte ich selbst einen Ritter überwältigen und seine Rüstung stehlen können. Ich war einfach zu klein. In einer Rüstung würde ich wie ein kleines Kind aussehen, das in die Kleider seines Vaters geschlüpft war.

Nein, ich hatte eine andere Aufgabe und wusste ganz genau, wohin ich gehen musste. Erst gestern war ich dort gewesen. Ich hatte mir geschworen nie wieder einen Fuß hineinzusetzen, aber nun war ich bereits auf dem Weg. Ich rannte ziemlich schnell und brachte die dreihundert Meter in null Komma nichts hinter mich. Doch je näher ich meinem Ziel kam, umso unruhiger wurde ich. Wenn ich jetzt ganz schnell ganz weit weg laufen würde, könnte ich die Tak-Bombe vielleicht überleben ... Aber dieser Gedanke währte nur ungefähr eine Nanosekunde. Natürlich würde ich unseren Plan auf keinen Fall sabotieren.

Zu diesem Zeitpunkt war die Bombe nicht das, was ich am meisten fürchtete, denn ich hatte mein Ziel erreicht … das schreckliche Loch, das in die Finsternis der Quig-Stallungen führte.

Wenn mein Plan funktionieren sollte, musste ich hinunterklettern und durch ein Minenfeld von hungrigen Quigs in die Arena schleichen. Leider hatte ich meine wunderbare Hundepfeife nicht mehr. Es konnte übel ausgehen. Ich stand am Rand des Loches und versuchte den Mut für den Abstieg aufzubringen. Die Strickleiter lag zusammengeknüllt auf dem Boden. Aber das dicke Seil, an dem Loor hinausgeklettert war, hing noch da. Der Weg nach unten! Ich musste meine Furcht besiegen, denn Rellin konnte jeden Moment den Schalter drücken. Also packte ich das Seil, schwang die Beine darum und rutschte in die Hölle hinab.

Als ich unten ankam, traf mich der Gestank wie ein Schlag. Er war so widerwärtig, wie ich ihn in Erinnerung hatte. Dann erst sah ich, dass ich in einer braunen Brühe gelandet war. Es war geronnenes Blut des Quigs, das Onkel Press verwundet hatte. Ich kämpfte mit meinem Brechreiz und sah mich eilig um. Es war nicht zu sehen. Vielleicht war es tot. Oder – noch besser – von den anderen Quigs gefressen worden. Könnt ihr euch vorstellen, dass ich so dachte?

Als Nächstes wollte ich schnellstens zu der Tür, die ins Stadion führte. Ich konnte nicht leise durch die Ställe schleichen. Nein, ich musste wie der Blitz rennen und schlug die Richtung ein, an die ich mich vom Vortag her erinnerte. Der Lauf durch den Stall war beängstigend. Bei jeder Kurve erwartete ich ein Monster mit weit aufgerissenem Maul zu sehen. Essenszeit! Das

Adrenalin jagte so schnell durch meinen Körper, dass ich sicher nicht hätte langsam gehen können, selbst wenn ich es gewollt hätte. Falls ich nicht von einem Quig getötet wurde, zerriss mich die Bombe. Aber ich verdrängte diese morbiden Gedanken, denn mein Ziel war schließlich, zu überleben, und nicht, über die am wenigsten qualvolle Todesart nachzudenken.

Nach weiteren Abzweigungen sah ich endlich die Tür zur Arena vor mir. Ich hatte es geschafft! Glaubt mir, ich hatte nicht damit gerechnet. Schnell lief ich zum Tor und presste mein Ohr dagegen. Rellin redete immer noch. Sehr gut. Allerdings hoffte ich auch noch auf ein anderes Geräusch. Loor sollte in die Arena gehen und das Tor von dort aus öffnen. Natürlich war das schwierig, denn sobald sie den schweren Riegel anhob, würde es irgendwer bemerken und versuchen sie aufzuhalten. Es kam auf den richtigen Zeitpunkt an. Öffnete sie die Tür zu früh, funktionierte mein Plan nicht. Das Schicksal hielt nur einen winzigen Moment für uns bereit, und wenn das Timing nicht stimmte, war er für immer vorbei.

Wieder lauschte ich angestrengt und tatsächlich hörte ich jetzt das vereinbarte Zeichen. Es klopfte zweimal schnell hintereinander. Loor stand vor dem Tor. Jetzt musste sie auf mein Zeichen warten, ehe sie die Türen aufriss. Klar, sie hatte keine Ahnung, ob ich überhaupt angekommen war. Genauso gut hätte ich schon im Magen eines Quigs liegen können, das sich über den unverhofften Leckerbissen freute. Egal, es spielte keine Rolle. Loor würde warten, bis ich ihr ein Zeichen gab oder bis die Bombe explodierte. Was auch immer zuerst geschah …

Jetzt kam der schwierigste Teil meiner Aufgabe. Es ging um Kopf und Kragen. Alles, was ich bis jetzt überstanden hatte, war leicht im Vergleich zu dem, was mir bevorstand. Ich sah mich nach Hilfsmitteln um und fand einen metallenen Schild, den einer der Bedoowan-Ritter gestern fallen gelassen hatte, ehe er gefressen wurde. Ich suchte noch nach einem Speer, aber leider fand ich keinen. Die Zeit wurde knapp; ich musste mich beeilen. Wieder sah ich mich um und entdeckte etwas, das sich hervorragend eignete! Zwar drehte sich mir der Magen um, doch jetzt war keine Zeit für Überempfindlichkeit. Also hob ich es auf. Es war ein menschlicher Beinknochen. So widerwärtig das auch war, für meine Zwecke war er genau richtig. Zum Glück hing kein Fuß mehr daran. Also kämpfte ich gegen die aufsteigende Übelkeit an, trat ein paar Schritte in die Höhle zurück und … läutete die Glocke für die nächste Mahlzeit.

Ja, ich bot mich selbst als Köder an. Ich schlug mit dem Knochen auf den Schild und hoffte irgendein schlafendes Quig zu wecken, das meinen Dauerlauf durch die Ställe verpasst hatte. »Komm schon!«, schrie ich. »Komm und hol es dir! Leckeres Fleisch, genau vor deiner Nase!«

Das war verrückt. Denkt nur mal, ich bot mich einer Bestie zum Fraß an, die schon drei Menschen verschlungen hatte. Meine Hände zitterten vor Angst. Wer war auf diese Idee gekommen? Ich selbst.

Ich schlug noch ein paarmal auf den Schild und der unangenehm scheppernde Klang hallte durch die Höhle. Plötzlich kam mir ein schrecklicher Gedanke. Was war, wenn man mich draußen hörte? Falls auch nur der Hauch einer Schwierigkeit auftauchte, würde Rellin den Schalter umlegen und es war vorbei. »Macht schon!«, brüllte ich. »Kommt schon, ihr Biester! Ich bin der Typ, der euren Kumpel oben auf dem Berg erledigt hat! Kommt und holt mich!«

Ohne jede Vorwarnung kam es tatsächlich. Gestern,

als das Quig Onkel Press angegriffen hatte, schlich es sich vorsichtig an, bis es nahe bei ihm war. Heute passierte nichts dergleichen. Aus den Tiefen der Höhle hörte ich das Brüllen eines Quigs, das bereits angriff! Wahrscheinlich lag es am lauten Dröhnen des Schildes. Oder an meinem Geschrei. Oder es war einfach nur ausgehungert. Keine Ahnung, aber wenigstens funktionierte mein Plan. Ein Quig raste im Eiltempo auf mich zu. Ich hörte die riesigen Pranken auf dem Steinboden, als es immer näher kam.

Jetzt war es so weit. Loor musste das Tor schnellstens aufreißen, sonst war ich verloren. Ich ließ den Schild fallen und rannte zur Tür, um ihr das verabredete Geheimzeichen zu geben.

»Öffne die verdammte Tür!«, brüllte ich, so laut ich konnte. Na, ist das ein tolles Geheimzeichen? Ich presste das Ohr gegen das Tor und hörte, wie sie mit dem schweren Riegel kämpfte. Gestern hatte es zweier Ritter bedurft, um ihn zu bewegen. Hoffentlich reichte Loors Kraft aus. Onkel Press hätte helfen können, aber er kümmerte sich um andere Sachen und befand sich wahrscheinlich nicht einmal in der Nähe der Tür. Alles hing von Loor ab.

»Beeilung!«, schrie ich. Diesmal war mir egal, ob ich selbstbewusst klang. Sie sollte wissen, dass ich kurz davor stand, von einem Quig gefressen zu werden. Hinter mir erklang Gebrüll und ich drehte mich um … und sah es. Das Quig. Die gelben Augen funkelten, als es durch den dämmrigen Gang stürmte, immer schneller wurde und nach Blut lechzte. Es war so nah, dass ich den Speichel sah, der aus dem offenen Rachen tropfte. Das Tier hatte Hunger und ich war die Mahlzeit. Mit aller Kraft warf ich mich gegen die Tür und hoffte, sie würde nachgeben, aber das tat sie nicht. Immer noch kämpfte Loor mit dem Riegel. Wenn sie noch länger brauchte, würde irgendwer sie sehen und aufhalten. Oder Rellin betätigte den Schalter. Wie auch immer – in ein paar Sekunden war alles vorbei.

Das Quig duckte sich. Es setzte zum Sprung an.

»Wenn du nicht aufmachst«, kreischte ich, »wird mich das Quig …« Mit lautem Knarren schwang der Torflügel zurück. In diesem Augenblick sprang das Monster, aber ich fiel rücklings hin und es segelte geradewegs über mich hinweg in die Arena. Ich spürte den Luftzug seiner Pfoten, die dicht über meinem Kopf hinwegflogen und mich in Stücke reißen wollten. Hastig sprang ich auf und rannte in die Arena um zu verfolgen, was geschah. Die nächsten Sekunden waren kritisch. Jetzt kam es darauf an, was das Quig machte … und Onkel Press.

Das Stadion befand sich in totalem Aufruhr. Etliche Bedoowan-Ritter liefen auf das Spielfeld und versuchten das Monstrum einzufangen oder zu töten. Zwei Ritter griffen Loor an. Kurz darauf ließen sie von ihr ab und jagten dem Quig hinterher. Ich half ihr auf die Beine und wir gingen neben dem geöffneten Tor in Deckung. Die Bestie war stehen geblieben. Vom Angriff ging es zur Verteidigung über, als die Ritter es mit Speeren attackierten. Ich weiß nicht, wer mehr Schaden anrichtete, die Menschen oder das Tier. Für jeden Speer, der es traf, tötete das Quig zwei Ritter. Es war vor Hunger, Schmerzen und Blutdurst völlig außer sich. Die Hauptsache war jedoch, dass der Aufruhr um das Quig seinen Zweck erfüllte. Die Ereignisse im Ring waren aufgehalten worden.

Ich sah zu Rellin hinüber. Das plötzliche Auftauchen des Quigs hatte ihn aus dem Gleichgewicht gebracht, denn er und seine Gefährten sahen fassungslos dem Kampf zu. Aber nicht lange. Rellin schüttelte den Kopf und ging zur Grubenlore zurück. Das war es. Es war so weit! Rellin würde den Schalter drücken.

Aus dem Augenwinkel sah ich einen schwarzen Strich auf den Bergmann zufliegen. Ein Speer. Er traf den Vorarbeiter am Unterarm, bohrte sich hindurch und nagelte den Mann an der hölzernen Seitenwand der Lore fest. Rellin schrie vor Schmerz und sicher auch vor Wut, weil er nicht an den Schalter der Tak-Bombe kam. Dann erblickte ich einen Ritter, der zur Lore rannte. Natürlich war es kein Bedoowan, sondern Onkel Press. Er wollte sich den Schalter schnappen. Rellin vermochte nicht sich zu rühren, die anderen Bergleute aber schon. Sie begriffen, was los war, und stürzten sich auf meinen Onkel. Allerdings waren die einfachen Arbeiter keine Gegner für ihn. In einem Wirbel aus Armen und Beinen schlug er einen nach dem anderen nieder. Auf gar keinen Fall würde er sie in die Nähe des Zünders lassen.

Der Anblick war unbeschreiblich. Die Bedoowan-Ritter hatten das Quig eingekreist und Onkel Press hatte die Bergleute unter Kontrolle. Ich konnte es kaum glauben. Mein Plan hatte funktioniert! Doch gerade als ich dachte, das Schlimmste wäre vorbei, brach die Hölle los. Ich hatte vergessen, dass sich noch ein Quig im Stall befand, und die Tür stand weit offen. Das zweite Monster raste ebenso wütend aufs Spielfeld wie sein Vorgänger. Aber die Ritter hatten keine Kraft mehr, um sich mit dem zweiten Quig anzulegen. Ein Blutbad stand uns bevor. Niemand konnte die mörderische Bestie aufhalten … außer Onkel Press.

Er hatte gerade den letzten Bergmann umgehauen und zog die kleine Bombe aus der mit Tak gefüllten Lore. Rellin versuchte ihn daran zu hindern, aber er war an den Karren genagelt und konnte sich kaum bewegen. Das Quig kauerte auf dem Gras und sah sich um. Es suchte nach einem ersten Opfer und traf eine Entscheidung. Es wollte Onkel Press.

»Onkel Press!«, rief ich. Er schaute auf und sah das Biest auf sich zulaufen. Ohne zu zögern schleuderte er ihm die Bombe entgegen. Ich weiß nicht, ob er den Schalter drückte, aber das Ergebnis war auf jeden Fall spektakulär ... und furchtbar. Die Bombe traf das springende Quig und explodierte. Die Kraft von Tak zerriss das Tier in viele blutige Fetzen. Es war gleichzeitig grauenhaft und wundervoll. Das Quig war tot und der Zünder für die große Bombe war vernichtet.

Über dem Stadion lag eine eigenartige Stille. Es schien, als hätte niemand verstanden, was los war oder was zu tun war. Viele Ritter waren verwundet oder völlig erschöpft. Kagan stand in der königlichen Loge und starrte herunter. Sie war verwirrt und kaute nicht einmal mehr. Die Bedoowan-Zuschauer saßen wie erstarrt auf ihren Bänken. Nur die Novaner reagierten. Sie spendeten höflich Applaus, wie immer.

Schnell sah ich Loor an und sagte: »Warum hat es mit der Tür so lange gedauert?«

»Weil ich zwei Ritter im Rücken hatte«, antwortete sie. Sie hatte nicht nur den schweren Riegel gehoben, sondern auch noch gegen zwei Bedoowan gekämpft. Onkel Press ging zu Rellin hinüber und zog ihm den Speer aus dem Arm. Dann reichte er ihm etwas, um die Wunde zu verbinden. Loor und ich stellten uns daneben. Keiner von uns wusste, was er sagen sollte. Ich hatte keine Ahnung, ob Rellin wütend oder enttäuscht war, ob er Schmerzen hatte oder alles zusammen.

Plötzlich brach der Vorarbeiter der Bergleute in Gelächter aus.

Damit hatte ich überhaupt nicht gerechnet. Sein Lachen klang so verrückt wie an jenem Tag im Bergwerk. Es war, als wisse er etwas, was wir nicht wussten. Ich bekam eine Gänsehaut.

Schließlich sagte Rellin: »Ihr glaubt, es ist vorbei, aber das ist es nicht.«

»Doch, es ist vorbei«, meinte Onkel Press. »Du kannst Tak nicht länger zünden.«

Rellin lachte noch lauter. Was war bloß mit ihm los?

»Aber das ist nicht das ganze Tak, was wir aus der Mine holten«, erklärte er. »Diese Ladung ging nicht los, aber dennoch wurde das Signal gegeben. Du hast es selbst gegeben, Freund Press.«

Wir sahen uns verwundert an. Was meinte er damit? Dann begriff ich. Mir fiel ein, was Rellin am Vorabend gesagt hatte. Sobald die Bergleute eine Explosion hörten, war es für sie das Zeichen zum Angriff. Eine Explosion hatte stattgefunden, wenngleich nicht so laut, wie alle erwartet hatten. War es möglich, dass die Milago den Knall gehört hatten? Die Antwort auf diese Frage erhielt ich sofort. Hörnerklang erschallte vom obersten Rang des Stadions. Alle sahen zu dem Bedoowan-Ritter hinauf, der dort oben stand.

»Die Milago!«, rief er mit lauter Stimme. »Sie greifen an!« Augenblicklich kam Leben in seine Gefährten. Sogar die Ritter, die nach dem Kampf gegen das Quig verwundet worden waren, richteten sich auf, griffen nach ihren Waffen und kletterten die Stufen empor.

»Seht nur!«, sagte Loor und zeigte auf die königliche Loge. Immer mehr Ritter – Hunderte – strömten aus dem Palast um ihren Gefährten zu helfen. Die Königin stand auf dem Thron, lachte und klatschte wie ein Kind in die Hände um ihre Männer anzufeuern. Für sie war das Ganze nur ein Spiel. Sie verstand nicht, dass die Ritter in einen echten Kampf zogen. Vielleicht war es ihr auch völlig egal.

Inzwischen war die Bedoowan-Armee auf mehrere hundert Köpfe angewachsen. Sie wirkte ausgesprochen kampftüchtig. Die Ritter marschierten die Stufen zum Stadion empor, um sich den Wächtern anzuschließen und den Palast zu verteidigen. Doch dann geschah etwas Eigenartiges. Auch die Zuschauer stiegen die Treppen hinauf. Sie lachten und unterhielten sich angeregt. Ihnen folgten die Novaner. Es war unglaublich. Ich hatte das Gefühl, sie wollten den Kampf mit eigenen Augen sehen. Hielten sie ihn für eine Show, die zu ihrer Unterhaltung gezeigt wurde? Ahnten sie überhaupt, was ihnen bevorstand?

Rellin meinte: »Wir haben den großen Schlag nicht ausgeführt, aber wir werden kämpfen. Mein Volk hat genug Tak und wird triumphieren. Eure Bemühungen waren vergebens. Die Schlacht beginnt.«

Viertes Journal
(Fortsetzung)

DENDURON

Vieles von dem, was ich jetzt schreiben werde, wurde mir nach der Schlacht erzählt. Wie schon gesagt ich zweifele nicht daran, dass alles wahr ist. Ich versuche mich an die richtigen zeitlichen Abläufe zu halten.

Als Alder uns verließ, um die Milago vor der Bombe zu warnen, hörte niemand auf ihn, während er durch das Dorf lief und brüllte: »Ins Bergwerk! Alle in die Mine! Ihr müsst euch in Sicherheit bringen.« Vermutlich wussten die Dörfler nichts von Tak, geschweige denn von der Bombe, die den Palast wegfegen sollte. Deshalb knallten sie Alder die Türen vor der Nase zu und beachteten ihn nicht weiter. Ich kann sie verstehen. Wäre ein Typ durch Stony Brook gerannt und hätte gebrüllt, der Himmel stürze ein, hätte ich ihn sicher auch ignoriert. Alder begriff ziemlich schnell, dass seine Mühe vergebens war. Seine letzte Hoffnung richtete sich auf die eine Gruppe, die ihm vielleicht zuhören würde ... die Bergleute, die sich auf den Kampf vorbereiteten. Sie wussten von Tak und von Rellins verrücktem Plan. Also rannte Alder zu der Lichtung im Wald, wo uns Rellin und seine Leute tags zuvor gefangen genommen hatten.

Dort erwartete ihn ein beängstigender Anblick. Alle Milago-Männer waren versammelt. Es waren Hunderte. Vorher war uns nie aufgefallen, dass so viele Männer im Dorf lebten, aber schließlich waren die meisten viele Stunden lang im Bergwerk. Heute aber nicht. Sie standen auf der Lichtung und warteten auf den großen Augenblick. Laut Alder hatten sie alle Waffen aus dem Bergwerk geholt und jeder war mit einem Speer oder Pfeil und Bogen ausgerüstet. Leider hatten etliche Milago bedeutend tödlichere Waffen bei sich. Sie trugen mit Tak gefüllte Gürtel um die Hüften.

Während sich Alder durch die Männer drängte und nach einem Anführer Ausschau hielt, sah er vielen Bergleuten in die Augen. Er sagte, ihr Blick hätte ihm eisige Schauder über den Rücken gejagt. Obwohl sie kurz vor einem Kampf standen, der sie das Leben kosten konnte, zeigten sie keine Angst. Wahrscheinlich bewirkt das ein Leben in Sklaverei. Sie wollten Blut. Bedoowan-Blut. Auch wenn sie keine ausgebildeten Krieger waren, machten sie ihre mangelnden Kriegskünste durch reinen Hass wett. Sie sahen sehr zuversichtlich aus. Sobald Rellins Bombe explodiert war, wären die meisten Ritter tot, dachten sie. Alle Überlebenden würden mit Tak umgebracht. Sie glaubten, der Kampf würde kurz und leicht sein.

Sie irrten sich, sosehr man sich nur irren kann.

Endlich entdeckte Alder den Anführer. Es war ein Bergmann, der vor der Gruppe stand und Anweisungen erteilte. Alder lief auf ihn zu und sagte atemlos: »Die Bombe! Die Tak-Bombe. Sie ist tödlicher, als ihr denkt! Wenn Rellin Erfolg hat, sterben wir alle. Wir müssen alle Leute ins Bergwerk schaffen, um …«

In diesem Augenblick geschah es. In diesem Moment warf Onkel Press die kleine Bombe und zerfetzte das angreifende Monster. Die Milago sahen in die Richtung, aus der der Knall kam, und als das letzte Echo erstarb, schrie der Anführer: »Tod den Bedoowan!«

Mit donnernden Jubelrufen rannten die Bergleute los. Alder musste sich mit einem Satz in Sicherheit bringen um nicht niedergetrampelt zu werden, als die aufgeregten Männer ihrem Schicksal entgegenstürmten. Sie hatten nicht die geringste Ahnung, dass sie der gesamten Bedoowan-Armee in die Arme liefen.

Das Stadion hatte sich geleert. Sogar Königin Kagan war gegangen um die Show zu verfolgen. Vier Novaner hatten den Thron mitsamt Herrscherin hochgehoben, die Stufen hinauf und nach draußen getragen. Die bleichen kleinen Typen mussten bedeutend stärker sein, als sie aussahen, denn der Stuhl mit der fetten Königin wog bestimmt eine Tonne oder mehr. Die drei Bergleute, die mit Rellin gekommen waren, waren ebenfalls verschwunden. Sie wollten ihren Freunden in der Schlacht beistehen. Außer mir, Loor, Onkel Press und Rellin befanden sich nur noch die toten Quigs im Stadion. Rellin versuchte aufzustehen. Onkel Press reichte ihm die Hand. Die beiden waren keine Feinde. Eigentlich hatten sie dasselbe Ziel. Die einzige Meinungsverschiedenheit bestand darin, mit welchen Mitteln man es erreichte.

»Deine Männer sind nicht auf eine Schlacht gegen die Ritter vorbereitet«, sagte Onkel Press. »Das Tak kann den Kampf verlängern, aber die Bedoowan vernichten sie.«

»Vielleicht«, meinte Rellin. »Doch lieber kämpfend sterben als wie ein Sklave leben.«

Bedeutungsvolle Worte. Ich hatte gesehen, wie schrecklich die Milago lebten. Wenn sie schon sterben mussten, dann taten sie es jetzt auf würdevolle Weise. Eine furchtbare Wahl, aber vielleicht die richtige. Rellin fügte hinzu: »Gestattest du, dass ich mich zu meinen Leuten begebe?«

Onkel Press hob den Speer auf, mit dem er Rellin an die Lore genagelt hatte, und reichte ihn dem Mann. »Viel Glück«, sagte er.

Rellin nahm den Speer, nickte dankend und rannte

los um sich seinen Freunden anzuschließen. Wir sahen ihm nach, wie er über das Gras lief und die Treppe hinaufsprang. Ich fragte mich, ob ich ihn je lebend wiedersehen würde. Jetzt bückte sich mein Onkel nach einem anderen Speer.

»Was hast du vor?«, wollte ich wissen.

»Ich gehe zurück ins Dorf«, erklärte er. »Bei den Bedoowan wird es Verwundete geben. Das ist noch nie vorgekommen. Ich habe Angst, sie geraten in solche Wut, dass sie es am Dorf und den Bewohnern auslassen.«

»Und wie willst du sie aufhalten?«, fragte Loor.

»Das kann ich nicht. Aber ich helfe Alder sie ins Bergwerk zu bringen. Die Ritter gehen dort nicht hinunter und so besteht die Chance, dass sie sich wieder beruhigen.«

»Wir kommen mit!«, rief ich.

»Nein.« Onkel Press zeigte auf die Grubenlore. »Seht zu, was ihr mit der verdammten Bombe macht.«

»Zum Beispiel?«, erkundigte ich mich.

Er lief los und rief über die Schulter zurück: »Weiß ich nicht. Ihr müsst sie loswerden. Schmeißt sie von mir aus in den Ozean. Hauptsache, die Bedoowan bekommen sie nicht in die Finger.«

Ich sah ihm nach, als er die Treppen hinaufstürmte. Er winkte noch einmal und verschwand außer Sichtweite. Ich musterte zuerst die Karre und dann Loor.

»Ist er verrückt? Das Ding ist viel zu schwer um es nach oben zu tragen«, stellte ich fest.

Loor griff nach den Glazebrocken und warf sie auf den Boden, als wären es wertlose Steine. »Nicht wenn wir die Ladung halbieren«, meinte sie.

»Und was ist, wenn wir ausrutschen und die Treppe hinunterfallen? Dann gibt es einen furchtbar lauten Knall.«

»Dann müssen wir eben besonders gut aufpassen!«, fauchte sie.

Klar, mussten wir wohl. Ich versuchte die Lore anzuheben. Verdammt schwer! Sie hatte vier Räder, die über die Schienen im Bergwerk rollten, und hinten und vorne je einen Griff, um zu schieben oder zu ziehen. Wie stark Loor auch sein mochte, wir beide waren jedenfalls nicht in der Lage, das Ding die Stufen hinaufzuschleppen. Ich wühlte mich durch die Glazestücke, bis ich das Tak fand. Es war ganz weich wie Ton. Zuerst dachte ich, wir könnten es vielleicht in Stücke reißen und portionsweise nach oben tragen anstatt die ganze Karre zu schleppen. Für eine tödliche Waffe sah es regelrecht unschuldig aus. Wie gesagt, es war rostbraun und weich wie Knete. Grobkörnige Knete. Es ließ sich auch gut zu einer Kugel rollen. Ein bisschen von dem trockenen Zeug blieb an meinen Fingern hängen, während ich es formte.

»Hilfst du mir endlich?«, fragte Loor, die immer noch Glaze auf den Boden warf.

»Ich habe eine Idee«, verkündete ich und rannte auf die Quig-Ställe zu. Sie sah mir nach, als hätte ich den Verstand verloren, aber sie hätte sich keine Sorgen machen müssen. Die Rückkehr in die Quig-Welt kam in meinem Plan nicht vor. Ganz bestimmt nicht. Beim Laufen steckte ich die kleine Kugel in die Tasche um die Hände frei zu haben und schloss die Tür zum Stall, falls dort noch irgendwelche Monster lauerten. Keine schlechte Idee, aber deshalb war ich nicht losgesprintet. Ich suchte nach dem Wassertank, aus dem der Bedoowan-Ritter das Wasser geholt hatte, um das Blut des Milago wegzuspülen. Als ich ihn fand, drehte ich an dem Hahn, bis das Wasser langsam herauslief. Dann untersuchte ich meine Finger, an denen immer noch Tak-Brösel klebten. Ich hielt sie unter den Hahn, rieb sie aneinander und das Tak löste sich auf! Was ich mir erhofft hatte, war geschehen. Zwar handelte es sich um ein hochexplosives Material, doch es war auch ein Mineral, das sich in Wasser auflöste. Vielen Dank, Mr Gill, Erdkundelehrer der achten Klasse. Er dachte immer, ich würde während seines Unterrichts schlafen. Tat ich aber nicht.

»Was machst du da?«, schrie Loor.

Schnell nahm ich mir einen Holzeimer, der neben dem Tank stand, füllte ihn und schleppte ihn zur Grubenlore hinüber.

»Pendragon, wir verschwenden kostbare Zeit!«, knurrte sie ungeduldig. Ich ignorierte sie und kippte das Wasser in den Karren. Loor sah mich wütend an, als wäre ich ein Vollidiot. Ich trat einen Schritt zurück und wartete. Schon nach wenigen Sekunden wurde meine Geduld belohnt. Das Wasser war durch die Ladung Tak gesickert und tropfte jetzt zwischen den Ritzen der Bodenbretter hindurch. Es hatte sich rostbraun verfärbt und das konnte nur eines bedeuten … das Tak löste sich auf!

»Wir müssen die Karre nicht nach draußen tragen!«, verkündete ich. »Wir lösen das Tak einfach in Wasser auf wie Dreck.«

Loor hielt einen Finger unter das tropfende Wasser und überzeugte sich davon, dass es sich wirklich um Tak-Krümel handelte. Sie überlegte kurz und sagte: »Mehr Wasser!«

Schnell sprang sie auf und lief zum Tank hinüber. Die nächsten zehn Minuten verbrachten wir damit, zwischen Wassertank und Grubenlore hin und her zu laufen und eimerweise Wasser in den Karren zu schütten. Stück für Stück verflüssigte sich das Tak und tropfte auf den Grasboden. Als die Lore so leicht geworden war, dass sie sich umherschieben ließ, zerrten wir sie abwechselnd durch die ganze Arena. Ich wollte das Tak überall verteilen, damit die Kraft nicht an einer Stelle gesammelt wurde. Die rostfarbene Brühe lief aus der Lore, floss auf den Boden und wurde wie ein tödliches Düngemittel aufgesaugt. Ich hatte keine Ahnung, ob es hinterher Probleme geben würde. Vielleicht verwandelten wir die Arena in ein wahres Minenfeld, wenn das Zeug erst einmal trocknete. Aber das war mir egal. Hauptsache, die riesige Bombe war für alle Zeiten vernichtet.

Irgendwann schaute ich in die Lore und sah, dass der größte Teil des Tak verschwunden war. Zwar klebten noch Reste an den Bodenbrettern, aber sie würden keinen großen Schaden anrichten. Ich fand, wir hatten die Bombe erfolgreich verflüssigt, sah Loor an und grinste.

»Wir hätten natürlich versuchen können die Karre nach oben zu tragen«, meinte ich mit einem Hauch von Sarkasmus in der Stimme.

Es gelang mir selten, Loor einen kleinen Stich zu versetzen, und so nutzte ich die Gelegenheit. Sie sah aus, als wollte sie etwas entgegnen und hätte Schwierigkeiten, die richtigen Worte zu finden. Ich erwartete, dass sie mich auf eine Dummheit meinerseits hinweisen würde.

»Ich bin eine Kriegerin«, sagte sie schließlich. »Man brachte mir bei, Feinde mit Gewalt zu bekämpfen. Dich lehrte man etwas anderes.«

Aha. Jetzt ging es los. Bestimmt wollte sie mir sagen, ich wäre ein Weichei und hätte sowieso nie geschafft die Lore die Treppe hinaufzutragen.

»Aber vielleicht ist das ganz gut so«, fuhr sie fort. »Wahrscheinlich sind wir aus diesem Grund zusammen. Du bist kein Kämpfer, hast aber mehr Tapferkeit bewiesen als mancher Krieger, den ich kenne.«

Das saß! Ich hatte nicht mit einem Kompliment gerechnet und konnte vor Staunen nicht antworten.

Ich dachte über ihre Worte nach und fand, sie hatte Recht. Ich war kein Kämpfer und würde auch keiner werden, und so ergänzten sich unsere Stärken ganz gut. Ich habe euch schon einmal geschrieben, dass ich das Gefühl hatte, hier richtig zu sein. Nun, als ich jetzt neben Loor stand, fühlte ich es wieder. Es fühlte sich richtig an, dass wir zusammen waren. Wir waren nicht die besten Freunde, aber wahrscheinlich gute Partner. Es muss ihr schwer gefallen sein, zuzugeben, dass ich ihr gleichgestellt war – wenigstens wenn es um die Tapferkeit ging –, und ich wollte irgendetwas sagen um ihr zu erklären, wie großartig ich sie fand. Leider bekam ich keine Gelegenheit dazu. Noch ehe ich den Mund öffnen konnte, sah ich etwas, was ich kaum glauben konnte.

»Was ist los?«, fragte Loor.

Ich zeigte wortlos nach oben. In der königlichen Loge stand Figgis, der kleine Händler des Todes. Was wollte er hier? Wie war er in den Palast gekommen? Außerdem musste er wissen, was Rellin geplant hatte, und ich verstand nicht, wieso er sich an einen Ort begab, der in die Luft fliegen würde.

»Das ist seltsam«, murmelte Loor. »Was will er hier?«

Wie zur Antwort hob Figgis die Hand um uns etwas zu zeigen. Es war das gelbe Funksprechgerät, das man mir im Gemach der Königin abgenommen hatte. Er fuchtelte damit herum und kicherte ungestüm.

»Das ist dieses sprechende Ding!«, rief Loor. »Was hat er damit vor?«

Mein Herz drohte stillzustehen. Wir waren einer Kanonenkugel ausgewichen, aber schon flog die nächste auf uns zu. Loor sah mich an und merkte, wie verängstigt ich war.

»Was hast du, Pendragon?«

»Das Gerät funktioniert genauso wie die Taschenlampe!«, schrie ich. »Es hat eine Batterie, die Energie spendet.«

»Kann er sie benutzen um die nächste Bombe zu zünden?«, fragte sie nervös.

»Nun … ja.«

Loor sah aus, als würde ihr schlecht. »Glaubst du, er hat noch eine Bombe?«, wollte sie wissen.

»Keine Ahnung«, antwortete ich. »Aber wir sollten es herausfinden.« Ich trat genau unter die Loge und rief: »Figgis! Wir wollen mit dir reden!«

Anstatt zu antworten drehte er sich um und rannte in den Palast zurück.

»Ihm nach!«, schrie ich und rannte los.

Loor war dicht hinter mir. Wir erreichten die Treppe und nahmen jeweils drei Stufen auf einmal, bis wir vor der Loge standen. Ohne zu zögern liefen wir in den Palast und folgten dem kleinen Mann, der dafür verantwortlich war, dass die Milago ganz Denduron vernichten konnten.

Draußen vor dem Palast näherten sich die feindlichen Armeen. Die Milago bahnten sich einen Weg durch den dichten Wald, während die Bedoowan sich am Rande eines weiten, freien Feldes versammelten. Auf diesem grasbewachsenen Platz würde die lang erwartete Schlacht stattfinden. Hinter den Bedoowan lag nichts als der Ozean. Hinter den Milago würde der Wald liegen. Dazwischen befand sich eine riesige Fläche ohne jede Deckung. Die Ritter wussten genau, was sie taten. Man hatte sie ausgebildet ihre Heimat vor Eindringlingen zu schützen. Jetzt stellten sie sich in langen Reihen auf. Zuerst die Schildträger, dann die Bogenschützen und zum Schluss die berittenen Lanzer. Sie waren bereit.

Später erzählte mir Alder, wie er mit den Bergleuten durch den Wald lief und versuchte sie zur Umkehr zu bewegen. Aber niemand hörte auf ihn. Sie waren seit Wochen wild entschlossen zu kämpfen. Als sie jedoch den Waldrand erreichten, hob der Anführer die Hand und die Milago blieben stehen. Das war klug, denn der Mann sah etwas, womit er und seine Gefährten nicht gerechnet hatten.

Ihnen gegenüber, auf der anderen Seite des Feldes, wartete die Bedoowan-Armee. Die Ritter sahen überhaupt nicht aus wie klägliche Überlebende einer grauenvollen Explosion. Ganz im Gegenteil. Dort standen mehr Ritter, als die Milago jemals gesehen hatten. Sie waren stark, gesund und gut bewaffnet. Offenbar war etwas schief gegangen. Die Explosion hatte nicht den gewünschten Schaden angerichtet. Die bevorstehende Schlacht würde nicht der Sonntagsspaziergang werden, mit dem sie gerechnet hatten. Ihnen stand eine Bewährungsprobe gegen die erfahrensten Krieger des Landes bevor.

Unsicher hielt der Milago-Anführer seine Leute zurück. Auch sie hatten die Bedoowan entdeckt und wirkten sichtlich erschüttert.

Alder konnte nichts tun als zusehen.

Als Loor und ich in den Palast rannten, fanden wir uns in Königin Kagans weitläufigen Gemächern wieder. Wir schauten uns um und stürmten in den Korridor hinaus. Ich sah noch, wie Figgis die Treppe hinunterlief.

»Da!«, rief ich und folgte ihm.

Loor blieb dicht hinter mir. Wir sprangen die Stufen einer breiten Wendeltreppe hinab und erblickten Figgis, der in die untersten Geschosse eilte, tief unter uns. Wir beeilten uns, so sehr wir konnten ohne uns dabei die Hälse zu brechen. Als wir endlich unten ankamen, sah ich meinen zertrümmerten CD-Spieler. So war das Gerät also zum Schweigen gebracht worden. Sie hatten ihn einfach in Stücke geschlagen. Wahrscheinlich hatten sie keine Ahnung von Knöpfen zum Ausschalten. Idioten. Ich besaß genug Geistesgegenwart, die Reste nach den Batterien zu durchsuchen. Auch wenn es inzwischen fast zu spät war, würde niemand *diese* Dinger benutzen um die nächste Bombe zu bauen.

Suchend sahen wir uns nach Figgis um und hörten das wohl bekannte Kichern aus einiger Entfernung. Ich hatte das Gefühl, er spielte mit uns. Aber das war nicht wichtig. Wir mussten ihn aufhalten. Also liefen wir den Gang hinunter.

»Er will ins Bergwerk«, stellte Loor fest. »Sicher kennt er den Geheimgang.«

Sie hatte Recht. Wahrscheinlich war er auf diesem Weg in den Palast eingedrungen. Da wir den Weg ebenfalls kannten, machten wir uns nicht die Mühe, in jedem Korridor nach dem kleinen Kerl zu suchen. Wir steuerten geradewegs auf die Küche zu, um von da aus in die Vorratskammer mit der Geheimtür und die unterirdischen Gänge zu gelangen, die sich überall unterhalb des Palastes erstreckten.

Der Anführer der am Waldrand wartenden Milago wusste nicht, was er tun sollte. Alles hätte völlig anders sein sollen. Nie war die Rede davon gewesen, einer vollzähligen Bedoowan-Armee gegenüberzutreten. Sollte er angreifen oder zurückweichen? Von seiner Entscheidung hing das Schicksal des ganzen Stammes ab. Zum Glück wurde ihm die Verantwortung abgenommen. Die Bergleute stießen überraschte Rufe aus. Der Anführer sah, wie ein bekanntes Gesicht durch die Menge auf ihn zukam. Es war Rellin. Er würde die Führung übernehmen.

Der Anblick ihres Anführers ließ die Männer erleichtert aufatmen ... ganz zu schweigen von Rellins Stellvertreter, der die ungewohnte Rolle nun ablegen durfte. Rellin sprang auf einen Felsbrocken, damit ihn alle sehen konnten, und verkündete: »Meine tapferen Brüder! Heute ist der Tag der Tage. Die Zeit ist gekommen. Heute endet unsere Sklaverei!«

Die Bergleute jubelten. Rellin machte ihnen Mut.

»Bringt das Tak nach vorne!«, befahl er und alle Männer, die mit Tak und Schleudern bewaffnet waren, traten in die erste Reihe. »Sind wir bereit, unser Leben wieder selbst in die Hand zu nehmen?«

Die Männer jubelten. Niemand fragte nach, wieso er noch lebte. Er war ihr Anführer und sie vertrauten ihm.

»Sind wir bereit unsere Freiheit zu erkämpfen?«

Erneuter Jubel.

»Sind wir bereit, die Bedoowan für ihre Verbrechen zu bestrafen?«

Jetzt war der Jubel am lautesten. Sie waren bereit.

»Dann bleibt erst wieder stehen, wenn wir den Thronsaal erobert haben!«

Es wurde zum Angriff geblasen. Mit den Tak-Schützen in der ersten Reihe stürmten die Bergleute aus dem Wald auf das Feld, dem Feind entgegen.

Währenddessen kletterten Loor und ich die Leitern ins Bergwerk hinab. Als wir unten waren, hielt Loor inne und lauschte.

»Hör nur«, sagte sie.

Ich lauschte ebenfalls. Schritte. Schnelle Schritte. Figgis war noch nicht weit gekommen. Eigenartigerweise kamen sie aus der Tiefe des Ganges. Das ergab keinen Sinn, denn der Gang führte nicht viel weiter. An seinem Ende fiel ein Abgrund zum Ozean hinab. Woher also kamen die Schritte?

Loor nahm sich keine Zeit zum Nachdenken. Sie rannte in die Richtung. Ihr Instinkt sagte ihr, dass dort jemand lief, und sie ließ sich nicht von logischen Überlegungen aufhalten. Natürlich folgte ich ihr. Wir hatten kaum zwanzig Meter zurückgelegt, als ein Seitengang abzweigte. Er war gerade breit genug für eine Person. Hier war Figgis abgebogen. Loor lief selbstverständlich als Erste hinein. Sie rannte einfach weiter und hatte keine Angst vor dem, was sie erwartete. Das war kein Problem für mich, denn schließlich war sie die furchtlose Hälfte unseres Duos. Zum Glück war es nicht stockdunkel im Tunnel, da ein wenig Licht durch den Hauptgang hereinsickerte, und wir sahen, wohin wir gingen.

»Ich sehe das Ende!«, verkündete Loor. »Der Gang mündet in einen anderen Tunnel.«

Ich schaute nach vorn. Sie hatte Recht. Der Seitengang bildete die Verbindung zu einem neuen, sehr breiten Tunnel. Allerdings stellte sich bald heraus, dass es sich um mehr als nur eine Abkürzung handelte, denn ehe wir das Ende erreichten, verbreiterte sich der schmale Weg und wir standen in einer großen Höhle. Erstaunt sahen wir uns um und überlegten, wozu sie dienen mochte. Ich ging einen Schritt hinein und fühlte etwas Eigenartiges unter meinen Füßen. Es kam mir vor, als würde ich über Gummi laufen, das bei jedem Schritt federnd nachgab. Ich kniete nieder und kratzte etwas von dem Zeug ab um es mir genauer anzusehen. Es fühlte sich wie Radiergummikrümel an. Ich brauchte nur Sekunden um zu begreifen, was es war, und mir blieb fast das Herz stehen.

»Was ist das?«, wollte Loor wissen.

»Das … das ist Tak«, stotterte ich. »Ich glaube, wir haben gerade herausgefunden, wo Figgis das Tak fand. Er hat es aus der Mine geholt – genau an dieser Stelle.«

»Stimmt!«, erklang eine fröhliche Stimme aus dem vor uns liegenden Gang.

»Figgis!«, rief Loor und lief weiter.

Ich folgte ihr in den breiten Tunnel. Als ich dort ankam, sah ich, dass er sich nach rechts und links erstreckte. Auf dem Boden befanden sich Gleise und rechts von mir stand eine leere Grubenlore. Der Tunnel war uralt. Überall auf dem Boden erblickte ich Krümel von dem rostfarbenen Zeug. Wahrscheinlich waren sie hinuntergefallen, als Figgis das Tak nach draußen beförderte. Fast wie Goldstaub. Alles war mit einer hauchdünnen Tak-Schicht bedeckt. Allerdings kam mir noch etwas sehr seltsam vor. Irgendwie hatte ich das Gefühl, die Höhle zu kennen. Die Grubenlore, die Öffnung zum Seitengang, der Steinhaufen … Alles wirkte sonderbar vertraut.

In diesem Augenblick glühte mein Ring auf. Ich sah Loor an. Auch ihr Ring leuchtete. Wir waren schon einmal hier gewesen. Das war der Gang, in dem sich die Tür zum Flume befand. Als wir neulich hier waren, hatten wir keine Ahnung, dass wir uns unmittelbar neben Figgis' Tak-Quelle befanden. Ich schaute nach links und entdeckte die hölzerne Tür, die zum Flume führte, in ein paar Metern Entfernung.

»Warum läuft es mir bei diesem Anblick kalt den Rücken runter?«, fragte ich Loor.

Ihr ging es genauso. Warum sollte uns Figgis an den Ort führen, den er eigentlich geheim halten wollte? Die Antwort bestand in einem lauten Dröhnen.

»Was ist das?«, fragte Loor nervös.

Ich lauschte. Das Dröhnen wurde lauter. Entweder war das Donner, ein Erdbeben oder …

»Ein Einsturz!«, brüllte ich.

Schnell ergriff ich ihre Hand und wir rannten in die Richtung, in der die Haupthöhle der Mine lag. Als wir an der Tür zum Flume vorbeiliefen, brach wenige Meter vor uns die Decke ein! Tonnenweise Steine und Sand fielen herab und versperrten uns den Weg. Zuerst wollte ich zur Tür und ins Flume springen, aber wir durften Denduron nicht verlassen. Noch nicht. Also machten wir kehrt und liefen in den Seitengang zurück, der zu Figgis' Schatzkammer führte.

Doch kaum hatten wir die Tak-Mine betreten, als ein weiterer Einsturz den engen Gang vor uns blockierte. Steine fielen von der Decke und rollten in die kleine Höhle. Ich sprang rückwärts und stürzte prompt. Als ich aufstehen wollte, fand ich mich von Angesicht zu Angesicht mit einer Gestalt wieder, die von oben heruntergefallen war. Es war ein Skelett. Ich schäme mich nicht, zuzugeben, dass ich wie am Spieß schrie. Hastig kroch ich weg und Loor zog mich auf die Beine. Wir klammerten uns aneinander und wussten nicht, was wir tun sollten.

Loor starrte das Skelett an und sagte: »Bestimmt ein Bergmann, der sich hier unten verirrt hat.«

Das klang vernünftig. Aber dann entdeckte ich etwas, was ihre Theorie widerlegte. Ich sah mir den Knochenmann genauer an. Er trug zerlumpte Lederklamotten, die ihn als Milago identifizierten. Doch da war noch etwas und ich hätte am liebsten wieder geschrien. Das Skelett trug eine Augenklappe. Der Stoff war zerfetzt und baumelte vor der leeren Augenhöhle, aber es handelte sich eindeutig um eine Augenklappe. Doch das war nicht alles. An jedem der Finger sah ich einen grünen, geflochtenen Ring. So etwas hatte ich nur ein Mal gesehen und ich erinnerte mich nur zu gut daran. Vor uns lag nicht irgendein Bergmann.

»Das ist Figgis«, sagte ich.

»Das kann nicht sein!«, entgegnete Loor. »Es sei denn, wir sind einem Geist nachgejagt.«

Hinter uns ertönte eine Stimme: »Leider ist das wirklich Figgis.«

Loor und ich wirbelten herum. Ein Mann stand im Höhleneingang. Es war … ebenfalls Figgis!

»Der arme kleine Kerl starb schon vor Jahren«, sagte er. »Eine Tragödie. Er stellte Fallen um seinen Schatz zu schützen. Deshalb ist die Decke eingestürzt. Er wollte nicht, dass ihm jemand in die Quere kam. Eine dieser Fallen kostete ihn das Leben. Sehr traurig. Ein Visionär und leider … tot.«

Ich verstand überhaupt nichts mehr. Wir standen hier und starrten Figgis an ohne irgendetwas zu begreifen.

»Ich sehe, ihr habt noch nicht verstanden«, meinte der Mann mit zufriedenem Lächeln. »Ich mache es euch leichter.« Dann verwandelte sich der kleine Kerl. So etwas hatte ich schon einmal erlebt, in einer verlassenen U-Bahnstation in der Bronx. Seine Haare wurden länger und der Körper wuchs auf mehr als zwei Meter an. Die Ledersachen verwandelten sich in einen schwarzen Anzug und die Augen funkelten eisblau. Ja, wir standen vor Saint Dane und er hatte uns unter mehreren Tonnen Gestein in die Falle gelockt.

»Ich habe es dir doch gesagt, Pendragon«, erklärte er grinsend. »Du besiegst mich nicht.«

Viertes Journal
(Fortsetzung)

DENDURON

Die Milago verließen den Wald. Die Schlacht begann.

Die Bedoowan rührten sich nicht. Sie wollten abwarten, was die Milago tun würden. Die erste Reihe Bergleute blieb stehen und lud die Schleudern mit Tak. Auf ein Kommando hin schossen sie auf die Ritter. Die kleinen Tak-Bomben flogen durch die Luft und explodierten beim Aufprall. Allerdings fielen sie vor den ersten Feinden zu Boden. Falls sie Schaden anrichten sollten, mussten die Männer näher herangehen, aber dann begaben sie sich in Reichweite der Bogenschützen.

Die Bedoowan waren völlig überrascht. Bis auf das Quig, das vor ihren Augen zerfetzt worden war, hatten sie noch nie eine Explosion erlebt. Zuerst sah es so aus, als würden sie zurückweichen, aber die Offiziere ließen es nicht zu. Sie blieben standhaft. Der Bedoowan-Kommandeur schickte eine Reihe Schildträger nach vorn. Die tapferen Männer stellten sich in einer Mauer aus Stahl und Fleisch auf, um ihre Kameraden vor den Geschossen zu schützen. Hinter ihnen machten sich die Bogenschützen bereit sofort auf die Milago zu schießen, wenn sie näher kamen. Die Schlacht würde sehr schnell sehr blutig werden.

Aber das erfuhr ich erst später. Im Augenblick hieß mein Problem Saint Dane. Es gab keinen Ausweg. Zwei Einstürze, hervorgerufen durch Figgis' selbst gebastelte Fallen, hatten uns festgesetzt. Der einzige Fluchtweg war das Flume. Doch es hätte genauso gut meilenweit weg sein können, denn Saint Dane stand zwischen uns und der Tür.

»Du hast das Tak hierher gebracht?«, fauchte ich ihn an.

»Selbstverständlich nicht!«, erklärte er betont unschuldig. »Tak ist ein natürliches Mineral Dendurons. Figgis entdeckte diese Ader vor einigen Jahren.«

Er ging zur Wand und kratzte etwas Schmutz herunter. Dahinter kam die rostfarbene Substanz zum Vorschein. Ich sah Loor an, die zum ersten Mal seit unserer Bekanntschaft verängstigt wirkte. Wir wussten beide, dass die ganze Höhle aus Tak bestand. Und wir standen mittendrin. Verglichen damit war die Bombe im Stadion nichts als ein kleiner Feuerwerkskörper gewesen.

»Figgis dachte, die Bergleute könnten das Tak benutzen um Tunnel durch den Berg zu sprengen«, erklärte Saint Dane. »Das war nobel von ihm, doch er war Händler und dachte auch so. Er wollte den Milago helfen, aber auch Gewinn machen.«

Der schreckliche Reisende ging zu dem Skelett hinüber und versetzte ihm einen Tritt. »Ich verurteile ihn deswegen nicht, doch seine Gier brachte ihm den Tod. Er baute Fallen rings um die Höhle um seinen Schatz zu schützen. Leider schnappte eine davon zu.«

Er trat nach dem Schädel, der uns vor die Füße rollte.

»Also kamst du nach Denduron und nahmst seinen Platz ein«, stellte ich fest. »Und du zeigtest den Milago, wie sie das Tak als Waffe einsetzen konnten.«

»Ja, ich bekenne meine Schuld«, sagte er stolz.

»Doch wir verhinderten es«, warf Loor ein. »Rellin hat die Bombe nicht gezündet.«

Saint Dane lachte vergnügt. Das gefiel mir nicht.

Wenn die Bösen lachen, bedeutet es, dass sie mehr wissen als man selbst.

»So ist es doch viel besser«, antwortete er zufrieden. »Wäre die Bombe explodiert, hätten die Milago viel länger gebraucht um sich zu formieren. Wenn sie jetzt die kleine Schlacht gewonnen haben, sind sie stark genug, um mit der Eroberung Dendurons zu beginnen. Ich glaube, ich sollte mich bei dir bedanken, Pendragon.«

War das möglich? Als ich verhinderte, dass die Bombe explodierte, verschlimmerte ich die Lage nur? »Und was ist, wenn sie nicht gewinnen?«, fragte ich. »Was ist, wenn die Bedoowan siegen?«

Saint Dane kratzte noch mehr Schmutz von der Wand. »Ist egal«, meinte er achselzuckend. »Hier habe ich einen unerschöpflichen Tak-Vorrat. Vielleicht braucht es seine Zeit, aber die Milago kommen zurück. Sie werden Möglichkeiten finden, diese wundervolle Waffe einzusetzen. Es ist unausweichlich, Pendragon. Ein Territoriumskrieg steht bevor. Denduron geht unter. Und das ist der Anfang vom Ende Hallas.«

Halla. Wieder dieses Wort. Alles drehte sich um Halla.

Oben auf dem Schlachtfeld bewegten sich die Milago auf die Bedoowan zu. Sie kamen ihnen jetzt so nahe, dass sie auf die Schildträger schießen konnten. Die verstörten Ritter duckten sich unter die Schilde, als die ersten Bomben explodierten. Bei jedem Knall schoss eine Stichflamme zwischen die Feinde. Etliche Ritter starben an Ort und Stelle. Andere erfassten die Gefahr und wichen seitlich aus. Der Tak-Regen riss Stücke aus dem Erdboden.

Nun schickte die zweite Reihe der Bedoowan-Ritter Pfeile auf die Reise. Sie standen zu weit entfernt um genau zielen zu können und schossen hoch in die Luft. Ein Hagel aus Pfeilen fiel auf die Milago herab. Einige trafen, andere segelten harmlos zu Boden. Doch sie reichten aus um die Bergleute davon abzuhalten, die nächste Salve loszulassen.

Der Rest der Bedoowan und die Novaner beobachteten die Schlacht aus sicherer Entfernung. Sie hatten sich am Feldrand ins Gras gesetzt und schauten interessiert zu. Sie hielten das Ganze für ein Spiel. Kinder tollten umher, Musiker stimmten ein Lied an und Essen wurde herumgereicht wie bei einem Sommerfest. Königin Kagan hatte sich auf ihren Thron gestellt um besser sehen zu können.

Im Milago-Dorf hatte Onkel Press Alder aufgestöbert, der wieder versuchte die Menschen zur Flucht zu überreden. Die Dorfbewohner kannten meinen Onkel und knallten ihm nicht die Türen vor der Nase zu. Doch immer wieder erhielten die beiden die gleiche Antwort. Die Leute waren ohne Ausnahme bereit gegen die Bedoowan zu kämpfen. Egal ob es sich um Frauen, Kinder, Alte oder Kranke handelte. Keiner von ihnen fürchtete den Tod oder die Feinde. Sie hatten nicht vor weiterhin so entsetzlich zu leben wie bisher. Nein, diese Menschen wollten sich nicht verstecken oder fliehen. Wenn die Ritter die Männer besiegten, waren sie bereit und würden sich verteidigen.

Enttäuscht eilten Onkel Press und Alder zum Schlachtfeld hinüber. Die Milago wurden mit Pfeilen überschüttet, während die Bedoowan gegen Tak-Bomben kämpfen mussten. Alder und Onkel Press waren entsetzt. Sie wünschten sich den Sieg der Bergleute, aber nicht durch Tak. Der wahre Feind hier und heute hieß Tak. Sollte es ihnen gelingen, die Milago von seinem Einsatz abzuhalten, würden die Bedoowan sie niedermetzeln. Wie man es auch drehte, die Milago blieben die Verlierer.

Saint Dane hatte etwas gesagt, das mich zu Tode erschreckte. Er sagte, der Fall Dendurons wäre der Anfang vom Ende Hallas. Onkel Press hatte mir erklärt, dass Halla alles war. Jeder Ort, jedes Territorium und jede Zeit. Wenn Saint Dane Halla vernichtete, vernichtete er dann auch das ganze Universum? Der Gedanke war so überwältigend, dass ich ihn kaum fassen konnte.

»Warum willst du Halla zerstören?«, fragte ich.

Er lachte.

»Du bist noch jung, Pendragon«, sagte er. »Du weißt sehr vieles nicht. Aber eines sage ich dir: Wenn Halla zerfällt, bin ich da, um die Trümmer einzusammeln.«

Das hörte sich bedrohlich an. »Ich glaube dir nicht«, erwiderte ich. »Wie könnte ein einzelner Mann das Schicksal des ganzen Universums steuern?«

Saint Dane fuhr mit der Hand über die Wand aus Tak. »Es ist, als würde man Dominosteine aufbauen. Kippt man den ersten um, ist das keine Mühe, aber er fällt gegen den nächsten Stein und der wieder gegen den nächsten und so weiter, bis nichts mehr da ist außer einem Chaos an nutzlosem Spielzeug. Denduron ist mein erster Dominostein.«

Es stimmte. Denduron war nur der Anfang. Saint Dane würde ein Territorium nach dem anderen aufsuchen. Es war nur eine Frage der Zeit, bis er Vernichtung und Tod in Loors Heimat Zadaa brachte oder zu uns. Nach Zweite Erde.

»Deine Mutter ist tot«, sagte er zu Loor. »Aber was ist mit dem Rest deiner Familie? Und was ist mit deiner Familie auf Zweite Erde, Pendragon? Und was mit deinen Freunden? Ich glaube, sie heißen Mark und Courtney. Wenn die Steine fallen, werden alle darunter begraben.«

Ich wollte schreien. Es war wie ein schlechter Traum. Es war, als könnte er meine Gedanken lesen.

»Doch das alles muss gar keine Tragödie sein«, fuhr er mit einem grausamen Lächeln fort. »Seht es als gute Gelegenheit an. Ihr seid jung und stark. Ihr besitzt Kräfte, von denen ihr nichts ahnt. Wenn ihr euch mir anschließt, lehre ich euch sie einzusetzen. Gegen mich zu kämpfen ist unmöglich, aber mit mir zu kämpfen lohnt sich. Ihr könntet eure Angehörigen beschützen und Halla mit mir regieren. Ich mache euch ein wundervolles Angebot.«

Auf dem Schlachtfeld spitzte sich die Lage zu. Die Milago hatten die Bedoowan in Schach gehalten und nur leicht Verwundete gehabt. Auf der anderen Seite herrschte Chaos. Überall brannte es und das Tak hatte die Erde aufgerissen. Dennoch gab es auch hier nur wenige Verwundete. Die meisten Ritter hatten den Geschossen ausweichen können. Jetzt fiel dem Kommandeur auf, dass weniger Tak-Bomben abgefeuert wurden. Anscheinend ging den Milago die Munition aus.

Rellin beobachtete alles von seinem Platz hinter den Speerwerfern aus. Seine schlimmsten Befürchtungen wurden wahr. Die meisten Tak-Bomben waren abgeschossen, aber die Bedoowan waren immer noch stark und zahlreich. Bald war alles Tak verbraucht und die Ritter würden angreifen. Ihre einzige Chance bestand darin, die Bedoowan zu überrumpeln, solange sie noch verunsichert waren. Rellin musste seinen ganzen Mut zusammennehmen um den entscheidenden Schritt zu tun. Er sprang auf, riss einen Speer an sich und brüllte: »Freiheit!«

Seine Männer brachen in lautes Kriegsgeschrei aus

und stürmten quer über das Feld auf die Gegner zu. Der Bedoowan-Kommandeur war völlig entgeistert, dass diese dummen Bergleute es wagten, seine erfahrenen Krieger anzugreifen. Doch wenn sie einen Nahkampf wollten, sollten sie ihn bekommen. Er winkte seinen berittenen Lanzern, vorzutreten. Mit einer Handbewegung sandte er sie gegen die Milago.

Alder und Onkel Press sahen voller Entsetzen zu, wie die Gegner in der Mitte des Feldes aufeinander prallten. Königin Kagan hüpfte kichernd auf und ab. Eines war sicher:

Es würde viel Blut fließen.

Unten in der Mine wartete Saint Dane auf unsere Antwort. Er bot uns an, ihm bei dem wahnsinnigen Versuch zu helfen, das gesamte Universum zu beherrschen, und drohte, unsere Angehörigen und Freunde würde sterben, wenn wir uns weigerten. Offenbar hatten wir keine Wahl. Ich bekam Todesangst. Ich konnte seinen Anblick nicht ertragen und schaute zu Boden.

Was ich dort entdeckte, brachte mich auf eine Idee.

An den Bedoowan-Schuhen, die ich trug, klebte rostfarbener Tak-Staub. Ich hielt den Blick gesenkt und sah, dass die ganze Höhle mit Tak-Staub bedeckt war. Er bedeckte die Wände, den Boden und schien sogar in der Luft zu hängen.

Mir fiel etwas ein. Etwas, was ich vor einer Weile ohne nachzudenken getan hatte. Damals konnte ich es nicht wissen, doch vielleicht erwies es sich als der Schlüssel zur Rettung Dendurons. Meine Gedanken überschlugen sich. Wenn ich etwas unternahm, musste es jetzt gleich sein. Ich hatte keine Ahnung, wie die Situation auf dem Schlachtfeld war, aber nach den Worten Saint Danes zu schließen spielte es sowieso keine

Rolle. Es ging nicht um die Milago und die Bedoowan. Es ging um eine furchtbare Waffe, die den Kurs eines friedlichen Territoriums ändern und es ins Chaos führen würde. Wenn etwas beendet werden musste, dann war es die Macht von Tak.

Ich hatte Angst vor dem, was ich zu tun gedachte. Aber ich sah keine andere Möglichkeit. Ich war nicht einmal sicher, ob es klappte. Vielleicht machte ich alles nur noch schlimmer. Doch daran war ich ja gewöhnt. Funktionierte mein Plan, so standen die Chancen gut, dass Loor und ich starben. Keine Variante behagte mir, aber ich musste es versuchen.

»Saint Dane«, begann ich mit vor Angst brüchiger Stimme, »ich glaube dir.«

Loor warf mir einen überraschten Blick zu. Sie wusste nicht, worauf ich hinauswollte … noch nicht.

»Ich weiß nicht, warum wir Reisende sind oder wie du die Dinge anstellst, die du tust, aber ich habe genug gesehen um zu wissen, dass alles real ist. Ich weiß auch nicht, ob du die Macht hast, das Universum oder Halla, oder wie auch immer man es nennt, zu vernichten, aber ich gehe davon aus, dass du viel Unheil anrichten kannst. Wenn Denduron der erste Stein sein soll, der fällt, dann darf ich das nicht zulassen.«

Ich spürte, wie Loor neben mir die Muskeln anspannte. Sie wusste, dass ich einen Plan hatte, und wollte bereit sein.

Saint Dane musterte mich mit einem herablassenden Lächeln und sagte: »Und wie willst du mich aufhalten?«

»Dich nicht«, erwiderte ich, »aber ich vernichte das Tak.«

Dann griff ich in die Tasche und zog die kleine Tak-Kugel heraus, die ich im Stadion eingesteckt hatte, ehe ich die Tür zu den Quig-Ställen schloss. Jetzt bedeutete dieser weiche Krümel die einzige Hoffnung für Denduron. Wie gesagt, ich war nicht sicher, ob es funktionierte. Doch was ich dann sah, erfüllte mich mit Hoffnung. Denn sobald ich die Kugel aus der Tasche zog, sah ich etwas, womit ich nie gerechnet hätte.

Saint Dane blinzelte.

Das zufriedene Grinsen verschwand und in seinen Augen blitzte etwas auf, das mich mit Freude erfüllte. Ich sah Angst in seinen Augen. Bis jetzt hatte er alles gesteuert, was in Denduron geschah. Doch nun würde sich das ändern und er wusste es. Die Angst in seinem Blick gab mir Zuversicht. Ich sah Loor an. Sie nickte. Ihr war klar, was passieren konnte, aber es gab keinen anderen Weg. Wir waren nur Sekunden von der Rettung entfernt ... und vom Ende der Welt.

Auf dem Schlachtfeld prallten Körper, Waffen, Pferde und Schilde aufeinander. Die Milago wurden von Hass und Wut getrieben, die Bedoowan von Kraft und Training. Der Kampf würde lange dauern und beide Seiten mussten mit vielen Toten rechnen. Das Schlimmste stand ihnen noch bevor.

Saint Dane wollte mich aufhalten. »Nein!«, schrie er in Panik.

Noch ehe er einen Schritt tun konnte, warf ich die kleine Tak-Kugel auf den Boden. Es gab eine Explosion. Keine gewaltige, aber immerhin. Der Ball explodierte und das Feuer entzündete den Tak-Staub auf dem Boden. Sofort breiteten sich die Flammen aus. Es war, als hätte man einen Feuerwerkskörper hingeworfen. Bei jedem Krachen und Knistern sprangen Funken durch die Höhle. Überall lag so viel Tak-Staub, dass die Flammen reichlich Nahrung fanden.

Saint Dane sprang auf und ab und versuchte sie mit den Füßen auszutreten.

»Nein, nein!«, brüllte er wütend.

Obwohl er in der Lage war, Menschen zu beeinflussen und sie für seine Zwecke zu missbrauchen, war er gegen ein einfaches Feuer machtlos. Hier unten gab es genügend Nahrung für die Flammen, und wenn das Feuer groß genug war, würde es die gewaltige Tak-Ader erreichen, die sich durch die Mine zog. Wenn das passierte – nun, wir würden es bald herausfinden.

Schließlich gab Saint Dane auf und warf mir einen so hasserfüllten Blick zu, dass ich glaubte, mein Blut würde in den Adern gefrieren. »Es ist noch nicht zu Ende, Pendragon«, knurrte er.

»Vielleicht doch, Saint Dane«, antwortet ich. »Es hat so sein sollen.«

Saint Dane sah aus, als würde er gleich explodieren. Die eisblauen Augen glühten förmlich. Ich schien einen äußerst empfindlichen Punkt getroffen zu haben. Loor dachte, er würde uns angreifen, denn sie trat drohend einen Schritt vor, als wollte sie ihn herausfordern. Vielleicht hätte er es getan, aber nach einem Blick auf das um sich greifende Feuer beschloss er sich zurückzuziehen.

»Bis zum nächsten Mal«, sagte er, drehte sich um und rannte davon.

Das Feuer breitete sich immer weiter aus. Es war wie eine Zündschnur, die nicht zu stoppen war und sich auf die Bombe aller Bomben zubewegte. Ich hatte keine Ahnung, wie viel Zeit uns blieb, aber wenn wir überleben wollten, mussten wir hier raus.

»Zum Flume!«, rief ich und rannte los. Loor folgte mir. Wir erreichten den breiten Tunnel und liefen auf die Tür zu. Sie stand offen, denn Saint Dane hatte dieselbe Idee gehabt. Als wir um die Ecke bogen, hörte ich ihn.

»Cloral!«, brüllte er.

Wir sahen noch, wie er in funkelndem Licht im Flume verschwand, auf dem Weg nach …

»Was ist Cloral?«, fragte ich.

»Muss ein Territorium sein«, meinte Loor.

»Da gehen wir nicht hin«, erklärte ich. »Wir reisen …« Doch ehe ich noch ein Wort herausbrachte, sahen wir die funkelnden Lichter und hörten die Musik aus dem Flume. Kehrte Saint Dane zurück? Als die Helligkeit zunahm, hörte ich etwas, was völlig unlogisch war. Es klang wie … Wasser. Neugierig machten wir einen Schritt auf das Flume zu und sahen, dass sich kein Reisender näherte. Tatsächlich schwappte eine gewaltige Wasserflut auf uns zu. Was hatte Saint Dane vor? Wollte er das Feuer löschen?

Die Antwort lautete: Nein. Er wollte uns davon abhalten, durch das Flume zu entkommen. Leider schickte er uns nicht nur Wasser. Ein Schatten schwamm auf uns zu und er hatte … Zähne. Ein Riesenhai näherte sich uns! Er war mindestens sieben Meter lang und riss das Maul weit auf. Die böse funkelnden gelben Augen werde ich nie vergessen!

Wir hatten keine Zeit, wegzulaufen, denn die Flut riss uns von den Beinen und spülte uns durch die Tür, wo wir krachend an der Wand des Tunnels landeten. Die Kraft des Wassers rettete uns. Wären wir am Flume stehen geblieben, hätten wir unangenehme Bekanntschaft mit dem Hai gemacht. Ich riss mich zusammen, packte Loor und zerrte sie gerade noch rechtzeitig beiseite, als der monströse Fisch durch die Tür schoss und mit dem Kopf gegen die Mauer schlug. Jetzt lag das Biest auf dem Trockenen. Es wand sich hin und her und die schweren Kiefer schnappten nur wenige Meter von unseren Köpfen entfernt zusammen. Ich versuchte wegzukriechen, bemerkte aber jetzt erst, dass Loor ohnmächtig war. Bestimmt war sie auch mit dem Kopf gegen die Steine geprallt. Schnell schlang ich die Arme um sie und zerrte sie in die Sicherheit des Tunnels hinein.

Habe ich Sicherheit gesagt? Zwar waren wir außer Reichweite des Monsters, aber noch brannte die Zündschnur in der Tak-Höhle. Es gab keinen Ausweg mehr. Zum Flume konnten wir nicht, weil uns ein riesiger Hai den Weg versperrte. Der kleine Tunnel, der zum Palast führte, war durch Einstürze blockiert. Es blieb nur noch der Weg tiefer ins Bergwerk hinein. Und ausgerechnet jetzt war Loor bewusstlos!

Ich versuchte sie wachzurütteln, aber ohne Erfolg. Sie war weit weg und ich betrachtete den leblosen Körper. Es ist unglaublich, was Adrenalin bewirkt, denn ich stand auf und schaffte es, sie über meine Schulter zu legen und wegzutragen. Ich wusste nicht, wie viel Zeit vergangen war, doch langsames Dahinschreiten stand nicht zur Debatte. Also versuchte ich mit meiner Last zu rennen, aber das war schwierig. Weit würde ich so nicht kommen. Als ich am Höhleneingang vorbeistolperte, warf ich einen Blick hinein. Der ganze Fußboden stand in Flammen. Funken wirbelten wie verrückte Glühwürmchen durch die Luft, als der Tak-Staub verbrannte. Ich hatte keine Zeit, das Schauspiel zu bewundern. Wir mussten weiter.

Da entdeckte ich etwas, was uns helfen konnte. Es war die Grubenlore. Falls sie sich bewegen ließ, konnte ich Loor hineinlegen und sie den Weg entlangschieben, den Alder uns gezeigt hatte. Ich versetzte der Karre einen Tritt. Sie bewegte sich! Unsanft warf ich Loor hinein. Bestimmt machte es ihr unter diesen Umständen nichts aus, sich ein paar Beulen zu holen. Dann schob ich die Lore mit aller Kraft an und sprang auf das Ende auf. Zuerst fuhren wir sehr langsam, aber nach jeder Biegung nahm die Geschwindigkeit zu. Ich klammerte mich mit beiden Händen am Rand des Wagens fest und stieß mich immer wieder vom Boden ab. Anfangs ging es langsam, dann schneller und schließlich rasten wir dahin. Ich hatte keine Ahnung, wohin der Gang führte, aber wenigstens bewegten wir uns von der Tak-Höhle weg.

Zwischendurch kam mir der Gedanke, dass wir auf beschädigte Gleise treffen und gegen eine Wand schlagen könnten. Oder der Tunnel endete plötzlich und wir prallten auf den Felsen. Ein Rad könnte abfallen. Oder … oder … Mir fielen eine Million Dinge ein, die unsere Flucht stoppen konnten, aber es machte keinen Unterschied. Hier ging es nicht um Vorsicht, sondern um Schnelligkeit. Wenn wir überleben wollten, mussten wir uns so weit wie möglich von der Tak-Höhle entfernen.

Dann hörte ich es. Es begann wie leises Donnern und wurde zu einem Erdbeben. Es hörte sich an, als würde ein Zug hinter uns herfahren. Der brennende Staub hatte die Tak-Ader erreicht. Eine Kettenreaktion begann. Das Donnern stammte von vielen kleinen Explosionen, die jeweils größere auslösten. Und immer größere, bis … zum allergrößten Knall. Ich dachte nicht lange darüber nach, sondern schob noch heftiger. Der Boden unter meinen Füßen bebte. Das Finale war nahe.

Auch die Ritter und die Bergleute auf dem Schlachtfeld registrierten es. Alder beschrieb hinterher, wie sich der Erdboden unter ihm bewegte. Der Kampf ging weiter, bis klar wurde, dass es sich nicht um ein kurzes Beben handelte. Dann ließ einer nach dem anderen die Waffe fallen und wich zurück. Jetzt gab es einen viel bedrohlicheren Feind für alle.

Königin Kagan stand auf dem Thron und bekam einen Wutanfall, weil nicht mehr gekämpft wurde. Doch ehe sie einen Befehl kreischen konnte, bebte die Erde noch heftiger und der Thron kippte um. Sie fiel flach auf den Boden und schrie in Todesangst. Die übrigen Bedoowan und die Novaner warfen sich ebenfalls hin. Der Spaß war vorbei.

Onkel Press und Alder rührten sich nicht. Sie wussten, dass es keinen Zweck hatte, in Deckung zu gehen, und warteten auf das Ende. Lange mussten sie nicht warten.

Das Dröhnen wurde lauter. Allmählich hörte man deutlich, dass es sich um viele einzelne Explosionen handelte. Ich schob mit aller Kraft und fühlte, wie es hinter mir immer heißer wurde. Inzwischen hatte sich die Tak-Höhle sicher in einen Hochofen verwandelt. Der Hai war bestimmt schon verkohlt. In Kürze würde die ganze Mine in die Luft fliegen.

Plötzlich fiel mir etwas auf. Es wurde immer heller im Gang. Wir näherten uns dem Ende, aber die Grubenlore war so hoch, dass ich nicht viel sehen konnte. Egal, bald waren wir draußen oder sonst wo und so nahm ich meine letzte Kraft zusammen und schob. Je schneller wir fuhren, desto heller wurde es. Jetzt bebte der Boden so heftig, dass ich Angst hatte, die Lore würde umkippen. Wenn wir nicht bald zum Ende kamen, bedeutete es *unser* Ende.

Ich weiß nicht, wann ich voraussah, was geschehen würde, aber ich schätze, das war erst drei Sekunden, bevor es passierte. Vielleicht besaß ich eine Art Überlebensinstinkt; jedenfalls bereiteten mich diese drei Sekunden auf die Ereignisse vor, die mir bevorstanden. Wir rasten den Tunnel entlang, von Tak-Explosionen verfolgt, als ich mich an die Anordnung der Gänge erinnerte. Wir befanden uns in einem Tunnel, der parallel zu dem Gang verlief, der unter dem Palast lag. Ich wusste plötzlich wieder, wo der Gang endete, und das hieß, dieser Tunnel endete genauso. Wir fuhren durch einen der Luftschächte, der zu den Klippen führte. Uns erwartete ein schrecklich tiefer Fall ins Meer.

Und genauso war es. Ohne zu zögern stieß ich die Grubenlore aus dem Gang. In einer Sekunde rannte ich noch, in der nächsten stürzten wir bereits. Ich fiel und fiel und wusste nicht mehr, wo oben und wo unten war. Verzweifelt versuchte ich Wasser zu sehen, um meinen Körper in eine Position zu bringen, in der ich den Aufprall ertragen würde. Klatschte ich mit dem Kopf zuerst auf, brach ich mir den Hals. Irgendwie gelang es mir, mich zu drehen. Gleich war es so weit. Ob ihr es glaubt oder nicht, aber mein letzter Gedanke vor dem Aufprall war: »Loor kann nicht schwimmen.«

Es gibt nur ein Wort, das mein Gefühl beschreibt, als ich mit so hoher Geschwindigkeit ins Wasser fiel: rasant. Es war unglaublich rasant. Ich hatte mich gedreht und schlug nicht mit dem Kopf, sondern seitlich auf, aber die Wucht raubte mir den Atem. Was für ein Sturz! Er war schlimmer als der Fall, den ich nach unserer Schlittenfahrt auf dem Berg erlebt hatte. Doch diesmal wurde ich nicht ohnmächtig. Ich wollte nicht ertrinken. Nach allem, was wir hinter uns hatten, wäre das nicht gerecht gewesen. Als ich wieder an die Oberfläche kam, sah ich zum Berg hinauf. Ich war gar nicht so tief gestürzt. Höchstens dreißig Meter. Allerdings dachte ich nicht lange darüber nach, denn die Klippen dort oben bewegten sich. Erinnert euch, es waren Steilklippen. Ich kam mir vor, als würde ich zu Wolkenkratzern emporblicken. Wenn sie einstürzten, hätten wir keine Chance.

Ich sah mich suchend um und entdeckte Loor, die

nicht weit von mir trieb. Schnell schwamm ich zu ihr und lauschte auf ihren Atem. Sie lebte noch, aber ich wusste nicht, wie schwer sie verletzt war. Jetzt musste ich so weit wie möglich von den Klippen wegschwimmen. Zum Glück trieb die hölzerne Grubenlore in unmittelbarer Nähe. Gut, dass sie keinem von uns auf den Kopf gefallen war. Also transportierte ich Loor hinüber und hielt mich an der Karre fest. Unsere Überlebenschance war mit einem Rettungsboot bedeutend größer als ohne. Ich war unsicher, welche Richtung ich einschlagen sollte, begriff aber schnell, dass ich keine Wahl hatte. Parallel zur Küste verlief eine Strömung, die uns mit sich riss. Wir wurden nicht weiter aufs Meer hinausgetrieben, sondern schwammen langsam vom Bergwerk weg. Das war unsere Rettung, denn plötzlich ging es los.

Der große Knall!

Die ganze Welt explodierte. Es klang wie ein tiefes Dröhnen, als säße ein riesiger Dämon unter der Erde gefangen und versuchte mit aller Macht an die Oberfläche zu kommen. Sekunden später schossen gewaltige Stichflammen aus den Luftschächten über uns hinweg. Insgesamt gab es etwa zwanzig Öffnungen und aus allen drang Feuer. Flammen verwandelten den Ozean in einen brodelnden Hexenkessel. Es gelang mir nur mit Mühe, mich und Loor über Wasser zu halten. Die Klippen verschwammen vor meinen Augen. Das lag an dem schrecklichen Beben, das aus dem Inneren des Berges drang. In diesem Augenblick dachte ich an Alder und Onkel Press. Sie waren irgendwo dort oben. Wenn der Berg wie ein Vulkan explodierte, bedeutete das ihr Ende.

Doch was dann passierte, vertrieb jeden anderen Gedanken. Mark, Courtney, was ich dann sah, wird mich bis an mein Lebensende verfolgen. Das Inferno hatte vor gut dreißig Sekunden begonnen und die gewaltigen Stichflammen schossen mit unverminderter Kraft aus den Luftschächten. Ich gönnte mir die winzige Hoffnung, dass der schlimmste Teil der Explosion durch diese Öffnungen nach draußen verpuffen würde. Vielleicht dienten diese von Menschen geschaffenen Löcher als Überdruckventile, ehe die Wucht der Detonation die Erdoberfläche mitsamt ihren Lebewesen zerstörte.

In dem Augenblick hörte ich das Geräusch.

Es war anders als das Dröhnen. Es klang eher, als würde etwas zerbrechen. Wenn ihr gehört habt, welchen Laut ein großer Baum verursacht, ehe er umkippt, dann wisst ihr, was ich meine. Es klingt schrecklich und der Baum scheint zu kreischen, während er sich verzweifelt an seinem Stumpf festklammert. Dieses Geräusch hörte ich jetzt, aber unendlich viel lauter als bei einem Baum.

Ich blickte nach oben und nach links, um die Ursache für den Lärm herauszufinden. Dann begriff ich, was geschah. Stellt euch eine gewaltige, fünf Stockwerke hohe Festung vor, gebaut in die Klippen. Das war der Bedoowan-Palast und er stürzte ein. Das Kreischen entstand, als er versuchte sich an seinem luftigen Platz zu halten. Doch vergebens. Die Tak-Explosion riss ihn in Stücke. Überall in den Mauern zeigten sich Risse; wie ein Spinnennetz sahen sie aus. Mit einem letzten Stöhnen löste sich das Gebäude vom Felsen und neigte sich wie in Zeitlupe vornüber. Mit Donnergetöse kippte es in den Ozean.

Wäre die Strömung in die andere Richtung geflossen, wären Loor und ich unter der Burg begraben worden. Trotzdem befanden wir uns keineswegs in Sicherheit. Als die riesige Burg ins Wasser stürzte, entstand eine tierisch hohe Welle, die genau auf uns zukam.

Wenn wir nicht oben blieben, würden wir garantiert ertrinken. Also machte ich mich bereit ein wenig Wellenreiter zu spielen. Wir wurden beide erfasst, emporgehoben und landeten sicher auf der anderen Seite … wir hatten überlebt.

Sobald die schlimmste Gefahr vorbei war, spähte ich zur Festung hinüber. Besser gesagt zu dem, was davon übrig war. Die Hälfte der Burg lag unter Wasser.

Ich sah nach oben zu den Klippen empor und entdeckte eine klaffende Wunde, wo einst der Palast gewesen war. Jetzt sah man nur noch die gewaltigen Säulen, die ihn gestützt hatten.

Plötzlich merkte ich, dass keine Flammen mehr aus den Schächten quollen. Auch das Dröhnen war verstummt. Die Explosion war vorbei … und wir lebten noch! Jetzt mussten wir nur noch an Land schwimmen. Ich versuchte die Lore vor mir her zu schieben, aber das war einfach zu schwierig. Also versetzte ich ihr einen Stoß und war dankbar, dass sie uns das Leben gerettet hatte.

Es dauerte nicht lange, bis wir das Ufer erreichten. Als meine Füße den Grund berührten, stand ich auf und legte mir Loor wieder über die Schulter. Diesmal fiel es mir sehr schwer. Meine Kraft hatte mich verlassen. Nach viel Mühen sank ich in die Knie und legte Loor auf den Sand.

Danach brach ich zusammen. Sobald ich wieder durchatmen konnte und Loor aufwachte, würden wir die Klippen hinaufsteigen um nach Alder und Onkel Press zu suchen. Ich hatte Angst vor dem, was wir finden würden. Doch jetzt konnte ich mir keine Sorgen mehr machen. Ich wollte erst einmal genießen noch am Leben zu sein und legte mich hin. Ich schloss die Augen und schlief auf der Stelle ein.

Ich glaube, ich hatte es mir verdient.

Viertes Journal
(Fortsetzung)

DENDURON

Wahrscheinlich hätte ich wochenlang am Strand geschlafen, wenn mich nicht jemand sanft angestoßen hätte. Während ich langsam aus dem Traumland zurückkehrte, fiel mir der gigantische Hai aus dem Flume ein. Das Anstupsen und der Hai schienen irgendwie zusammenzugehören. Plötzlich war ich überzeugt davon, dass er überlebt hatte und dabei war, mir den Fuß abzubeißen. Ich schrie auf, sprang zur Seite und zog die Beine schützend in die Höhe.

Natürlich war es kein Hai. Es war Loor. Sie war wach und versuchte mich zu wecken. Da sie nicht mit einer so dramatischen Reaktion gerechnet hatte, erschrak sie ebenfalls.

»Tut mir Leid, Pendragon«, sagte sie verlegen. »Ich wusste nicht, dass du so kitzlig bist.«

Kitzlig? Es war mir furchtbar peinlich und so erklärte ich ihr nicht, warum ich gesprungen war. »Kein Problem«, antwortete ich. »Wie fühlst du dich?«

Sie rieb sich die grässliche schwarzblaue Beule auf der Stirn und verzog das Gesicht.

»Mein Kopf hat nicht so sehr gelitten wie mein Stolz«, meinte sie.

»Woran erinnerst du dich?«

»Irgendetwas kam durch das Flume auf uns zu, aber das, woran ich denke, ergibt keinen Sinn.«

»Doch, tut es«, widersprach ich. »Es war wirklich ein Hai. Saint Dane wollte verhindern, dass wir ihm folgen.«

Loor dachte eine Weile nach. Wahrscheinlich hoffte sie, ihre Erinnerungen wären nur ein böser Traum. »Danach erinnere ich mich nicht an viel«, fuhr sie fort. »Doch ich glaube, du hast mich getragen. War das ein Traum?«

»Nein, war es nicht.«

Sie runzelte die Stirn. Irgendwann würde ich ihr sämtliche Einzelheiten unserer Flucht erzählen, aber jetzt war nicht der richtige Zeitpunkt. Loor war eine stolze Kriegerin und es würde ihr nicht leicht fallen, zu akzeptieren, dass ich sie gerettet hatte. Ich wollte kein Salz in die Wunden streuen. Noch nicht. Glaubt mir, irgendwann werde ich die Sache ausnutzen, nur nicht jetzt.

»Du überraschst mich immer wieder, Pendragon«, sagte sie. »Du hast bewiesen, dass du mutig und klug bist, aber jetzt sieht es so aus, als würdest du sogar wie ein Krieger handeln.« Sie zögerte und fügte hinzu: »Danke.«

Gerade hatte sie mir das höchste Lob erteilt, dessen sie fähig war. Ich war es wert, in die luftige Höhe eines Kriegers erhoben zu werden. Leider war ich anderer Meinung. Ich bin kein Krieger. Alles, was ich tat, geschah aus Panik. Es kam mir nie so vor, als hätte ich eine Wahl. Tatsächlich wäre mir lieber gewesen, sie hätte mich nicht für einen Krieger gehalten, dann hätte sie keine weiteren Heldentaten von mir erwarten können. Das wollte ich aber nicht sagen und daher antwortete ich so nett wie möglich:

»Keine Ursache.«

Ich fragte mich, ob sie mir den Tod ihrer Mutter verziehen hatte, aber ich wollte das Thema lieber nicht anschneiden. Loor sah aufs Meer hinaus. Der Bedoowan-Palast war ein gigantisches Wrack, das nur noch knapp über die Oberfläche ragte. Kleine Wellen schwappten darüber hinweg und Möwen hüpften auf den Mauern umher. Im Laufe der Zeit würde der Ozean das Monument der Macht der Bedoowan zu Sand zermahlen. Doch jetzt diente es als Erinnerung an den Untergang des mächtigen Stammes. Ein Denkmal der Vernichtung.

»Glaubst du, dass viele Bedoowan umgekommen sind?«, fragte Loor.

»Weiß ich nicht. Ich glaube, die meisten haben bei der Schlacht zugesehen. Wenn sie heimgehen, erwartet sie eine große Überraschung.«

»Es ist traurig«, meinte Loor.

Sie hatte Recht. Für dieses Land waren die Bedoowan ziemlich hoch entwickelt. Sie hätten ihr Wissen nutzen können um ganz Denduron zu helfen, doch stattdessen hatten sie mit Hilfe ihrer Macht alle anderen versklavt. Nichts von alledem wäre geschehen, wenn sie die Milago besser behandelt hätten. Vielleicht hatte Saint Dane die Sache noch verschlimmert, aber die Schuld lag bei den Bedoowan selbst.

»Was ist mit der Tak-Höhle?«, wollte Loor wissen.

»Es war unglaublich«, erklärte ich. »Ich bin sicher, dass jedes einzelne Gramm Tak explodiert ist. Wir brauchen uns nicht mehr darum zu sorgen, dass die Milago damit Dummheiten machen.«

Loor drehte sich um und sah mir fest in die Augen. »Wenn der Palast einfach ins Meer gestürzt ist, wie mag dann erst das Dorf aussehen?«, fragte sie ernst.

Gute Frage. Sofort dachte ich an Alder und Onkel Press. Hatten sie überlebt? Ich sah die Klippen empor.

»Wir müssen da rauf«, sagte ich ohne große Begeisterung.

Wir gingen zum Fuß der steilen Klippen und suchten nach einem Weg hinauf. Es würde nicht leicht sein, denn der Aufstieg war steil und gefährlich.

»Ich kann gut klettern«, erklärte Loor. »Ich flechte ein Seil aus Ranken und wir binden uns aneinander. Es ist gefährlich, aber wir schaffen es.«

»Hört sich gut an«, meinte ich und spähte angestrengt nach oben. »Wir könnten aber auch den Pfad dort drüben nehmen.«

Loor sah in die Richtung, in die ich deutete. Der Weg war schmal und stark gewunden, weil er sonst zu steil bergan geführt hätte, doch es war auf jeden Fall ein Pfad.

»Oh«, sagte Loor erstaunt. »Das könnte auch gehen.«

»Komm schon«, meinte ich grinsend und setzte mich in Bewegung. Loor folgte mir schweigend.

Der Weg nach oben war nicht allzu schwierig. Durch die Windungen war er nicht sehr steil, aber ziemlich lang. Ich weiß nicht, was Loor fühlte, doch je näher wir dem Ende kamen, umso mehr fürchtete ich mich vor dem, was wir finden würden. Als wir die Bedoowan und die Milago zum letzten Mal sahen, zogen sie gerade in die Schlacht. Hatte ein Stamm gewonnen? Oder würden wir einen ausgebrannten Krater vorfinden, der wie der Überrest eines Vulkans aussah? Ich versuchte diese Gedanken zu verdrängen. Wir würden es ohnehin bald erfahren.

Als wir fast oben waren, blieb ich stehen und sah Loor an. Ich hatte das Gefühl, sie machte sich genauso viele Sorgen wie ich. Keiner von uns sprach es aus, aber wir wollten lieber noch eine Sekunde verschnaufen, ehe wir uns dem stellten, was uns erwartete. Nach einer Weile atmetet sie tief durch und nickte mir zu. Ich nickte ebenfalls und kletterte die letzten Meter empor.

Der Anblick, der sich uns bot, war völlig anders, als wir gedacht hatten. Zuerst sah es aus, als wäre die Oberfläche einigermaßen intakt geblieben. Es gab kein gewaltiges Loch im Boden.

Das war gut. Vielleicht hatten die Luftschächte den schlimmsten Teil der Explosion nach draußen geleitet.

Trotzdem hatte sich einiges verändert. Die schlimmsten Dinge waren sicherlich unter der Erde geschehen. Hier oben sah es wie nach einem Erdbeben aus. Das ehemals flache Land bestand jetzt aus zahlreichen Bodenwellen und Hügeln. Obwohl es recht chaotisch wirkte, fand ich etwas anderes viel erstaunlicher. Es waren die Menschen. Hunderte von Menschen wanderten benommen umher. Als wir auf das Dorf zugingen, begegneten uns Milago, Novaner und Bedoowan. Alle wirkten ziemlich durcheinander. Niemand achtete darauf, ob er sich unter Freunden oder Feinden befand. Ritter und Bergleute gingen aneinander vorbei, ohne sich auch nur eines Blickes zu würdigen. Niemand sprach, niemand kämpfte, niemand hatte Angst. Alle waren einfach nur … benommen.

Wir sahen auch Leichen. Ich wusste nicht, ob es Tak-Opfer waren oder im Kampf gefallene Leute. Man trug sie vom Schlachtfeld und legte sie nebeneinander. Es war völlig egal, ob es Milago oder Bedoowan waren. Im Tod sind alle gleich. So schlimm es auch war, ich hatte mit viel mehr Toten gerechnet. Auf Grund der Schlacht und der Explosion hatte ich höchstens eine Hand voll Überlebender erwartet. Doch offenbar waren die meisten Leute entkommen. Nur ein paar Unglückliche lagen am Rand der Wiese.

Loor und ich gingen schweigend weiter zum Dorf. Wir suchten den Pfad, der durch den Wald führte, aber es gab ihn nicht mehr. Auch der Wald stand nur noch teilweise. Hunderte von Bäumen waren umgefallen und lagen wie Mikadostäbe übereinander. Es war schwierig, sich einen Weg durch das Chaos zu bahnen.

Dann sah ich etwas, was mich anhalten ließ. Auf einem Baumstumpf hockte ein verletzter Bergmann. Er blutete und stützte sich ab. Neben ihm kniete eine Frau und kümmerte sich um ihn. Sie hatte einen Eimer Wasser und Lappen mitgebracht. Immer wieder tauchte sie die Lappen ins Wasser und tupfte vorsichtig die Wunden ab. Sie war sehr sanft und nahm sich viel Zeit. Es sah aus, als kümmerte sich eine Mutter um ihr Kind. Wenn man bedenkt, was passiert war, würde man die Szene für ganz normal halten, aber das war sie nicht. Der Mann war ein Milago, die Frau eine Bedoowan.

»Das verstehe ich nicht«, murmelte Loor. »Sie sind doch Feinde.«

»Vielleicht haben sie jetzt einen gemeinsamen Feind«, erwiderte ich.

Wir suchten uns einen Weg durch den Wald und fanden endlich das Dorf. Es war übel zugerichtet. Viele Hütten standen noch, aber die meisten hatten stark gelitten. Einige waren bloß noch Ruinen. Der Weg, der durchs Dorf führte, war mit Schutt und Steinen bedeckt. Ich starrte zum Dorfplatz hinüber, auf dem die Transferzeremonie stattgefunden hatte. Er war fast vollständig zerstört. Das Steinfundament der Plattform stand noch und war rußgeschwärzt; alles andere war verschwunden. Gerade wollte ich vorschlagen nach Alder und Onkel Press zu suchen, als wir eine vertraute Stimme hörten.

»Loor! Pendragon!«

Es war Alder. Er lebte! Der große, tollpatschige Ritter rannte wie ein glücklicher Welpe auf uns zu. Vor Aufregung stolperte er über einen Stein, taumelte und wir fingen ihn auf, ehe er der Länge nach hinfiel. Das Ganze endete in einer innigen Umarmung.

»Ich hatte Angst, ihr wärt tot!«, rief er. »Wie seid ihr aus dem Palast entkommen?«

»Lange Geschichte«, winkte ich ab. »Was war hier los?«

»Es war unglaublich!«, schrie er aufgeregt. »Es kam zur Schlacht. Die Milago wollten die Bedoowan mit Tak besiegen, aber dann ging ihnen die Munition aus. Also rasten sie los, die Gegner stießen aufeinander und … und … dann ging's los!«

»Was?«, fragte Loor, obwohl sie wusste, was kam.

»Der Boden wurde lebendig!«, rief Alder. »Die Erde bewegte sich wie das Meer! Die Männer hörten auf zu kämpfen und wollten weglaufen, aber es gab keine Deckung! Bäume fielen um, Hütten stürzten ein und der Lärm … Es war, als würde es unter der Erde donnern. Und dann kam das Feuer …«

Er deutete auf die verkohlten Reste der Plattform. »Riesige Feuersäulen schossen aus den Schächten! Die Flammen waren wie Geysire und sprühten meterhoch! Und dann … war es vorbei.«

Alder verstummte und gab uns Zeit, seine Worte zu verdauen. Nach einer Weile fragte er: »Und wo wart ihr, als das passierte?«

Ich sah Loor an, die mit den Achseln zuckte. Sie wollte, dass ich antwortete.

»Nun«, begann ich, »wir haben das Tak in die Luft gesprengt. Wahrscheinlich hatte das etwas mit der ganzen Aufregung zu tun.«

Alder starrte uns ungläubig mit offenem Mund an. Er schien nicht zu begreifen.

»Mach den Mund zu«, sagte ich schließlich. »Wo ist Onkel Press?«

»Äh, ja … Press.« Er kam wieder zu sich. »Richtig. Kommt mit.«

Stolpernd führte er uns durchs Dorf. Als wir uns einer relativ heilen Hütte näherten, legte er warnend den Finger an die Lippen. Was auch immer er uns zeigen wollte, wir sollten den Mund halten. Alder drückte sich an die Mauer und lugte um die Ecke. Loor und ich stellten uns neben ihn und streckten die Köpfe vor. Uns bot sich ein wahrhaft bizarrer Anblick.

In einigen Metern Entfernung stand die Hütte, in der Rellin gewohnt hatte. Ich erinnerte mich daran, weil er mich dort gebeten hatte noch mehr Batterien zu beschaffen. Die Wände der Hütte waren verschwunden. Ich sah Leute, die sich verhielten, als wären sie im Haus, obwohl sie doch eigentlich draußen waren. Wir sahen drei Menschen, die in ein ernstes Gespräch vertieft waren. Zum Glück erkannte ich unter ihnen meinen Onkel. Er lebte und sah fit aus.

Der zweite war Rellin. Er sah aus, als hätte er eine Schlacht hinter sich – und das hatte er auch. Seine Lederkleidung hing in Fetzen herab und der verbundene Arm war blutverkrustet, aber sonst schien er gesund zu sein. Die dritte Person ließ mich nach Luft schnappen.

Es war Königin Kagan. Sie hockte auf dem Boden, hatte die Knie angezogen und heulte wie eine Zweijährige. Wir konnten nicht hören, was sie sagten, aber wir hatten den Eindruck, dass Rellin ihr gut zuredete, wie ein Vater seinem Kind. Onkel Press schwieg. Ich vermutete, dass er als Vermittler agierte.

Irgendwann sah er uns und grinste über das ganze Gesicht. Er entschuldigte sich bei den beiden und lief auf uns zu. Dann umarmte er mich heftig und lachte, als wäre es Weihnachten. Ich glaube, er weinte sogar. Ehrlich gesagt, mir ging es genauso. Onkel Press zog uns außer Sichtweite von Kagan und Rellin und umarmte auch Loor. So hatte ich ihn seit Ewigkeiten nicht erlebt. Das war wieder mein alter Onkel Press. Es war gut, ihn wiederzuhaben. Endlich ließ er uns los und sah uns durchdringend an.

»Was ist?«, fragte ich.

»Wart ihr das?«, erkundigte er sich. »Ich meine … das alles?« Er deutete auf die Vernichtung, die uns umgab, und ich wusste genau, was er meinte. Ich sah Loor an. Wieder zuckte sie die Achseln. Langsam wurde das unser Zeichen, dass ich reden sollte.

»Hm«, meinte ich. »Ja.«

Onkel Press lachte schallend. »Ich sagte euch, ihr solltet die Bombe beseitigen und nicht unter der Erde in die Luft sprengen.«

»Haben wir nicht!«, protestierte ich und erzählte ihm eine Kurzfassung der Ereignisse. Ich muss zugeben, alles hörte sich ziemlich fantastisch an. Das Unglaublichste war die Tatsache, dass die kleine Tak-Kugel das ganze Chaos ausgelöst hatte.

Onkel Press hörte aufmerksam zu. Alder ebenfalls. Ich hätte es nicht für möglich gehalten, aber die Geschichte überwältigte meinen Onkel. Und ebenso Alder, denn er bekam den Mund nicht mehr zu.

»Was ist mit Saint Dane?«, fragte Onkel Press.

»Weg. Er floh ins Flume. Wir wären ihm gefolgt, aber er schickte uns einen Monsterhai entgegen.«

»Einen Hai? Das heißt, er ist in Cloral«, stellte Onkel Press fest.

»Genau!«, rief ich. »Woher weißt du das?«

»Weil die Quigs in Cloral riesige Haie sind«, lautete die schlichte Antwort.

Natürlich! Ich hätte es wissen müssen! Auf Zweite Erde waren Quigs Killerhunde. Auf Denduron Monsterbären und in Cloral Haie. Ganz einfach. Das wusste doch jeder! Notiz im Geiste: Meide Cloral!

»Was geht denn dort vor?«, fragte ich und deutete auf Rellin und Kagan. Ich hatte keine Lust, weiter über Quigs nachzudenken.

Wir musterten die beiden Anführer, die immer noch ins Gespräch vertieft waren.

»Ihr seht zwei Leute, die schreckliche Angst haben«, erklärte Onkel Press. »Heute haben sie eine Ahnung von der Apokalypse bekommen. Rellin war dicht davor, jeden einzelnen Milago zu verlieren, und Kagan sah, wie ihr Palast ins Meer fiel. Von ihren Welten ist nichts mehr übrig außer den Menschen.«

»Worüber reden sie?«, wollte Loor wissen.

»Über alles Mögliche. Grundsätzlich jedoch besprechen sie, wie sie überleben können – gemeinsam.«

Noch vor wenigen Stunden wäre das ein Witz gewesen. Die Last von Jahrhunderten ruhte auf ihnen. So etwas verschwindet nicht im Laufe eines Nachmittags. Doch dann dachte ich an den Milago-Bergmann und die Bedoowan-Frau. Sie waren alle Menschen. Und jetzt, wo der Palast nicht mehr stand, befanden sich in derselben schlimmen Lage. Die beste Überlebenschance bestand darin, einander zu helfen. Das war ziemlich viel verlangt von Todfeinden, aber wahrscheinlich verschiebt eine Katastrophe, die fast dein ganzes Leben zerstört, die Prioritäten.

»Sie haben einander viel zu geben«, sagte Onkel Press. »Die Bedoowan besitzen fortschrittliche Kenntnisse über Ingenieurswesen und Chemie und können die Milago aus der Steinzeit holen. Die Milago sind Bauern und Handwerker. Jetzt erhalten sie endlich einen Lohn für ihre Mühe.«

»Was ist mit dem Bergwerk?«, fragte Alder.

»Das gibt es nicht mehr«, antwortete Onkel Press. »Als das Tak explodierte, stürzte die Mine ein. Es würde Dekaden dauern, sie wieder herzurichten. Das ist der Mühe nicht wert. Die Milago sind nicht mehr im Bergwerksgeschäft … nie mehr.«

»Also gibt es auch kein Glaze mehr«, stellte ich fest.

»Richtig, kein Glaze mehr«, bestätigte Onkel Press. »Die Bedoowan brauchten Glaze, um mit anderen Stämmen Handel zu treiben. Jetzt müssen sie umdenken.«

»Und was geschieht mit den Novanern?«

»Sie können zu ihrem Volk zurückkehren«, meinte er. »Oder hier bleiben und beim Wiederaufbau helfen. Das müssen sie selbst entscheiden, aber ich denke, sie bleiben.«

»Was ist, wenn die Milago Tak noch einmal einsetzen wollen?«, erkundigte sich Alder. »Das ist es doch, was Saint Dane möchte, nicht wahr?«

»Es *gibt* kein Tak mehr«, erklärte ich bestimmt. »Auch wenn Rellin es wollte, könnte er keines mehr bekommen.«

»Rellin ist ein guter Mann«, sagte Onkel Press scharf. »Die Sorge um sein Volk hat ihn geblendet. Jetzt kann er seine Energie in andere Kanäle lenken. Er wird ein wunderbarer Anführer sein. Allerdings wird er mit Königin Kagan viel Arbeit haben. Sie ist furchtbar anstrengend.«

Als wüsste er, dass wir über ihn redeten, sah Rellin zu uns herüber. Wir schauten uns an und er lächelte. Dieses kleine Lächeln sprach Bände. Er war gedemütigt worden, sah müde aus und schien dennoch seinen Frieden gefunden zu haben. Vor ihm lag eine gewaltige Aufgabe, aber er war genau der richtige Mann dafür.

»Es gibt keine Garantien«, sagte Onkel Press. »Die Menschen müssen Jahrhunderte des Hasses und des Misstrauens überwinden. Wenigstens haben sie jetzt eine Chance, eine Gesellschaft aufzubauen, von der jeder profitieren kann. Es ist selten, dass man eine zweite Chance bekommt.«

Als ich mich im zerstörten Dorf umsah, fiel es mir schwer, zu glauben, dass das Beste, was diesen Leuten hätte passieren können, die Vernichtung ihres Lebensraumes war. Doch vielleicht hatte Onkel Press Recht. Vielleicht konnte sich nur etwas verändern, wenn man neu anfing. Diese Chance hatten sie nun. Ich hoffte von ganzem Herzen, dass sie das Beste daraus machten.

»Ich habe Hunger!«, verkündete Onkel Press. »Loor, könntest du mit Alder zur Krankenhütte hinübergehen? Sie haben dort ein Vorratslager eingerichtet.«

Alder und Loor machten sich auf den Weg. Ich glaube aber, dass Onkel Press nicht wirklich an einer Mahlzeit interessiert war. Ich hatte das Gefühl, er wollte mit mir allein sein.

»Lass uns gehen«, sagte er. Wir überließen Rellin und Kagan ihrer Diskussion und schlenderten durchs Dorf.

»Wie fühlst du dich, Bobby?«, fragte er mich.

Eine einfache Frage, auf die es keine einfache Antwort gab. Wie fühlte ich mich? Ich war müde. Die Flucht und der Sturz ins Meer hatten mich angestrengt. Ich war stolz darauf, einen klaren Kopf behalten zu haben, als rings um mich herum alles zusammenbrach.

Ich fühlte mich, als hätte ich einiges gelernt. Ich hatte gelernt, dass man manchmal ruhig wie ein Schwächling denken darf, solange man sich nicht so benimmt … wenigstens nicht immer. Ich hatte gelernt, dass man Fehler machen darf, wenn man dazu stehen kann und gewillt ist denen zuzuhören, die es besser wissen.

Außerdem war ich traurig. Ich trauerte um Osa, Loors wunderbare Mutter. Ich hätte sie gerne besser kennen gelernt. Loor, die jetzt ganz allein war, tat mir Leid. Ich war traurig, weil auch andere Menschen gestorben waren. In den letzten Tagen hatte ich viel erlebt und nicht alles davon war gut gewesen. Ich hatte gesehen, was Menschen einander antun konnten. Wahrscheinlich war das das Traurigste von allem. Ich hatte Gier und Wut und Mord und völlige Gleichgültigkeit anderen Menschen gegenüber erlebt. Hier in Denduron hatte ich die schlechte Seite der menschlichen Natur gesehen und war traurig darüber.

Wie fühlte ich mich? Ich fürchtete mich vor ... Saint Dane. Nicht weil ich Angst um mich hatte, sondern vor dem, wozu er fähig war. Mit seinem Einfluss brachte er die Menschen dazu, schreckliche Dinge zu tun. Sein Wille hätte fast eine ganze Welt zerstört. Ich hatte Angst, dass er es jetzt an anderer Stelle versuchte, und hoffte, dass unser Eingreifen ihn zurückgeworfen hatte. Aber am meisten fürchtete ich mich davor, ein Reisender zu sein. Ich wollte diese Verantwortung nicht tragen. Schließlich war ich noch nicht erwachsen. Wenn mir etwas große Angst machte, dann war es meine Zukunft.

Wie fühlte ich mich? Ich war ein bisschen froh. Ich war froh, weil die Menschen von Denduron eine zweite Chance bekamen. Ich war stolz auf Onkel Press. Zwar wusste ich nicht genau, was in ihm vorging, aber er half den Leuten sich wieder zu besinnen. Ich war auch froh, dass ich viele neue Freunde gewonnen hatte. Alder hatte ein gutes Herz. Rellin war vielleicht irregeleitet, aber was er tat, tat er für sein Volk, und dafür respektierte ich ihn. Jetzt hatte er die Chance, seinen Leuten auf andere Weise zu helfen. Ich war froh Osa getroffen zu haben. Ich glaube, ich werde ihre Weisheit und Ruhe nie vergessen, und hoffe, etwas davon verstanden zu haben. Ich bin froh, so gute Freunde wie euch zu haben, Mark und Courtney. Ihr wart da, als ich euch brauchte, und ich stehe für alle Zeit in eurer Schuld.

Aber ich glaube, am frohsten war ich darüber, Loor kennen gelernt zu haben. Sie ist absolut loyal und bereit ihr Leben für das aufs Spiel zu setzen, was ihr wichtig ist. Sie ist tapfer und gutherzig und klug und wunderschön und manchmal die Hölle. Außerdem hat sie etwas, für das ich ihr nie genug danken kann. Wenn dieses Abenteuer in meiner Erinnerung verblasst – und das wird es irgendwann –, werde ich ihr immer noch dankbar sein, dass sie mich dazu brachte, an etwas anderes als an meine kleine Welt zu denken und meine Stärke zu erkennen.

Also, wie fühlte ich mich? Eine komplexe Frage, aber ich hatte eine einfache Antwort.

»Onkel Press, ich möchte nach Hause«, sagte ich.

Er wollte widersprechen, doch ich ließ ihn nicht zu Wort kommen.

»Nein«, sagte ich bestimmt. »Als du mich gebeten hast dich zu begleiten, sagtest du, einige Leute bräuchten unsere Hilfe. Ich habe alles getan, was du wolltest. Jetzt will ich nach Hause.«

Er gab es auf. »Gut, Bobby. Du hast Recht. Ich bin stolzer auf dich, als ich es mit Worten ausdrücken kann. Morgen bringe ich dich nach Hause.«

Genau *das* wollte ich hören! Und genau das brachte mich an den Ort, an dem ich jetzt sitze und Tagebuch schreibe. Wir verbringen die Nacht in der Krankenstation. Morgen machen wir uns auf den langen Weg den Berg hinauf zum Flume. Leider ist das Tor, das im Bergwerk liegt, unter tonnenweise Gestein begraben. Onkel Press hat mir versichert, dass es kein anstrengender Aufstieg wird. Wir leihen uns Pferde von den Bedoowan und nehmen ein paar Pfeifen mit, falls wir Quigs begegnen.

Alder und Loor sind bei mir und schreiben auch. Alder hat mir erzählt, wie die Schlacht verlief. Ich schicke euch diesen Bericht nicht durch den Ring. Ich habe vor, ihn euch zu geben, und kann es kaum erwarten, eure Gesichter zu sehen, wenn ich vor euch stehe.

Außerdem freue ich mich darauf, meine Familie zu sehen. Ich weiß nicht genau, was ich ihnen sagen soll, aber mir fällt schon was ein. Ob Marley mich wohl genauso vermisst wie ich ihn?

Dies ist mein letztes Journal. Danke, dass ihr so fleißig gelesen habt. Danke, dass ihr meine Freunde seid. Morgen verlasse ich Denduron zum letzten Mal. Ich kann es kaum erwarten, nach Hause zu reisen.

(Ende des vierten Journals)

ZWEITE ERDE

Mark war schneller mit Lesen fertig als Courtney, wartete aber, bis sie geendet hatte. Beide sahen zu Bobby hinüber, der auf Marks Bett lag. Sie wollten mit ihm reden, wagten aber nicht ihn zu wecken, denn er brauchte Ruhe. Ein seltsames Gefühl. Er war ihr Freund. Sie kannten sich von klein auf, doch jetzt war alles anders. Klar, er war immer noch Bobby, aber nicht mehr der Bobby, der Courtney vor wenigen Tagen geküsst hatte. Konnte alles wieder so werden wie früher?

»Ich bin wach«, sagte Bobby leise.

Die beiden sprangen auf und gingen zum Bett. Courtney setzte sich neben ihn, Mark lief unruhig auf und ab.

»Ich gehe davon aus, ihr habt es ohne Probleme zum Flume geschafft«, sagte Courtney.

Bobby richtete sich auf, aber es fiel ihm schwer. Offensichtlich war er angeschlagen. Nicht verletzt, nur müde.

»Ja, wir bekamen Bedoowan-Pferde, die uns den größten Teil des Weges trugen.«

»Was war mit den Quigs?«, fragte Mark.

»Sie haben sich nicht gezeigt, aber das lag sicher an dem schlimmen Schneesturm.« Er zeigte auf die vielen kleinen Schnitte in seinem Gesicht. »Der Wind war unheimlich stark und das Eis fühlte sich wie Nadelstiche an. Tut mir Leid, wenn ich dein Kissen verdorben habe.«

»Egal«, antwortete Mark und meinte es auch so.

»Wer war bei dir?«, wollte Courtney wissen. »Onkel Press?«

»Ja. Wollt ihr was Komisches hören? Als wir zur U-Bahnstation kamen, wartete sein Motorrad auf uns. Sogar die Helme waren noch da.«

Das war wirklich seltsam, denn als Mark und Courtney dort gewesen waren, hatten sie kein Motorrad gesehen. Irgendjemand musste es bis zu Press' Rückkehr aufbewahrt haben.

Mark meinte: »Ja, ganz schön komisch.« Er hielt Bobbys Bericht in die Höhe und fügte hinzu: »Aber apropos ›komisch‹ ...«

Sie starrten die Pergamente an und brachen in schallendes Gelächter aus. Mark hatte Recht. Im Vergleich zu Bobbys Erlebnissen in Denduron war das Verschwinden und Wiederauftauchen eines Motorrads ziemlich niedrig auf der Skala der Seltsamkeiten anzusiedeln.

Es tat Bobby gut, mit seinen Freunden zu lachen, aber er hatte das gleiche Gefühl wie die beiden. Viel war geschehen. Er war ein anderer geworden. Konnte er mit seinem Leben dort wieder weitermachen, wo er aufgehört hatte?

»Was ist mit Loor?«, fragte Courtney. »Ist sie in Denduron geblieben?«

Mark glaubte einen Hauch von Eifersucht zu hören, doch er beschloss nichts zu sagen.

Bobby verstummte. Courtney hatte eine wunde Stelle berührt. »Sie begleitete uns auf den Berg«, sagte er leise. »Aber als wir die Höhle erreichten, rannte sie plötzlich los und sprang ins Flume. Keinerlei Abschied. Kein Wort. Keine Geste. Gar nichts. Es ist ja nicht so, als wären wir Freunde, doch wir haben schließlich viel erlebt. Ich hatte vor ihr einiges zu sagen.«

Offensichtlich war Bobby verletzt. Er mochte Loor, aber anscheinend war er ihr egal. Lange Zeit herrschte verlegenes Schweigen. Dann wandte sich Mark den Dingen zu, die ihn am meisten beschäftigten.

»Bobby«, begann er vorsichtig. »Vieles in deinen Berichten verstehe ich nicht. Die Sache mit den Milago und den Bedoowan ist nur ein Teil davon. Was ist mit den Reisenden, den Flumes, die euch durch Zeit und Raum transportieren, mit Menschen, die in allen möglichen Territorien leben, und mit Halla? Was ist Halla? Wie kann *jeder* Ort und *jede* Zeit Halla sein? Und wer ist Saint Dane? Kreuzt er eines Tages hier auf und macht, was er in Denduron versucht hat? Deine Journale widersprechen allem, woran wir geglaubt haben, und wenn ich ehrlich bin, jagen sie mir höllische Angst ein.«

»Ich wünschte, ich könnte dir etwas Angenehmes sagen«, meinte Bobby. »Aber mir macht es auch Angst. Ich weiß nur das, was ich in den Berichten schrieb. Ich wünschte, ich könnte die Uhr zu dem Zeitpunkt zurückdrehen, als Onkel Press auftauchte, und ihm sagen, er soll sich jemand anderen suchen, doch das geht nicht.

Manches war auch gut. Ich habe ein paar ziemlich wichtige Sachen über mich gelernt. Und ein paar Dinge, die ich ändern muss. Aber was die Reisenden angeht … ich habe keine Ahnung.«

»Und was willst du tun?«, erkundigte sich Courtney.

Bobby stützte sich ab und stand langsam auf. Seine Beine zitterten leicht, aber ansonsten war er okay. »Ich werden versuchen wieder ganz normal zu leben«, verkündete er mit fester Stimme. »Wenn Onkel Press noch einmal Hilfe braucht, muss er sich einen anderen suchen. Kommt ihr mit zu mir? Das wird die Sache vereinfachen.«

Vor diesem Moment hatten sich Mark und Courtney gefürchtet. Wie sollten sie Bobby erklären, dass seine Familie verschwunden war? Nach allem, was er durchgemacht hatte, verdiente er so etwas nicht. Trotzdem musste er es erfahren.

»B… Bobby«, stotterte Mark. »Es … es gibt etwas, was du wissen …«

Courtney fiel ihm ins Wort: »Wir begleiten dich, Bobby. Wir bleiben bei dir.«

Mark warf ihr einen Blick zu, aber sie blieb hart. Courtney fand, es gebe nur einen Weg für Bobby, zu erfahren, was passiert war. Er musste es mit eigenen Augen sehen. Wenn sie es ihm erzählten, würde er sowieso hingehen und deshalb hielt sie es für besser, ihn gleich mit den Tatsachen zu konfrontieren.

Es war nicht weit bis zum Linden Place. Während sie durch die vertrauten Straßen gingen, sah sich Bobby lächelnd um. Er war den Weg schon tausendmal gegangen, aber jetzt erschien er ihm unvergleichlich schön. Er nahm jede Kleinigkeit in sich auf, jedes Geräusch, jeden Geruch. Er schwelgte in seinen Gefühlen. Er fühlte sich so gut, dass er sich sogar den Gedanken gestattete, problemlos in sein altes Leben schlüpfen zu können.

Mark und Courtney spürten das. Es brach ihnen das Herz, dass seine Freude sich gleich in Luft auflösen würde. Kurz bevor sie um die Straßenecke bogen, hinter der sich das leere Grundstück befand, auf dem einst Bobbys Haus gestanden hatte, hielt Courtney ihn fest und sah ihm tief in die Augen.

»Eines sollst du wissen, Bobby«, sagte sie. »Wir sind immer für dich da.«

»Das weiß ich, Courtney«, antwortete er.

Sie ließ ihn nicht sofort los. Sobald sie das tat, würde er um die Ecke biegen und sehen, dass sein altes Leben, das er sich so verzweifelt zurückwünschte, nicht mehr da war.

»He! Bist du in Ordnung?«, fragte Bobby besorgt.

Sie nickte und ließ ihn los. Bobby sah Mark an, aber der wirkte genauso seltsam wie Courtney. In diesem Augenblick ahnte Bobby, dass etwas nicht stimmte. Er wirbelte herum und rannte um die Ecke. Seine Freunde wechselten nervöse Blicke und folgten ihm.

Als sie in den Linden Place einbogen, stand Bobby auf dem Gehweg und starrte auf die leere Stelle, an der sein Haus gestanden hatte. Er bewegte sich nicht, schrie nicht und sah so aus, als hätte er zu atmen aufgehört. Er stand bloß da und starrte. Mark und Courtney schwiegen. Bobby brauchte Zeit, um zu begreifen, was er sah. Besser gesagt, was er *nicht* sah. Dann ging Bobby weiter und betrat die Stelle, an der früher der Vorgarten gewesen war. Der Vorgarten, in dem er schon als kleines Kind gespielt hatte. Es war der Vorgarten, in dem er mit Marley herumgetobt hatte. Es war der Vorgarten, der vor dem Haus lag, in dem er vierzehn Jahre gewohnt hatte. Er war verschwunden.

»Hallo!«, rief eine Stimme hinter ihnen.

Sie fuhren herum und sahen Onkel Press auf dem Gehsteig stehen. Er trug die übliche Jeans und den langen Ledermantel. Hinter ihm parkte ein kleiner schwarzer Sportwagen. Ein Porsche. Onkel Press legte Wert auf Stil.

»Ist schon gut, Bobby«, murmelte er. »Versuche zu atmen.«

Mark und Courtney traten beiseite. Dies war eine Angelegenheit zwischen Bobby und Onkel Press. Bobby hatte rote Augen. Er weinte. Doch die Trauer verwandelte sich in Wut, als er seinen Onkel erblickte.

»Wo sind sie?«, fragte er durch zusammengebissene Zähne. »Erzähl mir ja nicht, es hat so sein sollen. Das will ich nicht hören.«

»Es geht ihnen gut«, erwiderte sein Onkel. »Es geht ihnen sehr gut.«

Bobby trat ein paar Schritte auf ihn zu. Er war wütend, traurig, verwirrt und erschrocken. Aber er wollte Antworten. »Warum sind sie dann nicht hier?«

»Das ist das Schlimmste daran«, erklärte Onkel Press. »Es war hart für mich, für Alder und für Loor, doch wir haben es alle durchgemacht. Ich hätte es dir schon in Denduron sagen können, aber du solltest es mit eigenen Augen sehen.«

»Was sollte ich sehen? Was ist hier los?«

Courtney griff nach Marks Hand um Halt zu finden. Mark wehrte sich nicht.

»Bobby, deine Familie ist fort, weil es für dich an der Zeit war, zu gehen. Sie machten den Menschen aus dir, der du heute bist, aber jetzt beginnt etwas Neues.«

Bobby wich ein Stück zurück, als hätten ihn die Worte körperlich getroffen. Was sollte das? War etwa seit seiner Geburt geplant, dass er nach Denduron reisen sollte? Hatte seine Familie es die ganze Zeit gewusst? Wie konnte das sein? Sein Leben war so ... normal verlaufen. Plötzlich kam ihm ein Gedanke.

»Du bist gar nicht mein Onkel?«, fragte er.

»Nein, nicht im üblichen Sinn«, antwortete Press. »Aber ich habe mich immer um dich gekümmert und werde es auch weiterhin tun.«

Bobby wandte sich wieder dem Grundstück zu und lief in die Mitte. Er wollte ein Stück Holz finden, eine Glasscherbe oder vielleicht einen alten Tennisball. Es musste etwas geben, das bewies, dass er hier aufgewachsen war. Aber es gab nichts. Dann hörte Bobby etwas, was ihn herumfahren ließ.

»Es wird alles gut, Pendragon«, sagte eine Stimme.

Bobby wirbelte herum. Auf dem Gehweg, neben dem geparkten Auto, stand Loor. Sie trug einen Jeansoverall und ein enges pinkfarbenes Oberteil ohne Ärmel, das ihre kräftigen Schultern und Arme frei ließ. An den Füßen trug sie Doc Marten-Stiefel. Die langen schwarzen Haare waren auf dem Rücken zu einem Zopf geflochten und um den Hals trug sie eine Muschelkette. Sie hätte jederzeit als Schülerin der High School durchgehen können. Niemand wäre je auf die Idee gekommen, sie wäre eine Kriegerin aus einer anderen Welt.

Courtney musterte Loor von oben bis unten. Mark bemerkte es und nahm sich vor sie später wegen ihrer Eifersucht aufzuziehen. Aber wer hätte es ihr verübeln wollen? Mark fand Loor noch viel schöner, als Bobby sie beschrieben hatte. Auch wenn sie wie ein gewöhnliches Mädchen gekleidet war, umgab sie die Aura einer Kriegerin. Courtney Chetwynde stand endlich einer Ebenbürtigen gegenüber.

Bobby ging auf Loor zu. Wenn ihm jemand die Wahrheit sagen durfte, dann war sie es.

»Begreifst du das alles?«, fragte er.

»Allmählich schon.«

»Was ist mit deiner Mutter?«, wollte er wissen. »War Osa deine richtige Mutter?«

»Nein. Ich erfuhr die Wahrheit, ehe ich nach Denduron kam«, antwortete Loor. »Osa zog mich auf und lehrte mich alles, was ich kann. Sie war für mich in jeder Beziehung wie eine Mutter, bis auf die Tatsache, dass sie mich nicht geboren hat. Aber das hielt mich nicht davon ab, sie zu lieben.«

Bobby sah zu Boden und dachte nach.

»Auf dem Berg ...«, begann Loor. »Ich habe mich nicht verabschiedet, weil ich in Gedanken ganz woanders war. Osas Leiche befand sich schon wieder in Zadaa. Ich musste zum Begräbnis dorthin. Das alles fiel mir sehr schwer. Ich hoffe, du warst nicht sauer.«

Bobby schüttelte den Kopf. Er begriff nur zu gut, wie es war, eine Mutter zu verlieren. Er sah Press an und sagte: »So ist das also! Reisende haben keine Familie? Haben Reisende auch kein Leben? Sie hüpfen bloß durchs Universum und suchen nach Problemen?«

Press lächelte und meinte: »Du vertraust mir doch, Bobby – oder?«

»Ich bin mir manchmal nicht sicher.«

»Nicht«, entgegnete Press hastig. »Glaube mir, wenn ich dir sage, dass du im Laufe der Zeit alles verstehen wirst. Und ich verspreche dir etwas: Du siehst deine Familie wieder. Deine Mutter, deinen Vater und deine Schwester Shannon.«

»Was ist mit Marley?«

»Du wirst auch wieder mit deinem Hund spielen«, antwortete Press. »Aber nicht heute.«

»Wann?«

Press überlegte. Vielleicht wusste er massenhaft Antworten, diese aber nicht. »Das weiß ich nicht«, sagte er schließlich.

Bobby sah zu Loor hinüber, die ihm aufmunternd zunickte. Dann musterte er noch einmal das leere Grundstück. Es dauerte lange, bis er in der Lage war, zu sprechen. Endlich sagte er: »Du hast mich schon einmal gefragt, wie ich mich fühle. Willst du wissen, wie es mir jetzt geht?«

»Wie?«, fragte Press.

»Ich fühle mich, als hätte ich gerade erfahren, dass es keinen Weihnachtsmann gibt. Es ist ein grässliches Gefühl.«

»Es wird besser«, tröstete ihn Press.

»Und was geschieht jetzt?«, wollte Bobby wissen.

»Jetzt kommst du mit uns.«

Bobby ging zu Mark und Courtney hinüber. Er sah seine Freunde an und die Erinnerungen an sein Leben in Stony Brook überwältigten ihn. Er wollte nichts lieber, als sich umdrehen und sein Haus vor sich sehen, damit er sein altes Leben wieder aufnehmen konnte. Leider war das unmöglich.

»Ich … ich glaube, ich muss gehen«, sagte er zögernd.

»Wir sind immer für dich da.« Courtney stiegen Tränen in die Augen.

Bobby beugte sich vor und riss die Freunde an sich. Er gab sich große Mühe, nicht in Tränen auszubrechen. Er wollte nicht weinen. Nicht vor Loor. Aber er wollte auch seine Freunde nicht loslassen, denn damit beendete er sein Leben auf der Erde. Auf Zweite Erde.

»Es wird Zeit, Bobby«, mahnte Press leise.

Bobby wich zögernd zurück und sah seinen Freunden in die Augen. Mark wischte sich eine Träne weg und sagte lächelnd: »Vergiss bloß nicht uns zu schreiben!«

Alle drei lachten. Das war schließlich selbstverständlich.

»Seid ihr sicher?«, vergewisserte sich Bobby. »Bewahrt ihr mein Tagebuch auf?«

»Ich wäre stinksauer, wenn du es an jemand anderen schickst!«, verkündete Mark und deutete auf den Ring, den Osa ihm gegeben hatte.

Bobby lächelte mühsam, schluckte die Tränen hinunter und murmelte: »Bis bald.«

»Mach's gut, Bobby«, sagte Courtney. »Viel Glück.«

Bobby nickte, drehte sich um und ging zum Auto. Vor Loor blieb er stehen und sah das Mädchen an, das auserwählt war seine Partnerin zu sein.

»Ich weiß, du willst es nicht hören, Pendragon«, sagte sie, »aber es hat so sein sollen.«

»Das werden wir ja sehen«, entgegnete Bobby skeptisch. Er sah noch einmal zu dem leeren Grundstück hinüber und kletterte dann auf die Rückbank des Wagens. Loor blickte zu Mark und Courtney hinüber. Courtney richtete sich hoch auf. Loor lachte und stieg ein.

»Passt gut auf sein Tagebuch auf«, sagte Press. »Vielleicht braucht er es eines Tages.«

Sie nickten zustimmend. Press lief um den Porsche herum und sprang auf den Fahrersitz. Der Motor heulte auf und der kleine Sportwagen brauste die Straße hinunter, auf ein unbekanntes Ziel zu.

Mark und Courtney sahen ihm nach, bis der Lärm verstummt und das Auto außer Sichtweite war. Lange Zeit standen sie unschlüssig herum.

Schließlich sagte Mark: »Gibt es wirklich keinen Weihnachtsmann?«

Sie lachten.

Courtney sagte: »Sagst du mir Bescheid, wenn das nächste Journal ankommt?«

»Klar, ich melde mich sofort«, versprach Mark.

Sie wandten sich zum Gehen. Mark setzte sich in sein Zimmer und wartete auf Bobbys nächsten Bericht. Die anderen waren ziemlich regelmäßig eingetroffen und er rechnete damit, dass der Ring jeden Augenblick aufleuchten würde. Doch nichts geschah. Er blieb den größten Teil der Nacht wach, starrte auf den Ring und wünschte sich sehnlichst, er würde sich regen. Aber es passierte überhaupt nichts.

Courtney rief ihn zweimal täglich an, ob Bobby geschrieben hatte, erhielt jedoch immer nur die Antwort: »Noch nicht.« Wann immer sie Mark in der Schule traf, schaute sie ihn an, als wollte sie fragen: »War was?« Aber er zuckte nur die Achseln und schüttelte den Kopf.

Tage vergingen. Aus Tagen wurden Wochen und aus Wochen wurden Monate. Kein Wort von Bobby. Mark und Courtney begriffen, dass sie ihr Leben nicht nur mit Warten verbringen konnten, und verloren sich aus den Augen. Außer ihrer Freundschaft mit Bobby verband sie nichts. Courtney spielte wieder Volleyball und führte die Mannschaft von Stony Brook ins Landesfinale. Die Herrenmannschaft natürlich.

Mark war wieder Mark. Er aß immer noch zu viele Möhren und verbrachte die meiste Zeit in der Bibliothek. Eine große Veränderung hatte es aber doch in seinem Leben gegeben. Andy Mitchell quälte ihn nicht mehr. Courtney wusste es nicht, doch sie war Marks Schutzengel ... was Mitchell betraf.

Mark und Courtney vergaßen Bobby nie. Doch je mehr

Zeit ohne eine Nachricht verging, umso weniger beschäftigten sie sich mit ihm. Das war verständlich. Sie mussten ihr eigenes Leben leben.

Und da geschah es. Der Ring bewegte sich.

Zuerst begriff Mark nicht, was los war. Als er auf seine Hand starrte, entdeckte er das bekannte Leuchten. Er rannte aus der Halle, quer über das Spielfeld. Es war ihm egal, dass er das Spiel störte und von den Jungen angebrüllt wurde. Er musste schnellsten hinaus und Courtney finden. Sie war nebenan, in der Halle der Mädchen, und befand sich gerade mitten in einem Judowettkampf. Mühelos hob sie ihre Gegnerin auf und warf sie mit einem dumpfen Schlag auf die Matte. Als sie dem Mädchen auf die Beine half, stürmte Mark herein und brüllte: »Courtney!«

Alle wandten sich erschrocken um. Ihre Blicke begegneten sich und Courtney wusste sofort, was los war. Schnell verneigte sie sich vor der anderen Kämpferin und rannte auf Mark zu. Sie mussten nichts sagen. Sie wussten, was zu tun war. In höchster Eile suchten sie ihren Treffpunkt auf ... den Waschraum der Jungen im dritten Stock. Courtney war nicht schüchtern und stürmte voran. Endlich in Sicherheit riss sich Mark den Ring vom Finger und legte ihn auf den Boden. Er zuckte hin und her, Lichtblitze schossen durch den Raum und der Ring wurde größer und größer. Nach einem letzten grellen Blitzschlag war es vorbei.

Eine Rolle Papier lag vor ihnen, aber sie sah völlig anders aus als die anderen Nachrichten. Diese Seiten waren hellgrün und nicht mit einem Lederriemen verschnürt, sondern mit einer Art Ranke. Vorsichtig zog Mark sie ab und entrollte die Seiten. Sie waren ungefähr so groß wie die Pergamente, hatten aber eine seltsame Form. Es gab keine geraden Ränder oder Ecken. Mark fuhr behutsam mit dem Finger darüber. Komisch, aber sie fühlten sich nicht an, als wären sie aus Papier. Irgendwie mehr wie Gummi. Ihm fiel nur ein wirklich passendes Wort dafür ein: wasserfest.

»Bist du so weit?«, fragte Courtney.

»Meine Hände zittern«, erwiderte er.

Sie lasen Bobbys neuesten Bericht.

Fünftes Journal

CLORAL

Hallo Leute. Entschuldigt bitte, dass ich so lange nicht geschrieben habe.

Seit ich euch verließ, ist unendlich viel geschehen. Ich weiß gar nicht, wo ich anfangen soll. Zuerst einmal habe ich ein Geheimnis gelöst. Erinnert ihr euch an den Riesenhai, der mich im Bergwerk von Denduron beinahe gefressen hätte? Nun, ich weiß jetzt, woher er kam.

Das Territorium, in dem ich mich zurzeit aufhalte, heißt Cloral … und es ist eine Unterwasserwelt. Kein Scherz! Unter Wasser!

Die Quigs in Cloral sind riesige Monsterhaie. Unglaublich, nicht?

Jetzt berichte ich euch von den neuen Schwierigkeiten, in die ich geraten bin …

(Fortsetzung folgt)

Wolfgang und Heike Hohlbein

Das Buch

»Wir können die Wirklichkeit verändern. Wir sind nur wenige und keine von uns weiß, warum uns diese furchtbare Macht verliehen wurde, aber wir haben sie.«
Seit Jahrhunderten wachen die geheimnisvollen Hüterinnen über das Archiv auf der anderen Seite, in dem Scriptoren über das Leben der Menschen Buch führen. Doch die Ordnung der Dinge ist in Gefahr, als Unbefugte in das unterirdische Bücherlabyrinth eindringen und die Vergangenheit und damit die Gegenwart umschreiben. Leonie, die junge Erbin einer Buchhandlung, begreift nur langsam, dass sie über die »Gabe« vefügt und dazu ausersehen ist, den Kampf um die einzig wahre Wirklichkeit zu gewinnen.
Bevor das Schicksal einen schrecklichen Weg findet, sich zu erfüllen …

859 Seiten
ISBN 3-8000-2997-9

UEBERREUTER